Ohne die sonst für die Nachkriegszeit so gern verwendeten Klischees erzählt Helga Hegewisch von den Erlebnissen der jungen Lilly zwischen Kriegsende und Währungsreform. Die großen sozialen, politischen und kulturellen Fragen und Ereignisse der Zeit bilden wie schon in ›Lauf, Lilly, lauf!‹ den spannenden Hintergrund des Romans und beeinflussen unmittelbar die Handlung.

Lilly, die mit aller Kraft auf das Kriegsende zu gelebt hat, weiß inzwischen nicht mehr, was sie sich wünschen oder erhoffen soll. Sie konzentriert all ihre Energie und ihre Fürsorge auf das »Engelchen«, ein halb verhungertes, verlassenes Baby, das sie während der Flucht vor den Russen gefunden und mitgenommen hat. Sie liebt dieses Baby und will es nie wieder hergeben! Und Mamas ständige Mahnung »Vergiss nicht, dass die Kleine das Kind einer anderen Mutter ist, binde dich nicht zu eng an sie!« erweckt in Lilly statt innerer Zurückhaltung nur Trotz.

Helga Hegewisch, geboren in Hamburg, studierte Theologie und Germanistik, schrieb Romane, Fernsehspiele und Kinderbücher und baute eine bedeutende Kunstsammlung auf. Einige Jahre war sie Mitherausgeberin und Autorin der Kulturzeitschrift ›Der Monat‹. Zu ihren größten Erfolgen zählen die beiden Romane ›Lauf, Lilly, lauf!‹ (Fischer Taschenbuch Verlag, Bd. 14818) und ›Die Totenwäscherin‹. Helga Hegewisch lebt als freie Autorin in Berlin und London.

Unsere Adresse im Internet: www.fischer-tb. de

Helga Hegewisch

Lilly und Engelchen

Roman

Fischer Taschenbuch Verlag

Die Frau in der Gesellschaft
Herausgegeben von Ingeborg Mues

Veröffentlicht im Fischer Taschenbuch Verlag,
einem Unternehmen der S. Fischer Verlag GmbH,
Frankfurt am Main, Oktober 2002

Lizenzausgabe mit freundlicher Genehmigung des
Atrium Verlags, Zürich

Satz: Pinkuin Satz und Datentechnik, Berlin
Druck und Bindung: Clausen & Bosse, Leck
Printed in Germany
ISBN 3-596-15172-4

Für Hanna Krall, ohne die es
das Engelchen nie gegeben hätte.
Und für Auerbachs Töchter
Olivia, Klara, Louisa

ERSTER TEIL

1. Kapitel

Derselbe Lastwagen, der sie vor drei Jahren mitsamt ihrem Hausrat nach Mecklenburg auf die Domäne Staaken verfrachtet hat, bringt sie jetzt, am 30. Juni 1945, wieder zurück nach Hamburg. Damals sind sie vor den Bomben geflohen, heute fliehen sie vor den Russen, die im Zuge des Gebietsaustausches das Mecklenburger Land als Besatzer von den Engländern übernehmen werden.

»Under no circumstances should you remain east of the river«, hat Jeremy bereits vor einem Jahr zu Lilly gesagt. Ach, Jeremy! Lilly ahnt, dass ihre Gedanken an ihn nach den Ereignissen der letzten Nacht eine völlig andere Richtung nehmen müssen. Die Wirklichkeit hat mit den Träumen nicht Schritt gehalten.

»Was ist, Lilly, warum bist du so bedrückt?«, fragt Onkel Jupp, der, seitdem er so gut wie blind ist, ein erstaunliches Gespür für die Gefühle und Stimmungen anderer Menschen entwickelt hat.

»Weil … weil ich mir etwas Falsches gewünscht hab, glaube ich jedenfalls.«

»Und nun ist dein Wunsch in Erfüllung gegangen und du hast das Gefühl eines Verlustes?«

»So ungefähr.«

Er lächelt. »Weißt du, die Sache mit dem Wünschen und Erfüllen ist doch sehr kompliziert, und oft passt das eine nicht so recht zum anderen. Immerhin hast du ja heute nicht nur etwas verloren, du hast vor allem etwas bekommen, etwas ganz Erstaunliches, Ungewöhnliches.«

»Stimmt«, sagt Lilly und zieht das winzig kleine Baby, das auf ihrem Schoß liegt, enger an sich. »Und ich hab nicht die geringste Ahnung, was draus werden soll. Aber eins weiß ich jetzt schon, ich geb's nicht wieder her.«

»Langsam, Lilly, langsam. Nun pfleg es erst mal gesund und hab es lieb und freu dich dran. Und dann wird sich schon irgendetwas ergeben.«

»Was soll sich denn da noch ergeben? Ohne mich wär's nämlich gestorben, deshalb gehört es jetzt mir. Das hat Jule auch gesagt.«

Vor zwei Stunden hatte Miroslaw, Jules polnischer Liebster und der Fahrer des Lastwagens, beschlossen, eine kurze Rast einzulegen, damit sie sich alle ein wenig die Beine vertreten konnten. Lilly sprang von der Ladefläche und lief nach vorne zur Fahrerkabine, um nach Mama und Baby Josi zu sehen.

»Ich glaube, dahinten ist eine Pumpe«, sagte Lillys Mama und hielt ihr den halb leeren Wasserkanister hin. »Du könntest die Gelegenheit nutzen und auffüllen.«

»Mach ich«, sagte Lilly, nahm den Kanister und stapfte durch das hohe Gras hinüber zu einem kleinen verfallenen Haus ohne Dach und Tür, neben dem der hohe Metallschwengel einer Pumpe aufragte.

Sie ließ das kühle, frische Wasser einlaufen, kippte sich auch gleich noch ein paar Hände voll ins Gesicht und wollte sich schon auf den Rückweg machen, als sie einen leisen Ton hörte, so ein schwaches klägliches Gemaunze, vielleicht von einem Kätzchen oder einem jungen Hund. Suchend ging sie um die Pumpe herum und schob das Gras auseinander.

Das, was sie dort fand, jagte ihr einen Schreck ein, gepaart mit Mitleid und Zorn und sofortiger, unabdingbarer Hilfsbereitschaft. Vor ihr auf dem Boden lag ein Baby, kaum größer als Schwesterchen Josi, eingewickelt in ein buntes Tuch. Eine Fliege kroch über das blasse Gesichtchen.

Lilly kniete sich ins Gras und flüsterte: »Wer hat dich denn hier vergessen? Du siehst ja aus, als wärest du schon nicht mehr ganz lebendig.« Als sie das Baby hochnehmen wollte, fing es kläglich an zu weinen.

Lilly drehte sich zurück in Richtung Lastwagen und schrie laut: »Jule, Jule, komm her, ich muss dir etwas zeigen!«

Jule kannte Lilly gut genug, um die Dringlichkeit in ihrer Stimme zu erfassen. Ohne Rücksicht auf ihren Siebenmonatsbauch sprang sie aus der Fahrerkabine und lief hinüber zu Lilly. »Was ist los, warum rufst du?« Dann sah sie das Baby, lachte und sagte: »Und ich dachte schon, da läge eine Bombe.«

»Es ist aber ein Baby!«, sagte Lilly.

»Also keine Bombe, das ist schon mal gut. Gehört wohl zu den Leuten, die in dem Haus dort wohnen.«

»Da wohnt niemand mehr, keine Türen, keine Fenster. Aber ich geh mal nachsehen.«

Tatsächlich fand Lilly in dem verfallenen Haus keine Spur von Menschen, nicht einmal Abfall lag herum, und auf dem alten Küchenherd war gewiss seit langem nicht mehr gekocht worden.

Als sie zur Pumpe zurückkam, hatte Jule das Kleine ausgepackt. »Meine Güte, das arme Ding! Voll bis zum Hals. Und wund gescheuert überall. Lauf schnell zum Wagen und hol mir Josis Windeltasche. Aber sag der Mama nicht, was wir hier haben. Die regt sich sonst zu sehr auf.«

»Gib mir die Windeltasche«, sagte Lilly zu ihrer Mutter.

»Wozu?«

»Jule hat schlimme Kopfschmerzen, sie will sich eine nasse Windel auf die Stirn legen.«

Als Mama Lilly die Tasche rausreichte, bemerkte sie trocken: »Jule hat in ihrem ganzen Leben noch keine Kopfschmerzen gehabt.«

Miroslaw gab sich sehr besorgt. »Jule schlecht? Etwa Baby? Schon?«

»Nein, nein«, sagte Lilly, »oder doch, ja, ein Baby. Aber nicht Jules, meins!«

»Deins, Panienka?«

Lilly lachte, sagte »Nicht wirklich, war nur ein Spaß«, und läuft zurück.

Jule hockte vor dem nackten Baby. »Mehr tot als lebendig, fast schon ein Engelchen. Wie können Menschen so böse sein und solch ein kleines hilfloses Wesen einfach sich selbst überlassen!«

Sie bedeckte die wunden Stellen mit einer dicken Schicht Penatencreme und wickelte das Kleine, das immer noch leise greinte, in eine frische Windel. Inzwischen füllte Lilly aus der Thermoskanne vorbereitete Milch in Josis Babyfläschchen. Das Kleine trank gierig.

»Es ist übrigens ein Mädchen«, sagte Jule und wischte sich mit dem Handrücken die Augen.

»Das hab ich gesehen.«

»Wo bleibt ihr denn so lange?«, rief Mama vom Wagen her. »Nun kommt doch endlich, wir wollen weiter.«

»Ja, gleich.« Jule stand auf und drückte Lilly das Baby in die Arme. »Es gehört dir, du hast es gefunden. Von jetzt an bist du verantwortlich.«

Plötzlich wurde Lilly doch etwas unsicher. »Aber wenn seine Mutter nun kommt und es holen will?«

»Die kommt nicht wieder. Und falls doch, dann hat sie kein Recht mehr auf das Kind. Das liegt hier bestimmt schon seit zwei Tagen. Wer so etwas tut …!«

»Vielleicht konnte sie nicht anders.«

Jule betrachtete Lilly mit zusammengekniffenen Augen. »Erst mal ist jetzt das Kind dran. Um die Mutter kannst du dir dann später Sorgen machen – falls du das willst. Also mach schon, die Pani Alicia wird unruhig.«

»Sie wird mir nicht erlauben, das Baby mitzunehmen.«

Jule seufzte. »Na bitte sehr, dann lass es doch hier.« Ohne sich noch weiter um Lilly zu kümmern, ging sie zum Lastwagen zurück.

Als Lilly das Baby ins Gras zurücklegte, fing es sogleich wieder an zu weinen. »Keine Angst«, sagte Lilly, »ich lass dich nicht allein. Muss nur noch schnell etwas erledigen.«

Sie zog ihren Notizblock aus der Rocktasche und schrieb eine kurze Nachricht: Ich hab das Baby mitgenommen, es war schon fast verhungert. Elisabeth Steinhöfer, Sieglindenstraße 31, Hamburg-Eppendorf. Den Zettel legte sie auf den Herd im Haus und beschwerte ihn mit einem Stein.

»So, mein Engelchen«, sagte sie, als sie das Baby wieder hochnahm, »jetzt weiß deine Mutter wenigstens, wo du bist. Falls sie's überhaupt wissen will.«

Mama beobachtete ihre herankommende Tochter. »Was ist das?«, sagte sie.

»Das siehst du doch, ein Baby. Ich hab's gefunden, und wir werden es jetzt mitnehmen, weil es nämlich sonst verhungert.« Lillys Tonfall war ihr etwas schärfer und aufrührerischer geraten, als sie es eigentlich beabsichtigt hatte.

»Das werden wir nicht tun!«, sagte Mama. »Das erlaube ich nicht.«

»Na gut, dann bleib ich eben auch hier.«

»Jupp ...!«, schrie Mama.

»Lilly ...!«, mahnte Onkel Jupp.

»Du hast vielleicht Nerven!«, amüsierte sich Markus.

»Ist schon spät«, rief Miroslaw, »um zwölf Russen hier.«

Mama riss die Wagentür auf und sprang aus der Fahrerkabine. »Das kann ich nicht zulassen, auf gar keinen Fall!« Ihre Stimme überschlug sich vor Aufregung. »Wir sind sowieso schon zu viele!«

»Was soll denn das heißen?«, fauchte Lilly. »Wer ist denn hier zu viel?«

Mama brach in Tränen aus, woraufhin der kleine Felix von Onkel Jupps Schoß rutschte, an die Wagenklappe stolperte und sich schreiend in die Arme seiner Mutter fallen ließ.

Miroslaw drückte auf die Hupe. »Beeilung, Beeilung!«, rief er. »Schon zu viel Zeit verloren, bitte, bitte, Pani Alicia ...«

Mama jedoch war vollkommen durcheinander. Laut schluchzend schlug sie mit den Fäusten gegen die Wagenplanken. »Das geht nicht«, schrie sie immer wieder, »ich will das nicht!«

Lilly schloss die Augen und konzentrierte sich auf ihre Atmung – eins-zwei-drei einatmen; vier-fünf-sechs-sieben-acht ausatmen, das Ganze mindestens dreimal hintereinander. Schon immer hatte sie in Notfällen auf diesen Beruhigungstrick zurückgegriffen, und seit Mama so war, so labil und unkontrolliert, passierten diese Notfälle reichlich oft.

Aber Gott sei Dank war Lilly ja nicht auf sich allein gestellt, sie hatte Jule und sie hatte Onkel Jupp. An den wandte sie sich jetzt. »Tu doch etwas, bitte! Wenn sie so ist, hört sie nur auf dich.«

»Ja, ja«, sagte er, kam mühsam hoch, tastete sich an die Wagenklappe und streckte die Hand aus. »Alles ist in Ordnung, Alice, reg dich nicht so auf. Lilly weiß schon, was sie tut.«

»Weiß sie eben nicht«, jammerte Mama, doch wurde sie sogleich ruhiger, nahm Onkel Jupps Hand und legte sie sich gegen das Gesicht. »Ich kann's nur nicht ertragen, dass Lilly immer so eigenwillig ist. Als ob sie allein über alles entscheiden könnte.«

»Lilly hat für ihr Alter schon viel zu oft allein entscheiden müssen«, sagte Onkel Jupp, strich Mama die Haare aus der Stirn und küsste sie zärtlich. »Geh wieder nach vorn in die Kabine. Miroslaw wird schon ungeduldig.«

Und so fuhren sie dann endlich weiter, sechs Erwachsene und drei Kinder in einem alten Militärlastwagen auf der Flucht vor den Russen.

Obgleich sie keineswegs alle miteinander verwandt sind, empfinden sie sich doch als Familie, deren unangefochtenes Oberhaupt Onkel Jupp ist, der nahezu blinde Exmajor Joseph Steinhöfer. In ihrem sehr ausgeprägten Familiensinn würde Lilly nichts lieber haben, als dass auch die fehlenden Mitglieder bei ihnen wären, allen voran Papa, vermisst in Afrika und für tot erklärt, dann der gefallene Bruder Joachim, Oma Elli, die in Staaken bei Inspektor Freusaal (ausgerechnet!) bleiben wollte, Isabella und Dorothee, die mit dem Captain fortgegangen sind; und Jeremy – was eigentlich wünscht Lilly sich von Jeremy?

Vorne in der Kabine drängen sich Miroslaw, Jule und Mama mit Baby Josi, hinten auf der Ladefläche hocken Onkel Jupp, Lilly, Brüderchen Felix mit seinem Hund und Isabellas Bruder Markus inmitten von Möbeln, Kisten und Kästen.

Über die Bergedorfer Straße nähert sich der Lastwagen Hamburg. Es herrscht strahlendes Hochsommerwetter. Lilly hat sich aus Erzählungen und Zeitungsberichten ein ungefähres Bild gemacht von der Zerstörung ihrer Vaterstadt, doch als sie es jetzt mit eigenen Augen sieht, erscheint es ihr so unwirklich wie eine Illustration vom Untergang Pompejis oder wie ein Horrorfilm über das Ende von Sodom und Gomorrha: Man will nichts lieber als das Buch zuklappen oder möglichst schnell das Kino verlassen. Doch je weiter sich der Lastwagen in die zerstörte Stadt hineinbewegt, umso bedrängender wird die Realität. Kein Albtraum, aus dem man erwachen könnte, keine Filmkulisse, die mit dem Entsetzen kokettiert, sondern die bittere Tatsache der Zerstörung und Erniedrigung einer ehemals stolzen Stadt. Ganze Straßenzüge sind in sich zusammengefallen, oft erkennt man überhaupt nicht mehr, wo ein Haus geendet und wo das nächste begonnen hat, ein einziger langer Schutthaufen. Und wenn irgendwo eine hohe Mauer stehen geblieben ist, dann begrenzt sie nicht mehr ein Gebäude, sondern steht als sinnlose Fassade vor dem Nichts.

»Das …«, flüstert Lilly, »… das hab ich mir so nicht vorgestellt.«

»Ist ja noch gar nichts«, sagt Miroslaw beruhigend, »musst nur sehen Warschau, Panienka, viel, viel schlimmer. Weil Zerstörung von Warschau, das haben gemacht Deutsche, sehr Ordnung, sehr zornig, Strafe für polnische Aufstand. Hier in Hamburg haben gemacht Engländer, nicht so ordentlich, auch nicht so tüchtig, haben viel vergessen, wirst schon sehen. Und Strafe für nix, bloß weil Krieg. Engländer ziemlich dumm – Gott sei Dank. Und Hochmut und Lügen, weißt du doch, Panienka.«

»Nicht alle Engländer sind dumm und verlogen!«, sagt Lilly. Sie hat das schon viele Male zu Miroslaw gesagt, der ihr aber aus unerfindlichen Gründen nicht glaubt.

Jule findet das sehr vergnüglich. »Ich weiß nämlich einen«, sagt sie, »der ist klug und ehrlich und bescheiden. Und er trägt ein schwarzes Hemd. Wenn er dich jetzt besuchen kommt, dann könnt ihr Familie spielen. Du und er und das Engelchen.«

»Er kommt mich nicht mehr besuchen«, sagt Lilly ärgerlich.

Jule kichert. »Das wollen wir doch mal sehen.«

Im Weiterfahren dann sieht die Zerstörung tatsächlich nicht mehr ganz so schlimm aus, und als der Laster schließlich nach Eppendorf kommt, in die Gegend, wo die Familie Steinhöfer früher gelebt hat, empfindet Lilly die nur teilweise Zerstörung schon fast wieder als so unwirklich wie zuvor um das Berliner Tor herum die Trümmerfelder.

Und dann halten sie bei dem Haus, in dem Lilly die ersten zwölf Jahre ihres Lebens verbracht hat. Vorsichtshalber schließt sie wieder mal schnell die Augen und konzentriert sich auf das Atmen. Jule springt aus der Kabine.

»Was ist, Lilly, bist du eingeschlafen?« Miroslaw gibt Lilly einen kleinen Stoß. »Komm schon, Panienka, kannst hinsehen. Ist nicht so schlimm.«

Und das ist es wirklich nicht. Nur zwei oder drei Häuser in der Straße sind zerstört, Nummer einunddreißig ist tatsächlich stehen geblieben. Zwar wirkt es ziemlich angeschlagen, offenbar hat der Dachstuhl gebrannt und im Parterre sind die meisten Fenster mit Brettern vernagelt, doch im ersten Stock, wo die Steinhöfers gewohnt haben, sind alle Fenster verglast und vor einem hängt sogar ein Blumenkasten mit zwei Geranienpflanzen darin.

»Donnerwetter«, sagt Markus, »der Alte hat sich aber angestrengt. Was solch eine Speckseite doch alles bewirken kann!«

Markus war bereits vor ein paar Wochen, unmittelbar nach Kriegsende, per Fahrrad und mit einer aus den Gutsvorräten gestohlenen Speckseite nach Hamburg gefahren. »Keinen Tag länger als unbedingt nötig bleibe ich in diesem Mecklenburger Provinznest!«, hatte er verkündet. »Mal sehen, ob euer Haus noch steht.« Es stand tatsächlich noch, dieses Mietshaus im Stadtteil Eppendorf, den man »Das vergessene Dorf« nannte. Doch hatte Markus dort einen mürrischen alten Mann vorgefunden, der behauptete, die ehemals Steinhöfer'sche Wohnung gehöre nun einzig und allein ihm, und er würde sie auch ganz gewiss nicht mit irgendjemandem teilen wollen. »Das wollen wir doch mal sehen«, hatte Markus gesagt und die baldige Rückkehr aller Steinhöfers angekündigt. Und um des lieben Friedens willen hatte er sich dann sogar von seiner Speckseite getrennt.

»Also los«, sagt Markus jetzt, »spannen wir den Alten nicht länger auf die Folter und erfreuen ihn mit der geballten Ladung unserer Großfamilie.«

»Also irgendwie ...«, sagt Mama ängstlich, »irgendwie fände ich es höflicher, wenn du vorgehst und uns ankündigst. Schließlich sind wir ja mehr als ... ich meine, wir sind sehr viele.«

»Na und? Er wird sich gewöhnen müssen. Und vergiss nicht, Pani Alicia, dies ist deine Wohnung, mit deinen Möbeln darin.«

Pani Alicia – Lilly kann es nicht leiden, wenn Markus, in Nachahmung von Miroslaws Anrede, ihre Mutter so nennt. Wenn er sich allerdings erdreisten würde, sie Mama zu nennen, dann wäre es noch viel schlimmer.

Wenig später steigen sie alle schwer bepackt die Treppe hinauf, wobei sie, so erscheint es Lilly, mehr Lärm machen als nötig. Engelchen ist aufgewacht und schreit.

»Kannst du's denn nicht wenigstens zur Ruhe bringen«, sagt Mama.

Weiter oben beugt sich eine Frau über das Geländer. »Ach du meine Güte«, ruft sie jemandem im Hintergrund zu, »die sind alle zurück. Und haben sich auch noch verdoppelt.«

»Das ist die Frau Neuhauser«, flüstert Lilly nervös ihrem Onkel zu, »immer noch die gleiche dumme Kuh wie vor Jahren. Weißt du noch …?«

Onkel Jupp antwortet nicht. Er hat wieder diesen aufmerksamen Ausdruck im Gesicht, als wolle er sein Augenlicht mit allen anderen Sinnen ersetzen.

Im ersten Stock wird die Wohnungstür geöffnet. Abwartend bleiben sie alle stehen. Im Gegenlicht erkennt Lilly die Silhouette eines großen Mannes, der trotz des Sommerwetters einen dicken Schal um den Hals trägt. Er steht ganz ruhig da und sieht ihnen entgegen. »Wieso kommt ihr erst jetzt?«, sagt er. »Ich hatte schon gedacht, ihr wolltet doch lieber bei den Russen bleiben.«

Da stößt Lillys Mama einen Schrei aus, dreht sich um und will in Panik die Treppe wieder hinunterlaufen, aber Onkel Jupp packt sie am Arm und fährt sie an: »Nimm dich zusammen, Alice. Wir sind und bleiben eine Familie. Weglaufen nützt nichts.«

»Papa …!«, stammelt Lilly, und statt nun auf ihn zuzulaufen, bleibt sie wie angewurzelt stehen. Sie drückt das weinende Engelchen an sich. »Ruhig …«, flüstert sie, »ruhig, musst doch keine Angst haben. Das ist mein Vater, und der ist nicht tot, er ist nur zu uns zurückgekommen.«

Dann steigt sie tapfer die letzten Stufen hoch. »Hallo, Papa«, sagt sie und merkt, dass ihre Stimme zittert. »Wir haben nämlich nicht mehr geglaubt, dass du ... ich meine, weil doch dieser Kamerad von dir, und das Rote Kreuz ... und ich bin ja so froh!«

Papa sieht sie an und sieht dann auf das Baby. »Aber du bist doch noch ein Kind ...«, murmelt er, »du bist doch mein kleines Mädchen. Und jetzt ...?«

»Nein, nein«, sagt Lilly, will erklären, dass sie keineswegs die Mutter von dem Baby ist, aber in ihrer Aufregung sagt sie nur etwas, das sie wirklich nicht hatte sagen wollen und das die Verwirrung nur noch verstärkt: »Im Krieg wird man eben schneller erwachsen.«

»Wer hat dir das angetan?«, stöhnt Papa.

Für Lilly ist ihr Vater immer eine etwas ferne Gestalt gewesen, ruhig, gelassen und von gleich bleibender Autorität, jemand, der kräftige warme Hände hatte, Sicherheit ausstrahlte, besser schweigen als reden konnte und jede Menge fester Prinzipien vertrat, die er gerne in Sprichwörter kleidete. Nie wäre sie auf die Idee gekommen, ihm Persönliches anzuvertrauen, nie ist sie richtig wütend auf ihn gewesen, und nie hat sie sich ihm in die Arme geworfen, wenn er nach einer seiner Reisen – er musste beruflich viel unterwegs sein – unverhofft wieder auf seinem angestammten Sessel im Wohnzimmer vor dem Fenster saß. Auch wenn er daheim war, erschien er ihr immer etwas abwesend. Er war über zwanzig Jahre älter als Mama, die in seiner Gegenwart noch zarter und jünger wirkte, als sie tatsächlich war. Fremde, die das Ehepaar Steinhöfer zusammen sahen, hielten sie oft für Vater und Tochter. Und so gingen sie auch miteinander um: ein Vater, der an seiner ältesten Tochter herumerzog, sie jedoch auch verwöhnte und sie nicht erwachsen werden lassen wollte. Eine Tochter, die sich den meisten Erziehungsversuchen widersetzte, dabei jedoch, vermutlich ihm zuliebe, unselbständig blieb – oder sich vielleicht auch nur so gab.

Als er fortging nach Frankreich und später sogar nach Afrika, wofür es, laut Oma Elli, ja gewisse Gründe gegeben hatte, da sagte er beim Abschied zu Lilly: »Und dass du mir ja auf die Mama aufpasst! Du weißt doch, wie zart sie ist.«

»Mach ich, ist doch klar«, versprach Lilly und ahnte dabei nicht, welch eine Verantwortung ihr damit aufgeladen wurde.

Wenige Monate später wurde er als vermisst gemeldet und Mama weinte sehr und redete immer wieder von seinem »Grab im Wüstensand«. Danach tat sie sich ziemlich bald mit Onkel Jupp zusammen – aber eigentlich, doch das hat Lilly erst sehr viel später begriffen, war dies längst zuvor passiert. An dieser bitteren Einsicht konnte auch Oma Ellis tolerante Deutung nichts ändern: »Dein Vater war zwar vor deinem Onkel da, aber das war der reine Zufall. Inzwischen hat das Leben den Zufall korrigiert und hat zusammengeführt, was zusammengehört.«

Als Lilly ihrer Mutter in einem verzweifelten Wutanfall Betrug vorwarf, war Mama erstaunlich ruhig geblieben: »Erstens ist dein Vater aller Wahrscheinlichkeit nach nicht mehr am Leben und zweitens habe ich ihn nicht betrogen. Er wusste, dass ich mich von ihm trennen wollte. Schließlich ist Scheidung heutzutage nichts Besonderes mehr.«

»Aber doch nicht Scheidung ausgerechnet bei uns!«, tobte Lilly.

Woraufhin Mama mit diesem besserwisserischen Lächeln einer glücklichen Person antwortete: »Wo denn sonst, Kind? Wenn's woanders wäre, ginge es uns doch nichts an. Und auf diese Weise bleibt wenigstens alles in der Familie.«

Zwar hat Lilly sich im Laufe der kommenden Jahre an die »korrigierte« Version des familiären Zusammenlebens gewöhnt – sie liebt ihre Mutter und ihren Onkel zu sehr, als dass sie ihnen auf die Dauer ihr Glücklichsein nicht gegönnt hätte –, doch hat sie sich nie ganz von der Vorstellung lösen können, dass die beiden für Papa »das Grab im Wüstensand« geschaufelt haben.

Und nun also ist er wieder auferstanden, ihr Papa, der zuverlässige, vernünftige Papa, der inzwischen die Bombenschäden in der Wohnung einigermaßen repariert, neue Fensterscheiben eingesetzt und sogar zwei Geranien in den Blumenkasten gepflanzt hat. Papa, der alt und grau aussieht, wirklich so, als ob er eine Weile begraben gewesen wäre. Lillys Vater also, Onkel Jupps Bruder, Mamas Immer-noch-Ehemann.

Die Situation scheint sogar Miroslaw, der sonst nicht so leicht zu verblüffen ist, etwas unbehaglich zu sein. »Hab ich gedacht, dein Papa ist tot, Panienka«, sagt er zu Lilly. »Geht doch nicht, Frau mit zwei Männer!«

Jule kichert. »Das musst ausgerechnet du sagen!«

»Bin ich nicht verheiratet«, wehrt sich Miroslaw würdevoll, »hab ich nicht gebrochen Gelübde. Und jetzt sowieso nur noch du. Weißt du doch!«

»Ja, ja, ja«, lacht Jule.

Mama ist total durcheinander. Sie sagt, dass sie hier nicht wohnen will, auf gar keinen Fall. Ihre Augen verdunkeln sich, der Blick wird starr. O Gott, denkt Lilly, jetzt kriegt sie wieder einen Anfall. »Ruhig, Mama, ganz ruhig«, sagt sie.

»Ich bin ja ganz ruhig«, schreit Mama, »ich will nur weg von hier.«

Lilly wird ärgerlich. »Wo willst du denn hin, Mama? Vielleicht zurück nach Staaken?«

Mamas hysterische Ausbrüche gehen Lilly entsetzlich auf die Nerven. Sie weiß ja, dass sie eine Folge der schrecklichen Erlebnisse sind und dass sie sich – das hat zumindest Doktor Banse gesagt – im Laufe der Zeit wieder legen würden. Aber dennoch ...!

»Lass gut sein, Mama.«

»Auf gar keinen Fall kann ich hier bleiben, das ist vollkommen ausgeschlossen.«

Schweigend steht Onkel Jupp neben ihr. Seit seiner Krankenhauszeit hat Lilly ihn noch nie so passiv und hilflos erlebt.

Papa betrachtet seinen Bruder. »Du bist blind«, stellt er fest.

»Nicht ganz«, sagt Onkel Jupp.

»Wie ist das passiert?«

»Tieflieger.«

»Aha.«

Mama zerrt an Onkel Jupps Arm. »Komm, Jupp«, sagt sie noch einmal, »wir gehen.«

Er rührt sich nicht.

Wieder einmal ist es Jule, die das Vernünftige tut. Sie hält Mama Baby Josi hin. »Die Kleine hat bestimmt Hunger. Und ich kann mich momentan nicht kümmern, weil ich beim Abladen helfen muss. Ist alles ziemlich eilig, gibt ja so viele Diebe jetzt.«

Mama will das Baby nicht halten. Sie versteckt die Hände auf dem Rücken. Ihr Gesicht ist verzerrt von Angst und Panik. »Nicht abladen«, jammert sie, »ich muss doch wieder weg, auf gar keinen Fall kann ich …«

»Na klar können Sie«, sagt Jule fröhlich, »haben doch immer alles gekonnt, damals mit der Frau Dorothee, und dann bei der Geburt, und sogar mit dem Inspektor sind Sie fertig geworden. Und jetzt müssen Sie sich nur beruhigen und Ihr Baby füttern.«

»Ich will ja«, Mamas Stimme zittert, »aber zuerst muss ich eine neue Wohnung für uns suchen.«

»Das hat Zeit. Und Baby Josi hat Hunger. Jetzt.«

»Dann soll Lilly doch endlich die Flasche warm machen.«

»Geht nicht, Mama«, sagt Lilly und deutet auf ihr Engelchen. »Zwei Babys auf einmal schaffe ich nicht. Du hast deins, und ich hab meins.«

»Was …?«

»Sie schafft es nicht, Pani Alicia, haben Sie doch gehört!«

Und plötzlich vergeht Mamas Hysterie. Sie lächelt sogar etwas, nimmt das Baby und drückt es an sich. »Mein schönes Baby …«, sagt sie. »Schade, dass ich dich nicht stillen kann. Also werden wir jetzt mal zusammen in die Küche gehen und uns um deine Milch kümmern.«

Lilly stößt einen tiefen Seufzer aus. Dabei stellt sie überrascht fest, dass sie soeben zum ersten Mal ihrer Mutter die Hilfe verweigert hat.

Papa legt Onkel Jupp beide Hände auf die Schultern. »Komm«, sagt er, »ich bring dich ins Wohnzimmer. Da steht der große Sessel am Fenster, weißt du noch? Du musst dich jetzt etwas ausruhen.«

»Aber das ist doch dein Sessel«, murmelt Onkel Jupp.

2. Kapitel

Dass nach dem ersten aufgeregten Durcheinander ihres Einzugs in die alte Wohnung nun gleich Ruhe eingekehrt wäre, das kann man eigentlich nicht behaupten. Doch hat sich immerhin das, was anfangs am explosivsten schien, nämlich das Zusammentreffen von Papa und Onkel Jupp und der gemeinsamen Frau, als nahezu harmlos herausgestellt.

Papa, so denkt Lilly, hat ja auch Zeit genug gehabt, sich mit der Angelegenheit auseinander zu setzen. Gewusst hat er es vermutlich schon während seines letzten Heimaturlaubs, als er mit seinem zuvor so geliebten Bruder nicht reden, sich nicht einmal von ihm verabschieden wollte. Lilly erinnert sich fast wörtlich an die kurze Diskussion zwischen ihren Eltern: »Ich will, dass du dich richtig von ihm verabschiedest!«, hatte Mama mit erstaunlich fester Stimme gesagt. »Er ist dein Bruder!« Daraufhin Papa: »Und du bist meine Frau.« Und dann wieder Mama: »Unsere persönlichen Probleme werden wir später lösen. Jetzt ist Krieg.«

Jetzt ist der Krieg zu Ende, und die Probleme scheinen tatsächlich so etwas wie eine Lösung erfahren zu haben. Papa war fortgegangen, wohl mit der Absicht, nie zurückzukehren. Dann war er in Gefangenschaft geraten und man hatte ihn weit weg in ein Lager nach Kanada gebracht, was ihm vielleicht gerade recht gewesen war.

»Wir haben es dort nicht schlecht gehabt«, sagt er auf Lillys Frage, »ein Ingenieur wird ja immer gebraucht und kann sich nützlich machen, wir waren in Sicherheit, und verhungert sind wir auch nicht.«

»Und das Rote Kreuz?«

»Ja, doch, das kümmerte sich auch in Kanada um die Kriegsgefangenen.«

»Dann hättest du uns also eine Nachricht zukommen lassen können?«

»Vermutlich.«

»Und warum ...?«

»Lass gut sein, Lilly«, unterbricht ihr Vater. »Du würdest meine Gründe doch nicht verstehen. Vielleicht später, wenn du erwachsen bist.«

»Ich bin erwachsen, Papa.«

»Bist du?« Er mustert sie aufmerksam. »Etwas erwachsen vielleicht, aber doch noch nicht ganz. Und würde es dir denn so viel nützen, wenn ich dir sagte, dass ich mich damals mit allen Konsequenzen loslösen wollte von meinem alten Leben?«

»Aber du bist zurückgekommen«, sagt Lilly.

»Weil es mir wider Erwarten unmöglich war, ohne Familie zu sein. Ich bin also zurückgekommen, zu euch. Aber nicht zu meiner Vergangenheit.«

»Sind wir denn nicht Teil deiner Vergangenheit?«

»Doch. Aber gewisse Dinge habe ich abgetrennt und mir einen Neuanfang verordnet. Das war nicht einfach, ich habe schwer daran gearbeitet.«

Lilly nickt. »Aber du hättest uns dennoch eine Nachricht schicken müssen!«

»Warum? So hat sich jeder nehmen können, was er brauchte.«

»Versteh ich nicht.«

»Na siehst du, das hab ich dir doch gesagt.«

Im Grunde genommen versteht Lilly es doch, bei näherem Hinsehen und Überlegen. Denn ihr Vater ist tatsächlich nicht mehr der Mann ihrer Mutter und er benimmt sich auch nicht so. Mamas Mann ist jetzt Onkel Jupp, darüber lässt niemand einen Zweifel aufkommen.

Lilly denkt, dass es um die Dinge in ihrer Familie heute wohl doch anders stünde, wenn Onkel Jupp nicht so schwer verwundet worden wäre. Dass aus dem strahlenden Verführer inzwischen ein erschöpfter, blinder Invalide geworden ist, macht die Sache zwar nicht besser, aber für Papa vielleicht doch einfacher.

Papa ist achtzehn Jahre älter als Onkel Jupp, und Lilly glaubt, dass auch dieser Altersunterschied ihm hilft, mit den neuen Verhältnissen umzugehen. Er ist der Hausvater, und irgendwie sind die anderen alle seine Schutzbefohlenen, nicht nur sein zerschossener Bruder und die verängstigte Mama, auch Felix und Baby Josi und natürlich Lilly, dazu Markus und auch Jule und schließlich, nach einigen Anfangsschwierigkeiten, sogar Lillys Engelchen. Der Einzige, den er nicht adoptiert, ist Miroslaw. Das wäre wohl auch etwas zu viel verlangt.

Langsam wird Mama ruhiger. Da Jule alle Hände voll zu tun hat mit dem Haushalt und Lilly das Engelchen immer öfter zum Anlass nimmt, die ewige Hilfsbereitschaft ihrer Mutter gegenüber etwas einzuschränken, muss Mama sich selbst um Baby Josi kümmern, jedenfalls tagsüber, und das scheint ihr gut zu tun.

»Weißt du, dass Mama noch nie einen Haushalt allein versorgt hat?«, sagt Lilly zu Jule. »Immer war Oma Elli da, die hat alles organisiert.«

»Und was hat deine Mutter gemacht?«

»Weiß nicht. Sie war doch so zart.«

Jule seufzt. »Zart und zäh, sehr zäh! Das letzte Jahr in Staaken – sie hat alles gewusst. Wär nicht gegangen ohne sie. Hat vor Angst geschlottert und doch immer geholfen. Hat ihr rotes Kleid angezogen und dem Inspektor schöngetan. Und dem Obersturmbannführer auch. Und hat mich losgebunden vom Schandstuhl, weißt du noch?«

»Wie könnte ich das vergessen haben«, sagt Lilly. »Und mir wird immer noch ganz elend, wenn ich daran denke.«

»Na klar, bist ja auch eine gute Person. Aber war gar nicht so schlimm, ehrlich. War ja nicht meine Schande, war die Schande der anderen. Das musst du lernen, Lilly: Kann dir niemand sagen, wofür du dich schämen sollst, nur du selbst. Und ich hab mich nämlich nicht geschämt.«

Miroslaw besorgt für das Engelchen Windeln und Jäckchen und eine große hölzerne Wiege. Miroslaw kann alles besorgen. Sogar ein zartes Goldkettchen mit einem winzigen Anhänger, der die schwarze Madonna von Tschenstochau darstellt, hat er dem Engelchen um den Hals gelegt.

»Warum tut er das?«, fragt Lilly.

»Weil er ist auch eine gute Person, wie du. Aber nicht nur. Er tut es, weil dein Engelchen ein Polenbaby ist.«

»Wieso denn das?«

»Konnte man sehen an dem bunten Tuch. Ist ein Polentuch. Windeln auch. Und Mützchen. So was macht nur Bauersfrau aus Polen. Also ein Polenkind. Und Miroslaw ist ja nicht nur sehr kinderlieb, ist auch sehr, sehr ein Patriot! Dies Kind nicht deutsch, sagt Miroslaw, dies Kind polnisch. Darum muss er sorgen.«

In Lilly erwacht Widerstand. »Miroslaw soll bloß nicht glauben, dass er mir das Baby wieder wegnehmen kann, nur weil es ein polnisches Tuch hatte. Jetzt ist es nämlich nicht mehr polnisch, jetzt ist es meins. Hast du doch selbst gesagt, Jule! Dass ich es gefunden habe und dass es darum mir gehört.«

Jule lacht. »Nun reg dich bloß nicht auf. Er will es dir ja nicht wegnehmen, will nur sorgen.«

»Na hoffentlich!«, sagt Lilly unwirsch. Und fügt zum soundsovielten Mal hinzu: »Ohne mich wär's nämlich gestorben.«

Sie hat sich in ihr Baby verliebt. Sie umhegt und pflegt es, nimmt alle Gaben von Miroslaw dankend entgegen, will jedoch von dem Goldkettchen anfangs nichts wissen.

»Es könnte sich dran wehtun.«

»In Polen viele Kinder Goldkettchen«, sagt Miroslaw.

»Wir sind aber nicht in Polen.«

Miroslaw lacht. »Bist du sehr schlecht gelaunt, Panienka! Kannst ja Kette aufbewahren, leg in Kasten mit Polentuch und Mütze. Für später.«

»Das Tuch und die Mütze hab ich nicht mehr«, sagt Lilly brummig. »Da waren die Läuse drin, so was kriegt man nie raus. Ich hab alles weggeworfen.«

Miroslaw wirft ihr einen scharfen Blick zu, will etwas sagen, lässt es dann jedoch und murmelt nur: »So, so. Aber nicht vergessen, Madonna beschützt dein Baby, Polenkind oder nicht!«

Das gibt Lilly nun doch zu denken, und also hängt sie das Kettchen um Engelchens Hals.

Die Kleine hat sehr weiße Haut, dunkle Augen und viele dunkle Haare. Sie ist ungefähr so groß wie Baby Josi, aber sie wirkt älter. Vielleicht liegt das an den Augenbrauen, die dem Gesichtchen so einen wachen Ausdruck geben, fast skeptisch sieht sie aus. Noch ein Mensch, der zart und zäh zugleich ist, denkt Lilly, und der das kriegt, was er haben will.

Wenn Lilly das Engelchen in den Armen hält – und das tut sie immerfort –, schwingt sie meist leise hin und her, wie eine lebendige Wiege. Schließlich ist sie so sehr daran gewöhnt, dass sie manchmal auch ohne Engelchen die Wiege macht. »Wackellilly« nennt Markus sie dann.

Lilly teilt ihr altes Zimmer jetzt mit Jule. Zwischen den beiden großen Betten steht die Wiege, in die des Nachts auch Baby Josi gelegt wird, damit Mama und Onkel Jupp etwas zur Ruhe kommen. Jule scheint sich an dem nächtlichen Babygeschrei überhaupt nicht zu stören und Lilly stopft sich, wenn's zu schlimm wird, Watte in die Ohren. Aber eigentlich wird's ihr kaum je zu schlimm. Und oft schläft sie nicht einmal, wenn beide Babys still sind. Dann zündet sie sich eine Kerze an – es gibt nachts fast nie Strom – und betrachtet die ungleichen Kleinen, und das Glück, das sie dabei empfindet, füllt sie ganz aus und bereitet ihr ungefähr so viel Herzklopfen, wie sie früher gehabt hat, wenn an der Kreuzung des Staakener und Galitzer Weges Isabella fröhlich winkend auf sie zugeradelt kam.

Miroslaw kommt immer nur für Stunden nach Hause, meistens des Nachts. Jule scheint es schon vorher zu spüren, er braucht sie nie zu wecken. Sehr leise steht sie auf, hängt sich ein Tuch über ihr langes weißes Hemd, verlässt barfuß das gemeinsame Zimmer und dann auch die Wohnung. Lilly denkt ein wenig hinter ihr her und schläft schnell wieder ein. Am nächsten Morgen ist Jule stets wieder da.

»Wo geht ihr denn immer miteinander hin?«, fragt Lilly neugierig.

»Ja, ja …«, sagt Jule und hat wieder diesen weltvergessenen Ausdruck im Gesicht, der Lilly teils ärgert, teils neidisch macht. »Ja, ja … wir gehen miteinander irgendwohin.«

»Herrgott«, brummt Lilly, »muss Liebe wundervoll sein!«

»Hab ich dir doch gesagt.«

»Aber sie verblödet auch ganz schön!«

Papa sitzt mit Onkel Jupp im Wohnzimmer. Was reden die beiden miteinander? Mama steht in der Tür und sieht zu ihnen hin. Und Lilly sieht zu ihrer Mutter hin. Zart und zäh und kriegt, was sie haben will. Nun ist sie wieder die Frau mit den zwei Männern, wie man sie damals in Staaken genannt hat – anfangs noch hämisch moralisierend und schon im Voraus schadenfroh. Als dann überhaupt kein Schaden sichtbar wurde, hat sich bei den Staaken-Galitzern die Freude an der Häme gelegt. Papa hatte noch die alte Heizung im Gutshaus repariert und war dann in den Wirren des Krieges verschwunden – aus den Augen, aus dem Sinn –, woraufhin Mamas Lebensgemeinschaft wieder auf einen einzelnen Mann reduziert war, der kriegte das Ritterkreuz, verlor vor Stalingrad einen Fuß, kam zurück und wurde dann der gute Herr auf Staaken. Mama trug ein rotes Band im dunklen Haar und das Scheusal küsste der verehrten gnädigen Frau die Hand.

Jetzt dreht Mama sich zu Lilly um und fragt: »Warum starrst du mich so an, was soll das?«

»Ich ... ach, eigentlich nichts. Oder doch, ja. Ich wollte mit dir besprechen, ob wir die beiden Kleinen nicht impfen lassen müssen.«

»Die *beiden* Kleinen!« Mama lacht auf, es klingt nicht fröhlich. »Da hast du dir doch tatsächlich ein Baby ertrotzt, ohne es selbst zur Welt bringen zu müssen. Aber so war's schon immer mit dir. Du kriegst, was du haben willst.«

»Das habe ich gerade eben von dir gedacht.«

»Aha.« Nun lacht Mama richtig. »So was denkt man eben immer leichter von den anderen als von sich selbst. Aber es ist dir ja wohl klar, dass du dies Baby nicht behalten kannst.«

»Und wieso nicht?«

»Weil es dir nicht gehört.«

»Ohne mich wäre es gestorben. Darum gehört es jetzt mir.«

»Unsinn. Für so etwas ist der Staat zuständig.«

»Wir haben doch gar keinen richtigen Staat mehr.«

»Aber wir kriegen wieder einen, verlass dich drauf. Und neue Regeln haben wir ja jetzt schon übergenug. Außerdem wird doch wohl auch irgendwann die Schule wieder anfangen. Was willst du denn dann mit dem Baby machen – es mit in den Unterricht nehmen?«

Lilly zuckt die Schultern. »Ich werd schon eine Lösung finden. Und was ist nun mit dem Impfen?«

»Ja …«, sagt Mama, »kümmere dich darum. Ich habe gehört, dass in der Baracke, du weißt schon, da, wo auch das Ortsamt ist, dass da also eine medizinische Beratungsstelle eingerichtet worden ist. Du kannst ja mal hingehen.«

Und das tut Lilly, mit dem Engelchen auf dem Arm. Inzwischen hat sie sich an die Trümmerlandschaft gewöhnt und kann sich gar nicht mehr so recht erinnern, wie es hier im heilen Zustand ausgesehen hat. Ungefähr so, wie man beim Anblick winterlich kahler Bäume Schwierigkeiten hat, sich das üppige Grün des Sommers vorzustellen. Seit fast vier Monaten ist der Krieg vorüber, die letzten Bombenangriffe liegen noch weiter zurück. Hamburg ist kampflos übergeben worden. »Das war«, sagt der ehemalige begeisterte Kämpfer Onkel Jupp, »eine große Leistung und tapfere Tat!« Wie sehr er sich verändert hat und wie hoch der Preis dafür gewesen ist!

Vor der Baracke wartet eine lange Reihe von Hilfe suchenden, die meisten abgerissen und erschöpft. Hungrige Gesichter. Gewiss hat keiner von denen einen polnischen Freund, der ihn mit Schwarzmarktware versorgt, hat stattdessen ein krankes Kind, vielleicht keine Bleibe, kein Bett. Und hofft nun auf irgendeinen Rat, auf etwas Medizin, ein paar extra Lebensmittelmarken. Lilly hat das Gefühl, nicht dazuzugehören. Sie will nicht so sein wie diese hier, sie will sich nicht einreihen unter die Verzweifelten und Kranken. Dem Engelchen zuliebe bleibt sie doch stehen. Nach zwei Stunden ist sie endlich an der Reihe.

Ein streng blickender Mann in abgewetzter Landseruniform, der nicht weniger elend aussieht als die Wartenden, hockt vor einer Schreibmaschine. »Wie alt?«, herrscht er Lilly an.

»Sechzehn«, sagt Lilly, »aber ich …«

»Hast ja früh angefangen.«

»Nein, nein«, wehrt sie sich automatisch, »ich doch nicht …«

»Ach so. Wer denn?«

»Das ist … meine kleine Schwester. Und ich sollte nämlich fragen, wie das mit der Pockenimpfung ist.«

»Name?«

»Steinhöfer.«

Der Mann hackt zweifingrig den Namen in die Maschine.

»Vorname?«

»Ich heiße Elisabeth. Das Baby heißt Engelchen.«

»Was?«

»Ja, also, Entschuldigung, ich meine natürlich, es heißt Angelika. Und was ist nun mit dem Impfen?« Am liebsten würde Lilly davonlaufen. Sie hat das Gefühl, sich in eine Falle manövriert zu haben.

Der Mann sieht auf von seiner Schreibmaschine. »Erst die Personalien. Alles muss seine Ordnung haben. Zeig mir mal euren Meldeschein.«

Lilly atmet tief ein und aus. Dabei drückt sie das Engelchen so fest an sich, dass es anfängt zu schreien. »Sch, sch, sch«, macht Lilly, womit sie mehr sich selbst als das Kind beruhigen will. »Alles ist gut, wir gehen ja gleich nach Hause.« Na hoffentlich, denkt sie, wenn der Mann uns lässt, wenn er uns nicht hier behält und einsperrt, weil das Engelchen …

»Nu mach schon«, sagt er, »ich hab nicht ewig Zeit.«

»Also den Meldeschein, den hab ich jetzt nicht hier.«

»Dann geh nach Haus und hol ihn.«

Und anstatt nun dankbar über die Fluchtmöglichkeit zu sein, wird Lilly plötzlich wütend. »Ich hab aber schon zwei Stunden angestanden, und ich will doch nur wissen, wie das mit dem Impfen ist. Das können Sie mir doch auch ohne Meldeschein sagen.«

Der Mann seufzt. Lilly sieht, dass er sehr müde ist, wahrscheinlich ist er halb verhungert. Alle ehemaligen Soldaten müssen sich bei den Besatzern zum Arbeitseinsatz melden, bevor sie entlassen werden. Geld kriegen sie nicht, dafür Lebensmittelmarken, die ihnen jedoch weniger als hundertfünfzig Gramm Brot am Tag garantieren. Aber der Mann hier hat ein Amt, und das macht ihn Lilly überlegen.

»Bitte ...!«, sagt Lilly. »Mein Schwesterchen hier, und zu Haus hab ich nämlich noch eins, und ich will doch nur wissen ...«

Er beugt sich wieder über die Maschine. »Name der Mutter?«

»Alice Steinhöfer.«

»Der Vater?«

»Joseph Steinhöfer. Und er war mal Major, Ritterkreuzträger. Schwer verwundet.«

»Ach ja, Ritterkreuz?« In den Augen des Mannes blitzt zum ersten Mal Interesse auf. Das hätte auch schief gehen können, denkt Lilly, aber irgendwie scheint das Ritterkreuz doch immer noch seinen Wert zu haben.

»Wo denn?«, fragt der Mann.

»Vor Stalingrad«, sagt Lilly. »Und man hat ihm ein Bein amputiert. Und blind ist er auch.«

»Ach Gott, ja!«, sagt der Mann. »Name des anderen Kindes?«

»Josephine Steinhöfer. Es handelt sich nämlich um Zwillinge, wissen Sie, Zwillinge, die gibt's in unserer Familie mehrmals, ist anscheinend erblich.«

»Da kenn ich mich nicht aus. Wann und wo geboren?«

»In Mecklenburg, auf der Flucht. Am ersten Mai 1945.«

»Kein gutes Datum für eine Geburt«, sagt der Mann. »Hast du wenigstens einen Geburtsschein?«

»Das ist es ja eben«, sagt Lilly. »Da war doch ein solches Durcheinander. Und meine Mutter wäre bei der Geburt fast gestorben, und der Vater ist doch blind ...«

»Die Säuglinge sind jetzt fast vier Monate alt«, sagt der Mann streng, »da hättet ihr ja wohl Zeit genug gehabt, inzwischen.«

»Aber dann sind doch die Russen gekommen, und meiner Mutter ging es so schlecht, und der Vater ... also ich wollte ja auch nur wissen, wie das mit dem Impfen ist.«

Wieder seufzt der Mann. »Und der Vater hat das Ritterkreuz?«

»Ja«, sagt Lilly, »und er ist blind.«

Mit einem Ruck zieht er den Bogen aus der Maschine und knallt einen Stempel drauf. »Also hier hast du erst mal was zum Vorzeigen, für den Anfang. Und damit gehst du zur Meldebehörde. Und dann kommst du zu mir zurück. Und dann arrangier ich dir was für die Impfung. Muss ja alles seine Ordnung haben. Ein Mensch ohne Papiere existiert nicht und kann deshalb auch nicht geimpft werden, ist das klar?«

»Ja«, sagt Lilly, »das hab ich mir auch schon gedacht.«

»Und bestell deinem Vater, dass ich immer noch Respekt hab vor einem guten Offizier, auch wenn das eigentlich nicht mehr erlaubt ist.« Er beugt sich vor, kommt ganz nahe heran, Lilly kann seinen schlechten Atem spüren. »Und ich sag dir, an allem sind nur die Juden schuld.«

Da hat Lilly nun also ein behördlich abgestempeltes Papier in der Hand, worauf steht, dass das Engelchen ihre kleine Schwester ist. Gut für den Anfang, denkt sie und rennt beglückt nach Hause. Und im Laufe der nächsten Tage besorgt sie sich tatsächlich, indem sie die allgemeine Unordnung und Überlastung der Ämter ausnutzt, noch ein paar mehr Stempel, und die Geschichten, die sie dazu erzählt, werden immer überzeugender. Schließlich sind die Steinhöfers nicht die Einzigen, die auf der Flucht ihre Papiere verloren haben.

Und dann hat sie's geschafft: Josephine und Angelika Steinhöfer, geboren am ersten Mai 1945 und behördlich und also grundsätzlich existent geworden als Zwillingstöchter von Alice und Joseph Steinhöfer. Zweieiige Zwillinge natürlich – so verschieden, wie die aussehen. Die glücklichen Eltern wissen vorerst nichts davon.

Als dann die neuen Lebensmittelkarten ausgegeben werden und die Familie Steinhöfer nun durch das legalisierte Engelchen eine mehr bekommt als zuvor, wendet Lilly sich wieder einmal als Erstes an Onkel Jupp.

Sie zieht sich einen Stuhl zu seinem Sessel am Fenster und beginnt etwas umständlich: »Es ist nämlich so, weißt du, dass die Besatzungsmacht genau wissen will, wie viel Menschen in einem Haus wohnen. Und dass darum an jeder Wohnungstür eine Liste der Bewohner angebracht werden muss.«

»Aha«, sagt Onkel Jupp.

»Und dass sie dann auch manchmal kontrollieren.«

»Sind ja Besatzer«, sagt Onkel Jupp.

»Und dass das Engelchen mit auf der Liste stehen muss.«

»Natürlich, wir können es doch nicht im Schrank verstecken«, sagt Onkel Jupp.

»Und da hab ich mir nämlich gedacht, also wenn du nichts dagegen hast ...«

Onkel Jupp tastet nach Lillys Hand und legt die seine darauf. »Warum sollte ich etwas dagegen haben? Ich kenn dich doch, ist schon in Ordnung, was du tust.«

»Wirklich?«

»Wirklich!«

»Also dann ...« – Lilly holt tief Luft – »... das Engelchen ist nämlich inzwischen eine Zwillingsschwester von Josi.«

»Zweieiig, nehme ich an«, sagt Onkel Jupp.

»Na klar, so verschieden, wie die sind.«

Onkel Jupp lächelt traurig. »Leih mir deine Augen, Lilly, erzähl mir, wie meine kleinen Zwillingstöchter aussehen.«

Und das tut Lilly. Voller Eifer beschreibt sie Haare und Augen und Nasen und Münder, und schließlich trägt sie beide Babys heran, um Onkel Jupps Finger ganz vorsichtig über die kleinen Gesichter zu führen.

»Josi hat größere Ohren, merkst du? Dafür hat das Engelchen größere Füße.«

Onkel Jupp nickt: »Die hat sie von mir.«

Eine Weile sitzt er ruhig da, mit beiden Kindern auf dem Schoß. »So viele Tote um uns herum«, sagt er leise, »da ist es doch gut, dass wir wenigstens ein kleines Menschlein retten konnten.«

Vor lauter Dankbarkeit kommen Lilly die Tränen. »Bloß Mama ... die ist, glaube ich, dagegen.«

»Ich werde mit ihr reden.«

Dass er das getan hat, erfährt Lilly am nächsten Tag, als sie Mama zu Jule sagen hört: »Von jetzt ab sind Baby Josi und das Engelchen also Zwillinge, falls dich jemand fragt.«

Jule strahlt. »Da wird sich ja unsere Lilly von Herzen freuen.«

»Unsere Lilly, die verschenkt ihr Herz allzu sorglos«, sagt Mama darauf, »sie fürchtet sich nicht vor Enttäuschungen.«

»Sie kann sich's ja leisten«, sagt Jule darauf, »weil ihr Herz nämlich sehr riesengroß und sehr stark ist.«

»Auch große Herzen können kaputtgehen!«, sagt Mama.

Kurz darauf wird der Einwohnerliste an der Wohnungstür noch ein weiterer Name hinzugefügt: Julius Miroslaw Kaminski. Ohne viel Aufhebens hat Jule ihr und Miroslaws Söhnchen in der Nacht vom zweiten auf den dritten September zur Welt gebracht. Daheim in der Küche, nicht etwa im Krankenhaus. »Werd ich doch nicht gehen zu fremden Leuten«, hat Jule gesagt, »mit solch einer persönlichen Angelegenheit!«

Eine polnische Hebamme war zugegen und Lilly und Mama, und während Jule diese persönliche Angelegenheit auf dem Küchentisch erledigte, ist Miroslaw fast gestorben und hat sich ächzend und stöhnend in Jules Bett gewälzt, als wäre er selbst der Gebärende. Und irgendwie war er das wohl auch.

»Ist eben so bei manchen Männern«, hat Jule anschließend stolz gesagt, »die kriegen das Kind zusammen mit ihrer Frau. Nennt man männliches Wochenbett, ist doch schön, oder?«

Ja, denkt Lilly, das ist eigentlich schön. Bloß dass die wirkliche Arbeit ja doch wieder von der Frau gemacht wird und der Mann nur so tut, als ob. Aber das sagt sie nicht zu Jule, die in Miroslaws »Wochenbett« eine ganz wunderbare Liebeserklärung sieht.

Nach zwei Tagen steht Jule wieder in der Küche und verrichtet ihre gewohnte Arbeit. Sowie der Kleine nur einen Quäker tut, öffnet sie umstandslos ihr Mieder und legt ihn sich an die Brust, meist ohne ihre momentane Arbeit zu unterbrechen. Mit der einen Hand hält sie das schmatzende Bübchen und mit der anderen hängt sie ein Stück Wäsche auf oder rührt in einem Topf. Oft singt sie dabei traurige polnische Lieder, die sie von Miroslaw gelernt hat und deren getragene Melodien in krassem Gegensatz zu Jules vergnügt glitzernden Augen stehen.

Miroslaw, der jetzt auch häufig tagsüber kommt, sitzt in der Ecke auf einem Küchenstuhl und schaut ihr zu. »So gesund!«, sagt er stolz zu Lilly. »So scheene Frau, so scheene Busen, so scheene Kind!«

Anfangs hat Jules sorgloser Umgang mit ihren aufs Doppelte angewachsenen Brüsten Lilly sehr irritiert, aber sie gewöhnt sich schnell. Und ganz im Geheimen wünscht sie sich, dass auch sie so einen prallen Busen hätte, um ihr Engelchen zu stillen. Einmal, als sie zufällig mit dem Engelchen allein in der Wohnung ist, versucht sie's sogar, sie öffnet ihre Bluse und drückt sich das Baby an die Brust. Engelchen scheint begeistert, schnappt zu, lässt jedoch nach kurzem Bemühen enttäuscht wieder los und fängt so kläglich an zu weinen, dass auch Lilly wieder mal die Tränen kommen. »Mein armer kleiner Schatz«, flüstert sie, »ich bin eben doch nicht deine richtige Mama und du lässt dich nicht betrügen.«

Wenn sie später an diese kleine Begebenheit zurückdenkt, steigt ihr jedes Mal die Schamröte ins Gesicht, nicht so sehr wegen Engelchens Enttäuschung, sondern weil sie begreift, dass sie's weniger für das Kind als für sich selbst getan hat.

Nun gibt es also drei Babys in der Wohnung, und Papa findet, dass das doch reichlich viel sei.

»Sorg ich doch gut für alle drei, mein Herr!«, sagt Miroslaw würdig. Der Einfachheit halber duzt Miroslaw jeden, auch Lillys Papa, doch ihn nennt er immerhin »mein Herr«. Doch ist es nicht so ganz klar, ob das tatsächlich eine Bekundung seines Respekts oder etwa Ironie ist. Aber es stimmt, dass er sorgt, und nicht nur für die Babys. Ohne Miroslaw und seinen Assistenten Markus würden die Steinhöfers wie fast alle anderen Hamburger Hunger leiden. So jedoch stapeln sich in der Besenkammer Kisten und Kästen voller kostbarer Güter, Seidenstrümpfe, Kaffee, Alkohol, Butterschmalz, Fleischkonserven aus Militärbeständen und vor allem die begehrten Ami-Zigaretten. Dies alles ist nicht etwa zum Gebrauch der Familie bestimmt, sondern gilt als Tauschobjekt, um die täglichen Bedürfnisse zu erfüllen, wobei die Zigaretten als sicherste Währung fungieren. Vor der Tür zur Besenkammer hängt ein dickes Schloss, für das Jule den Schlüssel verwahrt.

»Weiß man ja nie …«, sagt Miroslaw.

»Ist nämlich alles sehr gefährlich!«, brüstet sich Markus.

»Ist doch absolut kriminell«, jammert Mama.

»Will ja keiner von uns verhungern!«, sagt Jule.

»So weit ist es also mit uns gekommen!«, brummt Papa.

Onkel Jupp äußert sich nicht zu der Problematik dieser illegalen Vorratshaltung, dennoch glaubt Lilly, dass er genauestens über Miroslaws und Markus' Schwarzmarktgeschäfte unterrichtet, ja vielleicht sogar der führende Kopf im Hintergrund ist.

Miroslaw sitzt oft bei ihm am Fenster, allerdings nie, wenn Papa in Reichweite ist, und dann reden sie leise miteinander, Onkel Jupp immer sehr ruhig, Miroslaw wild gestikulierend und aufgeregt. Lilly weiß, dass die beiden so ungleichen Männer im letzten Kriegsjahr Menschen im Untergrund versorgt und politischen Flüchtlingen weitergeholfen haben – Onkel Jupp, der führertreue Major mit dem Ritterkreuz, in heimlichem Zusammenspiel mit einem polnischen Zwangsarbeiter, der zwar von der Polizei gesucht wurde, sich jedoch immer wieder dem Zugriff entziehen konnte. Das Ganze war damals so unwahrscheinlich, dass niemand je auf die Idee kam, Onkel Jupp zu verdächtigen. Bis ganz zum Schluss, als dieser Obersturmbannführer plötzlich über gewisse Zusammenhänge stolperte, und das kostete Onkel Jupp das Augenlicht und den SS-Mann das Leben. Inzwischen kann Lilly an die damaligen Ereignisse denken, ohne dass ihr Herz zu rasen beginnt, und sie träumt auch nicht mehr so oft davon. Seltsamerweise hilft ihr dabei die Einsicht, dass ihr Onkel nicht nur für andere sein Leben aufs Spiel gesetzt hat, sondern dass er auch an sich selbst und seine Familie gedacht hat.

Das Engelchen wird immer wichtiger in Lillys Leben. Nie, nie wird sie es freiwillig hergeben. Aber wenn nun die andere Mutter doch noch zu dem kleinen Haus mit dem Brunnen zurückgekommen ist, um ihr Kind zu holen, und wenn sie dort tatsächlich den Zettel mit Lillys Nachricht gefunden hat?

Lilly begreift überhaupt nicht mehr, wieso sie so unvorsichtig sein konnte, ihre Adresse dort zurückzulassen. Der Gedanke an diese gefährliche Spur, die sie selbst gelegt hat, wird für sie immer quälender, und es hilft ihr auch nicht, dass seit der Auffindung des Babys schon mehr als zwei Monate vergangen sind, dass sich niemand gemeldet hat und dass das Engelchen doch jetzt die Zwillingsschwester von Josi geworden ist. Denn wenn tatsächlich jemand auftauchen und das Kind zurückverlangen sollte – Mama würde gewiss nicht bei der Zwillingsversion bleiben.

Je weniger direkten Anlass sie dazu hat, umso nervöser wird Lilly. Kaum dass sie sich noch mit dem Engelchen auf die Straße wagt, schließlich könnte jemand kommen, mit dem Adressenzettel in der Hand, und inquisitorische Fragen stellen. Dieser verdammte Zettel, denkt Lilly, wenn er immer noch dort liegt, wo ich ihn hingelegt habe, dann muss ich ihn mir zurückholen.

Aber wie? Kann sie sich an Miroslaw wenden? Besser nicht, momentan ist er so sehr beschäftigt mit seiner eigenen Vaterschaft, dass er – hoffentlich – die Sache mit Engelchens angeblich polnischer Abstammung, an die Lilly ihn gewiss nicht erinnern will, vergessen hat.

Vielleicht könnte Lilly es ja auf eigene Faust versuchen?

Aber dort, wo sie das Engelchen gefunden hat, ist jetzt russische Zone; Züge fahren nicht, da bliebe höchstens noch das Fahrrad, und das würden weder Onkel Jupp noch Papa erlauben, und Mama würde wieder einen hysterischen Anfall kriegen. Außerdem: Wer würde sich derweil um das Engelchen kümmern?

Und dann hat Lilly die Idee, dass sie sich doch an Markus wenden könnte. Markus, Isas Bruder, Mamas Ersatzsohn, Miroslaws Assistent. Markus, an den Lilly noch nie einen Gedanken verschwendet hat außer dem, dass ältere Ersatzbrüder genauso lästig, unsensibel und vernagelt sind wie ältere Brüder. Sie haben nichts weiter im Kopf als sich selbst und irgendwelche albernen Flirts mit ebenso albernen Mädchen. Bei Markus kommen inzwischen noch seine Schwarzmarktaktivitäten dazu, die ihn, in seinen eigenen Augen, mit einem abenteuerlichen Wildwestimage ausstatten. Moralische Bedenken bezüglich einer illegalen Aneignung, und sei es die eines Kindes, wird er bestimmt nicht haben. Und Lilly erinnert sich jetzt auch an seine Reaktion, als sie sich das Engelchen gegen Mamas Verbot angeeignet hatte: »Du hast vielleicht Nerven!«, hat er bewundernd gesagt. Also Markus. Versuchen kann man's ja mal.

Lilly sitzt mit Engelchen auf dem Schoß in der Küche, als Markus hereinkommt und sich einen Teller Suppe auffüllt. »Hör mal«, sagt sie, »ich hab da nämlich ein Problem.«

Er wirft ihr einen überraschten Blick zu. »Das ist ja ungewöhnlich.«

»Wieso?«

»Weil du sonst nie mit mir sprichst. Und nun gleich über ein Problem.«

»Sprech ich nie mit dir? Ist mir gar nicht aufgefallen. Na ja, ich bin eben ziemlich beschäftigt.«

Er nickt. »Mit deinem Baby.«

»Eben«, sagt sie, »mit meinem Baby. Und da liegt das Problem.«

»Aha.«

»Ich will es nämlich nicht wieder hergeben.«

»Will es dir denn jemand wegnehmen?«

»Nein. Ja. Ich weiß nicht.«

»Verstehe«, sagt er und lacht. Es ist Isas Lachen, wieso hat Lilly das eigentlich nie bemerkt? Es ist Isas Mund, und die Augen sind auch sehr ähnlich, das gleiche helle Blau mit dem dunklen Rand um die Iris.

»Hast du eigentlich von Isa und deiner Mutter gehört?«, fragt sie unvermittelt.

»Nein, die Zivilpost mit England funktioniert ja noch nicht wieder, und ich hab auch keine Adresse. Also, was ist dein Problem?«

Und da erzählt sie es ihm, und die Gedanken an Isa machen es ihr leicht und ihre Worte sind wohl auch überzeugend; jedenfalls begreift Markus ohne viel Umstände, findet ihre Ängste auch gar nicht unvernünftig und sagt, als sie fertig ist: »An den Ort erinnere ich mich gut, es war noch vor Büchen, an einer Seitenstraße. Mal sehen, was ich machen kann.«

Bevor er die Küche verlässt, streicht er Engelchen kurz über den Kopf. »Die gehört doch jetzt zur Familie. Die werden wir uns nicht wieder wegnehmen lassen.«

Da hat Lilly also unversehens einen Mitstreiter gefunden, sie kann es kaum glauben. Und als er ihr nach fünf oder sechs Tagen tatsächlich den Adressenzettel überbringt, diesen Dorn in ihrem Fleisch, die Ursache schlimmster Albträume, da lässt sie sich zu einer stürmischen Umarmung hinreißen.

»Meine Güte«, sagt er und hält sie für den Bruchteil einer Sekunde fest, »wenn ich es nicht besser wüsste, könnte ich annehmen, dass deine Umarmung tatsächlich mir gilt.«

»Und ist es wirklich mein Zettel?«

»Ist doch deine Schrift, oder?«

»Wo genau hast du ihn gefunden?«

»Misstrauisch bist du auch noch, soso. Also, um genau zu sein, dein Zettel lag in dieser halb zerstörten Bude unter einem Stein auf dem alten Küchenherd.«

»Genau«, sagt Lilly und stößt einen tiefen Seufzer aus, »da hab ich ihn hingelegt. Und bist du auch ganz sicher, dass niemand ihn zuvor gelesen hat?«

»Nun hör schon auf, dir Sorgen zu machen. Die Spur, die du selbst gelegt hast, gibt's nicht mehr. Fertig, aus.«

»Wie bist du denn überhaupt dort hingekommen?«

»Mit einem englischen Jeep, Papiere gefälscht, alles tipptopp. Die Grenze ist kaum bewacht, und außerdem gibt's inzwischen ein ganzes Netz von Händlern, meist Polen, die verschieben alles, was nicht niet- und nagelfest ist. Miroslaw ist bei denen eine ziemliche Nummer, wegen des großen Depots bei Lehseburg, das wir zusammen ausgeräumt haben, na ja, davon weißt du nichts, musst du auch nicht wissen. Jedenfalls ist Miroslaw ein perfekter Stratege – hat ja auch viel Übung. Früher hat er Menschen verschoben, jetzt eben Waren.«

»Du meinst, Miroslaw hat zusammen mit Onkel Jupp das Lehseburger Depot ausgeräumt?«

»Das geht dich nun wirklich nichts an. Ich kann dir nur eins sagen, nämlich dass es früher gefährlicher war als jetzt. Da ging's nämlich um Kopf und Kragen, jetzt nur um Gefängnisstrafen. Und sowieso sind unsere verehrten Sieger mit ihrem neunmalklugen Gentlemangehabe viel dämlicher, als man gemeinhin annimmt. Das hat man ja an diesem Captain gesehen, mit dem meine Schwester durchgegangen ist. Also wenn ich an den denke ...!«

Das will Lilly aber nicht, auf gar keinen Fall will sie an Isa und den Captain denken, darum unterbricht sie Markus: »Wie war das denn nun mit dem Zettel?«

»Mit dem Zettel? Ach so, ja, das war ein Kinderspiel. Weil Miroslaw nämlich in Büchen einen Kontaktmann hat, für den kleinen Grenzverkehr, weißt du, Waren und Menschen. Denn wenn du was zum Tauschen hast, ist alles machbar. Übrigens hab ich noch erfahren, dass der letzte Transport von russischen und polnischen Zwangsarbeitern Richtung Heimat am 29. Juni abgegangen ist, nur einen Tag vor dem Gebietsaustausch, also bevor wir mit dem Lastwagen dort durchgekommen sind. Da wird sich's bei deinem Engelchen wohl um ein Polenbaby handeln oder um ein russisches, das man da aus Versehen oder sogar mit Absicht vergessen hat. Es heißt ja, dass die Russen, die in Deutschland gearbeitet haben, daheim als Kollaborateure verurteilt werden und sofort in den sibirischen Straflagern verschwinden. Und wenn man ein Baby neben einer Wasserpumpe ablegt, dann hat es doch eine gute Chance, gefunden zu werden.«

Lilly zuckt die Schultern und sagt wieder einmal ihren üblichen Satz: »Ohne mich wär's jedenfalls verhungert.« Dann zündet sie ein Streichholz an und verbrennt den Zettel.

Markus sieht ihr zu. »Ein symbolischer Akt«, feixt er, »mit dem wir unser Findelkind nun endgültig eingedeutscht haben. Flamme empor ... und so weiter. Und falls du wieder mal männliche Unterstützung brauchst, darfst du dich vertrauensvoll an mich wenden.«

Lilly reagiert mit gewohnter Kratzbürstigkeit. »Normalerweise mach ich meinen Kram lieber allein.«

»Normalerweise gibt's ja momentan kaum«, sagt Markus.

Im Steinhöfer'schen Rumpelkeller findet Lilly einen großen alten Kinderwagen, den Mama vor vielen Jahren für Joachim angeschafft und in dem auch sie selbst gesessen hat. Sie ölt und putzt ihn und fährt damit nun jeden Nachmittag die drei Kleinen spazieren.

Es ist ein warmer Frühherbst. Der Winter, den alle fürchten, lässt noch eine Weile auf sich warten, doch gibt es auch ohne die drohende Kälte schon jetzt ein Übermaß an Not und Elend. Hungrige, müde Menschen, die in Trümmern hausen, Bettler, deren ausgestreckte Hände niemand mehr zu füllen bereit ist, Kriegsinvaliden in zerrissenen Uniformen. An einer langen Bretterwand hängen Hunderte von Zetteln, auf denen nach vermissten Angehörigen gesucht wird.

Vor einem Trümmergrundstück am Eppendorfer Baum steht ein Mann mit dunkler Brille, dessen leeres rechtes Hosenbein hochgesteckt ist. Zwei primitive Krücken lehnen neben ihm. Wie eine Vogelscheuche steht er da, jeden Tag, bei jedem Wetter. Um den Hals trägt er ein großes Pappschild mit der Aufschrift: »Der Dank des Vaterlandes ist euch gewiss.«

Lilly ist schon viele Male an ihm vorbeigegangen. Sie hat das Gefühl, dass er sie durch seine dunkle Brille anstarrt.

Überall hat die Besatzungsmacht Plakate angebracht mit großen Fotos von dem grauenvollen Geschehen im KZ Buchenwald. Aus den Fotos deutet ein Finger bedrohlich auf den Betrachter. Dazu der Text: »Du bist schuldig!«

Nach einer kurzen Gewöhnungszeit gehen die meisten Menschen an den Plakaten ebenso achtlos vorbei wie an dem einbeinigen Invaliden. Sie denken – und sie sagen es auch: »Wie kann ich schuldig sein an etwas, das ich nicht einmal gewusst habe.« Und wenn diese Schuldzuweisung nicht stimmt, dann stimmen vermutlich auch die Fotos nicht, denken sie, und das Ganze ist bloß wieder mal eine propagandistische Maßnahme der Sieger, die das am Boden liegende Deutschland nun auch noch mit psychologischen Fußtritten traktieren. Besser gar nicht mehr hinschauen.

Lilly jedoch schaut hin, und sie weiß, dass sie sehr viel gewusst hat und noch mehr hätte wissen können, wenn sie nur offener gewesen wäre. Sie fühlt sich schuldig an etwas, für das sie nicht einmal um Verzeihung bitten kann, weil es ja keine Person gibt, der sie selbst bewusst geschadet hat. Vergeben kann einem aber nur derjenige, an dem man schuldig geworden ist. Oder Gott – und der erscheint Lilly momentan als vollkommen unerreichbar.

Ein neues Wort kommt auf, das heißt Kollektivschuld. Anfangs verschafft es Lilly in ihren Grübeleien eine gewisse Erleichterung, weil es das Unbegreifliche ihrer persönlichen Schuld nun durch eine kollektive erklärt. Doch als sie mit Onkel Jupp darüber spricht, schüttelt der nur müde den Kopf und sagt, dass es eine kollektive Schuld ebenso wenig geben könne wie eine kollektive Unschuld. »Im Kollektiv unterzugehen heißt doch immer nur, sich um die persönliche Verantwortung zu drücken.«

»Aber wenn sich nun wirklich jeder Mensch im Kollektiv schuldig fühlt und auch teilnimmt an der Schuld der anderen …«

»Glaubst du etwa«, unterbricht Onkel Jupp, »dass sich jeder Deutsche schuldig fühlt?«

Nein, das kann Lilly denn doch nicht glauben, sie erfährt es auch täglich anders bei ihren Beobachtungen auf der Straße, in den Ämtern und beim Schlangestehen vor den Läden. Das, was sie immer wieder hört, wenn von deutschen Verbrechen geredet wird, ist: »Aber wir haben doch auch sehr gelitten!« Als ob das eine Leiden mit dem anderen abzugelten wäre.

Lilly geht es so viel besser als den meisten Deutschen, dennoch fühlt sie sich oft leer und ausgebrannt. Während des Krieges hat sie mit aller Kraft auf das Kommende, auf den Frieden zu gelebt. Außer ihren Träumen von einem Phantasie-Jeremy und der Liebe zu Isa war die Angst ihre größte Energiequelle. Inzwischen ist die Liebe irgendwie schal geworden, die Ängste um Leib und Leben sind vorbei und der Frieden ist da. Aber Lilly weiß nichts mit ihm anzufangen. Ihr Kummer um Isa ist einer schulterzuckenden Resignation gewichen, an Jeremy denkt sie nicht mehr. Oder? Doch, ja, natürlich denkt sie noch an den englischen Feldgeistlichen, aber immer mit einem merkwürdigen Gefühl der Enttäuschung. Und dann die letzte Nacht in Staaken – er ist zu ihr gekommen und hat sie umarmt und geküsst, so wie sie es sich unzählige Male erträumt hatte. Und es ist schön gewesen – wirklich. Wieso dann dieses Verlustgefühl? War ihr vielleicht der Traum wichtiger als dessen Verwirklichung?

Immer wieder kommt ihr das zynische Wort in den Kopf: »Lasst uns den schönen Krieg genießen, der Friede wird furchtbar sein.« Lasst uns die schönen Träume genießen, die Realität wird enttäuschend sein?

Lilly schämt sich ihrer Undankbarkeit. Nur mit Onkel Jupp kann sie darüber reden. »Hätte ich nicht das Engelchen«, sagt sie zu ihm, »dann wollte ich kaum noch weiterleben.«

»Nimm dir Zeit, Lilly«, sagt er, »die letzten Kriegsmonate haben alle deine Energiereserven aufgebraucht, jetzt musst du erst einmal neue bilden.«

Manchmal sitzt sie, das Engelchen in den Armen, am Boden neben Onkel Jupps Sessel und lehnt den Kopf gegen seine Knie. Wenn er ihr dann über die Haare streicht, wird ihr etwas leichter zumute.

»Weißt du noch …«, sagt sie.

»Du solltest nicht immer rückwärts denken«, sagt er.

»Aber vorne kann ich überhaupt nichts sehen.«

»Wenn man nichts sehen kann, muss man sich eben etwas ausmalen.«

Und dann hilft es ihr, sich ein Luftschloss zu bauen.

Manchmal zieht Onkel Jupp sich ohne Erklärung ins Schlafzimmer zurück und kommt tagelang nicht zum Vorschein. Dann ist er angeblich krank, jedoch welcher Art diese Krankheit ist, das weiß niemand und darüber wird auch nicht geredet.

Seit einiger Zeit erscheint jeden Montag und Donnerstag eine Frau in der Wohnung, die lehrt Onkel Jupp die Blindenschrift. Sie heißt Ingelore Bierisch, ungefähr dreißig Jahre alt und so mager, dass man meint, durch sie hindurchsehen zu können. Wenn sie da ist, sitzt Mama immer irgendwo in der Nähe und hört und schaut zu. »Die Frau hat so hungrige Augen«, sagt sie zu Lilly.

Als die Bierisch sich auch noch erbietet, Onkel Jupp täglich eine Stunde vorzulesen, lehnt Mama dies in nahezu beleidigender Form ab. »In unserer Familie gibt's genug Vorleser, dazu brauchen wir Sie nicht.«

Nach dem Unterricht übergibt sie der Frau jedes Mal ein vorbereitetes kleines Paket mit Essbarem. Die Frau bedankt sich nie, nimmt das Paket und geht ihrer Wege.

»Undankbar ist sie auch noch«, sagt Mama.

Nachdem Lilly viele Male an dem Invaliden mit dem Schild vorbeigegangen ist, denkt sie, dass sie vielleicht etwas für ihn tun könnte – für ihn und dadurch auch für sich selbst.

Sie erbittet von Jule die Reste des Mittagessens.

»Für wen soll denn das sein?«, fragt Jule.

»Für jemanden, der bestimmt sehr hungrig ist.«

»Sind doch die meisten Menschen hungrig heutzutage, und wir können sie nicht alle satt machen.«

»Aber wenigstens diesen einen.«

Jule wirft Lilly einen schrägen Blick zu. »Willst wohl den Herrgott bestechen? Aber das funktioniert so nicht.«

»Was redest du denn da«, sagt Lilly unwillig. »Ich will niemanden bestechen, ich will nur jemandem etwas zu essen bringen. Das ist alles.«

»Heutzutage kriegt niemand etwas zu essen ohne Bezahlung«, sagt Jule, füllt dann aber Gemüse und Kartoffeln in eine Schüssel.

Lilly denkt, dass Jule früher im Krieg ganz anders gewesen ist. Da hat sie sogar ihr Leben aufs Spiel gesetzt, um Menschen zu helfen. Und heute fällt es ihr schwer, die Reste vom Mittagessen umsonst herzugeben.

»Dass du mir aber ja das Geschirr zurückbringst!«, verlangt Jule.

»Was denkst denn du!«

Lilly schiebt den Kinderwagen mit den drei Kleinen zum Eppendorfer Baum. Als sie vor der armseligen Vogelscheuche stehen bleibt, weiß sie nicht, wie sie ihr Essen loswerden soll. Wieder hat sie das Gefühl, dass der Mann sie durch die Brillengläser anstarrt.

Sie räuspert sich. »Entschuldigen Sie bitte«, sagt sie.

»Bestimmt nicht!«, sagt der Mann. »Da kann man mich noch so sehr bitten, ich entschuldige nichts.«

»Aber ich wollte doch nur ...«

»Gehen Sie, machen Sie, dass Sie wegkommen. Dies ist mein Platz, und ich will hier alleine stehen.«

»Ja, natürlich«, sagt Lilly erschrocken und drückt ihm das Schüsselchen in die Hand. Wenn er es jetzt fallen lässt, denkt sie, dann kann ich das auch nicht ändern. Der Mann jedoch packt die Schüssel so fest, als wolle er sie zerdrücken.

»Ich hab auch einen Löffel mitgebracht«, sagt Lilly. »Und lassen Sie sich ruhig Zeit, ich komm dann später vorbei und hol die Schüssel ab.«

Schnell geht sie davon und schiebt den Kinderwagen um die nächste Ecke, ohne sich noch einmal umzusehen.

Als sie nach einer Stunde zurückkommt, ist das Essen nicht mehr in der Schüssel, stattdessen liegen ein paar Münzen darin, englische, soweit Lilly sehen kann. Da hat also ein Siegersoldat einem invaliden Verlierer etwas geschenkt.

Lilly findet das schön, obgleich Jule es vermutlich wieder als Herrgottsbestechung angesehen hätte. »Kann ich jetzt bitte meine Schüssel wiederhaben?«, sagt sie.

»Sie haben mich zum Bettler gemacht«, murmelt der Mann.

»Ich dachte doch nur«, verteidigt sich Lilly, »dass Sie vielleicht hungrig sind. Und das Geld, das da jetzt in der Schüssel ist, das hat ein Engländer hineingetan. Dafür kriegen Sie mindestens eine Schachtel Marlboro, und für Zigaretten kann man heutzutage alles kaufen.«

»Nur kein neues Bein«, sagt der Mann.

Lilly schluckt. »Bitte geben Sie mir die Schüssel, ich muss sie zu Hause wieder abliefern.«

Als der Mann nicht reagiert, versucht sie vorsichtig, sie ihm aus der Hand zu nehmen. Er aber hält eisern fest.

Eine alte Frau bleibt stehen und fährt Lilly an: »Was machst du denn da, willst einen Invaliden um sein Erbetteltes betrügen!«

»Aber es ist meine Schüssel«, sagt Lilly.

»Deine Schüssel? Das glaubst du wohl selber nicht.«

Zwei weitere Frauen kommen dazu, die eine greift nach Lillys Arm und versucht sie wegzuzerren. »Lass den armen Mann in Ruhe, aber sofort!«

In Lilly braut sich Trotz zusammen. »Ich geh hier nicht weg«, schreit sie, »bevor er mir meine Schüssel zurückgegeben hat!«

»Das wollen wir doch mal sehen«, faucht die erste Frau und gibt Lilly einen so kräftigen Stoß, dass sie zur Seite taumelt, wodurch der Einbeinige, der immer noch die Schüssel umklammert hält, ins Wanken gerät und zu Boden stürzt. Das Schild fällt neben ihn, die Schüssel geht zu Bruch, klirrend hüpfen die Münzen über den Gehsteig.

»Nun hat sie ihn auch noch umgeworfen«, keift die Frau.

Lilly wird ganz übel vor Schreck. Baby Josi, durch den Lärm aufgewacht, fängt an zu schreien, und das Engelchen schreit sogleich zur Gesellschaft mit.

Ein englischer Jeep von der Military Police fährt vorüber, bremst scharf und setzt zurück. »What's going on here?«, ruft der Soldat und springt ab.

Die Frauen reden alle durcheinander, sie zeigen auf Lilly. Ein paar weitere Passanten bleiben stehen und betrachten neugierig die Szene. Niemand kümmert sich um den am Boden liegenden Invaliden, alles Interesse richtet sich jetzt auf Lilly.

Der Soldat bemerkt die am Boden liegenden Münzen. »English money«, sagt er, »somebody has stolen English money!«

»Sie war's, die da war's«, schreit die erste Frau.

Der junge Militärpolizist, der aussieht, als hätte er gerade eben erst die Grundschule hinter sich gebracht, müht sich um Autorität. »Everybody should disperse«, ruft er, »go to your homes.« Und zu Lilly, die er energisch am Arm packt: »And you come with me to the station, you are under arrest!«

Vor lauter Schreck hat Lilly all ihr Englisch vergessen. »Das geht doch nicht«, ruft sie, »ich muss meine Kinder nach Hause bringen!«

»We'll deal with that problem later. No fuss now, don't cause any trouble!«

To the station? Fuss? Trouble? Und das Kinderproblem später erledigen? Was bildet sich der Kerl eigentlich ein? Gott sei Dank kann Lilly plötzlich auch wieder englisch reden, und wie sie das kann! Eine Schimpftirade allerersten Ranges bricht aus ihr heraus, sie knallt dem polizeilichen Milchbart ihre ganze Wut an den Kopf (die sich eigentlich mehr auf die alten Weiber und sogar auf den verrückten Invaliden als auf den Soldaten bezieht). Mit vor Aufregung überkippender Stimme teilt sie ihm auf Englisch und Deutsch mit, dass er ein Idiot sei und von nichts eine Ahnung habe und überhaupt noch nicht ganz trocken hinter den Ohren, denn sonst würde er sich nicht anmaßen, to deal with that problem later, das Problem schreiender, hungriger Kinder nämlich, die er offenbar auf der Straße stehen lassen wolle, weil er in ihnen nur fuss und trouble sehen könne, anstatt sich vielleicht mal um diese bösartigen Weiber hier zu kümmern, die nichts anderes zu tun hätten, als hier rumzustehen und sich einzumischen in Dinge, die sie überhaupt nichts angingen. Und der Einzige, der wirklich fuss and trouble mache, das wäre er selbst mit seinem dämlichen Siegerverhalten und überhaupt – Lilly kommt immer mehr in Rage – und überhaupt sei das Ganze absolute Hühnerscheiße.

Dieses Wort – Hühnerscheiße – ist Lillys einziges richtiges Schimpfwort. Es stammt noch aus Staaken, wo Jule das Galitzer Gold im Hühnerstall versteckt hatte, und sie benutzt es relativ selten, um es immer schön frisch zu halten.

Momentan reagiert der Polizist verblüfft und hilflos. Solch eine minderjährige weibliche Furie hat er offenbar noch nicht erlebt. Was allerdings passiert wäre, wenn Lilly weitergemacht hätte und er nach dem anfänglichen Schock zu sich gekommen wäre, will man sich doch besser nicht ausmalen. Kein Deutscher hatte das Recht, einen Siegersoldaten zu attackieren, und sei es auch nur in Worten!

Gott sei Dank greift das Schicksal rechtzeitig ein. Es heißt Schwester Benedicta, ist reifen Alters, groß und dick, trägt trotz des warmen Wetters einen Mantel, hat auf dem Kopf eine Art verrutschter Schwesternhaube und fährt Fahrrad. Das Schicksal Benedicta also kommt im genau richtigen Moment herangeradelt, fährt mitten in den anwachsenden Pulk aufgeregter Menschen, erblickt den am Boden liegenden Einbeinigen, springt ab, knallt dem Militärpolizisten ihr Fahrrad in die Hand, sagt »Da, halt mal« und beugt sich zu dem Invaliden: »Wer hat Sie denn umgehauen?«

»Keiner«, murmelt der Mann, »ich bin ganz von selbst umgekippt.«

»Und das schöne Schild war Ihnen überhaupt keine Stütze?«, feixt Benedicta. »Also hoppla, Junge, vor Gott soll der Mensch nicht im Dreck liegen, sondern aufrecht stehen, und ein Bein ist immer noch besser als gar keins. Kann mir mal jemand helfen?«

Lilly springt herzu und gemeinsam bringen sie den Mann endlich wieder auf sein Bein. Benedicta arrangiert das Schild um seinen Hals, drückt ihm die Krücken in die Hand und klopft ihm auf die Schulter. »Wir sehen uns dann nachher in der Suppenküche«, sagt sie.

Inzwischen haben sich die Neugierigen stillschweigend davongemacht, nur noch Lilly und der Soldat stehen da. Er hält sich am Fahrrad fest, Lilly am Kinderwagen,

»Wer hat denn hier mit Münzen rumgeschmissen?«, fragt Benedicta, beugt sich schnaufend hinunter und sammelt das Geld ein. »Zwei Shilling Sixpence, damit kann man schon was machen.« Sie steckt das Geld ein und wendet sich dem Soldaten zu. »Und du, Billy? Hast mal wieder Autoritätsschwierigkeiten? Mit dir haben sie wirklich den Falschen zum Polizisten gemacht.«

Es ist nicht ganz klar, ob der Angesprochene die Worte verstanden hat. Er grinst etwas unsicher.

»Und wieso musstest du dich ausgerechnet an die kleine Steinhöfer machen? Die hat's nun wirklich nicht verdient.«

»Aber ... woher kennen Sie denn meinen Namen?«, fragt Lilly verwirrt.

»Ich bin hier so was wie 'ne Gemeindeschwester. Mein Name ist Benedicta. Ich kümmer mich um die Suppenküche. Und auch noch um ein paar Leute, die's besonders nötig haben. Zum Beispiel um die Bambergers.«

»Die Bambergers?«, fragt Lilly.

»Die wohnen im gleichen Haus wie du.«

»Nein«, sagt Lilly, »die wohnen da nicht.«

»Doch«, sagt Benedicta, »die haben bloß kein Schild an der Tür.«

»Alle müssen ein Schild haben und auf der Liste stehen.«

»Diese nicht. Und jetzt machst du dich mal besser auf den Heimweg. Oder nein, warte, Billy kann dich nach Hause fahren. Du siehst ziemlich mitgenommen aus. Den Kinderwagen verstauen wir hinten im Jeep. Billy fährt ganz langsam und ich radle nebenher. Ich wollte sowieso mal bei euch vorbeischauen.«

»Ich verstehe überhaupt nichts mehr«, sagt Lilly.

»Macht nichts. Ich kenne übrigens auch euren Polen, dieses Schwarzmarktgenie. Wenn der sich allzu sehr bereichert hat an anderer Leute Hunger, dann kommt er manchmal in unsere Andachtsbaracke und tut Buße in Form von Brot und Butterschmalz und für besonders große Sünden zahlt er sogar mit Kaffee. Sehr angenehm.«

»Sind Sie denn katholisch?«, fragt Lilly etwas dumm.

»Und ob«, sagt Schwester Benedicta.

»Ach so«, sagt Lilly und nickt, als ob dadurch nun alles vollkommen klar wäre. »Vielen Dank übrigens, dass Sie rechtzeitig eingegriffen haben, weil nämlich dieser da ...«, sie deutet mit den Augen zu dem Soldaten, »das ist wieder mal so einer, der überhaupt nichts begriffen hat.«

»Ach was. Billy ist ein guter Junge. Nur etwas überfordert. Und ziemlich einsam hier. Der stammt aus 'ner großen Familie, weißt du, und er hat schreckliches Heimweh.«

Langsam fährt der offene Jeep den Eppendorfer Baum entlang, hinten der Kinderwagen mit den drei Kleinen, Lilly vorne neben Billy. Schwester Benedicta hält sich am Jeep fest und lässt sich mitsamt dem Fahrrad ziehen.

»Du hast ja auch eine große Familie«, sagt sie.

Lilly nickt. »Und Sie?«

»Eine sehr große Familie. Kloster Seelbach im Schwarzwald.«

»Etwa lauter Nonnen?«

Benedicta grinst. »Jedenfalls keine Mönche.«

»Schon lange?«

»Seit sechsunddreißig Jahren.«

Lilly seufzt. »O du meine Güte. Und wieso sind Sie hier?«

»Wieso, wieso. Weil man mich hergeschickt hat natürlich.« Sie schaut in den Kinderwagen. »Deine drei Kleinen sind sehr verschieden«, sagt sie, »wer ist denn nun wer?«

Lilly erklärt: »Der Winzling da, der heißt Julius und ist der Sohn von unserer Jule und dem Schwarzmarktgenie. Und Josi und Engelchen sind die Zwillinge von Mama und Onkel Jupp, wobei es der Gerechtigkeit halber so aufgeteilt ist, dass Josi Mama gehört und Engelchen mir. Gewissermaßen.«

»Etwas wirre Verhältnisse, was?«, fragt Benedicta.

»Nur, wenn man sie nicht durchschaut«, antwortet Lilly, und vorsichtshalber – schließlich ist die Frau Nonne – fügt sie noch hinzu: »Wir sind nämlich alle gegen Scheidung. Mein Papa hat's auch von Anfang an gewusst und inzwischen ist er einverstanden. Er kann nämlich nicht ohne Familie leben.«

»Aha«, sagt Benedicta. »Durchschaubar oder nicht, Hauptsache, Liebe. Du weißt ja wohl: ›Und die Liebe ist die größte unter ihnen.‹ Erster Korinther dreizehn, Vers dreizehn.«

Lilly seufzt. »Da bin ich aber froh, dass Sie das auch finden.«

Vor der Haustür in der Sieglindenstraße angekommen, laden sie den Kinderwagen ab. Josi und Engelchen hat die Fahrt in dem schlecht gefederten Jeep offenbar gut gefallen, der kleine Julius schläft wie üblich.

»Also danke«, sagt Lilly, »vielen, vielen Dank.«

»Hör mal ...«, sagt Benedicta. »Du könntest was für mich tun. Oder besser für den armen Billy, damit der nicht vor lauter Einsamkeit noch irgendwelchen Unfug macht. Du sprichst ja offenbar gut Englisch – jedenfalls kannst du fabelhaft schimpfen. Geh doch mal mit ihm spazieren ... oder so. Seit Juli ist doch der Kontakt zwischen den Besatzern und der Bevölkerung erlaubt.«

»Ich mit einem englischen Polizisten? Nein ... also ich glaube wirklich, nein, das kann ich nicht. Da würde ich mich doch irgendwie schämen.«

»Schämen, wieso?«

»Weil ich nicht aussehen will wie all diese Mädchen, die ... na, Sie wissen schon. Erst himmeln sie die deutschen Uniformen an und dann, übergangslos, die englischen. Für ein bisschen mehr Essen und ein paar Strümpfe.«

»Du himmelst ja nicht. Und dass du zu essen hast und auch Strümpfe, ist nicht dein Verdienst.«

»Ja ...«, sagt Lilly und macht sich betreten an dem Kinderwagen zu schaffen. »Also ich geh jetzt. Und nochmals vielen Dank.«

»Billy hilft dir, den Kinderwagen hochtragen. Come on, Billy, you help her the Kinderwagen carry up.«

Billy nickt und packt ohne Umstände den vorderen Teil des

Wagens, sodass Lilly gar nichts anderes übrig bleibt, als zuzugreifen und hinter ihm herzustolpern.

»Und dass du ihn ja nicht kränkst«, ruft Benedicta hinter Lilly her. »Er kann nämlich nichts dafür, dass er Engländer ist.«

Da wendet Lilly sich noch einmal zurück – als Engländer-Feindin will sie nun auf gar keinen Fall gelten. »Darum geht's doch gar nicht«, ruft sie, »meine Mutter ist halbe Engländerin und meine erste Liebe war ein Engländer!«

Benedicta stößt ein dröhnendes Gelächter aus. »Na, dann ist ja alles in Ordnung.«

Als die beiden vor der Steinhöfer'schen Wohnung den Kinderwagen absetzen, lehnt die Neuhauser oben im zweiten Stock über das Treppengeländer. Hinter ihr steht ihr Sohn Albert, ein magerer, pickeliger Siebzehnjähriger. »Ist doch typisch, nun hat sie sich auch noch 'nen Tommy zugelegt! Keine Würde hat diese Familie«, sagt sie zu ihrem Sohn.

Und Albertchen quengelt: »Und was wird aus mir, Mutti? Ich find sie nämlich ganz toll!«

»Lass mich mal machen, Jungchen, ich denk mir was aus.«

Inzwischen ist Markus erschienen. Er stutzt, macht einen hastigen Schritt nach rückwärts und knallt die Tür Lilly vor der Nase zu.

»Sorry«, sagt sie zu Billy, »that was my brother, he is a bit nervous. The war, you know. Awful memories.« Dann bedankt sie sich noch einmal, schließt die Tür wieder auf und verschwindet mit dem Kinderwagen in der Wohnung.

Drinnen wartet Markus und in der Tat wirkt er hochnervös. »Was ist denn passiert?«, fragt er. »Hast du irgendetwas angestellt?«

Lilly grinst. »Das war nur mein neuer Freund. Er hat mir mit dem Kinderwagen geholfen.«

»Du spinnst wohl!«, faucht Markus. »So jemanden hier raufzubringen. Ist dir denn nicht klar, dass wir – mit unseren Schwarzmarktwaren in der Besenkammer – auf einem Pulverfass sitzen?«

»Billy wird's schon nicht anzünden. Er ist ein guter Junge. Und so einsam. Ich hab versprochen, mit ihm spazieren zu gehen.«

Daraufhin kriegt Markus einen Wutanfall. »Das wird ja immer besser! Erst treibst du's mit einem verheirateten Padre und jetzt mit einem Polizisten! Willst du etwa sein wie all die anderen Weiber, die sich für eine Tafel Schokolade irgendeinem hergelaufenen Tommy an den Hals werfen?«

Lilly beginnt sich zu amüsieren. »Ich hab noch nie gern Schokolade gegessen«, sagt sie.

Ungefähr eine Stunde später, während der Lilly zusammen mit Jule die Kleinen versorgt hat, klingelt es an der Wohnungstür. Lilly will öffnen, Markus versperrt ihr den Weg. »Etwa wieder dieser Polizist?«

»Weiß ich doch nicht.«

»Den kannst du hier nicht reinlassen.«

»So jemand kann sich ohne weiteres Einlass verschaffen, weißt du doch. Also wollen wir ihn besser gar nicht erst reizen.«

Sie schiebt Markus zur Seite. Vor der Tür steht Benedicta. »Ich dachte, du könntest mal mit mir kommen«, sagt sie zu Lilly.

»Wohin?«

»Zu Bambergers. Weil du die ja noch nicht kennst.«

»Sind das die Leute, die hier wohnen, aber nicht auf der Liste stehen?«

»Stimmt«, sagt Benedicta. »Sie haben sich nämlich geschworen, sich nie wieder irgendwo registrieren zu lassen. Also kommst du?«

Lilly ruft Markus zu: »Ich bin gleich wieder da.« Im Treppenhaus dann fragt sie vorsichtig: »Ist mit denen irgendetwas nicht in Ordnung?«

»Stimmt«, sagt Benedicta wieder. »Mit denen ist so ungefähr nichts in Ordnung. Außer dass sie überhaupt am Leben sind. Sie kommen beide aus Auschwitz.«

»O Gott!«, sagt Lilly.

»O Gott!«, bestätigt Benedicta. »Warum hat er das zugelassen. Das frag ich mich jeden Tag.«

»Aber Sie sind doch katholisch«, sagt Lilly.

»Was hat denn das damit zu tun?«

»Ich dachte nur ...«, sagt Lilly unsicher, »ich dachte, die Katholiken dürfen überhaupt keine Fragen stellen, weil bei ihnen sowieso alles reglementiert ist und weil ihr katholischer Gott ...«

»Hör auf, Mädchen. Es gibt nicht meinen Gott und nicht deinen Gott und nicht Bambergers Gott, es gibt nur einen, und damit basta.«

»Manchmal denke ich, es gibt überhaupt keinen«, sagt Lilly leise.

»Ich auch, was glaubst denn du. Aber ohne Zweifel kann es keine Gewissheit geben.«

»Und wenn man nun überhaupt nicht mehr glauben kann?«

»Dann muss man eben so tun, als ob, und weiterhin die Gebote des Herrn erfüllen. Irgendwann wird er sich dann schon erbarmen und einem den Glauben wiederschenken.«

»Und wenn er's nicht tut?«

»Dann hast du's nicht richtig gewollt. Aber Schluss jetzt mit der Götterei, darüber können wir später reden. Momentan geht's um die Bambergers. Sie haben sich in Auschwitz getroffen und unmittelbar nach dem Krieg geheiratet. Klingt nett, nicht? Wie eine ganz normale Ferienbekanntschaft, aus der dann eine Ehe geworden ist. Dabei ist es das größte Grauen und die größte Anomalität überhaupt!« Plötzlich kommen Benedicta die Tränen. »Ach, verdammte Scheiße!«, flucht sie.

Eine fluchende Nonne in Tränen – wie verhält man sich denn da? Unbeholfen streichelt Lilly Benedictas Arm.

Die zieht ein großes Taschentuch aus dem Ärmel, schnäuzt sich und wischt sich die Augen. »Allzu viel Elend momentan!«, grummelt sie. »Da kann man kaum noch gegen anbeten. Und nun komm endlich mit, die Bambergers warten.«

»Auf mich?«

»Ich hab gesagt, dass du kommst, hab dich ihnen sozusagen verordnet.«

»Ich bin doch keine Medizin«, wehrt sich Lilly.

»Wer weiß. Man soll nichts unversucht lassen.«

3. Kapitel

Und so beginnt Lillys Beziehung zu den Bambergers, zu den Leuten, die in der Parterrewohnung mit den zugenagelten Fenstern leben. Das Schicksal in Form einer Nonne beschränkt sich nämlich keineswegs nur auf das Schlichten eines kleinen Straßenkrawalls, es hat Weitreichenderes im Sinn.

»Du gehst sie einfach immer mal besuchen, ganz nachbarlich, auf einen kleinen Schwatz«, hat Benedicta gesagt. »Und bringst eins von deinen Babys mit, das erleichtert die Kommunikation.«

»Die Babys bestimmt nicht«, hat Lilly sich entrüstet. »Also ich selbst ... wenn Sie meinen, dass ich helfen kann, ich werd's versuchen. Aber eins von meinen Babys als Heilmethode zu gebrauchen, das kommt nicht infrage. Jule würde das auch sowieso nicht erlauben und Mama schon gar nicht.«

»Bleibt also dein Engelchen«, hat Benedicta gesagt, »dafür bist du verantwortlich.«

»Stimmt. Und weil ich verantwortlich bin, werd ich den Teufel tun und Engelchen in diese muffigen Räume ohne Licht und Luft bringen! Da wird's dann womöglich noch selber krank.«

»Lass mal den Teufel aus dem Spiel, Mädchen, und sorg lieber dafür, dass die Räume nicht länger ohne Licht und Luft bleiben.«

Das scheint sehr viel leichter gesagt als getan.

Miriam Bamberger ist eine magere, nervöse, schreckhafte Person, angeblich erst zweiundzwanzig Jahre alt, doch mindestens doppelt so alt aussehend. Ihr Mann, Josua, könnte ihr Vater sein, nicht nur nach der äußeren Erscheinung, sondern auch seinem Alter gemäß. Er ist der Ruhigere von beiden, trotz seiner Schwäche und Hinfälligkeit macht er sich ständig Sorgen um Miriam, lässt sie nie aus den Augen, will am liebsten, dass sie den ganzen Tag im Bett oder auf dem Sofa liegen bleibt, bringt ihr Kissen und Decken und etwas zu essen, sitzt neben ihr, hält ihre Hand und sagt immer wieder, dass sie am Leben bleiben muss, sie als Einzige, sie als Letzte, sie als Hoffnung.

»Ich hab aber keine Hoffnung mehr«, sagt Miriam dazu.

»Du *bist* die Hoffnung«, sagt Josua.

Sie waren von den Engländern in die Wohnung, die leer stand, weil die Vormieter in den letzten Kriegstagen umgekommen waren, eingewiesen worden, was, wie so vieles, die Neuhauser ärgerte. »Eine Sechszimmerwohnung für zwei Leute! Na klar, sind ja auch Juden, die kriegen jetzt alles nachgeschmissen.«

In der Wohnung, die im Moment nur durch ein kleines Hoffenster gelüftet werden kann, hängt der immer strenger werdende Geruch von Hühnersuppe. Josua ist der Meinung, dass Hühnersuppe das Beste ist für kranke Körper und kranke Seelen.

Miriam will aber keine Hühnersuppe essen, weil der Geschmack sie an die Geburt ihres einzigen Kindes erinnert. Dieses Kind ist, wie Benedicta Lilly erzählt, im Ghetto von Lodz zur Welt gekommen, und sein Vater Leo, Miriams erster Mann, hatte es geschafft, von der arischen Seite her zwei Hühner für seine Frau ins Ghetto zu schmuggeln. Das Fleisch war weiß und zart, und der Geruch der Suppe quoll aus dem engen Raum, in dem Leo und Miriam mit sieben Familienangehörigen hausten, hinaus auf die Straße. Dort versammelten sich die hungernden Kinder der Nachbarschaft, um das, was sie nicht essen konnten, wenigstens zu riechen.

»Ich kann diese Suppe nicht ertragen«, sagt Miriam zu Josua, »sie ekelt mich an. Und sie macht die anderen nur neidisch.«

»Wer reichlich Hühnersuppe isst, kommt wieder auf die Beine«, antwortet Josua und zwingt Miriam die Suppe Löffel für Löffel zwischen die Lippen. »Das hat man bei uns daheim schon immer gewusst. Dein Körper hat's nur vergessen, im Lager, aber auf die Dauer wird er sich daran erinnern.«

Als Lilly das erste Mal in die Bamberger'sche Wohnung kommt, will sie am liebsten sogleich wieder weglaufen. Die Dunkelheit – es brennt nur hier und da eine kleine Funzel –, die Gerüche, die beiden Menschen, die die Besucher anstarren, feindselig, ängstlich, abweisend.

»Da bring ich Ihnen Elisabeth Steinhöfer aus dem ersten Stock«, verkündet Benedicta munter, »die will sich mal um Sie kümmern.«

»Wir brauchen niemanden«, sagt Josua.

»Aber vielleicht braucht Elisabeth Sie«, sagt Benedicta.

Wozu Lilly diese beiden Menschen brauchen könnte, ist ihr unklar. Aber sie sagt nichts. Sie steht nur abwartend da und hofft dringend, sich schnell wieder verziehen zu können.

»Und als Erstes will sie nämlich die Bretter von den Fenstern nehmen«, fährt Benedicta fort, »damit hier endlich mal gelüftet werden kann. Und Billy wird ihr dabei helfen.«

»Nein«, sagt Josua, »auf gar keinen Fall. Die Fenster bleiben vernagelt. Sonst könnte man zu uns reinsehen.«

»Und was sieht man da?«, poltert Benedicta. »Einen Mann, der Hühnersuppe kocht, und eine Frau, die sie nicht essen will.«

»Sie muss sich gewöhnen«, sagt Josua. »Haben Sie mir die zwei Hühner mitgebracht, um die ich Sie gebeten habe?«

»Da liegt doch noch eins in der Küche«, sagt Benedicta. »Und es ist momentan nicht einfach, ein frisches Huhn zu besorgen.«

»Nicht mal das …«, murmelt Josua, »nach Ghetto und Lager und Todesmarsch, nicht mal ein frisches Huhn.«

»Ich will kein Huhn«, flüstert Miriam. »Und ich will auch nicht, dass jemand zu uns reinsieht. Wir leben im Versteck.«

Lilly hat eine Idee. »Wir haben im Keller noch die alten Rollos von der Verdunkelung. Die könnte man bei Ihnen wieder anbringen. Wenn Sie dann die Fenster öffnen, haben Sie mehr frische Luft und bleiben trotzdem im Versteck.«

»Nein«, sagt Josua.

»Wie kann man nur so dickköpfig sein!«, schimpft Benedicta. »Elisabeth hatte nämlich vor, bei ihren Besuchen künftig ihr Baby mitzubringen. Aber wenn es hier so dunkel und schlecht gelüftet ist, ist das unmöglich.«

»Wir brauchen keine frische Luft und keine Rollos und kein Baby. Wir brauchen unsere Ruhe.«

»Baby …?«, flüstert Miriam. »Sie hat ein Baby! Hat sie es gefunden?«

Lilly zuckt zusammen. »Was reden Sie denn da?«

»Gefunden ...«, fährt Miriam leise fort, »am Straßenrand in Lodz zwischen dem Ghetto und dem Sammelplatz? Da hab ich es hingelegt, ganz schnell und heimlich. Und bin weitergegangen und hab mich nicht umgesehen. Sonst hätten sie was gemerkt und mich geschlagen. Mit dem Gewehrkolben. Ich hab mein Baby einfach liegen gelassen, das war falsch, weil sie mich ja doch nicht ins Gas geschickt haben.«

Schwester Benedicta setzt sich zu Miriam auf das Sofa und legt ihr einen Arm um die mageren Schultern. »Du hast dein Baby verlassen, um es zu retten, das war nicht falsch, das war sehr tapfer. Im Lager hätte es nicht überlebt. Darum hast du es an den Wegrand gelegt, damit eine polnische Frau kommt und es rettet. Jetzt ist dein Baby schon zwei Jahre alt und kann schon laufen und reden und die polnische Frau ist gut zu ihm.«

Miriam starrt Lilly ins Gesicht. »Sie waren doch in Lodz, nicht? Auf der arischen Seite? Und Sie kennen den Weg vom Ghetto zum Sammelplatz.«

Lillys Hals schnürt sich zusammen. Sie versucht, gegen das Würgen anzuschlucken, aber das Gefühl geht nicht weg. Mühsam bringt sie ein paar Worte heraus: »Ich war noch nie in Lodz.«

»Warum wollen Sie mir mein Baby nicht wiedergeben?«, jammert Miriam. »Es ist doch das Einzige, das ich noch habe. Alle anderen sind tot. Nur mein Baby und ich, wir haben überlebt.«

Benedicta tätschelt Miriams Schulter. »Das stimmt, ihr beide habt überlebt. Aber wenn du weiterhin nicht isst und keine frische Luft an dich ranlässt, dann wirst du nicht mehr lange überlebt haben. Und Elisabeths Baby ist nicht dein Baby, es ist nämlich erst vier Monate alt. Und Elisabeth ist auch nicht die Mutter, sondern die große Schwester, verstehst du?«

»Große Schwester?« Miriam betrachtet Lilly, für kurze Zeit klärt sich ihr Blick. »Heißt du Elisabeth?«

Lilly nickt. »Aber die meisten Leute nennen mich Lilly.«

»Meine große Schwester hieß Franca. Sie hat beim Kommandanten das Silber putzen dürfen. Und dann hat er sie doch in die Gaskammer geschickt. Ich hab immer bloß Stiefel geputzt, das war besser. Ich hab nämlich überlebt. Aber ich weiß nicht, wofür.«

Lilly wirft Benedicta einen hilflosen Blick zu. Die steht vom Sofa auf und sagt: »Also dann wollen wir mal. Lilly sucht die Verdunkelungsrollos und Billy kommt heute nach Dienstschluss und nimmt von den Seitenfenstern die Holzverschalung ab. Zwar kann da sowieso niemand reinsehen, aber er wird trotzdem die Rollos befestigen. Zur Beruhigung.«

»Nein«, sagt Josua.

»Doch«, sagt Benedicta. »Sonst muss ich nämlich leider das letzte Huhn wieder mitnehmen und kann auch bestimmt kein weiteres mehr auftreiben.«

»Was haben die Hühner mit den vernagelten Fenstern zu tun?«, fragt Josua ärgerlich.

»Überhaupt nichts«, sagt Benedicta. »Und dabei wollen wir es auch belassen. Komm, Lilly, wir gehen. Und am Abend sind wir wieder hier.«

Als Lilly und Benedicta die Wohnungstür hinter sich geschlossen haben, kann Lilly ihre Tränen nicht mehr zurückhalten.

»Ist schon in Ordnung, Mädchen«, sagt Benedicta, »heul dich ruhig aus.«

»Sie hat ihr Kind an den Straßenrand gelegt«, schluchzt Lilly.

»Das haben manche getan. Und die waren die besten Mütter.«

»Und die polnischen Frauen haben die Kinder gefunden und mitgenommen?«

»So war's. Jedenfalls hat das in einem Brief gestanden, den unsere Mutter Oberin aus Polen gekriegt hat. Von ihrem Neffen, einem deutschen Soldaten und guten Katholiken. Der ist fast verrückt geworden an dem, was er dort hat erleben müssen.«

»Und ... und diese polnischen Frauen, die haben dann so getan, als ob das ihre Kinder wären?«

»Genau. Und wenn sie dann angezeigt worden sind, von den lieben Nachbarn oder so, dann ging's ihnen an den Kragen. Manche sind auch erpresst worden, haben gezahlt für ihr jüdisches Baby. Und dann sind sie mit dem Kleinen zur Kirche gerannt und der Pfarrer – wenn es ein guter Pfarrer war – hat für sie gelogen und falsche Eintragungen ins Kirchenbuch gemacht. Mit den kleinen Mädchen war's leichter, aber die jüdischen Knäblein waren ja beschnitten. Miriams Baby war ein Mädchen.«

»Ist Miriam etwas ... ich meine, ist sie etwas geistesgestört?«

»Ja, sicher, gestört im Geist und in der Seele und im Herzen. Aber sie ist nicht verrückt, falls du das meinst. Nur krank. Und sie wird irgendwann gesunden, das heißt, wenn sie überhaupt am Leben bleibt.«

»Könnte man denn nicht nach ihrem Baby suchen, jetzt, da der Krieg zu Ende ist?«

»Das könnte man, aber es wäre sinnlos. Das Kind hat inzwischen eine andere Mutter, die hat ein großes Risiko auf sich genommen, sie wird's nicht wieder hergeben wollen. Und der gute Pfarrer wird auch nicht helfen, weil das Kind ja jetzt katholisch ist. Beide, der Pfarrer und die Frau, werden denken, dass sie nicht nur einen kleinen Körper, sondern vor allem eine kleine Seele gerettet haben.«

Lilly sieht Schwester Benedicta von der Seite an. »Und was denken Sie?«

»Ich?« Benedicta zuckt die Schultern. »Als Nonne bin ich meinem katholischen Glauben verpflichtet, und der besagt, dass die Taufe ein Sakrament ist, das man nicht rückgängig machen kann.«

»Aber das ist doch ein jüdisches Kind.«

»Wenn es noch lebt, ist es das jetzt nicht mehr. Übrigens war Jesus Christus auch mal ein jüdisches Kind. Und nun Schluss mit dem Gerede. Du gehst jetzt am besten in den Keller und suchst nach den Rollos. Billy kommt um fünf. Alles klar?«

Bevor Lilly noch antworten kann, ist die große dicke Benedicta bereits leichtfüßig zur Tür hinaus, schwingt sich auf ihr Rad und strampelt davon. »Aber mein Engelchen bringe ich ihr nicht!«, ruft Lilly hinter ihr her.

Markus steht noch immer in der Wohnung auf dem Flur. Offenbar hat er die ganze Zeit auf Lilly gewartet. »Ich verbiete dir«, schreit er, »dass du dich mit diesem Polizisten rumtreibst!«

Obgleich Lilly sich ärgert, versucht sie es vorerst noch mit lässiger Ironie. »Er ist aber wirklich sehr nett! Er hat mich und die Babys eingeladen zu einer flotten kleinen Trümmertour im Jeep. Und ich kann dir nur sagen, es ist ein tolles Gefühl, zur Abwechslung mal oben auf einem Polizeiwagen zu sitzen, statt unten auf der Straße entlangzukrauchen.«

Markus schnappt nach Luft. »Das ... das finde ich wirklich würdelos!«

»Ach ja? Und das, was du machst, nämlich in der Talstraße und am Steintorplatz halb verhungerten alten Frauen für ein paar Kaffeebohnen ihr letztes Paar Ohrringe abzuknöpfen, findest du das würdevoll?«

»Niemand zwingt sie dazu!«

»Mich hat auch niemand gezwungen, ich bin ganz und gar freiwillig mit Billy rumgefahren.«

»Was für einen Quatsch redest du da! Das eine hat mit dem anderen nicht das Geringste zu tun.«

»Und du nicht mit mir. Also hör gefälligst auf, dich einzumischen.«

»Ich fühl mich aber verantwortlich für den Haushalt hier und also auch für deinen guten Ruf.«

»Hühnerscheiße! Mein Ruf geht dich überhaupt nichts an. Nicht mal verwandt bist du mit mir.«

Ihr dummer Streit wird immer lauter und unsachlicher. Schließlich steigern sie sich beide in ein derartiges Geschrei, dass Mama auf dem Flur erscheint. »Lass deinen Bruder in Ruh!«, sagt sie streng zu Lilly. »Er war die ganze letzte Nacht unterwegs und hat Ruhe verdient.«

»Er ist nicht mein Bruder, verdammt noch mal!«, schreit Lilly. »Mein Bruder ist gefallen, falls du dich noch erinnerst. In den letzten Kriegstagen im Kampf um Berlin. Und dieser hier ist nichts weiter als ein dämlicher Schwarzmarkthändler, der sich in unsere Familie reingemogelt hat und sich jetzt anmaßt, mir Vorschriften zu machen. Aber du musst ihn natürlich verteidigen, vor allem, wenn's gegen mich geht. Typisch!« Mit diesen Worten verschwindet sie in ihrem Zimmer und knallt die Tür hinter sich zu.

Wirklich, Lilly will sich nicht aufregen, und eigentlich findet sie's sogar ganz nett, dass sie in Markus solch ein wütendes Beschützertum hervorrufen kann. Aber diese Einmischung von Mama trifft bei ihr auf einen wunden Punkt. Lillys großer Bruder Joachim ist immer Mamas Lieblingskind gewesen. Und Lilly konnte sich früher noch so sehr anstrengen – im Vergleich mit dem wunderbaren Joachim, der sich übrigens keineswegs anstrengte, war das alles nichts. Jetzt ist Joachim tot, und weil Mama das nicht aushalten kann, versucht sie aus Markus ihr neues Lieblingskind zu machen.

Lilly nimmt das Engelchen aus der Wiege und streichelt und küsst es. »Gut, dass ich dich hab!«, flüstert sie. »Bei uns beiden ist wenigstens alles sonnenklar: Du bist mein Lieblingskind und ich bin deine Lieblingsmutter – fertig, aus.« Und das Engelchen lacht über sein ganzes rundes Gesichtchen.

Es klopft an der Tür. Onkel Jupp steht da, den Kopf etwas schief gelegt in der bei ihm jetzt so typischen Aufmerksamkeitshaltung, den Blindenstock in der Hand. »Darf ich reinkommen?«

»Natürlich.«

Vorsichtig tastend geht er ins Zimmer und setzt sich auf Jules Bett. »Was war denn das eben?«

»Ach nichts. Markus und ich haben uns nur ein bisschen gekracht. Und ohne Mama hätten wir uns bestimmt gleich wieder vertragen. Aber sie muss sich ja immer einmischen.«

Darauf geht Onkel Jupp nicht ein. Er sagt nur: »Du hast einen neuen Freund?«

»Ein dummer Witz. Und der blöde Markus hat's ernst genommen.«

»Wahrscheinlich ist er eifersüchtig.«

»Auf mich? Das glaubst du doch wohl selber nicht.«

»Markus vermisst seine Familie. Der Vater ist tot, Mutter und Schwester sind fort. Jetzt sind wir eben seine Ersatzfamilie. Und ich will nicht, dass in der Familie gestritten wird. Markus ist ein guter Junge.«

Lilly grinst. »Billy ist auch ein guter Junge. Sagt Benedicta. Alle sind sie gute Jungs.«

»Benedicta? Die Nonne?«

»Wieso, kennst du sie?«

»Miroslaw hat mir von ihr erzählt. Offenbar jagt sie ihm einen Mordsrespekt ein.«

»Mir auch«, sagt Lilly.

»Kommst du jetzt bitte mit mir und entschuldigst dich bei deiner Mutter?«

»Wofür?«

»Dass du sie traurig gemacht hast.«

»Sie macht mich viel öfter traurig als ich sie.«

»Das mag sein. Aber Trauer kann man nicht abmessen.«

»Ich weiß ja nicht mal, was ich zu ihr sagen soll.«

»Dann sagst du eben gar nichts. Komm einfach mit mir und tu, als ob nichts gewesen wäre. Bitte, Kind.«

Lilly seufzt. »Von mir aus. Es wär nur gut, wenn sie dann auch so täte.«

Mama kniet auf einem Kissen im Wohnzimmer am Boden, Baby Josi liegt neben ihr. »Ich glaub, sie kriegt einen Zahn«, sagt Mama, »sie stopft sich fortwährend ihre Fingerchen in den Mund.«

»Jetzt schon?«, fragt Lilly.

»Sie ist viereinhalb Monate alt, da fängt das Zahnen langsam an.«

Als Onkel Jupp sich zu seinem Sessel hingetastet hat, legt Lilly ihm das Engelchen auf den Schoß. Sie weiß, dass er's gerne hält. Sie lehnt gegen die Sessellehne und beobachtet ihre Mutter. So jung und zart sieht sie aus, denkt Lilly, die wieder mal das Gefühl hat, von ihnen beiden die Ältere zu sein. Bevor Papa damals nach Afrika gegangen ist, hat er zu seiner Tochter gesagt: »Wenn es allzu schwierig wird mit Mama, dann musst du sie einfach zu deinem Kind machen, das hilft.«

Damals hat Lilly das nicht so recht verstanden, ist jedoch unbewusst dem Rat ihres Vaters fast immer gefolgt. Jetzt kniet sie sich neben ihre Mutter, gibt ihr einen Kuss auf die Wange und sagt versöhnlich: »Eigentlich hab ich den Markus ja ganz gern.«

Mama nickt lächelnd. »Ich auch.«

»Und weißt du, was mir grad eben einfällt«, fährt Lilly fort, »nach viereinhalb Monaten ist es wirklich an der Zeit, Josi und Engelchen zu taufen. Dann könnte Markus für beide Taufpate sein und wäre damit schon fast mit uns verwandt.«

»Taufen?«, sagt Mama. »Ich weiß nicht so recht. Der Glaube an Gott ist mir im Krieg verloren gegangen.«

Lilly denkt an Benedicta. »Vielleicht sollte man dennoch seine Gebote erfüllen, damit er sich schließlich erbarmt und einem den Glauben wiederschenkt.«

Verwundert sieht Mama ihre Tochter an. »So etwas hab ich von dir ja noch nie gehört.«

»Na ja«, sagt Lilly und schämt sich ein wenig. Denn sie weiß ganz genau, dass sie die Taufe eigentlich nicht aus Gottesgehorsam vorgeschlagen hat, sondern vor allem, um das Engelchen noch enger an sich zu binden. Eine evangelische Taufe selbstverständlich, und damit wird sie sich ja vielleicht einen guten Pastor zum Verbündeten machen.

Am Abend kommt Billy. Die schwere Werkzeugtasche, die er über dem Arm trägt, gibt ihm fast ein ziviles Aussehen.

Billy, groß und blond und breitschultrig. Seine Hände wirken geschickt. Während Benedicta drinnen die Bambergers ablenkt, schraubt er draußen an den Seitenfenstern die Holzverschalung ab. Lilly beobachtet ihn.

»Woher kannst du so gut Englisch?«, fragt er.

»Meine Mutter ist in Sussex aufgewachsen und hat mit uns Kindern immer englisch gesprochen.«

»Schön, wenn man eine zweite Sprache lernt«, sagt Billy.

»Jetzt hast du ja auch Gelegenheit dazu.«

»Ja, schon. Aber ich bin nicht klug genug. Und ich hab nie richtig gelernt, wie man lernt. Dazu hatte ich keine Zeit, es war zu viel Arbeit auf dem Hof. Ich bin auch nie irgendwo hingefahren, nur gelegentlich nach Morpeth, das ist unsere nächste Kleinstadt. Und dann kam der Krieg, und jetzt bin ich in Deutschland.«

»Und jetzt hast du Heimweh.«

»Ich vermisse nur meine Familie. Und den Hof. Und die Tiere.«

»Wie alt bist du?«, fragt Lilly.

»Im Juni war ich zweiundzwanzig.«

»Du siehst viel jünger aus.«

»Und wie alt bist du?«

»Siebzehn«, sagt Lilly, dabei ist sie doch erst sechzehn.

»Und du siehst älter aus«, sagt er. »Gehst du mal mit mir spazieren?«

»Ich glaube, das ist unmöglich. Meine Eltern würden es verbieten.«

Er wirft ihr einen skeptischen Blick zu. »Deine Eltern? Warum versteckst du dich denn hinter denen? Du bist es doch selbst, die nicht mit mir gehen will. Wegen der Uniform.«

»Nein, nein ... oder« – Lilly entschließt sich zur Aufrichtigkeit – »oder doch etwas. Wegen all der anderen Mädchen, dieser ... na, du weißt schon. So will ich nicht sein.«

»Bist du ja auch nicht«, sagt er, stapelt die Bretter aufeinander und packt sein Werkzeug ein. »Das hab ich schon vorhin bemerkt, als du mich so angeschrien hast. Die tut's nicht für Schokolade, hab ich gedacht. Und wenn du willst, treffen wir uns eben im Dunkeln, wenn uns keiner sieht.«

»Ich weiß nicht«, sagt Lilly.

»Also bis morgen«, sagt er. »Und nimm das Holz mit rein, das brennt gut. Weil ja der Winter kommt.«

»Du wolltest doch noch die Rollos festschrauben.«

»Morgen«, sagt er, »morgen schraub ich die Rollos fest und geh mit dir spazieren.«

»Na«, fragt Benedicta später, »hast du dich mit Billy verabredet?«

»Ich weiß nicht«, sagt Lilly wieder.

»Er ist aber ein guter Junge.«

»Mag ja sein. Aber ich will nicht. Wegen all der anderen Mädchen, die jetzt mit den Engländern gehen. Und auch wegen der schrecklichen Sachen, die ich mit Soldaten erlebt habe. Mit Engländern und Deutschen.«

»Dafür kannst du doch den armen Billy nicht verantwortlich machen.«

»Tu ich auch gar nicht. Aber deshalb muss ich doch nicht gleich mit ihm spazieren gehen.«

Schwester Benedicta grinst. »Spazierengehen ist nun wirklich nicht so schlimm. Und außerdem hat Billy eine Verlobte zu Haus. Er hat ihr die Treue geschworen.«

»Warum wollen Sie uns eigentlich unbedingt zusammenbringen?«

»Weil es immer nützlich ist, auf gutem Fuß mit der Polizei zu stehen.«

Im Laufe der nächsten Wochen gelingt es Billy tatsächlich, etwas mehr Licht und Luft in die Bamberger'sche Wohnung zu bringen; geht Lilly zur Belohnung mehrmals mit Billy im Dunkeln spazieren; beginnt Miriam Bamberger ihre Hühnersuppe freiwillig zu essen, aber nur, wenn sie vorher das Engelchen halten darf; werden die ungleichen Zwillinge Josephine und Angelika Steinhöfer ohne großes Zeremoniell in der St.-Johannis-Kirche getauft; spendiert der doppelte Taufpate Markus dafür dem Pastor ein Viertelpfund echten Bohnenkaffee; erleidet selbiger Taufpate trotz neuer Quasiverwandtschaft einen weiteren Wutanfall; baut Papa in der Küche einen neuen Ofen ein; werden Josi und Angelika gegen Pocken geimpft; kommt der Padre auf der Durchreise nach England zu Besuch und sieht Lilly immer so merkwürdig an; erweist sich Billy schließlich als ein doch nicht ganz so guter Junge; lernt Lilly die Dunkelheit des Alsterparks aus mehreren Gründen schätzen; erweisen sich Billys große Hände als nicht nur handwerklich geschickt; schenkt Billy Lilly wie versprochen nicht eine einzige Tafel Schokolade.

Wenn Billy und Lilly am Alsterufer beisammensitzen, dann erzählen sie einander gern von ihren *eigentlichen* Liebsten.

Lilly steckt dafür kurzerhand den Padre Jeremy in ihr bisher unbewohntes Luftschloss – nicht den ernsten, ungeschickten, blickverwirrten Jeremy der Wirklichkeit, sondern jenen ihrer alten Träume, den leidenschaftlichen, wilden, ihr vollkommen ergebenen Jeremy. Und Billy führt ihr seine lachende, stramme Kate vor Augen, wie sie hinten im Kuhstall mit aufgeknöpfter Bluse auf ihn wartet.

Diese Liebeserklärungen an das Ferne haben eine überraschend anregende Wirkung auf das Nahe.

Doch sind die beiden nicht etwa ineinander verliebt und ihre Sehnsüchte beziehen sich auch keineswegs aufeinander. Sie teilen nur ihre Einsamkeit, sie rücken zusammen und wärmen sich in einer kalten, dumpfen, desinteressierten Welt, deren Optimismus und Lebenswille durch eine Weltkatastrophe lahm gelegt worden ist. Dass sie dabei manchmal sehr eng zusammenrücken und sich die Begrenzungen ihrer eigenen Körper verwischen, ändert kaum etwas an dem grundsätzlichen Abstand. Nichts fließt hier wirklich ineinander, außer einem trostreichen körperlichen Strom, der sofort abreißt, wenn sie sich trennen.

Begegnen der englische Soldat und das deutsche Mädchen einander tagsüber auf der Straße – Billy im Jeep und Lilly mit dem Kinderwagen –, dann kennen sie einander nicht, und dazu bedarf es kaum einer Verstellung. Der Anblick seiner dienstlich zusammengepressten Lippen oder der Hände, die das Steuerrad des Jeeps umklammern, schickt ihr keinen Schauer über den Rücken. Es muss erst dunkel werden, um ihrer beider Münder zu öffnen und die sanfte Geschicklichkeit seiner Hände ins Spiel zu bringen.

»Wie geht's denn so mit dir und Billy?«, fragt Benedicta.

»Wie soll's schon gehen mit einem Polizisten«, antwortet Lilly mürrisch.

Benedicta lacht. »Ganz schön hochmütig, was? Jedenfalls hast du nicht mehr so müde Augen. Und du bist ja auch viel großzügiger geworden mit deinem Engelchen. Miriam hat bereits drei Pfund zugenommen!«

»Mein Engelchen ist aber keine Medizin«, protestiert Lilly wieder mal.

Tatsächlich ist es aber schon vorgekommen, dass Lilly das Engelchen bei Miriam in Verwahrung gegeben hat, wenn sie selbst ein paar Stunden ohne Kind sein wollte, des Abends nach Sonnenuntergang.

Mama, aufgestachelt durch Markus, ist misstrauisch geworden. »Du bist neuerdings abends so oft außer Haus«, sagt sie.

»Nicht außer Haus«, antwortet Lilly schlagfertig, »ich bin mit Engelchen unten bei den Bambergers. Schwester Benedicta hat gesagt, ich soll mich um die beiden kümmern. Die kennen ja sonst niemanden hier, die sind in Hamburg nur zwischengelandet auf ihrem Weg nach England. Da gibt's irgendeine jüdische Hilfsorganisation, die nimmt sie auf. Aber das dauert und dauert und dauert mit den Papieren.«

»Bamberger heißen die? Ich bin denen noch nie im Treppenhaus begegnet.«

»Die verlassen ja auch ihre Wohnung nicht. Schwester Benedicta bringt ihnen das Essen, und manchmal kommt auch jemand von der Besatzungsbehörde.«

»Dieser junge englische Polizist?«

»Ja, der auch.«

»Sieht nett aus«, sagt Mama. »Erinnert mich an Onkel Jupp, wie der jung war.«

»Er kann aber weder auf Händen gehen noch Tango tanzen, noch zaubern. Glaub ich jedenfalls nicht.«

»Ein Manko«, sagt Mama lächelnd.

Einmal, als Lilly von solch einem spätabendlichen Spaziergang zurückkommt, trifft sie im dunklen Flur ihres Hauses auf Albert Neuhauser. Er hält sie am Arm fest. »Du hast mal wieder mit dem Tommy rumgemacht«, sagt er.

»Lass mich los, Albert, ich bin müde.«

»Na klar, so was strengt eben an. Wievielmal schafft er's denn, dieser Polizist? Und was zahlt er dir dafür, eine Tafel Schokolade pro Mal?«

»Wenn du mich nicht sofort in Ruhe lässt, schrei ich das ganze Haus zusammen.«

»Ich wollte dich doch nur fragen, ob du's nicht auch mal mit mir machen willst, am besten in unserer Wohnung, wenn Mutti beim Ortsamt anstehen muss. Und ich weiß nämlich, wo sie die gesparten Fleischmarken aufbewahrt, damit könnte ich dich bezahlen.«

Lilly reißt sich los und rennt nach oben. Ihr ist übel. Sie denkt, dass sie's Markus erzählen könnte. Der würde Albert sofort so verprügeln, dass bei dem kein Knochen mehr auf dem anderen bliebe. Aber dann hält sie doch lieber den Mund, sie schämt sich zu sehr.

Als ein paar Tage später Albert ihr erneut auflauert, geht sie zu seiner Mutter, um sich zu beschweren.

»Das hast du allein dir selbst zuzuschreiben«, sagt Frau Neuhauser. »Woher soll mein Sohn denn wissen, dass die eine Bezahlung schlechter ist als die andere?«

»Und wenn ich es tatsächlich gegen Bezahlung tun würde«, sagt Lilly kochend vor Wut, »mit Ihrem Sohn nicht mal für einen Sack voll Gold.«

Danach lässt Albert sie immerhin eine Weile in Ruhe. Und Lilly wird im Umgang mit Billy sehr viel zurückhaltender.

Im Laufe des Oktobers fängt endlich der Schulunterricht wieder an, was sich als äußerst schwierig gestaltet, da allzu viele Schulgebäude zerstört sind und ein Großteil der erhalten gebliebenen als Krankenhäuser oder als Notunterkünfte genutzt werden. Nur sechzig Schulen stehen dem Ansturm von zigtausend Schülern komplett zur Verfügung. So sucht man nach Ausweichquartieren, in Baracken und Nissenhütten und auch in Privatwohnungen, die in entsprechender Größe aber mindestens so knapp sind wie Schulgebäude.

Lillys altes Kant-Gymnasium ist nur halb zerstört. Mehrere Klassen werden zusammen in einem Raum unterrichtet, mit gleitenden Unterrichtszeiten. Nach der fast halbjährigen Pause verspürt Lilly ein unerwartetes Bedürfnis, endlich wieder zu lernen. Doch wohin mit Engelchen?

Zu Lillys Enttäuschung gibt sich Jule, deren Kräfte Lilly sonst immer unermesslich erschienen waren, im Falle von Engelchens Betreuung wenig hilfsbereit. Sie sagt, sie hätte mit dem übrigen Haushalt schon genug zu tun.

»Geht's dir nicht gut, Jule?«, fragt Lilly erschrocken.

»Mir geht's immer gut, weißt du doch«, sagt Jule. Dabei sieht sie blass aus, hat dunkle Schatten unter den Augen und die Milch ist ihr weggeblieben.

»Wollen wir mal zusammen zum Arzt gehen?«, schlägt Lilly vor.

»Der einzige Arzt, den ich kenne, ist Doktor Banse, und der ist jetzt bei den Russen.«

»Hier gibt's aber auch einen, in der Beratungsstelle.«

»Ich geh nicht zu so einem fremden Arzt. Würde auch Miroslaw nicht erlauben.«

»So ein Blödsinn«, sagt Lilly, vergisst dann die Sache aber schnell, weil sie vorerst Wichtigeres zu organisieren hat als einen Arztbesuch, nämlich eine Aufbewahrungsstelle für Engelchen.

»Wie wär's denn mit Miriam?«, meint Benedicta. »Die nimmt dir die Kleine sicher gerne täglich für ein paar Stunden ab.«

»Nein«, sagt Lilly, »sie soll sich nicht zu sehr an mein Engelchen gewöhnen.«

»Zum Gewöhnen wird wohl kaum Zeit sein«, sagt Benedicta. »Ewig kann's doch mit dem englischen Visum nicht mehr dauern.«

Das stimmt. Und da Mama sich auch weigert – »ich hab dir ja gleich gesagt, dass es für dich während der Schulzeit schwierig wird!« –, greift Lilly schließlich doch auf Miriam zurück. Aber sie hat kein gutes Gefühl dabei.

»Immer bin ich für Mama da gewesen«, beklagt Lilly sich bei Onkel Jupp, »und wenn ich sie mal brauche …«

Onkel Jupp lächelt traurig. »So ist sie eben. Nicht sehr belastbar.«

Lilly kann sich nicht erinnern, jemals mit jüdischen Menschen zusammengetroffen zu sein. Umso mehr hat sie natürlich von ihnen gehört. Während ihrer Kindheit waren nahezu alle öffentlichen und auch viele persönlichen Bekundungen durchzogen von Hasstiraden auf die Juden – hinterlistig und habgierig seien sie, rücksichtslos, auf den eigenen Vorteil bedacht, verlogen und verdreckt, als Volksschädlinge mindestens so schlimm wie die Zigeuner, die ja bekanntlich nicht nur Wäsche von der Leine, sondern auch Babys aus den Kinderwagen stehlen.

In Lillys Familie war das Judenthema strikt vermieden worden. Nur Joachim hielt sich nicht zurück; er schmetterte gelegentlich ein Lied, dessen Text in »Und wenn das Judenblut vom Messer spritzt ...« gipfelte. Das fand Lilly damals eklig – aber mehr wegen »Blut« als wegen »Juden«.

Juden waren etwas Fremdes, etwas Monströses, etwas Unreines. Als Isabella in Staaken zum ersten Mal von ihrer jüdischen Großmutter sprach, war Lilly zu Tode erschrocken und flehte Isa an, diese Schande in ihrem Stammbaum nur ja niemandem zu verraten. Isa lachte über Lillys Schrecken. »Jetzt musst du wohl leider die Freundschaft mit mir abbrechen, was?«

Aber dazu war es dann natürlich nicht gekommen. Lilly liebte ihre Freundin viel zu sehr, um sich von irgendwelchen Großmüttern dreinreden zu lassen. »Ist mir persönlich doch ganz egal, wie sich dein Blut zusammensetzt!«, sagte sie damals tapfer, meinte es aber eigentlich nicht ganz so.

Gegen Kriegsende dann sickerte so nach und nach einige Erkenntnis in sie ein, nämlich dass die Sache mit den Volksschädlingen und den Blutverderbern wohl ziemlich übertrieben worden war, doch hatte die propagandistische Beeinflussung zu lang und zu stark auf Lilly gewirkt, als dass sie so ohne weiteres eine innere Kehrtwendung vollziehen konnte. Und immer wieder drängte sich die Überlegung auf: Wenn eine ganze Volksgruppe so viel Hass hervorgerufen hat, wird sie sich doch wohl auch irgendwie schuldig gemacht haben? Von nichts kommt schließlich nichts.

Nach wie vor mochten weder Lillys Eltern noch Onkel Jupp über die Judenfrage reden, wohl aus unterschiedlichen Gründen. Lilly hatte nur einmal ihren Vater sagen hören: »Grundsätzlich habe ich ja nichts gegen die Juden – aber ich kann sie nun mal nicht leiden.«

Inzwischen hat Lilly viel gehört und gelesen von den Gräueltaten der Nazis und von dem unermesslichen Elend, das sie über die Juden brachten. Lilly schämt sich – nicht nur, dass sie eine Deutsche ist, vor allem schämt sie sich, dass sie selbst instinktiv oft immer noch antisemitisch reagiert. Und als sie das erste Mal unten bei Bambergers war, in dieser düsteren, ungelüfteten Wohnung, da hat sie, ob sie wollte oder nicht, denken müssen: So sind sie eben, die Juden, ungepflegt und lichtscheu.

Darum hat jetzt ihr Entschluss, den Bambergers täglich das Engelchen anzuvertrauen, wohl auch etwas mit Wiedergutmachung und mit Erziehung zu tun. In gewisser Weise will Lilly sich selbst zu der Einsicht zwingen, dass Juden normale Menschen sind.

Aber kann man von Menschen, die durch die Hölle gegangen sind, normale Reaktionen erwarten? Zwar kommt jetzt Luft und Licht in die Parterrewohnung, zwar hat Lilly aus farbigen Zuckersäcken, die Billy ihr besorgt hat, für das Wohnzimmer fröhliche Vorhänge genäht, zwar ist die Hühnersuppenzeit vorüber und Miriam isst inzwischen alles, was Benedicta ihr besorgt, zwar erträgt Josua inzwischen, Miriam auch mal aus den Augen zu lassen und sogar – wenn auch nur im Dunkeln – aus dem Haus zu gehen, doch von Normalität kann noch lange nicht die Rede sein. Miriam ist entsetzlich schreckhaft, und sowie nur ein Schritt im Treppenhaus zu hören ist, zuckt sie zusammen, und man sieht ihr an, dass sie sich am liebsten verstecken würde. Wenn Lilly ihr das Engelchen bringt und kleine Besorgungen für sie erledigt, wenn Billy in der Wohnung sein handwerkliches Geschick einsetzt, dann kann Miriam gar nicht aufhören, Danke zu sagen. Josua hingegen wirkt steinern und unberührbar, und was auch immer man für ihn tut, kein Wort des Dankes kommt ihm über die Lippen. Beide reden nie über die Zeit im Lager. Es ist, als ob ihre Erinnerung daran ausgelöscht sei, ja, als hätte das alles nie existiert.

Stattdessen redet Miriam viel von ihrer Kinderzeit in dem großen Haus mit dem Garten, von der Schaukel in den Bäumen und dem Briefkasten am Gartentor. Ihre Schilderungen wirken jedoch seltsam unbelebt, keine einzige Person kommt darin vor. Nur am Tag ihrer ersten Begegnung mit Lilly hat sie von ihrem Baby gesprochen und von ihrer Schwester Franca, die beim Kommandanten Silber geputzt hat, danach nie wieder.

Und Lilly fragt auch nicht. Sie lässt sich von Miriam durch das große leere Haus in Lodz führen, zu den Schränken voll feiner Bettwäsche, in die Küche, wo auf dem großen Feuerherd immer ein Topf Suppe für die Armen stand, in den Gemüsegarten und zu den Rosenrabatten. Und obgleich Lilly die Antwort natürlich weiß, wird sie doch immer wieder von der Frage überfallen: Wo sind denn nur all die anderen Bewohner?

Das Engelchen ist offenbar gerne bei Miriam, die sanft und geduldig mit ihm ist und es in jeder Situation zum Lachen bringen kann. Anfangs spürte Lilly einen Hauch von Eifersucht, inzwischen hat sie sich gewöhnt. Wenn Lilly das Engelchen nach unten bringt, streckt es sogleich die Hände nach Miriam aus. Aber wenn Lilly aus der Schule zurückkommt, dann gilt Engelchens Lachen und das Händeausstrecken nur noch ihr.

Der Winter kommt früh in diesem Jahr. Durch die Bombenschäden gibt es in vielen Häusern keine Heizmöglichkeiten, und wenn es sie gibt, dann in Form kleiner, ziemlich gefährlicher Kanonenöfen, deren Abzugsrohre durch die Fenster geleitet werden, aber dann fehlt es meistens an Brennbarem. Die Steinhöfer'sche Wohnung verfügt über zwei richtige Öfen, einen in der Küche und einen im Wohnzimmer. Das ist ein großer Luxus, zumal auf wundersame Weise auch immer ausreichend Briketts zur Verfügung stehen.

»Ihr habt's schon gut getroffen mit eurem Miroslaw«, sagt Benedicta zu Lilly. »Natürlich ist er ein Gauner, aber solange wir in diesen wirren Zeiten leben müssen, ist Gaunerei ja schon fast Ehrensache.«

»Und wenn sich die Zeiten wieder ändern?«, fragt Lilly.

»Tja ...« – Benedicta wiegt ihren Kopf hin und her – »dann wird es sich zeigen, ob der Gaunerbazillus bei ihm bleibende Schäden verursacht hat.«

Lillys spätabendliche Spaziergänge mit Billy werden seltener. Es ist zu kalt, um sich noch auf die Alsterwiesen zu setzen, und die Bänke, die früher einmal dort gestanden haben, sind alle abgeholzt.

»Ein Kamerad von mir hat eine deutsche Freundin«, sagt Billy und betrachtet dabei intensiv seine Schuhspitzen, »und die würde uns für ein paar Zigaretten stundenweise ein Zimmer abtreten, ein geheiztes Zimmer. Ich meine ja nur … weil's doch draußen jetzt schon so unfreundlich ist.«

Lilly erschrickt. »Ganz bestimmt nicht!«, sagt sie heftig. Die Vorstellung, mit Billy in ein fremdes Zimmer zu gehen und unter den anzüglichen Blicken der Vermieterin die Tür hinter sich zu schließen, treibt ihr die Schamröte ins Gesicht. Draußen im Dunkeln, unter freiem Himmel, wo keiner sie sieht oder etwas von ihnen erwartet, da brauchen sie sich noch nicht der Wirklichkeit verpflichtet zu fühlen. Eine Art Traumspiel ist das, gegen die Einsamkeit. Aber sich für Zigaretten ein gewärmtes Zimmer zu erkaufen, vermutlich mit einem Bett darin, ganz zielgerichtet auf etwas, das sich sonst nur in Andeutungen und wie aus Versehen ergibt, das scheint ihr ganz und gar unmöglich zu sein. Sie weiß nicht einmal, was sie dort mit Billy reden sollte.

»Na, dann nicht«, sagt Billy und versteht sie nicht oder versteht sie vielleicht doch, jedenfalls kommt er nicht wieder auf die Sache zurück. »Wahrscheinlich werd ich ja sowieso nicht mehr lange hier bleiben. Und überhaupt gefällt's mir nicht in diesem Land.«

»Da bist du wohl nicht der Einzige«, sagt Lilly. »Aber mein Freund bleibst du doch?«

»Ja«, sagt er, »dein Freund will ich bleiben.«

In Hamburg sterben in diesem ersten Nachkriegswinter Hunderte von Menschen an Entkräftung und Unterernährung. Sie sitzen in ihren feuchten, ungeheizten Kellern und Trümmerhöhlen, haben keinen Lebenswillen mehr und warten auf Erlösung, die sie sich nach den grausamen Kriegserfahrungen schließlich nur noch im Wegtauchen, im Tod vorstellen können.

Diejenigen, die noch die Kraft dazu haben, stehlen von fahrenden Güterzügen Kohlen, sägen in den Parks die letzten Bäume ab, durchwühlen auf der Suche nach Brennbarem die Ruinen, wobei noch manch einer durch nachstürzende Mauern erschlagen wird.

Auch der Einbeinige vom Eppendorfer Baum, dem Lilly die Bekanntschaft mit Billy und Benedicta verdankt, überlebt diesen Winter nicht. Dabei war es Lilly sogar gelungen, ihm aus zwei alten Pferdedecken, die sie Miroslaw abgeschmeichelt hatte, einen dicken Umhang zu nähen. Aber der hatte ihn nur wenige Tage wärmen können, dann war er ihm gestohlen worden und kurz drauf war der Mann erfroren.

»Dabei hätte er bei uns in der Suppenküche bleiben können«, sagt Benedicta, »da ist doch geheizt. Aber er wollte unbedingt jeden Tag weiter sein Plakat hinhalten, das hat er als eine Art Mission empfunden. Und wer bin ich denn, jemandem seine Mission zu verwehren!«

Die Bemühungen der neuen Machthaber, die Deutschen umzuerziehen und ihnen nach zwölfjähriger Abhängigkeit von einer alles entscheidenden Staatsmacht jetzt plötzlich die Segnungen der Demokratie schmackhaft zu machen, fallen auf kargen Boden. Welch ein armseliges System muss diese Demokratie sein, wenn sie es nicht einmal schafft, ihre Menschen zu wärmen und zu ernähren! Denn wie man hört, ist es auch in England kaum besser. Immer noch Lebensmittelmarken und auch Kohlen nur auf Bezugsschein.

Die Erfahrung jahrelanger Entmündigung hat bei vielen Menschen die Fähigkeit zur Eigenverantwortung lahm gelegt und die ständigen Schuldzuweisungen durch die Sieger bewirken bei den Besiegten weniger Einsicht als ein ungläubiges Abwiegeln. Tatsachen, so wie etwa die deutsche Kriegsschuld oder die Verbrechen an den Juden oder der heimtückische Überfall auf Russland, kommen ihnen oft genauso anfechtbar und unzuverlässig wie Meinungen vor, weil sie ja gerade erlebt haben, dass nichts unumstößlich ist und dass das, was heute als richtig und gut proklamiert wird, morgen schon als falsch und böse vom Sockel gestoßen werden kann.

Obgleich Lilly sich sehr bemüht, nicht Teil dieser allgemeinen Mutlosigkeit zu werden und ihr das nicht enden wollende Gerede von den jüdischen Machenschaften zynisch und pervers vorkommt – bei sechs Millionen ermordeter Juden! –, so kann sie sich doch nicht ganz verschließen, weder vor dem allgemeinen müden, dumpfen Skeptizismus noch vor der Frage, wieso das denn alles hatte geschehen können. Was nur hatte ein derartig grausames

Wüten gegen die Juden hervorgebracht und ermöglicht? Und wieso hatten die meisten Deutschen es hingenommen, ja sogar willig mitgemacht?

»In England gibt's doch auch viele Juden«, sagt Lilly zu Billy, »erzähl mir von ihnen.«

Billy denkt nach. »Die Juden leben wohl eher in den großen Städten. Bei uns jedenfalls auf dem Dorf und in der kleinen Stadt gibt es keinen einzigen. Darum kann ich dir auch nichts über die Juden erzählen. Aber irgendwie glaube ich, dass ich sie nicht sehr gerne haben würde. Sie sind doch irgendwie sehr anders als meine Leute. Das hab ich jedenfalls gehört.«

»Wie war das vor dem Krieg mit den Juden?«, fragt Lilly ihren Vater.

»Wie soll's schon gewesen sein. Jüdische Ärzte gab's ziemlich viele und Anwälte und Universitätsleute. Die schoben sich gegenseitig die besseren Posten zu, das wurde jedenfalls erzählt. In meinem Beruf, bei den Bauleuten und Ingenieuren, gab's nicht viele. Und eines Tages waren sie alle weg und eigentlich hat sie niemand vermisst.«

»Die waren weg und man hat sie umgebracht«, sagt Lilly.

»Ach, weißt du«, Lillys Papa hebt beide Hände, als wolle er etwas von sich schieben, »nachher ist man immer klüger und es wird ja jetzt so viel geredet. Aber schließlich war Krieg und jeder war beschäftigt mit seinen eigenen Sorgen, da hat man eben versucht, die Juden zu vergessen. Und auch die Zigeuner und die Kommunisten und noch ein paar andere, die man irgendwie als undeutsch empfand.«

»Und Mitleid hattet ihr nicht?«

»Man redete von Schutzhaft, damals, und das wollten wir wohl glauben«, sagt Lillys Vater.

»Was hältst du eigentlich von den Juden?«, fragt Lilly Markus.

»Woher soll ich das wissen? Ich kenne keine.«

»Aber die Bambergers unten …?«

»Die kenn ich auch nicht, sie verlassen ja nie ihre Wohnung. Aber wenn du ihnen unser Engelchen anvertraust, dann müssen sie wohl in Ordnung sein.«

»Isa hat mir von eurer jüdischen Großmutter erzählt. Erinnerst du dich denn gar nicht an sie?«

»Kaum. Ich war sieben oder acht, als sie starb. Übrigens scheint sie sehr schön gewesen zu sein und ist mehrfach gemalt worden, blondlockig und blauäugig. Mutter hat eins ihrer Porträts gerettet und an die Rückseite eines Schrankes genagelt. Da hab ich's mir manchmal angeschaut. Sie sah ganz ähnlich aus wie meine Schwester.«

»Dann sah sie auch ähnlich aus wie du«, sagt Lilly.

Markus grinst. »Mit deiner Erlaubnis nehm ich das als Kompliment.«

»So war's aber nicht gemeint«, sagt Lilly und spürt zu ihrem Ärger, dass sie errötet.

Zu Onkel Jupp sagt Lilly: »Miriam Bamberger und ich sind jetzt miteinander befreundet.« Sie sagt das in dem unbewussten Versuch, mit Worten Tatsachen zu schaffen.

Onkel Jupp jedoch spielt nicht mit. »Wieso?«, fragt er.

»Wieso wieso?«, sagt Lilly ungeduldig. »Wie eben zwei Leute befreundet sind, ganz normal.«

»Zwischen Frau Bamberger und dir kann es nicht normal zugehen, dafür sind eure Lebenserfahrungen zu verschieden. Und du solltest dir gut überlegen, ob es dir tatsächlich um Freundschaft geht oder nur darum, von der Täterseite ein wenig abzurücken und zur Opferseite überzuwechseln.«

»Also das ist ... das find ich nun wirklich ungerecht! Ich versuche doch nur, Miriam zu helfen.«

»Ich will dich nicht kränken, Lilly. Aber was auch immer du für sie tust, es wird nie genug sein. Dafür ist ihr Leid zu groß.«

»Was soll ich denn machen? Mich überhaupt nicht mehr um sie kümmern?«

»Du solltest genauso weitermachen wie bisher. Nur dich dabei nicht der Hoffnung hingeben, ihr könntet normal befreundet sein.«

»Und wie ist das mit Benedicta? Die ist doch auch mit Miriam befreundet.«

Onkel Jupp lächelt. »Ja, die wunderbare Schwester Benedicta. Bei ihr ist alles klar und überschaubar. Was sie tut, tut sie aus Barmherzigkeit und für die Liebe des Herrn. Nicht, weil sie dafür als Gegengabe eine andere Liebe erhofft. Aber bei dir ist das anders.«

»Mach's doch nicht so schrecklich kompliziert«, sagt Lilly ärgerlich. »Du tust ja grad so, als ob es mir bei Miriam um eine Art Geschäftsbeziehung ginge.«

»Nun bist du doch gekränkt. Und dabei wollte ich dich nur vor einer Enttäuschung bewahren. Wie wär's, wenn du dir die Miriam, wie du sie gerne hättest, in dein Luftschloss holst? Eine aufgeschlossene junge Frau, die zwar Schlimmes erlebt hat, aber nun auf dem Weg der Besserung ist. Eine mit normalen Reaktionen und normaler Fähigkeit zur Freundschaft. Eine, der man vertrauen kann und die Vertrauen schenkt. Eine zum Lieben und zum Versorgen.«

»Für diese Person brauch ich kein Luftschloss zu bauen, die wohnt nämlich ein Stockwerk unter uns!«

Onkel Jupp schüttelt den Kopf. »Und für die Person, die unter uns wohnt, solltest du versuchen, ein wenig zu werden wie Benedicta.«

»Ich bin aber keine Nonne!«, sagt Lilly wütend, und zum ersten Mal seit langer Zeit fühlt sie sich von Onkel Jupp nicht verstanden.

»Du gehst jetzt so oft zu den Juden im Parterre«, sagt Jule, »bringst ihnen sogar dein Engelchen. Meinst du, das tut ihm gut?«

»Wenn ich das nicht meinen würde, dann würd ich's ja nicht tun«, sagt Lilly.

»Miroslaw mag die Juden nicht. Und weil doch das Engelchen ein Polenkind ist ...«

Lilly reagiert ärgerlich. »Hör doch endlich auf mit dem Gerede vom Polenkind. Das Engelchen ist meins und damit fertig. Das sagt auch Markus.«

»Markus?«, fragt Jule lächelnd. »Seit wann hörst du denn auf das, was Markus sagt?«

»Tu ich doch gar nicht«, antwortet Lilly und wendet sich ab.

»Tust du anscheinend doch. Und warum auch nicht. Sieht gut aus, der Markus ist groß und kräftig. Hat schöne Augen und starke Hände. Gehört zu uns, ist zuverlässig, sagt Miroslaw. Und ist in dich verknallt, sag ich.«

»Unfug. Markus ist uns allen von Mama aufgedrückt worden als Ersatz-Joachim. Und dabei konnte ich schon den richtigen Joachim nicht leiden, weißt du doch.«

»Dein Bruder ist tot.«

»Das ändert doch nichts daran, dass ich ihn nicht leiden konnte.«

»Lilly, so etwas sagt man nicht!«

Mürrisch zuckt Lilly die Schultern und schweigt. Eigentlich waren da ja doch Momente gewesen, da sie ihren Bruder ziemlich gut hatte leiden können, natürlich ohne es zuzugeben oder gar zu bekunden. Isa und sie hatten sich eben darauf eingeschworen, dass ältere Brüder etwas ganz Fürchterliches seien. Ob dieser alte Schwur nun noch seine Berechtigung hat, in Bezug auf Markus, das weiß sie nicht, sieht auch keinen Anlass, darüber nachzudenken.

Nach ein paar Schweigeminuten sagt Jule plötzlich leise: »Miroslaw kommt nicht mehr so oft. Und wenn er kommt, redet er nicht mehr so viel mit mir, immer nur mit Onkel.«

Lilly horcht auf. Da ist ein Ton in Jules Stimme, der nicht zu ihr passt.

»Was ist los mit euch beiden? Habt ihr etwa Streit gehabt?«

»Nein«, sagt Jule, »kein Streit.«

»Was denn?«

Jule zuckt die Schultern. »Weiß nicht. Fasst mich nicht mehr an, der Miroslaw. Macht ihm wohl keinen Spaß mehr mit mir. Bin ich ja auch nicht mehr so stark wie früher. Kann ich nicht mal mein Baby stillen. Bin nicht mehr gut genug für ihn.«

»Wie kannst du bloß so etwas denken!« Lilly läuft zu Jule und umarmt sie. »Du bist nur etwas müde. Hast ja auch viel Arbeit und wenig Hilfe. Und überhaupt bist du so dünn geworden. Nächste Woche gehen wir beide zum Arzt.«

»Du vielleicht, ich nicht!«, sagt Jule. »Nachher findet der Arzt, dass ich krank bin. Und Miroslaw will eine gesunde Frau. Gibt so viele andere Frauen. Soll er nur, wenn er zu mir zurückkommt. Kommt aber nicht, wenn ich krank bin.«

Plötzlich fängt Jule an zu weinen. »Ich glaub, mit mir ist was nicht in Ordnung«, schluchzt sie.

Lilly schämt sich, dass sie während der letzten Zeit Jule so wenig beachtet hat. »Gleich morgen kümmere ich mich um den Arzt«, sagt sie, »ob du willst oder nicht. Und ich werde auch mit Miroslaw reden.«

Jule fährt hoch. »Tust du nicht! Auf gar keinen Fall. Bin ich sonst deine Freundin nicht mehr, wenn du redest mit Miroslaw.«

»In Ordnung, reg dich nicht auf. Aber du musst mit mir zum Arzt gehen.«

»Ja, gut. Aber nicht morgen oder übermorgen, nächste Woche.«

»Versprochen?«

»Na ja, wenn du unbedingt willst, dann versprochen.«

4. Kapitel

Zu dem versprochenen Arztbesuch kommt es dann aber nicht mehr – jedenfalls nicht so, wie Lilly es sich vorgestellt hat.

Einen Tag nach der Unterhaltung mit Jule – es ist früher Nachmittag und Lilly sitzt in der Küche und füttert gerade das Engelchen – klingelt plötzlich jemand Sturm an der Wohnungstür. Jule öffnet.

Es ist Billy, offenbar im Zustand großer Aufregung. »Where's Lilly?«, schreit er.

Jule wendet sich zur Küche. »Lilly«, ruft sie, »dein Tommy will was von dir!«

Lilly weiß sofort, dass irgendetwas passiert sein muss. Billy ist ihr Abendfreund, tagsüber ist er einzig und allein der Militärpolizist. »Ich mach das schon«, sagt sie zu Jule und schiebt sie zurück in die Küche. Mit Engelchen auf dem Arm geht sie zur Tür.

»They are after you!«, keucht Billy.

In diesem Moment kommen Frau Neuhauser und ihr Albertchen die Treppe herunter, und Lilly macht Billy ein Zeichen, nicht weiterzureden.

Frau Neuhauser zischt ihrem Sohn zu: »Nun treibt sie's auch schon tagsüber mit ihrem Tommy! Da siehste mal, wie die ist. Und für so ein Flittchen willst du mir die Fleischmarken klauen!«

Als sie vorbei sind, fragt Lilly den aufgeregten Billy: »Wer ist hinter wem her?«

»The police is after this Polish villain, that spiv, and after the stolen goods. Within half an hour they will be here to search your apartment. That's it. And remember, I haven't been here or seen you today.«

Mit diesen Worten dreht er sich um und rennt die Treppe wieder hinunter. »And I do not know your family at all«, ruft er, »I come here only for the Bambergers.«

Was nun?

»Jule«, schreit Lilly, »Jule, wo ist Miroslaw?« Ihre Aufregung überträgt sich auf das Engelchen, das lauthals zu schreien beginnt.

»Nicht hier«, sagt Jule, »Miroslaw ist nicht hier, weißt du doch.«

»Und er darf auch nicht auftauchen. Sie sind hinter ihm her. Und hinter unseren Vorräten. Die wollen eine Hausdurchsuchung machen.«

»Wer?«

»Die englische Polizei.«

Sekundenlang steht Jule wie erstarrt. Dann sagt sie energisch: »Ist doch gut jetzt, dass er nicht hier ist! Mein Miroslaw ist viel zu schlau. Den werden sie nicht kriegen.«

»Aber die Vorräte ...!«

»Ja, die Vorräte. Die dürfen sie auch nicht kriegen. Also los jetzt, Lilly, weg damit.«

»Wieso weg damit? Wohin denn?«

»Ja, wohin, wohin!« Jule sieht sich um, als ob sie nach einem Versteck sucht. »Gibt kein Wohin. Wenn die suchen, finden sie, im Kleiderschrank, unterm Bett, überall. Kann also nicht in der Wohnung bleiben.«

Lilly hat eine Idee. »Bambergers!«, ruft sie. »Wir bringen die Sachen zu Bambergers.«

»Zu den Juden? Bist du verrückt? Die werden uns verraten! Juden können nicht mit Deutschen befreundet sein. Und mit Polen auch nicht. Zu viel ist passiert, zu viel ...«

Aber Lilly hört schon nicht mehr, was Jule sagt. Sie ist mitsamt dem Engelchen zur Tür hinaus – und die Treppe hinuntergelaufen.

Auf ihr Klingeln öffnet Josua. »Was ist los?«, fragt er. »Du kommst doch sonst nicht um diese Zeit.«

Lilly stürzt an ihm vorbei ins Wohnzimmer, wo sie Miriam das Engelchen in die Arme drückt. »Du musst mir helfen, Miriam!«, sagt Lilly.

»Natürlich«, sagt Miriam. »Lass Angelika nur so lange hier, wie du willst.«

»Nicht das Engelchen ... oder doch, ja, das auch. Aber es ist etwas anderes. Ich brauche ein Versteck.«

»Ein Versteck? Der Krieg ist vorüber, die Nazis sind weg. Wir müssen uns nicht mehr verstecken. Das hast du mir doch selbst immer wieder gesagt.«

»Nicht Krieg, nicht Nazis und all das, überhaupt nicht. Die Vorräte, weißt du, es geht um die Vorräte.«

»Welche Vorräte?«

Vor lauter Aufregung kann Lilly kaum die richtigen Worte finden. »Wenn sie nämlich unsere Vorräte beschlagnahmen, dann ... also, ich weiß nicht, was dann passiert!«

»Versteh ich nicht«, sagt Miriam und streichelt das Engelchen, das sich in ihren Armen schnell beruhigt hat.

»Dann kommen wir nämlich alle ins Gefängnis«, bringt Lilly heraus.

»Mit so was macht man keine Witze«, sagt Miriam streng.

»Ich will keine Witze machen, ich will nur, dass du die Sachen hier versteckst. Weil in eurer Wohnung ja bestimmt nicht gesucht wird.«

»Was für Sachen?«

Fieberhaft denkt Lilly nach. »Zum Beispiel Milchpulver für Engelchen. Und diese kleinen Dosen mit Babynahrung. Die würden sie auch beschlagnahmen.«

»Aber warum denn nur?«, fragt Miriam.

»Ich sag dir, warum«, tönt es von der Zimmertür her. Josua ist Lilly gefolgt und hat zugehört. »Es handelt sich um Schwarzmarktware oder schlichtweg um Diebesgut. Eben um das, was dieser Pole gehortet hat, weil er sich damit eine goldene Nase verdienen will. Und jetzt sollen wir hier für ihn den Hehler spielen.«

»Pole?«, fragt Miriam. »Der Freund von Benedicta?«

»Weiß ich nicht«, sagt Josua, »ist mir auch gleichgültig, wessen Freund er ist. Jedenfalls will ich mit dem nichts zu tun haben. Mir selbst hat auch noch nie ein Pole geholfen, ganz im Gegenteil.«

Lilly steht wie auf Kohlen. In einer halben Stunde ... hat Billy gesagt. Viel zu viel Zeit ist schon verstrichen.

»Bitte, Herr Bamberger«, fleht sie, »Miroslaw hätte Ihnen bestimmt auch geholfen, damals in Polen. Hat er auch getan. Ich meine ... nicht Ihnen natürlich und nicht in Polen, aber ... aber anderen Menschen, bei uns in Mecklenburg ... im Krieg.«

»Das glaubst du doch selber nicht«, sagt Josua. »Und jedenfalls geht mich das nichts an.«

»Auch das Milchpulver würden sie wegnehmen?«, fragt Miriam. »Und die andere Babynahrung?«

»Bestimmt!«, sagt Lilly.

Miriam richtet sich auf. Sie wirkt plötzlich so energisch, wie Lilly sie noch nie gesehen hat. »Was stehst du denn noch da?«, herrscht sie Lilly an. »Lauf und bring die Sachen runter. Das könnte denen so passen, meinem Kind die Nahrung zu stehlen. Ich werd's nicht zulassen, auf gar keinen Fall. Hinter der Küche ist ein kleines leeres Zimmer, da kannst du's hinbringen. Beeil dich!«

»Miriam, ich hab dir doch erklärt …«, sagt Josua ärgerlich.

»Misch dich nicht ein, Josua, schließlich ist das nicht dein Kind. Wenn du was tun willst, dann hilf Lilly, damit's schneller geht.«

Lilly ist schon wieder zur Tür hinaus und rennt die Treppe hoch. »Alles nach unten zu Bambergers«, ruft sie, »ins kleine Zimmer hinter der Küche.«

»Gefällt mir überhaupt nicht!«, sagt Jule, schließt aber doch die Tür zum Vorratsraum auf und beginnt die Kisten rauszuzerren. »Entweder die Engländer kriegen's oder die Juden. Da kommt man doch vom Regen in die Traufe.«

»Verdammt noch mal, Jule!«, schreit Lilly. »Was soll dies Gerede. Ich weiß doch genau, dass du früher Juden in deinem Haus versteckt hast.«

»Da ist es ihnen ja auch schlecht gegangen. Inzwischen sind sie wieder obenauf. Sagt Miroslaw. Kriegen von den Deutschen ganze Lastwagen voll Gold, dabei geht's uns doch jetzt viel schlechter als denen!« Sie schultert eine schwere Kiste mit Konserven und stolpert die Treppe hinunter. »Aber besser, man findet's bei denen unten als bei uns hier oben. Dann kommen wenigstens die ins Gefängnis und nicht wir.«

Aufgeschreckt von dem Lärm erscheint Mama im Flur. »Was ist los?«

»Sie sind hinter Miroslaw her. Und hinter unseren Vorräten.«

»Woher weißt du das?«

»Das weiß ich von … also ich weiß es eben. Und jetzt bringen wir die Sachen runter zu Bambergers.«

»Welche Sachen?«

»Bitte, Mama, geh wieder ins Wohnzimmer und mach die Tür hinter dir zu.«

»Gut, Lilly. In Ordnung. Das mit Bambergers war eine vernünftige Idee. Ist Markus nicht da?«

»Nein, Papa auch nicht.«

»Nämlich Jupp …«, sagt Mama, »die Krankheit, du weißt schon, ausgerechnet jetzt. Er hat sich ins Bett gelegt.«

»Er könnte mir doch sowieso nicht helfen. Geh bitte, Mama, kümmere dich um die Kleinen.«

»Tut mir Leid, Lilly, nun hängt mal wieder alles an dir.«

»Ich hab ja Jule«, sagt Lilly gewohnheitsgemäß, obgleich sie momentan nicht so recht weiß, was und wie viel sie von ihrer alten Freundin Jule noch hat. Jedenfalls ist das nicht mehr die lachende, mutige, unbeeinflussbare Jule, irgendetwas ist mit ihr geschehen. Was nur? Aber Lilly hat jetzt keine Zeit, darüber nachzudenken. Die Vorratskammer ist bis oben hin voll und die Umpackerei dürfte für zwei Personen wohl kaum in der verbleibenden Zeit zu schaffen sein. Wo sich bloß Markus wieder rumtreibt, denkt Lilly, während sie eine Kiste voll Wodka runterschleppt.

Unten wird die Haustür geöffnet. Lilly zuckt zusammen. Sind sie etwa schon da? Die halbe Stunde ist doch noch gar nicht rum.

Aber es ist nur Benedicta. »Was schleppt ihr denn da?«, fragt sie. »Haben die Tommys etwa eure Wohnung beschlagnahmt?«

»Ach was. Es geht nur um die Vorräte. Anscheinend wollen sie hier eine Razzia machen, möchte bloß mal wissen, wie die auf uns gekommen sind. Aber auf Bambergers kommen sie jedenfalls nicht. Und falls doch, dürfen sie bei denen keine Razzia machen.«

Benedicta begreift sofort. »Kommt ja gar nicht infrage, dass die sich unsere Vorräte aneignen!«, ruft sie. »Schließlich hat Miroslaw dafür schwer gearbeitet.« Sie zieht ihren Mantel aus und beginnt mitzuschleppen.

Zum ersten Mal sieht Lilly Schwester Benedictas Nonnenkleid.

Es ist mausgrau und schlicht, mit einem nicht ganz sauberen weißen Kragen. Vor Benedictas üppigem Busen schaukelt ein silbernes Kreuz.

Josua steht unten an seiner Wohnungstür und sagt: »Das ist doch nicht alles Babynahrung!«

»Das ist aber etwas, wofür man Babynahrung kaufen kann!«, sagt Benedicta und schiebt ihn beiseite. »Und anstatt hier rumzustehen und die Kisten zu inspizieren, sollten Sie uns lieber helfen. Gar so schwach sind Sie ja auch nicht mehr.«

Und tatsächlich steigt Josua die Treppe zu den Steinhöfers hoch und ergreift eine Kiste.

Lilly traut ihren Augen nicht. »Ach, lassen Sie doch, Herr Bamberger«, murmelt sie, »das ist viel zu schwer für Sie.«

»Unsinn«, brummt Josua. »Das, was die Weiber hier machen, das kann ich wohl auch noch!«

Nun sind sie also zu viert. Schwitzend und außer Atem keuchen sie die Treppe rauf und runter. Jule schleppt am meisten. Mit steinerner Miene und starren Augen, als wolle sie weder denken noch irgendetwas fühlen, wuchtet sie die schweren Kisten nach unten, stapelt sie in dem Zimmer hinter der Küche und hastet wieder nach oben. Dabei murmelt sie ununterbrochen vor sich hin. Es klingt wie eine Schimpfkanonade, aber vielleicht ist es auch ein Gebet.

Lilly, ihrerseits, schickt jedenfalls ein sehr deutliches, unmissverständliches Gebet in den Himmel: »Und lass bloß die Neuhausers nicht vorzeitig zurückkommen, lieber Gott, dann wär nämlich alles umsonst.«

Schließlich haben sie es geschafft, das gesamte Lager ist umgeräumt und weder die Kuh Neuhauser noch ihr bescheuerter Sohn haben ihre neugierigen Augen auf das Geschehen werfen können. Lilly atmet auf.

Josua Bamberger, einen Karton mit Seidenstrümpfen unterm Arm, steht an der Wohnungstür. Seine sonst so müden Augen blitzen. »Ein Paar nehme ich mir mit als Arbeitslohn. Für Miriam. Die hat bestimmt noch nie Seidenstrümpfe besessen«, sagt er und verschwindet in der Wohnung.

»Aber nur ein Paar!«, ruft Benedicta hinter ihm her.

Lilly wundert sich. »Was ist denn mit dem passiert? Wieso hat der plötzlich mitgeholfen?«

»Weil ich es vorausgesetzt habe«, sagt Benedicta grinsend, »da blieb ihm doch gar nichts anderes übrig. Man muss nur fest an etwas glauben, dann funktioniert es auch.«

»Na ja …«, sagt Lilly.

»Und es war gut für ihn, hast du ja gemerkt.«

»Das stimmt«, sagt Lilly, »er sah plötzlich ganz lebendig aus.«

»Dabei ist er eigentlich schon ziemlich tot. Bleibt ihm wohl nicht mehr viel Zeit übrig. Magenkrebs.«

»Magenkrebs …?«, flüstert Lilly entsetzt. »Weiß er das?«

»Natürlich. Und Miriam weiß es auch.«

Jule, die vor Lilly und Benedicta die Treppe hochgestiegen ist, bleibt auf dem Treppenabsatz stehen. Sie schwankt, hält sich am Geländer fest und rutscht plötzlich in die Knie.

Lilly springt zu ihr. »Jule, was hast du, ist dir nicht gut?«

»Mein Bauch …«, stöhnt Jule, »ich … ich kann nicht mehr.«

»Komm, leg deinen Arm um mich, ich bring dich nach oben.«

»Unmöglich«, flüstert Jule, »meine Beine, meine Beine sind weg.« Und damit sackt sie völlig in sich zusammen. Wenn Lilly sie nicht gehalten hätte, wäre sie die Treppe runtergefallen.

Lilly dreht sich um zu Benedicta und schreit: »Jule ist ohnmächtig geworden!«

»Jule doch nicht«, sagt Benedicta, kommt aber sofort angeschnauft. »Jule doch!«, murmelt sie. »Was will uns der Herrgott denn bloß damit beweisen?«

Gemeinsam schleppen sie Jule nach oben. Sie ist so schwer wie mindestens zehn Kisten Wodka.

Kaum haben sie sie aufs Bett gelegt, fährt unten ein Jeep vor. Getrampel von Soldatenstiefeln auf der Treppe. Und dann klingelt's an der Tür, nicht etwa kurz wie üblich, sondern ununterbrochen, als ob sich jemand gegen den Klingelknopf gelehnt hätte.

»Ganz ruhig, Lilly«, sagt Benedicta. »Alles ist weggeräumt. Hier finden sie nichts mehr. Ich bleib bei Jule, du machst die Tür auf. Dies ist eure Wohnung und du weißt von nichts. Die müssen erst mal beweisen, dass sie das Recht haben, hier einzudringen.«

Also geht Lilly an die Tür. Kaum dass sie geöffnet hat, drängt auch schon ein ganzer Pulk Uniformierter herein, zwei Männer von der Military Police und vier oder fünf von der neuen deutschen Polizei.

Lilly weicht zurück. Die Erinnerung an die Vorgänge in Staaken, als die SS-Offiziere kamen, um sie und Onkel Jupp zum Verhör abzuholen, fährt ihr wie eine Katastrophennachricht in die Seele. »Nicht ...«, flüstert sie, »hier ist doch niemand. Und der Krieg ist zu Ende.«

»Na klar«, schnauzt der Deutsche, der die Hand auf der Klingel gehabt hat, »der Krieg ist zu Ende, aber die Verbrechen gehen weiter. Haben sich bloß etwas geändert. Die davor gefielen mir besser.«

»Was ...?«, sagt Lilly. »Was für Verbrechen? Und überhaupt, Sie können hier doch nicht so ohne weiteres eindringen.«

»Wir sind ja schon drin«, sagt der Klingelpolizist. Er schiebt Lilly zur Seite und will offenbar den Flur runtergehen, doch der ältere Engländer, ein Lieutenant, hält ihn zurück. »Stop it«, sagt er. Und dann zu Lilly: »Ist dies das Flat von die Family ...?« Er sieht auf einen Zettel in seiner Hand. »Family Steinhöfer?«

Lilly starrt ihn an. Sie fühlt sich seltsam überdreht, so als stünde sie unter Strom. Die Hetzerei zuvor, die Angst, dass sie es nicht schaffen würden, die Sache mit Josua Bamberger und die Sorge um Jule. Und nun auch noch dieser derbe Auftritt von sechs wichtigtuerischen Trampelmännern für nichts und wieder nichts. Das kann doch nicht wahr sein, denkt sie, das muss ich nicht ernst nehmen. Der Obersturmbannführer ist längst tot und Onkel Jupp ist ja schon blind und der Krieg ist wirklich vorbei und Josua hat überlebt, er wird doch jetzt nicht sterben!

»Steinhöfer?«, fragt der Lieutenant ungeduldig.

»Ja, ja, natürlich«, sagt Lilly. Sie spürt, dass ihr die Tränen kommen, und gleichzeitig ist ihr ganz albern zumute, sie kann nur mit Mühe ein Gelächter unterdrücken. »Steht doch an der Tür. Können Sie nicht lesen?«

»Nicht frech werden, Kleine!«, schnauzt der Klingelpolizist. Der Lieutenant sieht wieder auf seinen Zettel. »Und wohnt hier a man from Poland named Miroslaw Pankowski?«

»Nein«, sagt Lilly kichernd, »der wohnt hier nicht.«

Der Lieutenant fixiert sie mit zusammengekniffenen Augen. »Nein? What's so funny about it?«

»Wenn er hier wohnte, stünde er ja unten auf der Liste.«

»Liste?«

»Genau, die Einwohnerliste. Haben Sie vergessen, unten nachzusehen?« Lilly schniefelt und hält sich ein Taschentuch vor Mund und Nase, damit sie nicht schon wieder lachen oder weinen muss. »Das ist doch ein Befehl der Besatzer, dass alle Einwohner auf diesen Listen an der Haustür genannt werden müssen.«

Der Lieutenant, der offensichtlich nichts verstanden hat, dreht sich nach dem Klingelpolizisten um. Der herrscht Lilly an: »Hier stellen wir die Fragen und du antwortest, weiter nichts.«

»Der letzte Mensch, der so mit mir geredet hat, war ein SS-Offizier«, sagt Lilly, »und eine halbe Stunde später ist er erschossen worden.«

»What did she say?«, fragt der Lieutenant.

Der Klingelpolizist schnappt nach Luft und kriegt einen roten Kopf. »She is … absolutely … unverschämt!«

Dem Lieutenant reicht's jetzt. »Now stop it all. Davies, you garde the door. The others search the flat.«

»Wonach suchen Sie eigentlich?«, fragt Lilly den Klingelpolizisten. »Nach Rissen in den Wänden und Wasserflecken an der Decke? Da müsste tatsächlich einiges repariert werden.«

»Anstatt hier weiterhin dreist herumzureden, solltest du uns lieber freiwillig sagen, wo ihr und dieser verdammte Pole euer Diebesgut versteckt habt. Das würde uns Zeit sparen.«

Lilly muss schon wieder kichern. »Der SS-Mann damals war genauso unhöflich wie Sie. Und er hat mich auch geduzt. Dabei bin ich jetzt schon fast siebzehn.«

»Why does she mention the SS?«, fragt der Lieutenant irritiert. »What does the SS have to do with it?«

»Überhaupt nichts«, sagt der Klingelpolizist wütend.

»So cut it out. And I'll talk to Steinhöfer now. Where the hell is he?«

»My father isn't here and my uncle is blind«, sagt Lilly.

»She speaks English!«, wundert sich der Lieutenant. »Why didn't you say that to start with?«

»You didn't ask me«, sagt Lilly, »and I was supposed only to answer questions.«

Der Lieutenant seufzt. »So take me to that blind man.«

Während Lilly vor ihm her den Flur entlanggeht, versucht sie sich wieder mal auf ihre Atmung zu konzentrieren. Woraufhin das Kichern abgelöst wird von einem Schluckauf.

Lillys Mutter sitzt vollkommen entspannt im Sessel am Wohnzimmerfenster und füttert Baby Josi mit Möhrenbrei. Zu ihren Füßen lässt Felix ein aufziehbares Blechauto hin- und herrasseln. Onkel Jupp ist nirgends zu sehen.

Als der Lieutenant hinter Lilly ins Zimmer tritt, schießt Waldi kläffend unter Mamas Stuhl hervor und verbeißt sich im Hosenbein des Lieutenants.

»Felix«, ruft Mama streng, »halt deinen Hund zurück. Was für eine Art ist denn das, einen Gast zu begrüßen.«

»Er will doch nur spielen«, sagt Felix ungerührt, stößt jedoch einen Pfiff aus – auch etwas, das er von Miroslaw gelernt hat –, woraufhin Waldi sofort loslässt und brav zu seinem Herrchen trottet.

»Damned dog!«, schimpft der Lieutenant und zupft an seinem Hosenbein herum.

Felix, dem Mama schon eine ganze Menge Englisch beigebracht hat, sagt vorwurfsvoll: »Damned is not a good word. You shouldn't use it.«

Mama steht auf und geht wie eine höfliche Gastgeberin auf den Militärpolizisten zu. Sie trägt ihr schönes rotes Kleid und hat sich ein ebenfalls rotes Band in die halblangen dunklen Locken gebunden. Sie sieht fast so aus wie ein junges Mädchen. Wie hat sie es nur geschafft, sich so schnell umzuziehen, fragt sich Lilly.

Mit einem höflichen Lächeln heißt Mama den verblüfften Polizisten willkommen. »Sie sind der erste englische Offizier, der sich zu uns verirrt«, sagt sie in ihrem akzentfreien Englisch. »Es ist doch sehr bedauerlich, dass so wenig private Kontakte zwischen den Besatzern und der Bevölkerung stattfinden. Wie soll man sich denn da verstehen lernen?« Sie deutet auf einen Stuhl. »Sie sind sicher ein Freund von Lilly. Möchten Sie sich nicht setzen? Dürfen wir Ihnen vielleicht einen Kräutertee anbieten?«

Der Lieutenant, der stur an der Tür stehen geblieben ist, wirkt etwas verunsichert. Immerhin scheint er erleichtert zu sein, dass das Gespräch nun auf Englisch geführt werden kann.

»This is not a social visit«, sagt er mit gebotener Strenge.

»Wie schade. Was ist es denn?«

»Eine Hausdurchsuchung, ma'am.«

»Tatsächlich? Und was suchen Sie?«

»Gestohlene Waren.«

»Bei uns? Wie kommen Sie denn auf die Idee?«

»Wir haben Hinweise aus der Bevölkerung erhalten, überzeugende Hinweise, denen wir nachgehen müssen.«

Mama lächelt. »Was und von wem sollen wir denn gestohlen haben?« Ihre Stimme klingt, als ob sie mit einem reizenden jungen Verehrer spräche, den sie nicht ganz ernst nehmen kann.

»Wertvolle Waren aus deutschen Ausweichlagern.«

»Ausweichlager? Von deutschen Firmen heimlich gehortete Waren? Das ist doch ganz sicher illegal.«

»Und ob es das ist.«

»Und sich etwas illegal anzueignen von illegalen Beständen, ist das dann etwa doppelt illegal oder hebt es sich gegenseitig auf? Weil doch minus mal minus plus ergibt?«

Lilly bewundert ihre Mutter sehr, wie sie hier mit ihren heiteren Spitzfindigkeiten den Polizisten verwirrt.

Der räuspert sich, nimmt unwillkürlich Haltung an und sagt in strengem Ton: »Es geht um diesen Polen.«

»Was für ein Pole?«

»Miroslaw doch, Mama«, kräht Felix. »Miroslaw ist Pole, das hat er mir selbst erzählt.« Er hält dem Polizisten sein Blechauto hin. »This car I got from Miroslaw. He is very rich, and he can get you everything.«

»Ach so«, sagt Mama, »Sie reden von Miroslaw. Ich vergesse immer wieder, dass er Pole ist. Miroslaw ist uns seit Jahren verbunden, ein guter, treuer Freund. Übrigens alter polnischer Adel.

Reich ist er allerdings nicht. Aber für ein kleines Kind bedeutet natürlich schon ein Blechauto Reichtum.«

»Sie kennen ihn also!«, triumphiert der Lieutenant.

»Wieso denn auch nicht. Er ist mit uns zusammen aus Mecklenburg geflohen. Die Polen haben nämlich vor den Russen noch größere Angst als wir Deutschen. Wussten Sie das, Lieutenant?«

»Diese junge Dame hier hat aber gerade gesagt, sie kennt ihn nicht.«

Lilly versucht sich ebenso unbekümmert zu geben wie ihre Mutter, was ihr jedoch nicht ganz gelingt. »Ich hab gesagt, dass er hier nicht wohnt, und nicht, dass ich ihn nicht kenne!« Nun platzt der Schluckauf doch aus ihr heraus, laut und irgendwie unverschämt. Lilly schlägt sich auf den Mund.

»Natürlich wohnt er nicht hier«, sagt Mama. »Unsere Räume sind mit sechs Erwachsenen und vier Kindern ohnehin schon überbelegt. Aber er kommt uns manchmal besuchen.«

»Wo wohnt er denn?«

»Das müssten Sie doch wissen. Er ist schließlich eine Displaced Person. Sind nicht alle DPs in Lagern zusammengefasst?«

»Nicht alle, ma'am. Manche suchen sich andere Quartiere. Die Lage ist äußerst unübersichtlich.«

»Das tut mir Leid für Sie, Lieutenant!« Mama schenkt ihm ein strahlendes Lächeln. »Kein leichter Job für jemanden, der nicht einmal Deutsch spricht. Jedenfalls werde ich Miroslaw bei seinem nächsten Besuch sagen, er soll sich in der englischen Kommandantur melden. Wäre Ihnen damit geholfen? Vielleicht kommt er ja schon heute Abend oder morgen.«

Der junge Lieutenant, dem Mamas Liebenswürdigkeit offenbar schwer zusetzt, steht unschlüssig und starrt auf Mamas Busen.

»Entschuldigen Sie, Lieutenant«, sagt Mama, die offenbar seinen Blick bemerkt hat, »aber ich möchte jetzt gerne mein Baby stillen. Dabei hab ich nicht gerne männliche Zuschauer. Aber Sie können selbstverständlich gerne wiederkommen, Sie sind uns jederzeit willkommen.«

Der Lieutenant nimmt sich zusammen. »Ich bin aber noch

nicht fertig«, sagt er übertrieben barsch. »Da der Pole angeblich nicht hier ist, muss ich jetzt endlich mit Steinhöfer sprechen.«

»Mein Mann ist nicht hier und mein Schwager ist blind.«

»Und wo ist er, der blinde Schwager?«

Mamas gerade eben noch heiterer Blick verdunkelt sich. »Er ist krank.«

»Hier in der Wohnung?«

»Ja, er liegt im Schlafzimmer.«

Der Lieutenant stößt einen tiefen Seufzer aus. »Also dann bringen Sie mich ins Schlafzimmer.«

»Natürlich, wenn Sie drauf bestehen. Es könnte sich nämlich um Typhus handeln, und der ist bekanntlich sehr ansteckend. Aber Sie sind ja sicher gegen Typhus geimpft worden, nicht wahr, Lieutenant?«

Er zögert. »Typhus, aha. Ja, ich bin ... das heißt, ich glaube ... Also werde ich besser von der Tür aus mit ihm sprechen.«

»Dann kommen Sie bitte«, sagt Mama und geht vor ihm den Flur hinunter zum Schlafzimmer.

Lilly läuft hinter den beiden her und schaut mit ihnen zu dem großen Doppelbett, in dem Onkel Jupp liegt. Sein Gesicht ist sehr blass, die Augen hält er geschlossen. Auf die Fragen des Lieutenants antwortet er nicht.

»Er ist nicht ganz bei sich«, flüstert Mama, und es klingt wirklich verzweifelt. »Wenn nur der Arzt bald kommt.« Sie sieht den Lieutenant flehentlich an. »Wäre es nicht vielleicht möglich, dass Sie uns helfen, Lieutenant?«, flüstert sie.

»Ich ...« Der Lieutenant räuspert sich. »Ich habe leider keine derartigen Befugnisse, ma'am. Es tut mir Leid.«

»Mir auch«, sagt Mama, schließt leise die Schlafzimmertür und geht zurück Richtung Wohnzimmer.

Der Lieutenant folgt ihr. »Und Ihr Mann ist nicht hier?«, fragt er und bemüht sich um einen militärisch barschen Tonfall.

»Momentan leider nicht, aber wir erwarten ihn in ein paar Stunden zurück.«

»Und der Kranke ist der Bruder Ihres Mannes?«

Mama bleibt so plötzlich stehen, dass der Lieutenant gegen sie stößt. Sie dreht sich zu ihm um. »Er ist nicht nur der Bruder meines Mannes.«

»Was denn noch?«

»Der Vater meiner drei jüngeren Kinder.«

»Und Ihr Mann?«

»Der Vater der beiden älteren.«

»Und Sie wohnen hier alle zusammen?«

»Aber natürlich. Wir sind eine sehr enge, liebevolle Familie.«

Das verwirrt den jungen Police Officer nun vollends, und er scheint sehr erleichtert, als jetzt der Klingelpolizist zu ihnen stößt und zackig verkündet: »Nichts gefunden, Lieutenant, absolut überhaupt nichts. Total stubenrein, blinder Alarm.«

»What did he say?«

Mama übersetzt zuvorkommend. »They didn't find what they were looking for, everything clean, false alarm.«

»Vermutlich hat jemand sie rechtzeitig gewarnt«, mutmaßt der Klingelpolizist. »Im leeren Vorratsraum jedenfalls riecht's verdächtig nach Kaffee und Tabak.«

»He thinks, that you've been searching the wrong place. The storage room is completely empty. Not even the slightest scent of coffee or tobacco«, übersetzt Mama.

Der misstrauische Blick des Klingelpolizisten geht zwischen dem Lieutenant und Mama hin und her. Irgendwie scheint ihm die Übersetzung nicht ganz richtig, doch will er sich auf gar keinen Fall aufs sprachliche Glatteis begeben. Schließlich hat er den Tommys gegenüber behauptet, dass sein Englisch für jede Polizeiaktion ausreichen würde. »What now, Lieutenant?«, fragt er. »Shall we durchsuchen die anderen flats in the house?«

Bevor der Lieutenant noch einen Entschluss fassen kann, schiebt Schwester Benedicta ihren schweren Nonnenkörper durch die Wohnzimmertür. Sie erblickt den Lieutenant, stemmt ihre Hände in die Taille und fährt ihn an: »What the devil make you here, Nicholas Bennet? Can the police this family not in peace let?«

»O dear«, murmelt der Lieutenant, »here comes our Holy Mary of the soup kitchen.«

»Versündige you not, Nick!«, wettert Benedicta. »I can Blasphemie not outstand!«

Obgleich Lilly sich die Hand vor den Mund hält, kann sie ein Gelächter kaum unterdrücken, und dabei entfährt ihr schon wieder ein Schluckauf.

Benedicta dreht sich ihr zu, zwinkert ihr unmerklich zu und schnauzt sie an: »Was ist denn mit dir los, bist du betrunken?«

»Bestimmt nicht!«, sagt Lilly und plötzlich fällt die Angst um Jule, die für kurze Zeit von den anderen Ängsten auf Abstand gehalten worden war, wieder über Lilly her. »Aber was ist um Gottes willen mit Jule?«, fragt sie.

»Scheint ziemlich schlimm zu sein, sie hat schreckliche Schmerzen und muss sofort ins Krankenhaus. Und währenddessen steht ihr hier rum und redet Unsinn. Have you your jeep before the door, Nick?«

»Of course, ma'am.«

»I have the woman already in a blanket rolled«, sagt Benedicta. »Two of your useless men carry her down to the Jeep and you bring her to Eppendorfer Krankenhaus.«

»I can't«, wehrt sich der Lieutenant. »I am on duty here.«

»Genau, du bist on duty. Und das heißt, that you help people. Or not?«

Der Lieutenant windet sich. »I'm not supposed to drive people to hospitals.«

»Not? But your Kommandant has to me said: Sister Benedicta, has he said, call you us if you us need. We will always for you there be. If you me now not help, Nick, I must with him speak about you!«

Nicholas Bennet seufzt.

»Also what ist?«, fragt Benedicta.

»So put that woman into my jeep. We are finished here anyway. But you shouldn't ask things like that from us, it's not our job and we don't have time to play the good Samaritan.«

»Genau!«, wettert Benedicta. »Stattdessen verschwendet you your time to go innocent people on the nervs.«

Kurz darauf tragen zwei Soldaten Jule die Treppe hinunter. Sie ist totenblass und hat die Augen geschlossen.

»Jule«, ruft Lilly, »ich fahr mit dir!«

Jule öffnet ihre Augen ganz kurz, sieht Lilly an und flüstert: »Geht nicht. Du musst dich kümmern um Baby Julius. Und sag nichts zu Miroslaw. Der will nur gesunde Frauen.«

»Ist auch besser, dass ich mitfahre«, sagt Benedicta, »anscheinend bin ich die Einzige, die hier Autorität hat.« Mit diesen Worten rennt sie hinter Jule und den beiden Trägern her die Treppe hinunter.

Während Lilly noch in der Haustür steht, kommt die dämliche Neuhauser mitsamt Albertchen und zwei schweren Taschen die Straße entlang. »Na, habt ihr heute unerwarteten Besuch gehabt?«, sagt sie und reibt sich schadenfroh die Hände. »Da kann man nur hoffen, dass die Polizei rigoros durchgreift.«

»Bei was soll sie denn durchgreifen?«

Die Neuhauser grinst hämisch. »Ich weiß mehr, als euch lieb ist. Und ich werde nicht zulassen …«

»Na, komm schon, Mutti«, unterbricht Albert, »Lilly ist doch eine gute Freundin von mir. Leider vergisst sie's nur manchmal.«

Lilly läuft nach oben und knallt die Wohnungstür hinter sich zu. Drinnen lehnt sie sich erschöpft an die Wand.

»O Gott, Jule!«, flüstert sie und lässt sich langsam an der Wand runterrutschen. Entsetzliche Schmerzen, hat Benedicta gesagt. Wieso das? Ist irgendetwas in ihr geplatzt? Sie kann doch nicht schon wieder schwanger sein? Baby Julius ist grad erst sechs Monate alt. Geboren im September, jetzt haben wir Februar. Lilly legt den Kopf auf ihre hochgezogenen Knie und fängt an zu weinen.

So findet Markus sie, als er kurz darauf, eine schwere Kiste unterm Arm, in die Wohnung kommt. »Was ist denn mit dir los?«, fragt er.

»Hast du etwa schon wieder geklaute Waren unterm Arm?«, faucht Lilly. »Hau bloß ab damit, mir reicht's nämlich langsam. Lieber will ich hungern, als mich weiterhin mit so was rumschlagen zu müssen.«

»Du hast ja nicht die geringste Ahnung, was Hunger bedeutet!«, sagt Markus, setzt seine Kiste ab und zieht Lilly vom Boden hoch. »Was ist passiert, Schwesterchen, warum musst du weinen?«

»Was passiert ist?«, schluchzt Lilly. »Jule ist im Krankenhaus und die Polizei war hier und Mama hatte wieder mal ihr rotes Kleid an und Onkel Jupp hat sich ins Bett verzogen und getan, als wäre er krank, und eure ... eure verdammten Vorräte sind bei Bambergers.«

»Ja, ja, ja.« Markus hält sie fest an sich gedrückt und redet auf sie ein, als wäre sie ein kleines Kind. »Nun beruhige dich erst mal und komm zu dir. Und dann erzählst du mir, was passiert ist, eins nach dem anderen.«

Lillys Schluchzen wird immer unbeherrschter. Sie kann nicht sprechen und fühlt sich so hilflos wie noch nie. Markus streichelt ihr beruhigend über Haare und Schultern und er hält sie mit seinem eigenen Körper fest, damit sie nicht wieder den Halt verliert. Vorsichtig beginnt er sie zu küssen, ganz brüderlich, oder jedenfalls fast, auf Stirn und Augen und Wangen, und als Lilly sich nicht wehrt – dafür ist sie momentan viel zu sehr mit ihrem Schluchzen beschäftigt –, küsst er auch ihren Mund, immer noch ziemlich brüderlich und dann noch etwas weniger und schließlich überhaupt nicht mehr brüderlich. Und Lillys Schwächegefühl, das zuvor in den Beinen und in der Seele gesessen hat, wandelt sich plötzlich in ein mächtiges Ziehen, das ihren Körper von der Mitte her durchströmt bis in die Haar- und Finger- und Fußspitzen.

Sie sitzt fest zwischen der Wand und Markus, und der hört nicht auf, sie zu küssen, und ihr Schluchzen verliert sich schließlich in einem leisen, aufgeregten Stöhnen.

Nicht lange danach hocken sie beide in der Küche am Ofen. Lilly noch ziemlich verwirrt und außer Atem, Markus gelassen und selbstsicher. Er greift nach ihrer Hand. Und obgleich Lilly nicht mehr so recht weiß, wie sie sich vorher schließlich aus seinen Armen herausgewunden hat, entzieht sie ihm doch jetzt ganz bewusst und unmissverständlich ihre Hand und erklärt, dass sie das alles auf gar keinen Fall wolle und dass es ausgeschlossen sei, weil sie in ihm so eine Art Bruder sehe, und dass er, verdammt noch mal, ihre momentane Schwäche ausgenutzt habe und dass sie beide die ganze Sache doch möglichst schnell wieder vergessen sollten. »Du und ich, das ist ganz einfach pervers«, sagt sie.

Markus grinst. »Find ich überhaupt nicht. Früher hab ich dich manchmal beobachtet, wie du mit meiner Schwester umgegangen bist. *Das* fand ich pervers. Du warst in sie verliebt, hast es dir nur nicht eingestanden. Deshalb warst du ja auch so furchtbar eifersüchtig, als sie mit dem Captain abgehauen ist. Damals hab ich oft gedacht, dass es sich schlichtweg um eine Verwechslung handelt, dass du eigentlich mich meinst. Aber da ich dich damals nicht im Geringsten attraktiv fand – solch ein zappliges dünnes Ding von vierzehn oder fünfzehn Jahren –, war mir die Sache nicht weiter interessant. Inzwischen hat sich das geändert und es ist langsam an der Zeit, diese Verwechslung zu korrigieren. Zumal meine Schwester ja jetzt nicht mehr zwischen uns steht.«

»Nun hör bloß auf, solchen Stuss zu reden«, fährt Lilly ihn an. »Ich hab dich nie gemeint und ich meine dich auch jetzt nicht. Und das vorhin war nichts weiter als eine Reaktion. Da hätte jeder kommen können und mich umarmen. Ich war einfach zu schwach, mich zu wehren. Und was die Freundschaft zwischen Isa und mir betrifft, das geht dich überhaupt nichts an. Weil das nämlich absolut jenseits deiner Vorstellungsmöglichkeiten ist. Jedenfalls war es das Beste, das mir bisher in meinem Leben passiert ist. Und ich lass es mir ganz bestimmt nicht von irgendwelchen idiotischen Verwechslungstheorien kaputtmachen!«

»Ja, ja, ja«, sagt er wieder lachend und ist in seiner Selbstsicherheit offenbar nicht zu erschüttern. »Ich will dir doch gar nichts kaputtmachen, ganz im Gegenteil. Nun reg dich bloß nicht auf. Du hast genug Aufregung gehabt heute. Was war denn genau los, erzähl mal.«

Obgleich Lilly sich über sein Gerede ärgert und sich auf gar keinen Fall eingestehen will, wie seltsam wohl sie sich in seinen Armen gefühlt hat, so wohl … also obgleich oder auch gerade weil sie ziemlich durcheinander ist, wirft sie sich nun in die Schilderung der Ereignisse dieses Nachmittags, und sie lässt alles aus sich heraussprudeln und redet und redet und redet – wohl auch in dem Bemühen, ihren ärgerlichen Gefühlswirrwarr mit realem Geschehen zu überdecken.

Markus hört aufmerksam zu, macht nur hin und wieder eine kurze Bemerkung oder stellt eine Rückfrage: »Die verrückte Nonne als Komplizin! Wenn das rauskommt, könnte es unangenehm für sie werden!« Und: »Fabelhafte Idee, das mit den Bambergers!« Und: »Deine Mutter hat tatsächlich mit diesem Lieutenant geflirtet? Find ich toll!« Und schließlich: »Und dann haben sie Jule weggetragen? Was ist denn bloß los mit ihr?«

Als Lilly fertig ist mit ihrem Bericht, da hat sie plötzlich so eine Art Eingebung, die sie mit unerwarteter Erleichterung, fast schon mit Euphorie erfüllt. »Und weißt du, was für mich das Ganze war? So eine Art Neuauflage von den schrecklichen Ereignissen damals in Staaken, als diese SS-Leute unser Haus durchsucht haben und Mama in die Wehen gekommen ist und der Obersturmbannführer so gierig auf das Galitzer Gold gewesen ist, dass er den hilflosen Onkel Jupp mit der Reitpeitsche ins Gesicht geschlagen hat. Und als Mama dann von zwei SS-Leuten aus dem Zimmer geschleppt wurde. Ja wirklich, es hatte irgendwie Ähnlichkeit und war doch so anders. Und weißt du auch, warum? Weil nämlich jetzt kein Krieg mehr ist und weil dieser Lieutenant eben *nicht* der Obersturmbannführer war und weil das Ganze doch auch – wirklich wahr – seine komischen Seiten hatte und … und weil ich mit einem Mal weiß, dass ich jetzt besser fertig werden kann mit meiner Erinnerung. So wie – also das ist schwer zu erklären –, aber vielleicht so wie … so wie man jemanden gegen eine Krankheit schützt, indem man ihm eine schwächere Sorte, also ich meine einen harmlosen Abklatsch dieser Krankheit, einimpft. Verstehst du?«

»Na«, sagt Markus, »ganz so harmlos war das ja wohl heute nicht.«

»Gegen damals war es gar nichts«, sagt Lilly und es klingt fast überheblich. »Aber du hast es ja nicht miterlebt.«

»Stimmt«, sagt Markus grinsend, »damals war ich leider verhindert durch den Endkampf um Berlin und musste noch schnell für unseren verehrten Führer ein paar Russenpanzer knacken, bevor dann die Russen uns geknackt haben. Tote und Verwundete ringsum, letzte Standgerichte, Erschießungen, und wenn diesen beschissenen Nazioffizieren die Kugeln für die Verräter zu kostbar waren, dann haben sie sie einfach aufgehängt. An Laternenpfählen, falls noch welche standen. War also auch nicht so ganz ohne, das Ganze, aber natürlich nicht so schlimm wie ein peitschenschwingender Obersturmbannführer im Galitzer Wohnzimmer.«

»Machst du dich jetzt etwa lustig über mich?«

»Nein, Schwesterchen, tu ich nicht. Ich hab mich nur grad eben gefragt, wie denn wohl die harmlose Neuauflage meiner Erlebnisse aussehen könnte, die in der Lage wäre, mich gegen traumatische Erinnerungen zu immunisieren.«

»Deine Erinnerungen …«, sagt Lilly leise, »natürlich, ja, Entschuldigung, ich vergesse manchmal, dass nahezu jeder heute grauenvolle Erinnerungen hat. Auch wenn er nicht darüber redet. Entschuldige, Markus, ich wollte nicht egoistisch sein.«

»Macht doch nichts«, sagt er, »das wäre ja eine armselige Liebe, wenn sie dem anderen nicht mal erlaubt, gelegentlich etwas egoistisch zu sein.«

Unvermittelt springt Lilly auf. »Liebe? Wer soll denn hier wen lieben, bitte schön? Wirklich, Markus, manchmal hast du sie nicht alle beisammen. Und überhaupt hab ich schon viel zu viel Zeit mit dir vertrödelt. Ich muss mich jetzt dringend um die Kleinen kümmern.«

Wenn Benedicta doch endlich käme! Lilly ist sehr unruhig. Das Engelchen hat sie vorerst unten bei Miriam gelassen, damit sie sich auf Baby Julius konzentrieren kann, der, entgegen seiner normalen zufriedenen Art, heute ein großes Geschrei veranstaltet. Lilly trägt ihn auf den Armen herum, versucht ihn zu füttern, windelt ihn dreimal hintereinander – es nützt nichts.

Der Kleine spürt, dass etwas mit seiner Mutter los ist, denkt sie, das ist doch ganz normal. Es muss schon ziemlich schlimm um Jule stehen, wenn sich ihr Söhnchen derartig aufführt! Dass

Julius' Unruhe vielleicht an ihr selbst liegen könnte, nämlich dass sich ihr momentaner Gemütszustand auf ihn überträgt, darauf kommt sie nicht.

Schließlich greift Mama ein. »Nicht zum Aushalten, das Geweine«, sagt sie. »Gib ihn mir mal her.«

Kaum hat sie ihn Lilly abgenommen und sein verheultes Gesichtchen gegen ihres gelegt, da beruhigt sich der Kleine. Er schluckt, gluckst, blinzelt und fährt dann suchend mit seinem offenen Mündchen über Mamas Wange.

Mama lächelt. »In dem Alter suchen die Kleinen noch in allem, was warm und weich ist, die Mutterbrust«, sagt sie.

»Jule kann nicht mehr stillen«, sagt Lilly, »die Milch ist ihr ganz einfach weggeblieben, ohne Grund, wie sie sagt. Und dann ist Miroslaw auch weggeblieben, weil sie nicht mehr so schön und so kräftig ist wie früher, sagt Jule, und ich glaube, dass es eher andersherum gewesen ist, nämlich dass sie nur krank geworden ist, weil Miroslaw nicht kommt.«

Mama nickt. »Natürlich kann man an der Liebe krank werden. Aber Jule ist doch immer so vernünftig damit umgegangen. Sie hat sich von der Liebe das Gute genommen und das Schlechte übersehen. Ich hab das sehr bewundert, weil ... also ich könnte das nicht.« Mama küsst das Baby und lächelt es an, und Julius bemüht sein zahnloses Mündchen zu einem Antwortlächeln und stößt fröhlich glucksende Laute aus.

Lilly beobachtet die beiden. Wenn Mama will, denkt sie, dann kann sie immer noch unwiderstehlich sein und jedermann bezaubern, vom Militärpolizisten bis zum Babybübchen.

»Du warst ganz toll heute, Mama, mit diesem Engländer. Der hat vollkommen vergessen, warum er eigentlich hier war. Und du siehst so schön aus in deinem roten Kleid!«

»Jaja«, sagt Mama, »dies rote Kleid. Daran hängen viele Erinnerungen ...«

In diesem Moment schrillt die Türklingel. Lilly springt auf und rennt, um zu öffnen. »Endlich!«

Sie zerrt Benedicta ins Wohnzimmer. »Also was ist mit Jule?«

Die Nonne betrachtet Lilly mit zusammengekniffenen Augen.

»War ein bisschen viel heute, was? Deiner Freundin Jule geht's schlecht, aber es ist nicht aussichtslos. Wird schon wieder werden mit ihr, sie hat ja eine starke Natur. Wenn sie die nicht hätte, wär sie gar nicht erst in diese Lage gekommen.«

»Aber was ist …?«

»Ich versuch's ja grad zu erklären. Statt dass sie sich mal ein Weilchen zurückgehalten und ihrem Körper Ruhe gegönnt hätte, also in Abstinenz und Keuschheit, wie der Herr es von einer gerade Entbundenen verlangt, musste sie sich doch gleich wieder von diesem Ganoven flachlegen lassen …«

»Bitte, Schwester Benedicta«, unterbricht Mama, »reden Sie nicht so in Lillys Gegenwart.«

»Ach, Unfug, in Lillys Gegenwart kann man über alles reden. Jedenfalls hat der Kerl sie geschwängert und es sieht nun so aus, als wäre es zur Strafe für diese Unzucht eine Bauchhöhlenschwangerschaft geworden, wenn Sie wissen, was das bedeutet, nämlich dass das Ei vor lauter Ungeduld bereits im Eileiter befruchtet worden ist, und da kann's schließlich nicht bleiben. Und dann ist irgendetwas geplatzt und die ganze Schose statt in die Gebärmutter in die Bauchhöhle gerutscht. Und von da aus muss es nun wieder rausoperiert werden. Das ist in kurzen Worten ungefähr das, was mit Jule los ist, sofern ich es richtig verstanden habe. Es kann aber auch sein, dass ich es falsch verstanden habe, aber ungefähr so muss es wohl sein.«

»Aber was ist denn nun wirklich mit ihr?«, fragt Lilly atemlos.

Benedicta rollt die Augen gen Himmel. »O du mein Herr Jesus, gib mir Geduld! Hab ich dir denn nicht grad erklärt, was mit ihr los ist!«

»Aber wann wird sie operiert und wie schlimm ist es und wie lange wird es dauern und wird sie's überstehen?«

»Keine Ahnung. Bekanntlich liegt alles in Gottes Hand. Und der kann manchmal verdammt grob umgehen mit uns armen Sündern. Jedenfalls wär's gut, wenn du den Ganoven irgendwo auftun und zu ihr schicken würdest, das könnte nützlich sein. Erstens, um sie aufzumuntern, und zweitens, um das ärztliche Personal mit ein paar netten Gaben interessierter zu machen.«

»Miroslaw ist in den letzten Wochen überhaupt nicht hier gewesen«, sagt Lilly. »Und ich weiß nicht, wo er wohnt.«

Benedicta schüttelt missbilligend den Kopf. »Männer sind ja so feige!«, sagt sie. »In unserer Andachtsbaracke hat er sich auch nicht sehen lassen.«

»Jule sagt, er fasst sie nicht mehr an. Ihm macht's nur Spaß mit gesunden Frauen.«

»Lilly ...!«, mahnt Mama irritiert.

»Na großartig!«, sagt Benedicta und lässt sich in Onkel Jupps Sessel fallen. »Ich möchte bloß mal wissen, wozu Gott der Herr überhaupt Männer geschaffen hat. Na ja, wollen wir's doch mal nicht allzu eng sehen. Einige Männer sind ja auch ganz brauchbar und schließlich war der Herr Jesus auch mal ein Mann. Was ist zum Beispiel mit Ihrem?« Sie sieht Mama fragend an.

»Welchen meinen Sie?«

»Den Blinden natürlich. Der ist doch anscheinend die treibende Kraft hinter all der Schwarzmarkterei. Sicher weiß er, wo dieser Miroslaw sich versteckt hat.«

»Ich werd ihn fragen«, sagt Mama, »aber nicht jetzt gleich, es geht ihm nicht gut, er hat sich hingelegt. Und mit diesen illegalen Geschäften hat er sowieso nichts zu tun.«

Benedicta grinst, nickt und sagt dann gutmütig: »In Ordnung, man soll ja von jedem immer das Beste annehmen. Aber manchmal fällt's doch schwer. Zumal man in Zeiten wie diesen hier so leicht das Gute mit dem Schlechten durcheinander bringen kann.«

Solch ein Tag! Als Benedicta gegangen ist, überkommt Lilly ein derartiges Bedürfnis nach einer Denkpause, dass sie in die Küche läuft, Wasser für eine Wärmflasche aufsetzt und zu ihrer Mutter sagt: »Tut mir Leid, Mama, ich muss jetzt mal einen Augenblick ins Bett zum Nachdenken.«

»Aber doch nicht jetzt«, sagt Mama, »und nicht ausgerechnet im Bett.«

»Geht nicht anders«, sagt Lilly, »im Bett kann ich am besten mit mir alleine sein. Ich mach's auch so kurz wie möglich.«

Natürlich ist ihr klar, dass sie eigentlich jede Menge Wichtigeres zu tun hätte – sie sollte das Engelchen von den Bambergers holen und Felix aus dem Nachbarhaus, wo er einen kleinen Freund gefunden hat, und sie sollte Mama Baby Julius abnehmen und sich um das Essen kümmern und in den beiden Öfen Briketts nachlegen und irgendwie auch rauskriegen, wo sich Miroslaw befindet. Und Schularbeiten sollte sie auch noch machen und das Dringlichste wäre ja wohl, mit Markus' Fahrrad sofort zum Eppendorfer Krankenhaus zu radeln, um nach Jule zu sehen. Aber sie tut nichts von alledem. Sie macht sich von Mama los und verzieht sich in das kalte Schlafzimmer, das sie mit den Kleinen und mit Jule teilt.

Im Bett dann, ihren Körper eng um die Wärmflasche gekringelt wie ein Rollmops, bedenkt sie, was zu bedenken ist, und vor allem das, was absolut nichts zu tun hat mit alldem, was eigentlich getan werden sollte.

Die Liebe. Hat Markus tatsächlich von Liebe gesprochen?

Zuerst war Lilly nur irritiert, und jetzt ist sie vor allem ärgerlich. Liebe, der spinnt wohl! Da ist sie also total versehentlich ein einziges Mal in Markus' Armen gelandet und hat sich küssen lassen, also ... na ja ... ziemlich sehr küssen lassen und für einen Moment hat sie ja auch gar nicht wieder rausgewollt aus seinen Armen, aber dieser, ehrlich gesagt, gar nicht mal so kurze Moment ist schließlich doch vergangen, vollkommen vergangen und sie hat sich energisch losgemacht und damit Schluss. Was bildet der sich denn ein, sie wird sich doch nicht wegen eines einzigen Kusses zum Partner seiner Liebeswünsche machen lassen!

Seit der Sache mit dem Padre hat Lilly viel über die Liebe nachgedacht. Rückblickend meint sie, dass sie sich damals etwas angeeignet hat, das ihr nicht zustand, und dass sie ihr Bedürfnis nach Liebe mit der Liebe selbst verwechselt hat. Immerhin hat diese Aneignung ihr geholfen zu überleben, insofern war sie vielleicht verzeihlich.

Lilly ist der Überzeugung, dass ein Mensch, der liebt oder zu lieben meint, unbewusst Signale aussendet und verführerische Spuren legt, um den Geliebten in seine Netze zu locken. Und dass dieser Geliebte dann schon sehr stark sein muss, der Versuchung nicht auf den Leim zu gehen. Leider hält Lilly sich aber ganz und gar nicht für stark – und der arme Padre war es ja auch nicht. Von sich aus wäre der doch nie im Leben auf die Idee gekommen, sich in Lilly zu verlieben. Doch ihre ständigen Sehnsuchtsgedanken haben ihn umgarnt und eingewickelt wie eine Melodie, von der man sich nicht wieder losmachen kann und die man schließlich aus purer Selbstachtung für wunderbar, ja für einen genialen Wurf halten muss. Und wenn sich dann der Zauber als faul erweist und die Melodie als ein banales Hänschen-klein-ging-allein, dann sitzt man ganz schön in der Patsche.

Also bitte, Markus, denkt sie, versuch mich nicht mit Liebe zu ködern. Du bist mein Fast-Bruder, das hab ich inzwischen wohl oder übel akzeptiert. Aber damit ist es nun auch genug. Ich will dir mal was sagen: Wenn du nicht von Liebe geredet hättest, dann wäre ich möglicherweise bereit gewesen, dich noch ein zweites Mal zu küssen. Oder vielleicht sogar ein drittes Mal. Nun aber nicht mehr. Ich habe von der Liebe nämlich ganz bestimmte Vorstellungen und die sind mit einem schlau daherredenden, Schwarzmarktwaren verschiebenden Fast-Bruder ungefähr genauso unmöglich in Einklang zu bringen wie ein Dauerregen mit der Wüste. Da wäre ein verheirateter englischer Militärgeistlicher weiß Gott noch hundertmal passender gewesen.

Das war's also, denkt Lilly, genug nachgedacht. Mama soll sich nicht beklagen können, dass ich zu viel Zeit für mich selbst verbraucht habe.

Seufzend entkringelt sie sich und rollt aus dem Bett, das sich gerade so wunderbar erwärmt hat. Wie gerne wäre sie noch ein Stündchen liegen geblieben, nachdenkend oder – besser noch – träumend. Aber wozu. Weitere Liebesgedanken sind total überflüssig, Lilly hat sich entschieden und weiß inzwischen genau, was sie von diesen Gefühlsduseleien zu halten hat. Und daran wird auch die allerschönste Träumerei nichts ändern können.

5. Kapitel

Onkel Jupp hat sich nicht nur mal eben ins Bett gelegt, um die Polizisten zu täuschen. Onkel Jupp ist krank. Zwar wissen alle in der Familie, dass es sich bei ihm nicht um eine wirkliche Krankheit handelt, jedenfalls um keine körperliche, und dass ihm darum auch kein Arzt und keine Medizin helfen können, dennoch haben sich alle stillschweigend darauf geeinigt, diese periodisch wiederkehrenden Zustände größter Erschöpfung und Mutlosigkeit als »Krankheit« zu bezeichnen. Das macht es ihm leichter, damit umzugehen.

Lilly glaubt, dass er dann von seinen Erinnerungen, die er sonst immer mit eisernem Willen auf Abstand hält, überrollt wird. Die Phantomschmerzen in seinem amputierten Fuß fallen über ihn her, die Splitter im Kopf stoßen und stechen von innen, als wollten sie seine blinden Augen aus den Höhlen drängen, und er versackt in tiefer Mutlosigkeit.

Nichts und niemand kann in diesem Zustand zu ihm durchdringen. Er sitzt in einem dunklen Loch, umgeben von den Phantomen des Krieges, gefesselt von Schmerzen, kraftlos, hilflos und ohne die entfernteste Vorstellung, warum und wozu sein Leben weitergehen soll.

Diese »Krankheit« überfällt ihn alle paar Monate und dauert meist nicht länger als drei, vier Tage. Wenn er schließlich langsam wieder auftaucht, wirkt er anfangs immer sehr geschwächt, bis er sich plötzlich einen Ruck gibt, alles von sich schüttelt und zurückfindet zu seinen alten Energien und sogar darüber hinaus. Einmal hat er zu Lilly gesagt: »Weißt du, was das Größte und Geheimnisvollste unter der Sonne ist? Das ist die Fähigkeit des Menschen, sich betrügen zu lassen und aus der totalen Sinnlosigkeit seines Daseins doch den Mut zum Weiterleben zu schöpfen.«

Wenn Onkel Jupp nicht in seinem Sessel am Wohnzimmerfenster sitzt, fehlt der Familie ihr Mittelpunkt. Es ist, als wäre ein Magnet, an dem sie alle hängen und der ihre Richtung nach außen und ihr geordnetes Verhältnis zueinander bestimmt, plötzlich taub geworden.

Mama kriegt Angstaugen und stolpert in der Wohnung umher, als hätte sie sich in einem dunklen Wald verirrt, Markus verzieht sich, die Babys sind nicht zur Ruhe zu bringen, der vierjährige Felix macht das Bett nass und Lillys sonst so friedlicher Papa schlägt mit der Faust auf den Küchentisch und schreit, dass er's nicht mehr aushalten könne in dieser Familie und dass er sich eine andere Bleibe suchen müsse.

Und nun fällt auch noch Jule aus. Vor lauter Pflichten weiß Lilly kaum mehr, wo ihr der Kopf steht. Hinzu kommt, dass Markus, statt wie üblich seinen Geschäften nachzugehen, diesmal zu Haus geblieben ist und Lilly mit seiner Gegenwart gründlich auf die Nerven geht. Immer wieder kommt er ihr in die Quere. »Wenn ich dir helfen kann ...«, sagt er.

Sie reagiert kratzbürstig: »Befrei mich von deiner Anwesenheit, das wäre schon eine große Hilfe.«

»Oho, Schwesterchen!« Er lacht und legt ihr den Arm um die Schultern. »Wir waren uns doch einig, dachte ich jedenfalls.«

»Einig? Worüber?« Sie schüttelt seinen Arm ab. »Wenn du mir unbedingt helfen willst, dann bring Miroslaw zu Jule. Das wäre momentan die größte Hilfe für mich.«

»Unmöglich«, sagt Markus.

»Wieso?«

»Weil Miroslaw nicht hier ist.«

»Wo ist er denn?«

»In Polen.«

»Was tut er da?«

»Das geht dich nichts an.«

»Ach ja? Du willst mit mir einig sein und etwas für mich tun und hilfst mir nicht einmal dabei, etwas für Jule zu tun?«

»Ich würd's ja gern, aber ich kann nicht.«

»Dann schick Miroslaw wenigstens eine Nachricht, dass er so schnell wie möglich herkommen muss und dass wir ihn brauchen!«

»Das kann ich auch nicht, weil er dort nämlich noch dringender gebraucht wird. Und außerdem weiß ich seine Adresse nicht.«

Lilly wird wütend. »Diese idiotische Männerkumpanei! Nicht mal, wenn's um Leben und Tod geht, könnt ihr eure Spielchen aufgeben. Weißt du, was ich glaube? Miroslaw hat in Polen Frau und Kinder und du willst bloß seine Adresse nicht rausrücken, weil ja ein richtiger Mann den anderen immer deckt.«

»Nein, nein«, sagt Markus, »das ist es wirklich nicht. Keine Ahnung, ob er in Polen irgendwelchen Anhang hat. Kann schon sein, die Frauen laufen Miroslaw ja nach. Aber Jule ist diejenige, die er wirklich liebt. So wie ich ... na ja, egal. Jedenfalls ist der Grund für seine Abwesenheit nicht irgendeine Weibergeschichte.«

»Was denn sonst?«

»Mein Gott, bist du eine Nervensäge. Die Sache ist topsecret, unser größter Coup bislang. Hat mit einer illegalen Druckerei zu tun, Lebensmittelmarken und Pässe. Und mach jetzt bloß nicht solch entsetzte Augen, niemand wird dabei zu Schaden kommen.«

»Außer Jule, die kommt nämlich ganz sicher zu Schaden, wenn Miroslaw nicht auftaucht.«

»Das behauptest du. Und ich behaupte, dass, wenn Miroslaw auftaucht, er vor allem selbst zu Schaden kommt.«

»Wieso denn das?«

»Sie sind hinter ihm her, und zwar heftig. Sie wollen ihn unbedingt zu fassen kriegen und ihm den Prozess machen. Die Hausdurchsuchung heute war bloß der Auftakt.«

»Sollen sie ihn doch einsperren. Aber zuvor muss er Jule besuchen und sie davon überzeugen, dass sich zwischen ihm und ihr nichts geändert hat. Und wenn er dann in einer Zelle sitzt, wissen wir wenigstens immer, wo er ist. Außerdem findet er bestimmt ganz schnell eine Möglichkeit, aus dem Gefängnis auszubrechen. Also sag ihm, er soll kein Feigling sein und sich schleunigst um Jule kümmern.«

»Wie soll ich's ihm denn sagen, wenn ich seine Adresse nicht kenne.«

»Aber du kannst sie rauskriegen?«

Markus zuckt die Schultern. »Glaub ich nicht.«

»Und ich dachte immer, du und Miroslaw, ihr wäret so eng befreundet!«

»Sind wir auch. Ebendeshalb kann ich ihn nicht herholen.«

»Das wär's dann also«, sagt Lilly. »Lass mich jetzt bloß in Ruhe und amüsier dich gut mit deinem deutsch-polnischen Supercoup. Ich jedenfalls hab heut das letzte Wort mit dir gesprochen.«

Mit hängenden Armen steht Markus vor Lilly und sieht sie unglücklich an. »Lass doch nicht so etwas zwischen uns kommen.«

»Nun reicht's mir aber wirklich. Da zwischen uns nichts ist, kann auch nichts zwischen uns kommen. Also verschwinde endlich.«

»Aber ich hab dich doch ... ich meine, du hast mich doch ...«

»Ja, ja, wir haben uns doch. Schließlich bist du nicht der Erste, den ich ... na, und so weiter. Was heißt das schon. Gelegentlich zeigt mein Entgegenkommen allerdings etwas mehr Wirkung. Nämlich mein Freund Billy, der hat wenigstens etwas für mich riskiert. Ohne seine Warnung wären wir ganz schön reingerasselt und außerdem all unsere Vorräte los.«

»Wieso denn das?«

»Herrgott, Markus, stell dich nicht so dumm. Was glaubst du denn eigentlich, wer uns gewarnt hat?«

»Tatsächlich dieses primitive englische Babyface mit seinem Militärjeep und dem Schlagstock am Gürtel? Der soll solch ein Risiko auf sich genommen haben?«

»Wieso auch nicht. Es war nämlich meinetwegen, und ich werde mich dankbar erweisen.«

»Auf welche Weise, bitte schön?«

»Das kannst du dir selber ausdenken. Billy ist verliebt in mich. Und ich hab ihn auch sehr gern, bin aber bislang ziemlich zurückhaltend gewesen, na ja, schließlich ist er ein Besatzungssoldat. Aber Benedicta hat von Anfang an gesagt, ich soll mich um ihn kümmern, er sei nämlich nicht so wie die anderen, er sei ein guter Junge, sehr ernsthaft und hilfsbereit. Und das hat er ja nun auch bewiesen.«

Markus kriegt einen roten Kopf vor Zorn. »Diese verrückte Nonne«, sagt er, »die will dich mit dem Polizisten verkuppeln?«

»Verkuppeln, dämliches Wort. Sie will nur, dass ich nett zu ihm bin. Weil er so einsam ist. Und darum werde ich jetzt nett zu ihm sein. Er hat's verdient.«

Damit verzieht Lilly sich in die Küche und schlägt die Tür unmissverständlich hinter sich zu.

Während sie dann anschließend all die vielen Dinge im Haushalt erledigt, die sonst Jule übernimmt, während sie also die Kleinen füttert und badet und Windeln wäscht und Essen kocht und die Asche aus dem Ofen räumt und neue Briketts auflegt und sich endlich ihr Engelchen von Bambergers zurückholt und die Babys eins nach dem anderen zu Bett bringt und ihnen auch noch etwas vorsingt; und während sie dann noch einmal zu Bambergers rennt, um aus dem Vorrat ein Paar Seidenstrümpfe und ein kleines Paket Bohnenkaffee zu holen, und während sie sich schließlich – ohne vorher zu fragen – Markus' Fahrrad greift und Richtung Eppendorfer Krankenhaus radelt – also während dieser ganzen Zeit schießt ihr immer wieder wie ein plötzlicher Zahnschmerz der Gedanke an Billy durch den Kopf, nämlich dass sie ihn benutzt hat, um Markus eifersüchtig zu machen, damit der dann … o Gott, nein, das war bestimmt falsch, sie hätte Markus auf andere Weise dazu bringen müssen, Miroslaw herzuholen, sie hätte Billy nicht verraten dürfen! Billy, der sie heute aus reiner Großzügigkeit gewarnt hat und bestimmt nicht, weil er von ihr irgendeine Gegengabe erwartet, und der, wenn es rauskommt, ein Disziplinarverfahren riskiert, vielleicht eine Degradierung oder so was! Billy, ihr Abendfreund! Es darf nicht rauskommen, auf gar keinen Fall! Wenn Markus jetzt bloß dichthält, aber der war so merkwürdig heute, und wieso ist er eigentlich plötzlich aus dem Haus gerannt, wohin wollte er denn, doch nicht etwa …

Blindwütig tritt Lilly in die Pedale. Es ist schon dunkel und die Straßen sind kaum beleuchtet, fast wäre sie in einen Haufen Trümmersteine gefahren. Bitte, lieber Gott, fleht sie, lass Markus nicht durchdrehen, lass ihn Billy nicht verraten, bloß weil er eifersüchtig ist, das könnte ich ihm und mir nie verzeihen und dann würde ich nämlich beide verlieren, den armen Billy und Markus, den ich doch … der mir doch … o Gott, was für ein Durcheinander.

Und dann im Krankenhaus will man sie nicht zu Jule lassen. Besuchszeit sei doch längst vorbei und Frau Kaminski hätte auch gerade eine Schmerzspritze gekriegt und vermutlich würde sie inzwischen schon schlafen. Sie läge im großen Saal, zusammen mit zehn anderen Frauen, und die hätten ja wohl auch ein Anrecht auf Ruhe, um diese Zeit.

»Aber ich muss zu ihr, dringend! Ich muss ihr etwas sagen und es wird ihr helfen, es wird ihr sofort besser gehen, danach.«

»Ausgeschlossen, hier gibt's keine Sonderrechte, für niemanden. Und was der Frau hilft, ist eine schnelle Operation, sonst nichts.«

»Nur für fünf Minuten«, fleht Lilly und schiebt der Schwester das kleine Strumpfpaket in die Hand. »Reine Seide. Und ich hab auch noch Ami-Zigaretten zu Haus«, flüstert sie.

Die Schwester stutzt. »Für die Frau Kaminski? Die scheint Ihnen ja sehr wichtig zu sein.«

»Sie ist der liebste, beste Mensch, den ich kenne«, sagt Lilly, »und sie hat nämlich einigen Menschen das Leben gerettet.«

»Aha«, sagt die Schwester und nickt. »So ist das also. Na dann ... aber nicht länger als fünf Minuten. Wenn die Oberschwester es merkt, bin ich geliefert. Also kommen Sie.«

»Lilly ...«, flüstert Jule und verzieht ihr blasses Gesicht zu einem breiten Lächeln, »wusst ich doch, dass du kommst. Wusst ich schon immer, bist eben die Beste. Hast Julius nicht mitgebracht?«

»Julius schläft schon. Es geht ihm gut. Mama hat ihn heute auf dem Arm gehabt, stundenlang. Sie hat gesagt, dass sie noch nie ein so schönes kleines Bübchen gesehen hat.«

»Ja, sieht eben aus wie Miroslaw«, sagt Jule.

»Genau. Und von Miroslaw soll ich dir auch Grüße bringen. Und dass er so lange nicht bei dir war, das ist, weil er nach Polen musste, irgendeine große Aufgabe, zusammen mit Onkel Jupp, weißt du. So geheim wie damals im Krieg. Aber er will auf jeden Fall versuchen herzukommen, für einen Tag, nur um dich zu sehen.«

»Wenn er ist in Polen«, sagt Jule misstrauisch, »kannst du nicht mit ihm gesprochen haben. Gibt doch kein Telefon von dir nach Polen. Gibt also auch keine Grüße von Miroslaw.«

»Doch«, sagt Lilly, »gibt es doch. Nämlich Markus, der war gestern bei ihm und ist heute zurückgekommen. Der ist so eine Art Kurier, weißt du, zwischen Onkel Jupp und Miroslaw. Und er hat die Grüße mitgebracht.«

»Eine Art was?«, fragt Jule.

»Kurier. Das ist jemand, der Nachrichten hin- und herbringt. Und eben auch Grüße und Pakete und so etwas.«

»Pakete auch?«

»Klar«, sagt Lilly. »Und Briefe und Dokumente.«

»Soll er mir doch einen Brief schreiben, der Miroslaw.«

»Hat er dir schon mal geschrieben?«

Jule schüttelt müde den Kopf. »Nein. Aber etwas Geschriebenes wär schon schön, zum Anschauen und Vorzeigen und Aufbewahren. Könnt ich ja auch mit in die Operation nehmen und mich dran festhalten, wenn sie mich aufschneiden. Und es wär dann auch ein Beweis.«

»Wofür brauchst du denn einen Beweis?«

»Dafür, dass da mal was war zwischen uns.«

»Und was ist mit Baby Julius? Ist der nicht Beweis genug?«

»Hast Recht, Lilly, Julius ist mein Beweis. Aber ein Brief wär doch auch ganz schön.« Jule dreht den Kopf zur Seite, die Augen fallen ihr zu. »Bin jetzt sehr, sehr müde«, flüstert sie. »Ist wohl die Spritze. Und wenn ich sterb bei der Operation, behalt du den Julius. Gib ihn nicht her. Hast doch das allergrößte Herz, Lilly, da ist auch noch Platz drin für mein Julius.«

Als Lilly tränenblind auf den Gang hinausstolpert, prallt sie mit einem Arzt zusammen. Er hält sie am Arm fest. »Was machen Sie hier, wer sind Sie?«

»Ich hab bloß jemanden besucht«, flüstert Lilly.

»Besuchszeit ist längst vorüber.«

»Ich weiß. Aber ich dachte nur … ich dachte, ich könnte helfen.« Nervös knetet Lilly das kleine Kaffeepaket in ihren Händen.

»Helfen? Wem?«

»Meiner Freundin Jule Kaminski. Ich glaube, es geht ihr sehr schlecht.«

»Ist das die Frau mit der extrauterinen Schwangerschaft?«

»Ja ... ja, ich glaube, so heißt das.«

»Der geht's tatsächlich ziemlich schlecht, hat viel Blut verloren. Wohl möglich, dass auch noch eine Bauchfellentzündung dazugekommen ist. Dann wäre die Prognose denkbar ungünstig. Morgen nach der Operation wissen wir mehr.«

Plötzlich fällt Lilly etwas ein, etwas, das damals Captain Evans-Bernstein gesagt hat, als Isas Vater so krank war. Es gäbe ein neues Mittel, hat er gesagt, ein Mittel gegen Entzündungen, es wäre noch nicht frei verkäuflich, aber ... Und er hatte es tatsächlich besorgt.

»Und was ist mit dem neuen Mittel?«, fragt Lilly jetzt atemlos. »Dieses Wundermittel gegen Entzündungen, Sie wissen schon.«

»Ich nehme an, Sie sprechen von Penicillin. Tja, wenn man das besorgen könnte! Wir haben erst ein einziges Mal eine winzig kleine Lieferung gehabt, die ist längst aufgebraucht. Und eine neue steht nicht an. Tut mir Leid.«

»Und wenn ich ... vielleicht hab ich eine Möglichkeit.«

»Sie?« Der Arzt betrachtet sie skeptisch. »Ziemlich unwahrscheinlich, aber ein Versuch kann ja nicht schaden. Gute Nacht, junge Dame, und lassen Sie sich nicht von der Oberschwester erwischen.« Mit flatterndem Kittel eilt er den langen, spärlich beleuchteten Gang hinunter.

Lilly sieht ihm nach und erinnert sich plötzlich an das Kaffeepäckchen in ihren Händen. »Herr Doktor ...«, ruft sie, und als er nicht reagiert, rennt sie ihm nach.

»Hier, weil Sie doch so viel wach sein müssen«, sagt sie und drückt ihm das Päckchen in die Hand. »Und ich werd's bestimmt schaffen, das mit dem Pennidingsbums, und wenn unsere ganzen Vorräte dabei draufgehen müssen.«

Zu Hause dann fällt Lilly ins Bett, ohne noch weiter nachdenken zu können. In ihrem ganzen Leben ist sie noch nie so erschöpft gewesen.

Dementsprechend verschläft sie auch das morgendliche Greinen der Babys, sie merkt nicht, dass Felix an ihr herumzerrt, und sie hört nicht den Wecker, der sie aus dem Bett und zur Schule jagen sollte. Sowieso wird sie sich heute den Luxus einiger ruhiger Schulstunden nicht leisten können. Lilly kommt erst zu sich, als Mama, immer noch oder schon wieder im roten Kleid, so nachhaltig an ihr rüttelt, dass ihr ungewohnt süßer Traum, in dem sie sich zum wiederholten Male der erregenden Wirkung eines Kusses hingibt, in letzter Sekunde mit einem Sturz ins kalte Wasser endet. Mama hat ihr die Decke weggezogen.

»Lilly, was ist denn mit dir los! Bist du etwa krank?«

»Wieso ... wieso krank, ich doch nicht. Mir ist bloß kalt.«

Mama steht da mit Julius auf dem Arm. »Ich kann nicht alle vier Kinder auf einmal versorgen.«

»Nein, nein, klar, weiß ich doch.« Sie rollt aus dem Bett. »Wo ist Markus?«

»Markus? Was willst du denn von dem?«

»Gar nichts. Ich dachte nur ... ach, ist doch egal. Ich wasch mich nur schnell und mach dann die Flaschen zurecht.«

»Hab ich schon erledigt.«

»Du?«

»Ja, und ich hab dir auch eine Tasse Bohnenkaffee hingestellt. Ganz stark und frisch gebrüht.«

»Du hast Kaffee gekocht, extra für mich? Aber den brauchen wir doch für wichtigere Sachen!«

»Bist du etwa nicht wichtig? Also los jetzt, waschen, anziehen, Kaffee trinken. Und dann müssen wir gemeinsam einen Plan machen, wie wir ohne Jule zurechtkommen.«

Verdutzt über die plötzliche Aktivität ihrer Mutter geht Lilly in die Küche. Auf dem Tisch steht eine große Tasse dampfender Kaffee. Und da man das Getränk ja schwerlich wieder in handelbare Bohnen zurückverwandeln kann, macht sie sich drüber her, genießt die bittere Süße, fühlt es heiß durch die Kehle in den Magen laufen und ist nun endlich vollkommen wach. Die nächtliche Küsserei verschwindet unter der Last der Tagesprobleme. Jule! Die Medizin! Miroslaw!

Sie schüttet kaltes Wasser in ihr Gesicht, zieht sich in Windeseile an und läuft ins Wohnzimmer, wo Mama sich vergeblich bemüht, Engelchen und Josi gleichzeitig zu füttern und nebenbei auch noch den quengelnden Julius zu beruhigen. »Jetzt weiß ich's wieder, was ich von Markus wollte«, sagt Lilly, »er muss mir diese Medizin besorgen.«

»Welche Medizin?«

»Die, die damals der Captain besorgt hat, um Isas Vater zu retten – weißt du noch?«

»Ach so, du meinst Penicillin. Wer braucht das?«

»Jule, weil sie nämlich sonst stirbt.«

»Hm …«, sagt Mama, »so ist das also. Unsere Jule braucht Penicillin. Und woher soll Markus das kriegen, ich meine, auch wenn er's bezahlen kann?«

»Weiß ich nicht. Aber er wird's schon auftreiben.«

»Stell dir das nicht so einfach vor. Der Captain konnte es damals besorgen, das stimmt. Aber der war ja auch Engländer. Für uns Deutsche ist es vorerst bestimmt nicht zu haben.«

»Wenn man bezahlen kann, ist alles zu haben.«

»Vielleicht. Aber man muss die Quellen kennen. Außerdem ist Markus seit heute Nacht wieder unterwegs. Was ist mit Miroslaw?«

»Der ist auch verschwunden. Und angeblich weiß niemand, wo er ist. Dann muss ich eben selbst … Meinst du, ich könnte Onkel Jupp fragen?«

»Fragen kannst du ja, aber er wird dir nicht antworten. Er ist sehr weit weg, nicht einmal hören wird er dich. Du weißt ja, die Krankheit.«

Lilly nickt. Dann wagt sie die Frage, die sie schon immer stellen wollte: »Wo ist er eigentlich, wenn er so weit weg ist?«

»Ich weiß es nicht genau, er will mit mir nicht drüber reden, überhaupt mit niemandem. Ich glaube, er ist dann wieder in Russland. Er muss da ganz grauenhafte Sachen erlebt haben. Massenerschießungen. Neulich hat mir Schwester Benedicta eine englische Zeitung gegeben, sie wollte, dass ich ihr einen Artikel übersetze. Darin war von den deutschen Verbrechen an russischen Juden die Rede. Auf dem dazugehörigen Foto sah man eine lange Reihe nackter, ausgemergelter Gestalten, Männer und Frauen. Vor ihnen ein Graben voller Leichen, hinter ihnen deutsche Soldaten mit Maschinengewehren. Angeblich hat man das Foto mitsamt dem genauen Bericht in einem geheimen SS-Archiv in Berlin gefunden. Aber Fotos kann man fälschen und Berichte sowieso. Ich hab zu Schwester Benedicta gesagt: ›Wie krank kann denn eine Phantasie sein, dass sie sich in derartigen Gräueln ergeht!‹ Und Benedicta hat mir geantwortet: ›Nicht die Phantasie ist krank, sondern die Realität.‹ Und sie hat über irgendwelche verzweifelten Briefe geredet, die ihre Mutter Oberin von einem Soldaten aus Russland gekriegt hat.«

»Ja«, sagt Lilly, »davon hat sie mir auch erzählt. Und ich glaube tatsächlich, dass diese Massenerschießungen passiert sind. Aber dass Onkel Jupp etwas damit zu tun gehabt hat, das kann ich mir nicht vorstellen.«

»Nein, nein«, sagt Mama hastig, »das will ich ja auch nicht behaupten, ganz bestimmt nicht, ich sag dir doch, für mich ist das nichts als eine perverse Phantasie. Und ... und überhaupt hatten die Soldaten auf dem Foto andere Uniformen an, keine Infanterie wie Jupp, sah eher aus wie Polizei oder so etwas. Nur ... wenn es ihm so schlecht geht und er nicht ganz bei sich ist und mit den Zähnen knirscht und stöhnt und schreit, dann kommt mir immer wieder dieses Foto vor die Augen.«

»Vielleicht hat er's irgendwie mit ansehen müssen«, sagt Lilly, »das könnte doch sein. Aber mitgemacht, nein, bestimmt nicht, nicht Onkel Jupp. Der hätte sich geweigert.«

»Und wenn er sich nicht weigern konnte?«

»Mama, wirklich, hör auf damit! Mach dich nicht auch noch verrückt. Und du sagst doch, es waren andere Uniformen.«

»Ja«, sagt Mama, »andere Uniformen, ganz sicher, das war klar zu erkennen. Glaube ich jedenfalls. Aber damals, als er im Urlaub aus Russland nach Staaken gekommen ist, da war er so verstört, man konnte kaum mit ihm reden. Da hatte er diese Zustände zum ersten Mal und er hat nachts phantasiert und geschrien und ich hab Doktor Banse gerufen, weißt du das denn nicht mehr?«

Obgleich Lilly sich sehr wohl erinnert, sagt sie: »Das meiste habe ich vergessen. Ich war ja auch so sehr mit mir selbst beschäftigt. Und außerdem wusste ich damals noch nicht, dass Onkel Jupp und du ... ich meine, also dass ihr zusammen wart. Oder ich wollte es nicht wissen und hab deshalb nicht so genau hingesehen. Ich weiß nur noch, dass Onkel Jupp sehr erschöpft war und meistens geschlafen hat. Und mit Felix auf dem Arm im Wohnzimmer hin und her gegangen ist, das weiß ich noch. Aber nichts von irgendwelchen Zuständen.«

»Jedenfalls konnte Doktor Banse, der kluge Alte, auch nicht helfen und er hat mir gesagt, dass es so etwas eben gäbe, es sei wie eine schwere Entzündung im Körper, die immer wieder aufflammt. Und es käme in Wellen, hat er gesagt, und vielleicht wird's irgendwann mal aufhören. Vielleicht aber auch nicht.«

»Und wie war's dann nachher?«

»Es ist wiedergekommen, aber nicht mehr so schlimm. Und nach der Sache mit dem Obersturmbannführer und Jupps Erblindung war es für eine Weile ganz weg. Einmal hat er zu mir gesagt, wenn er noch an eine göttliche Ordnung glauben könnte, dann würde er denken, dass ihm das Augenlicht genommen worden sei, weil seine Augen zu viel Grauen mit angesehen hätten. Und das würde ihm dann ein Trost sein, also habe er bezahlt und nun sei die Bilanz zwischen ihm und Gott ausgeglichen.«

»Benedicta sagt, wenn man nicht mehr an Gott glaubt, dann muss man dennoch weiter beten und Gott bitten, dass man wieder glauben darf.«

»Man kann doch nicht zu einem Gott beten, an den man nicht mehr glaubt«, sagt Mama.

»Benedicta ist da anderer Ansicht«, sagt Lilly.

»Ja«, sagt Mama, »und darum kann man sie nur beneiden.«

Unten im Hausflur steht der große Kinderwagen, ein ständiges Ärgernis für die Ordnung liebende Frau Neuhauser. Lilly hat ihn mit einer doppelten Kette an den Treppenpfosten geschlossen. Jetzt trägt sie die drei Kleinen eins nach dem anderen hinunter und setzt sie in den Wagen. Der ist inzwischen ziemlich eng, aber draußen ist es kalt und so wärmen sich die Kinder gegenseitig.

»Wohin willst du?«, fragt Mama.

»Nur etwas spazieren. Und ich nehme auch Felix mit und liefer ihn bei seinem Freund im Nachbarhaus ab, dann hast du Ruhe und kannst dich um Onkel Jupp kümmern. Vielleicht gelingt es dir ja, ihn zurückzuholen. Und dann wird er dir sagen, wo Miroslaw ist.«

»Wenn er es mir sagen will«, sagt Mama. »Ich weiß nichts über Miroslaws und Jupps Geschäfte. Allzu viel Wissen würde mich nur belasten, meint Jupp. Ich mache mir oft große Sorgen, aber ich glaube nicht, dass es etwas Unehrenhaftes ist.«

Lilly nickt. »Ganz bestimmt nicht«, sagt sie und findet das Wort unehrenhaft hier merkwürdig fehl am Platz.

Bevor Lilly sich auf den Weg macht, geht sie noch rasch bei Bambergers vorbei und holt sich aus dem Raum hinter der Küche vier Stangen amerikanischer Zigaretten. Miriam ist allein.

»Wo ist Josua?«, fragt Lilly.

»Der trifft irgendjemanden wegen unserer Papiere. Das mit England scheint nicht zu klappen. Nun heißt es, dass wir vielleicht nach Südamerika gehen müssen, nach Kolumbien. Was wir da sollen, weiß ich wirklich nicht.«

»Warum geht ihr denn nicht nach Palästina? Ich dachte, dort wäre das Vaterland der Juden?«

»Weil die Engländer uns nicht reinlassen.«

»Versteh ich nicht«, sagt Lilly, die in der Zeitung nur die Lokalnachrichten liest und nicht die geringste Ahnung von Politik hat.

»Ich auch nicht«, sagt Miriam. »Auf jeden Fall sind die Engländer die Herren in unserem Land und sie sorgen für Ruhe und Ordnung, indem sie uns nicht reinlassen. Und überhaupt würd ich am liebsten hier bleiben und mich weiter um Angelika kümmern. Aber dafür müsste ich erst ein anderer Mensch werden und meine Erinnerungen austauschen können. Gegen deine zum Beispiel, das wär doch schön. Was willst du mit den Zigaretten?«

»Medizin kaufen.«

»Wogegen?«

»Ich erzähl's dir später. Jetzt muss ich los.«

»Lass mir doch Angelika hier. Ich fühl mich so einsam.«

»Nein, nein, das geht nicht. Sie braucht frische Luft und du gehst ja nie aus der Wohnung.«

In Miriams Gesicht blitzt Schrecken auf, ihre Augen weiten sich. »Du weißt doch, ich kann nicht nach draußen. Da stehen sie und warten auf mich.«

Lilly hat das schon oft von Miriam gehört und vergeblich versucht, dagegen anzureden. Heute hat sie dafür keine Zeit. »Also bis nachher«, sagt sie.

Lilly stopft die Zigaretten in ihren alten Turnbeutel, den sie über den Kinderwagengriff hängt. Vier Stangen Lucky Strike, das ist mehr als der Monatslohn eines Werftarbeiters, soviel sie weiß. Ob das wohl ausreicht für eine Schachtel Penicillin? Aus den Zeitungsberichten über Razzien und auch aus dem allgemeinen Gerede weiß sie, dass der Schwarzhandel vor allem in der Talstraße, auf dem Hansaplatz hinter dem Hauptbahnhof und auf dem Großneumarkt stattfindet. Die Talstraße sei das eigentliche Zentrum, heißt es. Also wird Lilly ihr Glück zuerst dort versuchen.

Für den Weg braucht sie mehr als eine Stunde. Sie geht sehr schnell, die Kleinen werden in dem alten Kinderwagen kräftig durchgeschüttelt, was ihnen zu gefallen scheint. Lilly denkt an Onkel Jupp und die göttliche Ordnung, an die er wohl gerne glauben würde, damit seine Blindheit einen Sinn bekäme. Aber müssten dann nicht Millionen und Abermillionen anderer Menschen auch erblinden? Und was hat die göttliche Ordnung in den Konzentrationslagern bewirkt? Und in den Phosphornächten der Hamburger Katastrophe, als Tausende von Menschen zu lebenden Fackeln wurden? Und im Warschauer Ghetto, wo man die letzten Aufständischen in der Kanalisation ersäuft hat? Und hat Mama, die von ihren vier Kindern immerhin drei behalten durfte, der göttlichen Ordnung so viel mehr Genüge getan als Miriam, die ihr einziges Kind hergeben musste, um es – vielleicht – zu retten?

Miriam möchte ihre Erinnerungen tauschen gegen die von Lilly. Bei dem Gedanken daran fühlt Lilly sich sehr unbehaglich, fast schon aggressiv. Meine Erinnerungen sind ausschließlich meine, denkt sie, und niemand soll sich anmaßen, sie mir nehmen zu wollen. Auch die schlechten nicht, weil sie unverzichtbar und untrennbar mit den guten verbunden sind. Sowieso schwächen sich die Bilder des Grauens langsam ab, genau wie Doktor Banse es damals gesagt hat. Nur selten noch krieche ich im Traum zwischen den toten SS-Leuten hindurch auf das Militärfahrzeug zu und sehe Onkel Jupps totes Gesicht im zersplitterten Hinterfenster hängen.

Und im Aufwachen bin ich dann ja auch immer wieder rasch mit dem Argument zur Stelle, dass er eben nicht tot, sondern nur schwer verwundet war.

Lilly hat Miriam nie etwas davon erzählt, es wäre ihr vorgekommen, als wolle sie etwa ihre eigene vergangene Qual gegen das tausendfach größere Leiden Miriams ins Feld führen. Auch hält sie sich immer wieder vor Augen, dass das, was man Miriam angetan hat, nie im Leben einen Ausgleich, wohl nicht einmal eine wirkliche Linderung finden kann. Dennoch fühlt sie sich manchmal durch die Gewissheit, dass sie Miriam im Leidenswettbewerb so hoffnungslos unterlegen ist, seltsam abgestoßen und verprellt. Die Wiedergutmachung und Selbsterziehung, die Lilly sich mit den Bambergers verordnet hat, hat bislang nicht allzu gut angeschlagen. Vielleicht ist es das, was Onkel Jupp damals meinte, als er ihr vorschlug, ihre »Freundin« Miriam Bamberger doch besser in ihr Luftschloss zu holen, weil es in der Realität zwischen ihnen beiden keine normale Freundschaft geben könne. »Dazu«, hat er gesagt, »ist eure Herkunft und eure Lebenserfahrung zu verschieden.« Was wohl heißen sollte: »Du wirst immer zum Tätervolk gehören und sie immer zu den Opfern.«

Aber gleichgültig, was kommen wird oder gewesen ist, Lilly wird sich weiterhin um Miriam bemühen. Und inzwischen hat sie sie tatsächlich lieb gewonnen – jedenfalls etwas. Natürlich weder so wie damals Isa noch etwa wie jetzt das Engelchen. Aber sie möchte sie oft trösten oder rütteln oder aufheitern und auch den Arm um sie legen – wie man das eben bei einer Freundin tut. Doch beim Austauschen von kleinen Geheimnissen, da hapert's bereits. Und es müsste Miriam mit ihren schweren Erinnerungen doch auch schrecklich banal erscheinen, wenn Lilly ihr erzählen würde, was sie bei Markus' unerwartetem Kuss empfunden hat.

Schluss mit den Gedanken an Miriam, jetzt wird sich ausschließlich auf Jule und ihre Medizin konzentriert. Als Lilly samt Kinderwagen von der Simon-von-Utrecht-Straße abbiegt, kann sie schon sehen, dass dort in der Talstraße sehr viel mehr Menschen unterwegs sind und herumstehen als in den anderen Straßen. Alle tun so, als wären sie ganz harmlos unterwegs und wollten nur mal eben frische Luft schnappen oder einen Freund treffen oder irgendwelche Besorgungen machen. Vor dem Brotgeschäft steht eine Menschenschlange, die sieht auch normal aus, ist sie aber wohl nicht, weil sie sich kaum vorwärts bewegt. Und an den kurzen, verstohlenen Verhandlungen einiger Leute aus der Schlange mit Vorübergehenden erkennt Lilly, dass es hier kaum um Brotverkauf geht.

Sie ist sehr nervös und unsicher. Wie soll sie's denn jetzt anstellen, wen fragen? Langsam schiebt sie ihren Kinderwagen durch die Menschenmenge. Julius ist eingeschlafen, Engelchen und Josi betrachten neugierig die vielen Leute.

Ein Mann in einem alten Uniformmantel geht neben ihr her und stößt sie mit dem Ellenbogen an. Als sie sich zu ihm umwendet, nickt er ihr zu und bedenkt sie mit einem fast zahnlosen Grinsen. »Na, kleines Fräulein, was hast du denn zu verkaufen?«

»Ich …?«, sagt Lilly erschrocken. »Also eigentlich gar nichts. Ich meine, vor allem bin ich hier, um etwas zu kaufen.«

»Aha. Und was?«

»Medizin.«

»Welche?«

Lilly betrachtet den Mann etwas genauer. Der macht ihr nicht den Eindruck, als könne er überhaupt etwas besorgen, so arm und abgerissen, wie der aussieht.

»Ach, lassen Sie doch«, sagt sie, »eigentlich bin ich ja auch bloß hier, um etwas zuzugucken.«

»Welche Medizin?«, drängt der Mann. »Insulin vielleicht oder Aspirin oder gar Morphium? Gibt ja viel Schmerzen heute, da braucht man auch viele Schmerzmittel. Oder meinst du mit Medizin vielleicht Alkohol? Da wüsste ich eine gute Quelle.«

»Ich sag doch, ich wollte mich bloß mal umschauen«, sagt Lilly und stößt den Kinderwagen heftig voran.

Der Mann lacht schrill hinter ihr her. »Wie wär's denn mal mit Kondomen?«, ruft er. »Scheinst ja schon mächtig zugelangt zu haben!«

Lilly schluckt – was hat sie denn erwartet? Ein Kaufhaus mit schwarz verhangenen Fenstern und lauter höflichen, schwarz gekleideten Verkäufern?

Plötzlich sieht sie eine hagere, vornübergebeugte Gestalt, die ihr bekannt vorkommt. Der Mann dreht sich um, Lilly erschrickt. Es ist ihr Lateinlehrer vom Kant-Gymnasium, ein alter, trockenstrenger Mann, der seine Schüler mit einer unerschöpflichen Menge moralisierender lateinischer Sprüche traktiert. Da Lilly heute nicht in die Schule gegangen ist und dies auch morgen nicht zu tun beabsichtigt, will sie sich möglichst schnell hinter ihm entlangdrücken. Als sie schon ein paar Schritte weiter ist, dreht sie sich noch einmal nach ihm um und sieht, dass er gerade von einer Frau ein Paket – es sieht aus wie eine Flasche – in Empfang nimmt und gleichzeitig zwei Schachteln Lucky Strike überreicht. Lilly muss lächeln. Et tu, Brute, denkt sie in bester Lateinunterrichtstradition. Danach fühlt sie sich nicht mehr ganz so unsicher. Was der alte Moralist kann, das kann ich schon lange. Und bei mir handelt es sich ja keineswegs um Genussmittel.

Eine Frau beugt sich über den Kinderwagen und streichelt Lillys Engelchen mit dünnen Fingern, von denen der rote Nagellack halb abgeblättert ist.

»He, lassen Sie das«, fährt Lilly wütend auf, »das ist mein Kind.«

Die Frau kommt hoch, dreht sich um und sieht Lilly an. Sie ist vierzig Jahre oder älter, stark geschminkt und hat große müde Augen. »Ich wollte es Ihnen auch nicht streitig machen«, sagt sie. »Ich hab mir bloß überlegt, was eine junge Frau mit drei kleinen Kindern hier zu suchen hat. Geht's um Babynahrung?«

»Nein«, sagt Lilly.

»Ich hätte nämlich einen Kinderwagen zu verkaufen, mein Kleiner ist längst rausgewachsen. Und Ihre alte Droschke hier erscheint mir doch ziemlich eng für drei.«

»Es geht«, sagt Lilly, »so wärmen sie sich gegenseitig.«

»Ach so«, sagt die Frau. »Also keine Babynahrung, kein Kinderwagen. Was denn sonst? Ich bin hier nämlich zu Hause, hab mein Leben lang auf St. Pauli gelebt. Und die Händler wissen das und vertrauen mir und benutzen manchmal meine Wohnung für ihre Geschäfte. Da fühlen sie sich sicher. Also, was ich sagen wollte – ich kann so ziemlich alles besorgen.«

Lilly überlegt, ob sie sich den vertrauenden Händlern anschließen kann. Böse jedenfalls sieht die Frau nicht aus.

»Die Frage ist nur«, sagt die jetzt, »ob Sie auch bezahlen können.«

»Na ja«, sagt Lilly und will nicht gleich ihre Kapitalmöglichkeiten preisgeben, »wie man's nimmt.«

Da kommt die Frau ganz nahe heran und flüstert: »Ich könnte dir auch einen netten englischen Freier besorgen, entweder für einmal oder auch was Permanentes, einen Offizier, der sich einsam fühlt und Zugang hat zum Proviantlager. Damit bist du dann fein raus und brauchst nicht mehr über die Talstraße zu schieben. Der, den ich im Auge hab, ist ziemlich kinderlieb, hat zu Hause selbst welche.«

Lilly versucht einen selbstsicheren Eindruck zu machen. »Auf die Kinderliebe kann man sich nicht verlassen, und einsam sind sie alle.«

Die Frau knufft sie kollegial in den Arm. »Was die so einsam nennen! Und nun sag mir endlich, was du hier suchst – ich meine außer solchen Kontakten.«

»Medizin«, sagt Lilly.

»Medizin? Hast du dich etwa angesteckt?«

Lilly begreift nicht gleich, was mit »angesteckt« gemeint ist. »Wieso angesteckt? Und überhaupt ist die Medizin nicht für mich, sondern für meine Freundin.«

»Das sagen alle. Welche Medizin soll's denn sein?«

»Penicillin«, sagt Lilly.

»Also doch angesteckt. Tut mir Leid, Mädchen, aber dann kann ich dich leider nicht vermitteln. Ich mach nur saubere Geschäfte, nur einwandfreie Ware. Ich käm ja sonst in Teufels Küche, wenn ich ... tut mir Leid, wirklich. Mich hat's ja auch mal erwischt, vor vielen Jahren. Aber inzwischen bin ich längst wieder klar. Und du mit deinem hübschen Gesicht, du wirst schon einen finden, der es nicht gleich merkt. Und vielleicht sogar das Mittel kriegen. Soll aber sehr, sehr teuer sein. Also dann mach's gut, Mädchen.«

Die Frau nickt Lilly zu und geht davon. In ihrer Verwirrung hockt Lilly sich neben den Kinderwagen und umarmt alle drei

Kinder gleichzeitig. »Was hat die denn von mir gedacht!«, sagt sie und wird nachträglich noch rot und muss dabei auch ein wenig lachen.

Engelchen patscht ihr ins Gesicht und sagt plötzlich ganz deutlich: »Mama!«

»Ach du meine Güte, Schätzchen«, flüstert Lilly gerührt, »hast du tatsächlich eben Mama gesagt, dein allererstes Wort und ganz und gar ohne dass ich es dir beigebracht hätte?«

»Mama, Mama, Mama«, gurgelt Engelchen und lacht. Eine ganze Weile bleibt Lilly so hocken und reibt ihr Gesicht an denen der Kleinen. Sie ist sehr glücklich.

Und als sie dann aufsteht, um weiterzugehen und endlich das Penicillin aufzutreiben, ist der Turnbeutel mit den Zigaretten von dem Kinderwagengriff verschwunden.

Auf der Straße kurz vor ihrem Haus kommt Lillys Vater ihr entgegen. »Wo bist du gewesen?«, fährt er sie an.

»Spazieren«, sagt Lilly.

»Sechs Stunden in dieser Kälte? Du hast deine Mutter in schreckliche Unruhe versetzt.«

»Ich kann nicht immer nur an Mama denken«, sagt Lilly unwirsch. »Und wenn sie so sehr in Unruhe ist, warum bleibst du dann nicht bei ihr?«

»Weil ich dringend etwas besorgen muss.«

»Vielleicht in der Talstraße?«, fragt Lilly. »Da kann man nämlich angeblich alles kriegen, vom Schnaps bis zu netten deutschen Mädchen.« Das klang viel schnippischer und frecher, als es sollte. Hastig schiebt Lilly ihren Kinderwagen weiter.

Papa sieht hinter ihr her. »Was sollte das eben?«, ruft er. »Und kümmere dich bitte gleich um deine Mutter, hörst du?«

Lilly fühlt sich zerschlagen, mutlos und ist wütend auf sich selbst. Vier Stangen Zigaretten sind weg, und alles, was sie sich dafür eingehandelt hat, ist die Erfahrung ihrer eigenen Blödheit. Als sie den Kinderwagen in den Hausflur wuchtet, beginnen Engelchen und Josi, die offenbar die Nähe ihrer Breischüsseln wittern, im Chor zu quengeln.

Miriam steht vor der Wohnungstür und starrt Lilly böse entgegen. »Wieso bist du so lange weg gewesen?«

Worauf Lilly patzig antwortet: »Und wieso stehst du in der offenen Wohnungstür? Ich dachte, man darf dich hier nicht sehen, weil sie doch alle hinter dir her sind.«

Miriam zuckt zusammen und sofort bedauert Lilly ihren dummen Spruch. In Miriams Augen steht das schiere Entsetzen, es sieht aus, als wolle sie augenblicklich die Flucht ergreifen. Doch dann gibt sie sich plötzlich einen Ruck und stürzt auf den Kinderwagen zu und greift nach Engelchen. »Das Kind, gib mir mein Kind zurück«, schreit sie, »es friert und hat Hunger, weil ich es allein gelassen hab.«

Lilly wird wütend. »Verdammt noch mal, Miriam, das ist nicht dein Kind. Nimm die Hände weg, ich will jetzt nach oben.«

»Nein«, schreit Miriam und zerrt an Engelchens Armen. »Ich lass es mir nicht noch einmal wegnehmen.«

Engelchen, von seinen beiden Nicht-Müttern hin- und hergerissen, schreit wie am Spieß.

Da kommt Lillys Mama die Treppe runtergelaufen. »Was ist denn hier los?«

»Überhaupt nichts«, faucht Lilly, »nun misch du dich bloß nicht auch noch ein!«

Mama blickt kurz von einer zur anderen, erkennt die Situation und fährt Lilly an: »Nimm dich gefälligst zusammen!«

Und dann, zu Miriam gewandt, sagt sie ganz ruhig: »Lassen Sie bitte meine kleine Tochter los, Frau Bamberger. Sie tun ihr ja weh. Nach der langen Spazierfahrt ist sie bestimmt sehr hungrig und ich habe ihr oben schon den Brei warm gemacht.«

Miriam starrt Lillys Mutter an. Ihre Arme werden kraftlos und fallen herunter, eine müde Geste wie das Akzeptieren ihrer endgültigen Niederlage. Mit steifen kleinen Schritten geht sie zurück in die Wohnung und schließt die Tür leise hinter sich; der Schlüssel knirscht im Schloss.

»Was machst du denn bloß für Sachen!«, sagt Mama kopfschüttelnd, setzt sich Josi auf die Hüfte, nimmt mit dem anderen Arm Julius und steigt die Treppe wieder hoch. Nach ein paar Stufen dreht sie sich noch einmal um. »Und vergiss nicht, den Kinderwagen anzuketten. Die stehlen momentan doch alles, was nicht niet- und nagelfest ist.«

Am Abend dann, als die meiste Arbeit im Haushalt erledigt ist und Mutter und Tochter einander endlich bei einer Tasse Kräutertee gegenübersitzen, sagt Lilly: »Papa hat sich Sorgen um dich gemacht.«

»Warum?«

»Weil du dir Sorgen gemacht hast um mich und die Kleinen.«

»Du warst ja auch sehr lange weg.«

»Ich weiß. Und ich hab nichts erreicht.«

»Schwester Benedicta war hier«, sagt Mama. »Jule ist heute Nachmittag operiert worden.«

»Und?«

»Weiß man noch nicht. Die Operation selbst jedenfalls scheint gut verlaufen zu sein. Alles Weitere liegt in Gottes Hand, sagt Benedicta. Aber sie machte mir nicht den Eindruck, als hielte sie ihren Gott heute für sehr zuverlässig. Du hast also kein Penicillin auftreiben können?«

Lilly schüttelt den Kopf. »Ich hab's falsch angefangen. Aber morgen werde ich es noch mal versuchen. Was meinst du, was ist der richtige Preis dafür? Fünf Stangen Zigaretten oder zehn oder zwanzig?«

»Keine Ahnung. Frag doch den Arzt. Oder Markus, der kommt morgen schon wieder zurück.«

»Woher weißt du das?«

»Vorhin war ein kleiner Junge hier, ein Pole, der hat mir die Nachricht gebracht. Oder besser dir. Panienka soll sich keine Sorgen machen, hat er gesagt, der Pan Markus käme morgen bestimmt zu ihr zurück.«

Lilly wird rot. »Wieso zu mir, was für ein Quatsch. Der Junge hat bestimmt dich gemeint.«

»Kann schon sein«, sagt Mama, die Lillys Verwirrung nicht bemerkt. »Übrigens geht es Jupp etwas besser.«

»O Gott sei Dank!« Lilly springt auf. »Darf ich zu ihm?«

»Warum?«

»Du weißt doch, ich brauch Miroslaws Adresse.«

»Jupp schläft jetzt. Da waren noch ein paar Schlaftabletten, zwei davon hab ich ihm gegeben. Morgen früh kannst du ja mit ihm reden.«

»Ich glaub, ich schaff es nicht allein mit dem Penicillin. Das ist zu kostbar. Vermutlich wird's überhaupt nicht auf der Straße gehandelt.«

»Du schaffst alles, was du willst – das sagt jedenfalls dein Onkel. Geh ins Bett jetzt, Kind, es war ein anstrengender Tag.«

»Weißt du …«, sagt Lilly nachdenklich, »ich glaube, ich muss vorher noch mal runter zu Bambergers. Sonst kann ich nämlich nicht schlafen. Irgendwie hab ich mich heute schrecklich falsch benommen, finde ich jedenfalls.«

»Was ist hier schon falsch oder richtig. Du kannst mit der armen Frau nicht umgehen wie mit einer gesunden Person, das sollte dir doch inzwischen klar sein.«

»Meistens verhält sie sich doch ganz normal, jedenfalls mit Engelchen. Das war heute nur so, weil sie sich Sorgen gemacht hat. Und ich finde … also wenn man einen Menschen immer als unnormal behandelt, dann wird er es auch.«

»Sie ist es bereits. Nicht du hast sie so gemacht, sondern das, was man ihr in den Lagern angetan hat.«

»Ja, sicher. Aber …« Lilly steht auf. »Ich will wenigstens noch mal nach ihr sehen. Ich bleibe nicht lange.«

Lilly schaut ins Schlafzimmer. Felix, Josi und Julius schlafen schon, nur Engelchen ist noch wach und spielt mit den Fingern. »Komm mit mir«, flüstert Lilly, als sie Engelchen aus der Wiege nimmt, »wir beiden gehen jetzt und sagen Miriam gute Nacht.«

Auf ihr Klingeln öffnet Josua. »Was willst du?«, fragt er unwirsch.

»Nur schnell gute Nacht sagen.«

»Miriam geht's nicht gut. Am besten lassen wir sie in Ruhe.«

Lilly tut so, als hätte sie ihn nicht gehört, und schiebt sich an Josua vorbei in die Wohnung. »Wie war's denn heute bei der Behörde?«, fragt sie, um ihn abzulenken.

»Nichts als Ärger«, sagt er. »Die Engländer halten ihr Wort

nicht, eine unzuverlässige Bande, kaltschnäuzig und hochmütig.«

»Bestimmt nicht alle«, sagt Lilly. Und dann ruft sie: »Miriam, wo bist du denn?«

Miriam kommt aus dem dunklen Hinterzimmer. Sie ist schon im Nachthemd, die Haare hängen ihr wirr ins Gesicht.

Lilly lächelt sie an und hält ihr das Engelchen entgegen. »Wir wollten dir nur noch schnell gute Nacht sagen.«

Miriam weicht zurück, die Kleine jedoch streckt die Hände nach ihr aus und sagt genau wie am Morgen zu Lilly: »Mama ...«, und noch einmal: »Mama ...«

Lilly schluckt. Viel fehlte nicht und sie drehte sich um und liefe davon. »Na ja ...«, murmelt sie, »Mama ja wohl doch nicht ganz. Also gute Nacht, Miriam, bis morgen.«

Miriam beugt sich zögernd vor, streicht sich die Haare aus dem Gesicht und gibt Engelchen einen Kuss. »Gute Nacht, Schätzchen«, flüstert sie, »schlaf gut. Schlaft gut alle beide.«

Als Lilly die Treppe wieder hochgeht, zittern ihr die Knie. Also daher hat Engelchen das Wort, und es war ursprünglich keineswegs für sie bestimmt, sondern für Miriam.

Aber dann findet sie doch, dass sie sich eben sehr vernünftig verhalten hat, und ist ganz zufrieden mit sich. Schließlich gehört die Kleine ja nach wie vor ihr, und heute hat Mama sich gegenüber Miriam sogar zu ihrer »Mutterschaft« bekannt. Was kann da schon passieren! Lilly schämt sich ihrer eifersüchtigen Reaktion.

Spät in der Nacht schreckt Lilly hoch aus tiefem Schlaf. Jemand hat an ihr gerüttelt. Sie weiß nicht, wo sie ist, noch begreift sie sogleich, wer da plötzlich mit forderndem Griff in ihren Traum eingedrungen ist. Aufgeschreckt, wenn auch nicht etwa in Panik, versucht sie sich zurechtzufinden. Sie tastet nach der Nachttischlampe.

»Mach besser kein Licht, sonst weckst du die Kleinen auf.«

»Markus ...?«, flüstert Lilly. »Du kannst hier doch nicht so ohne weiteres reinkommen ...«

»Tut mir Leid, aber ich habe geklopft, du hast mich nur nicht gehört. Und ich muss auch gleich wieder weg, ich wollte dir nur schnell Bericht erstatten.«

»Markus!«, seufzt Lilly. Sie ist immer noch nicht ganz wach. »Du bist wieder da und ich dachte schon …«

»Denk doch jetzt mal einen Moment nicht«, flüstert er und beugt sich zu ihr. »Das kannst du tun, wenn ich wieder weg bin.«

Er küsst sie und sie lässt es ohne weiteres geschehen, weil sie sich im Traum ja auch nicht gewehrt hat. »Geh nicht wieder weg!«, flüstert sie. »Ich schaff's nämlich nicht allein. Und sowieso will ich, dass du bei mir bleibst.«

»Ich komm ja wieder«, sagt er und hält sie fest an sich gedrückt, »du kannst dich darauf verlassen, ich komme immer wieder und ich helf dir, wo ich kann. Aber in ein paar Minuten muss ich schon wieder gehen. Und ich hab nämlich Miroslaw erreicht, er war schrecklich besorgt. Wenn es irgendwie geht, wird er Jule morgen im Krankenhaus besuchen. Sag ihr das. Und das Penicillin bringt er mit – hoffentlich.«

»Penicillin?« Im Dunkel der Nacht und in Markus' Armen kann Lilly sich kaum mehr an das Wort erinnern. »Woher hat er das denn, ich meine, woher weißt du überhaupt?«

»Benedicta hat es mir gesagt. Eine tolle Person! Um jemandem zu helfen, würde sie sogar ihr eigenes Kloster ausplündern. Absolut gewissenlos ist sie.«

»Nur eine andere Sorte von Gewissen«, flüstert Lilly und küsst nun ihrerseits Markus. Vermutlich ist sie inzwischen auch vollkommen wach, sie will es nur nicht zugeben. »Und ich zum Beispiel hab heut Nacht überhaupt kein Gewissen«, sagt sie, nimmt Markus' Hand und legt sie sich auf die Brust.

»Nicht, Lilly, bitte nicht!« Markus atmet schwer. »Ich muss jetzt gehen, unten warten sie auf mich. Zurück nach Polen, sonst kann Miroslaw morgen nicht kommen.«

»Bleib bei mir«, flüstert Lilly.

Er macht sich los. »Ich komme wieder, hab ich dir doch gesagt. Jetzt mehr denn je.« Leise tastet er sich zur Tür und in der nächsten Minute ist Lilly wieder allein, allein mit den vier Kleinen, deren Atem die Stille des Zimmers füllt.

Lilly zieht sich die Bettdecke über den Kopf. Sie ist entschlossen, ihren Traum weiterzuträumen und dem kurzen Zwischenspiel keine Wirklichkeit zuzubilligen. Denn tatsächlich hätte sie natürlich nie und nimmer, also auf gar keinen Fall, völlig ausgeschlossen ist das ...! Und während sie denkt, was sie ganz bestimmt *nicht* getan hätte, läuft ihr ein Schauer durch den Körper und sie hat das komische Gefühl, in der nächsten Sekunde ohnmächtig zu werden.

Am Morgen wird Lilly von ihrer Mutter geweckt. »Dir scheint's ja gut zu gehen«, sagt Mama, »du hast im Schlaf gelächelt.«

Gähnend wälzt sich Lilly aus dem Bett. »Es war so ein schöner Traum«, murmelt sie.

»Ich wollte dir nur sagen, dass es Jupp wirklich besser geht. Er ist aufgestanden, hat etwas gegessen und sitzt wieder im Sessel am Fenster. Jetzt kannst du ihn nach Miroslaws Adresse fragen.«

»Nicht mehr nötig«, sagt Lilly, »Miroslaw kommt heute sowieso zu Jule. Und er bringt das Penicillin gleich mit.«

»Was? Woher weißt du das?«

»Ich weiß es eben. Und nun lass mich mal durch, Mama, ich will duschen.«

»Es ist aber kein heißes Wasser da.«

»Macht nichts. Dann dusch ich eben kalt, das ist vermutlich sowieso besser nach solch einem Traum.«

Am späten Nachmittag hat Lilly endlich Zeit, zum Krankenhaus zu radeln. Wieder nimmt sie sich etwas Kaffee mit und dazu noch drei Päckchen Zag-Nuts, das sind diese wunderbaren kleinen Barren aus Schokolade und Nüssen. Lilly selbst hat nur ein einziges Mal davon probiert. Sie weiß, dass sie nicht zum Proviant der englischen, sondern zu dem der sehr viel besser versorgten amerikanischen Soldaten gehören, und sie hat sich manchmal gefragt, auf welche Weise die Päckchen wohl in den Steinhöfer'schen Vorrat gelangt sind.

Jule liegt noch nicht wieder in dem großen Gemeinschaftsraum. Man hat sie in ein winzig kleines Seitenzimmer gelegt, das Lilly beängstigend an die Abstellkammer im Lehseburger Krankenhaus erinnert, in die damals Onkel Jupp zum Sterben gebracht worden ist.

Jule ist totenbleich, nur ihre Augen glitzern fiebrig. »Ach, Lilly«, flüstert sie, »wusst ich's doch …«

»Was wusstest du?«

Jule nickt. »Ich wusste es!«

»Hast du Schmerzen?«

»Untendrunter. Aber ich merk nichts. Sie haben mir was gespritzt. Was ist mit dem Brief?«

Lilly schüttelt den Kopf.

»Wusst ich's doch«, sagt Jule wieder.

»Aber Miroslaw kommt dich besuchen. Ganz bestimmt.«

»Soll er nicht. Viel zu gefährlich. Nur ein Brief, das reicht. Oder ein Foto.«

»Und er bringt dir Medizin. Damit du schnell wieder gesund wirst.«

»Kann ich nicht glauben«, sagt Jule. »Kümmer dich um Julius. Du hast es versprochen.«

»Gestern bin ich sechs Stunden lang mit ihm spazieren gegangen.«

»Zu lang«, jammert Jule, »zu viel frische Luft. Was hat er gemacht?«

»Geschlafen. Auch während die beiden anderen laut gebrüllt haben.«

Jetzt lächelt Jule. »Das ist mein Julius. Der schläft sich ins Leben rein, schläft auf Vorrat. Damit er später keinen Schlaf mehr braucht, wie sein Vater.«

Eine Weile sitzen sie schweigend. Jule dreht den Kopf zur Seite und schläft ein. Ihr Anblick macht auch Lilly müde, sie denkt an die vergangene Nacht und würde gerne wieder träumen. So hört sie nicht, wie die Tür leise geöffnet und wieder geschlossen wird, fühlt nur plötzlich eine Hand auf ihrer Schulter und flüstert: »Markus?«

»Doch nicht Markus!«, sagt Miroslaw. »Was soll denn Markus hier bei Jule. Markus in Polen, Miroslaw hier, Medizin in der Tasche, alles in Ordnung. Oder etwa nicht, Panienka?«

Er kniet sich neben das Bett. »Sieht nicht gut aus, meine Jule. So weiß im Gesicht. Fast schon wie tot.«

»Ach was, sie ist bloß erschöpft. Und jetzt bist du ja da, du und die Medizin. Gib sie mir.«

Ohne seine Augen von Jule abzuwenden, reicht er Lilly ein Päckchen. »Da hast du.«

»O Gott sei Dank, Gott sei Dank!«, flüstert Lilly.

»Sohn braucht Mutter, ich brauch Frau«, sagt Miroslaw. »Wie geht mein Sohn?«

»Dem geht's prächtig.«

»Bist ein gut Freundin, Panienka, sagt Jule auch immer, bist nicht nur schön, bist auch gut. Sehr, sehr selten das.«

Lilly wird rot. »Ich lass euch jetzt allein«, sagt sie hastig, »und such nach dem Arzt. Wenn ich ihn gefunden hab, komme ich zurück.« Im Hinausgehen sieht sie noch, wie Miroslaw sich zu Jule beugt und sie vorsichtig küsst. O bitte, bitte, lieber Gott, fleht Lilly in Gedanken, lass unsere Jule wieder gesund werden!

Lilly braucht eine ganze Weile und die Vergabe von zwei Zag-Nuts, bis man sie endlich zu dem Arzt bringt. Der sieht aus, als hätte er die letzten beiden Nächte durchgearbeitet, und Lilly wird angst und bange bei dem Gedanken, dass er für Jules Leben verantwortlich ist. »Ich hab's«, sagt sie zu ihm.

Er starrt sie an, als hätte er sie noch nie gesehen. »Wer sind Sie und was haben Sie?«

»Ich bin die mit dem Kaffee vorgestern. Sie haben meine Freundin operiert. Die mit der Eileiterschwangerschaft.«

»Ach so, ja. Es ist, wie ich befürchtet hatte. Eine schwere Bauchfellentzündung. Ziemlich unwahrscheinlich, dass wir das in den Griff kriegen.«

»Sie sagten doch, dass Penicillin helfen würde – vielleicht. Und darum hab ich's eben besorgt.«

»Das kann ich mir nicht vorstellen. Zeigen Sie her.«

Lilly zögert. Der Mann ist so übermüdet, denkt sie, da muss ich aufpassen, dass er unser kostbares Penicillin nicht versehentlich der falschen Person gibt. »Ich hab's bei meiner Freundin gelassen, die liegt jetzt in dem kleinen Sterbezimmer.«

Er nickt. »Also kommen Sie.«

Lilly läuft vor dem Arzt her den langen Gang hinunter. Die Tür von Jules Zimmer steht weit offen, draußen wacht ein Polizist, von innen ist lautes Gerede zu hören.

»Wer macht denn hier solchen Krach?«, erregt sich der Arzt. »Und das auch noch im Zimmer einer frisch Operierten. Würden Sie bitte sofort alle verschwinden! Was ist eigentlich los?«

In diesem Moment gelingt es Lilly, dem Arzt heimlich das Päckchen in die Hand zu schieben. Der begreift und steckt es in die Kitteltasche.

»Was hier los ist?«, sagt grinsend der Wachhabende, in dem Lilly zu ihrem Entsetzen den Klingelpolizisten erkennt. »Meine Leute sind grad eben dabei, einen der größten Schwarzmarktganoven zu verhaften. Und dieses kleine Fräulein hat auch ihre Hände im Spiel. Erst gestern wurde sie in der Talstraße beobachtet. Wir nehmen sie beide mit, den Polen und das Mädchen. In ein paar Minuten sind Sie uns los, Herr Doktor, dann können Sie sich wieder um Ihre Patientin bemühen. Ob es bei der die Mühe wert ist, bezweifle ich allerdings.«

Lilly drängelt sich in das Zimmer.

Jules zuvor so blasse Wangen haben jetzt einen rosa Schimmer. Sie scheint den Tumult überhaupt nicht wahrzunehmen, jedenfalls wirkt sie nicht im Mindesten erschrocken. In den Händen hält sie ein eng beschriebenes Blatt Papier.

Auch Miroslaw, dem man bereits Handschellen angelegt hat, macht nicht den Eindruck großer Beunruhigung. Er beugt sich noch einmal hinunter und flüstert Jule etwas zu.

»Schluss jetzt«, wettert der Klingelpolizist, »hier werden keine heimlichen Verabredungen getroffen!«

Jule kichert. »Schrecklich heimlich, Herr Polizist!«

Dann wird Miroslaw abgeführt.

Der Klingelpolizist wendet sich mit drohender Stimme an Jule. »Was hat der Polacke dir eben zugeflüstert?«

»Sag ich doch, sehr heimlich. Nicht für fremde Ohren!«

»Und was ist das für ein Zettel? Hat er dir eine Nachricht geschrieben?«

Er will ihr das Papier aus der Hand nehmen, aber Jule hält eisern fest.

»Nun reicht's mir aber!«, fährt der Arzt dazwischen. »Sie haben kein Recht, sich hier derartig aufzuführen. Wenn Sie nicht jetzt gleich verschwinden, dann ...« Er zögert.

»Dann holen Sie die Polizei?«, feixt der Klingelpolizist. »Aber die ist doch längst da.«

»Raus!«, donnert der Arzt.

»Ich geh ja schon«, sagt der Polizist. »Aber ich komme wieder.«

Er packt Lilly am Arm. »Los, Kleine, komm jetzt. Und leiste hier bloß keinen Widerstand, das würde dir schlecht bekommen.«

Lilly ist jetzt ganz ruhig. »Duzen Sie eigentlich alle Frauen, mit denen Sie etwas zu tun haben? Nur zu Ihrer Information, ich bin bereits achtzehn.«

»Solche wie dich hab ich noch nie gesiezt«, sagt der Klingelpolizist. »Also los jetzt.«

Wieder mischt sich der Arzt ein. »Moment mal, mit welchem Recht eigentlich ...«

»Eben«, sagt der Polizist, »es geht ums Recht. Und das ist auf unserer Seite. Wir haben einen polnischen Gauner erwischt und dies hier ist seine Komplizin. Und Sie kümmern sich mal schön um Ihren eigenen Kram.« Mit diesen Worten zieht er Lilly weg von der Tür. Sie kann nur noch rufen: »Keine Sorge, Jule, mit mir ist alles in Ordnung. Und morgen komm ich dich wieder besuchen.«

Es dauert aber doch etwas länger, bis Lilly zurückkommen kann. In der Zwischenzeit hat man sich auf der Polizeiwache intensiv mit ihr beschäftigt und sie drei Tage und zwei Nächte dort behalten.

Vermutlich wäre sie nach einem kurzen Verhör wieder frei gewesen, doch leider hat sie beim Verlassen der Frauenklinik plötzlich einen Wutanfall gekriegt, hat sich losgerissen und ist weggelaufen, zurück in das alte, unübersichtliche Gebäude, und ist dort in dem Wirrwarr der Gänge verschwunden. Allerdings leider nicht für lange. Fünf Polizisten jagten hinter ihr her und es machte ihnen offenbar großen Spaß. Schließlich stöberten sie Lilly in einer Wäschekammer auf, aber sie wollte sich nicht einfangen lassen und biss und kratzte und schlug um sich, bis sie endlich keine Kraft mehr hatte.

Das Ganze war ein kindisch-grober Unfug, kein echter Fluchtversuch, sondern eher eine sportliche Aktion im Sinne von »so leicht kriegt ihr mich nicht«, aber der grässliche Klingelpolizist wollte es keineswegs so auffassen, sondern als gewalttätigen Widerstand gegen die Obrigkeit. Und das war's dann.

Auf dem Polizeirevier steckte man Lilly in eine Zelle und eine müde, überarbeitete Beamtin kam und durchsuchte sie als Erstes von oben bis unten. Dabei fand sie das Päckchen Kaffee und die verbliebenen Zag-Nuts.

»Aha!«, triumphierte die Beamtin.

»Wieso aha?«, fragte Lilly. »Ist es etwa verboten, Proviant mit sich herumzutragen?«

»Dies ist kein Proviant, dies ist Schwarzmarktware.«

»Woher wollen Sie denn das wissen?«

»Nun werd mal nicht frech, Mädchen. In normalen Geschäften kann man das jedenfalls nicht kaufen.«

»Klar«, sagt Lilly. »Und das ist wirklich ein Jammer!«

»Also, woher hast du's?«

»Geschenkt gekriegt.«

»Das kommt aus Militärbeständen, ist doch klar. Vor kurzem ist ein Lager bei Itzehoe ausgeräumt worden.«

»Ein englisches Lager?«

»Was denn sonst.«

»Die Engländer haben aber keine Zag-Nuts. Nur die Amerikaner.«

»Du bist ja eine ganz Schlaue. Musst du wohl auch sein, wenn du zu dieser Polenbande gehörst. Schämen solltest du dich als deutsches Mädchen.«

Lilly überlegte kurz, ob sie sich weiterhin aufsässig und überlegen geben soll oder doch eher bescheiden und anpassungsbereit. In Gedanken an Mama und die Kleinen zu Hause entschied sie sich dann schnell für das Letztere. Und es gelang ihr tatsächlich, die Beamtin etwas zu erweichen. Sie erzählte ihr von den Kindern und von ihrem blinden Onkel – »ein Ritterkreuzträger, wissen Sie, Stalingrad, und jetzt nur noch ein blindes Wrack!« – und von ihrer kränkelnden Mutter und von dem gefallenen großen Bruder, dem Hitler noch an seinem letzten Geburtstag die Hand gedrückt hat. Und den Kaffee und die Schokolade hätte sie, ehrlich gesagt, leider wirklich nicht geschenkt gekriegt, sondern für viel Geld auf dem Schwarzmarkt gekauft, weil sie die Sachen nämlich ins Krankenhaus bringen wollte, um sie den Schwestern zu geben, die ihre schwer kranke Freundin versorgten und die alle total übermüdet seien. »Wer ist heute denn nicht übermüdet«, sagte die Frau.

Das brachte Lilly auf die Idee, es mit einer winzig kleinen Bestechung zu versuchen. »Sie sind bestimmt auch müde, man sieht's Ihnen an. Und weil ich's ja jetzt den Schwestern nicht mehr geben kann, warum nehmen Sie's dann nicht. Das würde mich wirklich freuen. Und ich würde Sie als Gegengabe auch nur um einen ganz kleinen Gefallen bitten, nämlich nachher bei der Suppenküche in der Hegestraße vorbeizugehen und Schwester Benedicta – die ist eine Nonne und auch eine Freundin von mir – Bescheid zu sagen, dass ich hier bin. Sie wird dann meine Familie benachrichtigen.«

»Das kann ich doch nicht annehmen«, sagte die Frau und betrachtete sehnsüchtig die Sachen.

Dann wurde Lilly zum Verhör geholt und das dauerte ziemlich lange. Als sie endlich in die Arrestzelle zurückkam, waren Schokolade und Kaffee verschwunden.

Lilly war davon überzeugt, dass die müde Beamtin eine zuverlässige Person war und tatsächlich Benedicta benachrichtigen würde. Und so schlief sie dann auf der Holzpritsche unter der kratzigen Wolldecke gar nicht mal schlecht. Und wieder träumte sie ein bisschen von Markus und machte sich nur Sorgen, dass sich die anderen nun Sorgen um sie machen könnten.

Das taten sie auch, aber die Nachrichtenübermittlung funktionierte sehr gut; nur konnte Benedicta ihr diesmal nicht so leicht zu Hilfe eilen, weil nämlich noch in derselben Nacht Miroslaw spurlos aus der Untersuchungshaft verschwand und die Polizei in heller Aufregung war.

Den Vollzugsbeamten war es absolut schleierhaft, wie das passieren konnte. Der Mann musste sich buchstäblich in Luft aufgelöst haben! Gott sei Dank hatten sie ja wenigstens Lilly, die Komplizin, und die würde man nun so lange auf Herz und Nieren befragen, bis sie den Aufenthaltsort des polnischen Gauners preisgegeben hätte.

Aber Lilly wusste wirklich nichts – Gott sei Dank, denn wenn sie es gewusst hätte, wäre ihr während der langen Verhöre aus lauter Erschöpfung vielleicht doch irgendeine Information entschlüpft. So jedoch mussten die Beamten schließlich aufgeben. Denn vorwerfen konnte man ihr nichts.

Die müde Polizistin gab zu Protokoll, dass sie bei der Durchsuchung der Verdächtigen nicht den geringsten Hinweis auf irgendeine Schwarzmarkttätigkeit oder sonstige illegale Handlung gefunden hätte.

Am dritten Tag erschien Benedicta mit Lieutenant Nicholas Bennet im Schlepptau, machte einen Riesenkrach, vor allem, weil man hier eine Minderjährige festhielt, veranlasste den peinlich berührten Lieutenant zu ein paar fast energischen Worten – »now say you something, Nick, stay there not so dumb, or find you right, that they here a child in prison put? A good young child, that better to do has than here to sit around!«

Nein, das konnte der junge Lieutenant nun wirklich nicht finden und so raffte er sich auf zu ein paar zornigen Sätzen, in denen das Wort »Donnerwetter«, offenbar eins seiner ganz wenigen deutschen Wörter, mehrfach vorkam, und kurz darauf konnte Lilly die Polizeiwache verlassen. Als sie an dem Klingelpolizisten vorbeiging, zischte der ihr zwischen den Zähnen zu: »Dich krieg ich schon noch, du Früchtchen!«

Lilly, Benedicta und der MP-Officer Nicholas Bennet verlassen die Polizeiwache. Es ist früher Abend. Umstandslos wuchtet sich Benedicta in den Jeep und zieht Lilly hinter sich her. Vergeblich versucht der Polizist sie mit ein paar heftig herausgestoßenen Kurzsätzen zurückzuhalten: »That's out of the question. Must go, so sorry. Lots yet to do. Station is waiting. Can't just waste more time here.«

»Musst du ja auch nicht, Nick Bennet. With me waste you no time. Good works are never time waste. This girl here is very tired. You drive her to house.«

»No, ma'am«, sagt der Lieutenant energisch.

»Yes, mister«, sagt Benedicta. »Her mother is already close to a Nervenzusammenbruch. You must with her mother talk.«

»Why?«

»Because she likes you.«

»Likes me?«

»Natürlich. Have you that not remarked?«

Der Lieutenant errötet, macht ein grimmiges Gesicht, springt in den Fahrersitz und prescht los.

»Was reden Sie denn da!«, flüstert Lilly kichernd. »Mama interessiert sich für niemanden anderes als für Onkel Jupp.«

»Na klar. Aber sie hat so nett mit Nick geflirtet.«

»Das war doch alles Theater.«

»Aber es hat gewirkt. Und wirkt immer noch. Außerdem kann sie schließlich auch mal was tun für die benötigten guten Kontakte mit der Militärregierung. Muss nicht immer alles an dir hängen bleiben, finde ich.«

Sie betrachtet Lilly aufmerksam von der Seite. »Und wie geht's dir denn nun, Mädchen? Ich hatte befürchtet, dich in einem bedauernswerten Zustand vorzufinden – nach zwei Tagen Polizeigewahrsam. Aber dabei wirkst du so vergnügt, als hättest du gerade einen Erholungsurlaub hinter dir.«

»Hab ich auch. Ich meine, ich brauchte nicht zu arbeiten und konnte in aller Ruhe an etwas Wunderschönes denken. Das heißt, wenn die Blödmänner mich nicht gerade mit ihren Fragen gelöchert haben.«

»Muss Liebe schön sein«, sagt Benedicta.

»Wieso denn immer Liebe. Gibt doch auch andere schöne Sachen.«

»Und warum wirst du dann rot?«

Lilly überhört die Bemerkung und fragt stattdessen nach Jule. »Hat das Penicillin gewirkt?«

»Kann man noch nicht sagen. Jedenfalls ist es nicht schlimmer geworden. Und sie hat ja eine starke Natur.«

»Vor allem hat sie Miroslaw. Und der liebt sie wirklich, glaube ich jedenfalls.«

»Hauptsache, dass *sie* das glaubt.«

»Er hat's ihr doch bewiesen, hat sich ihr zuliebe von der Polizei erwischen lassen.«

»Und ist inzwischen wieder frei«, sagt Benedicta zufrieden. »Für so einen wie Miroslaw scheinen nicht mal Gefängnismauern eine Behinderung darzustellen. Wenn er kein Gauner wäre, könnte man ihn tatsächlich für einen Engel halten. Jedenfalls verfügt er über besondere Fähigkeiten.«

»Liebesfähigkeiten«, sagt Lilly.

Worauf Benedicta kopfschüttelnd antwortet: »Mädchen, Mädchen, dich scheint's ja ganz schön erwischt zu haben. Etwa unser Billy?«

»Ach, der arme Gute«, sagt Lilly lächelnd.

Dieser arme Gute passt seine Abendfreundin später vor ihrer Haustür ab, als sie gerade zu Jule radeln will. Er packt sie bei den Schultern und schüttelt sie. »Du hast mich verraten!«, faucht er. Seine Stimme zittert vor Wut. »Ich wusste von Anfang an, ich hätte es nicht tun sollen. Aber ich Idiot hab dir vertraut. Hab mir sogar eingebildet, wir wären befreundet.«

Vor Schreck kann Lilly kaum sprechen. »Was ...?«, stottert sie. »Wieso, wovon redest du?«

»Nun spiel bloß nicht auch noch den Unschuldsengel. Du weißt genau, wovon ich rede. Ich hab dich gewarnt vor der Polizeiaktion, aus purer Freundschaft. Und was hast du draus gemacht? Hast deinen polnischen Komplizen in Sicherheit gebracht und dich anschließend mit deiner guten Beziehung zur Military Police gebrüstet.«

Lilly stöhnt vor Entsetzen. »Nein, nein«, flüstert sie, »ganz bestimmt nicht.«

»Hör auf zu lügen. Du warst die Einzige, die davon wusste. Aber du konntest deinen Mund nicht halten. Und dann ist jemand zur Station gekommen, jemand, der sich bei den Besatzern einschmeicheln wollte, und hat das Ganze auffliegen lassen. Natürlich haben sie mich sofort zum Verhör zitiert und als Erstes gefragt, ob ich dich kennen würde, Elisabeth Steinhöfer, die Komplizin dieses polnischen Gauners. Konnte ich ja leider Gottes nicht abstreiten. Und ob ich dich etwa gewarnt hätte. Auf gar keinen Fall, habe ich gesagt, aber die haben mir nicht geglaubt. Und nun bin ich vom Dienst suspendiert und dann gibt's 'ne Verhandlung. Und alles nur, weil ich dir vertraut habe.«

»Aber Billy, ich hab wirklich nicht …«

»Hör bloß auf damit. Aber es ist ja sowieso alles meine Schuld. Wie konnte ich nur so dämlich sein und einem deutschen Mädchen vertrauen. Und dafür auch noch meine eigenen Leute hintergehen. Ich hoffe nur, dass ich dich nie wieder sehen muss und dass sie mich schnellstens nach Hause schicken. Weil ich nämlich dich und dieses Deutschland gründlich satt habe.« Damit dreht er sich um und stürmt davon.

Lilly will hinter ihm her, will ihn zurückhalten und ihn davon überzeugen, dass sie ihn ganz bestimmt nie verraten würde und dass sie vollkommen dichtgehalten hätte, nicht einmal zu Jule und Onkel Jupp hätte sie irgendetwas gesagt – aber sie bleibt wie angenagelt stehen, kann ihm nicht nachlaufen, um sich zu rechtfertigen, weil sie nur zu genau weiß, dass sie ihn eben doch verraten hat.

Verraten an Markus, und das aus purer Frivolität. Sie wollte Markus ein wenig eifersüchtig machen und ihm zeigen, was ein anderer Mann für sie getan hatte. Billy war Markus von Anfang an ein Dorn im Auge gewesen und mit ihrer dummen Angeberei hatte sie Markus das Instrument in die Hand gegeben, sich diesen Dorn herauszuziehen.

Um nicht vollkommen in ihrem schlechten Gewissen zu versacken, versucht Lilly einen Großteil der Schuld auf Markus abzuwälzen. So eine abgrundtiefe Gemeinheit, wie konnte er nur! Ging hin und denunzierte den armen guten Billy, diesen loyalsten aller Freunde, der ihretwegen sogar eine Art von Vaterlandsverrat begangen hat!

An diesem Abend fährt Lilly nicht mehr zu Jule, sie ist bis zum Platzen angefüllt mit Schuldgefühlen und Zorn auf sich selbst und Markus, und das hätte Jule nicht gut getan. Sie darf momentan nicht belastet werden.

Stattdessen rennt Lilly bis zur völligen Erschöpfung in der Gegend herum, den Eppendorfer Baum entlang, wo sie Billy zum ersten Mal gesehen hat, runter zu den Alsterwiesen, denkt an seine schüchternen Umarmungen, denkt an seine Küsse, die ihr, ehrlich gesagt, nie sehr viel bedeutet haben, aus denen sie jedoch rückwirkend ein großartiges Erlebnis macht. Plötzlich bildet sie sich ein, ohne Billy nicht sein zu können, will ihn sich dringend zurückholen, will ihm sagen, dass sie eben doch in ihn verliebt ist, ganz bestimmt, und dass sie's ihm beweisen wird, wenn er sich nur nicht endgültig von ihr abkehrt.

Und Markus? Schluss, aus, was er getan hat, wird sie ihm nie verzeihen können.

Wieder zu Hause, setzt sie sich an den Küchentisch und schreibt Billy einen langen Brief. Einen Liebesbrief voller Zärtlichkeit und Sehnsucht. Und sie fleht ihn an, zu ihr zurückzukommen, sie würde dann auch mit ihm in besagtes Zimmer gehen, in dieses von seinem Freund empfohlene und bereits vorgewärmte Liebesnest.

Als sie dann den Brief in den Umschlag gesteckt und seinen Namen draufgeschrieben hat, fällt ihr Gott sei Dank grad noch ein, dass sie den Brief ja wohl kaum an Billys Dienststelle richten kann. Da er sowieso schon unter Verdacht steht, wäre das viel zu gefährlich. Aber eine andere Adresse kennt Lilly nicht.

Na gut, dann muss sie eben auf irgendeine Gelegenheit warten. Benedicta zum Beispiel, die könnte man als Übermittlerin benutzen. Lilly schiebt den Brief in die Küchenschublade tief unter die Kontobücher und Lebensmittelmarken und geht ins Bett.

Sie ist sehr durcheinander, sehnt sich nach Markus und zwingt sich – nicht sehr erfolgreich –, Markus durch Billy zu ersetzen. Denn mit Markus ist es ein für alle Mal aus. Sowieso war es nichts weiter als eine Gefühlsverwirrung.

Obgleich Lilly todmüde ist, kann sie nicht einschlafen. Immer wieder kommen ihr die Tränen. Schließlich holt sie sich das Engelchen ins Bett. »Mama, Mama«, murmelt die Kleine im Halbschlaf und Lilly denkt, wie viel leichter und klarer und natürlicher es ist, ein Kind zu lieben als einen Mann.

Tags drauf kommt Markus aus Polen zurück. Er begegnet Lilly auf dem Flur, strahlt sie an und will sie umarmen. Lilly weicht zurück gegen die Küchentür.

»Lass mich bloß in Ruhe. Mit dir hab ich nichts mehr zu tun.«

»Hör auf mit dem Blödsinn, Schwesterchen«, sagt er lächelnd. »Wir waren uns doch einig. Tut mir Leid, dass ich neulich Nacht so wenig Zeit für dich hatte. Aber jetzt bin ich ja zurück und ich kann sogar zwei Tage bleiben.«

»Von mir aus kannst du bleiben oder gehen, ist mir vollkommen gleichgültig. Jedenfalls hat es zwischen uns nie etwas gegeben und wird auch nichts geben. Weil nämlich inzwischen ...«

»Wieso, was ist denn inzwischen passiert?«

»Als ob du das nicht selber wüsstest. Du hast den armen Billy angeschwärzt, nur um ihn loszuwerden. Aber deine Rechnung ist nicht aufgegangen. Weil du ihn nämlich keineswegs losgeworden bist, ganz im Gegenteil.«

»Also, jetzt versteh ich wirklich überhaupt nichts mehr. Wen hab ich angeschwärzt und was bedeutet das Gegenteil von loswerden?« Er streckt die Arme nach ihr aus. »Komm, Lilly, über die Zeit der albernen Vorspielchen sind wir doch raus.«

Lilly muss sich am Türgriff festhalten. Sie hat einen Kloß im Hals, und voller Hilflosigkeit spürt sie, wie ihr die Tränen in die Augen steigen. »Das Gegenteil bedeutet, dass ich ... also dass ich nämlich mit Billy ins Bett gegangen bin, jawohl, nämlich um ihm zu zeigen, wie viel mir an ihm liegt und wie dankbar ich ihm bin und ... und jetzt bin ich nämlich mit ihm zusammen, ein für alle Mal, auch wenn er nach England zurückmuss. Ja, so ist das und da siehst du mal, was du mit deiner Gemeinheit erreicht hast.«

Zitternd drückt Lilly die Klinke runter, schiebt sich in die Küche und wirft die Tür hinter sich zu. Den Anblick von Markus wird sie nie vergessen. Er steht da wie vom Donner gerührt und seine Miene ist von einer derartig ungläubigen Verzweiflung, als hätte Lilly ihm soeben den Boden unter den Füßen weggezogen und mutwillig seine ganze Zukunft zerschlagen.

ZWEITER TEIL

6. Kapitel

Trotz schlechter Prognose ihres Arztes wird Jule gesund. Fünf Wochen später steht sie wieder in der Steinhöfer'schen Küche, doch hat sie viel von ihrer alten Lebensfreude und Kraft verloren. Lilly nimmt ihr so viel Arbeit ab, wie sie nur kann.

»Brauchst mich nicht wie eine Kranke zu behandeln«, sagt Jule abweisend, »bin ich nämlich gesund jetzt. Kann ich bloß keine Kinder mehr kriegen, hat der Arzt gesagt.«

»Du hast doch Julius«, versucht Lilly zu trösten, »und dann hast du ja auch noch Felix und Baby Josi und das Engelchen.«

»Sind nicht wirklich meine, kann man mir jederzeit wegnehmen. Weißt du nicht mehr, wie deine Mama damals zu Onkel ins Lazarett gefahren ist und einfach mein Felixchen mitgenommen hat? Da bin ich fast gestorben. Und der Miroslaw, der ist doch so kinderlieb, der wollte wenigstens fünf von mir, und nun, weil's nicht mehr geht, muss er den Julius fünffach lieben. Ist viel zu viel für einen kleinen Menschen, nicht gut, glaube ich.«

»Zu viel Liebe kann's doch gar nicht geben«, sagt Lilly.

Onkel Jupp hat bestimmt, dass die Vorräte unten bei Bambergers bleiben sollen, gegen eine angemessene »Miete« in Naturalien. Josua kommt sogar einmal herauf, um mit Onkel Jupp den Preis auszuhandeln. Er will nichts für den Sofortverbrauch, weder Speck noch Butter, nicht einmal Zigaretten. Er will Fleisch und Gemüse in Dosen und dazu Dauerwürste. Und jedes Mal bittet er auch noch um ein paar Glas Babynahrung.

»Wenn sich jemand einen solchen Vorrat anlegt«, sagt Onkel Jupp zu Lilly, »dann muss er doch eigentlich an die Zukunft glauben.«

»An Miriams Zukunft vielleicht«, antwortet Lilly, »aber an seine wohl nicht. Er ist schwer krank, Magenkrebs. Das hat Benedicta mir erzählt.«

»Weiß er das?«

»Ich glaub schon.«

»Und wozu die Babynahrung?«

»Keine Ahnung. Vielleicht will er sie für sich selbst, wenn er noch kränker wird. Babynahrung ist schließlich sehr leicht verdaulich.«

Da die alte Vorratskammer nun nicht mehr gebraucht wird, belegt Jule sie mit Beschlag und baut sich dort aus alten Matratzen ein Bett. Es gibt zwar bloß eine winzig kleine Fensterluke, und das Matratzenbett füllt fast den ganzen Raum, aber es reicht. Und so wie früher in ihrer Kammer im Kaminski-Haus in Staaken streut sie getrockneten Lavendel – sie hatte davon einen großen Beutel mitgebracht – auf den Fußboden.

»Muss ich doch auch mal allein sein können«, sagt sie. Meistens jedoch schläft sie wie zuvor im großen Kinderzimmer, zusammen mit Lilly und den vier Kleinen. Nur wenn Miroslaw kommt, das ist alle zwei, drei Wochen und immer nur spät in der Nacht, zieht sie schon am Abend davor in ihre Kammer um.

»Woher weißt du immer so genau, dass er kommt?«, fragt Lilly.

Jule lächelt. »Hab ich gehört, dass die Bienen vorher wissen, wenn ein Erdbeben losgeht. Und dass manche Berghunde sogar die Lawinen vorausriechen können. Miroslaw ist für mich eben Lawine und Erdbeben zusammen, so ist das.«

»Schön für dich«, sagt Lilly.

Jule schaut Lilly aufmerksam ins Gesicht. »Und du?«

»Wieso ich?«

»Was ist mit dir? Drei Männer hintereinander, erst der mit dem schwarzen Hemd, danach dieser Tommy und dann auch noch unser Markus. Aber du bist trotzdem allein.«

»Hör auf, Jule. Ich hab Wichtigeres zu tun, als hinter irgendwelchen Männern herzuseufzen.«

»Bloß, dass die hinter dir herseufzen. Bist nämlich ziemlich hübsch geworden. Brauchst doch nur mit dem Finger zu schnippen.«

»Will ich aber nicht. Ich hab Engelchen und ich muss mich endlich wieder um die Schule kümmern. In anderthalb Jahren mach ich Abitur.«

»Ist ja gut. Aber die Liebe kann's dir nicht ersetzen.«

Jeremy, der Mann mit dem schwarzen Hemd, ist nicht nach England zurückgekehrt. Er dient jetzt als Feldgeistlicher in der englischen Garnison in Oldenburg. Wenn er zu Besuch nach Hamburg kommt, ist sein Anblick Lilly immer etwas peinlich, weil sie daran denken muss, mit welchen Sehnsüchten sie ihn einst in ihrer Phantasie umgarnt hat. Doch ist er ihr nach wie vor sehr nah. Langsam könnte aus ihrer Pseudoliebe nun eine gute, feste Freundschaft werden, hofft Lilly.

Billy ist in die Heimat abberufen worden und Lilly wünscht sehr, dass er ihr verzeihen konnte und inzwischen mit seiner Kate glücklich geworden ist. Und natürlich hat sie längst erkannt, dass ihr plötzlicher Liebesanfall nach der letzten Begegnung mit Billy sehr viel mehr mit Reue und Schuldgefühlen und Verlustängsten als mit wirklicher Liebe zu tun gehabt hat.

Und Markus? Wenn er zu einer Beratung mit Onkel Jupp kommt und Lilly ihm zufällig auf dem Flur begegnet, schaut er stur an ihr vorbei.

Ein einziges Mal versucht sie, mit ihm ein klärendes Gespräch zu führen – der Wahrheit zuliebe, nicht etwa, weil sie beabsichtigt, ihm seinen Betrug zu verzeihen. Aber wenigstens will sie ihre eigene dumme Lüge, nämlich dass sie mit Billy geschlafen hätte, nicht auf sich sitzen lassen. Bei der nächsten Begegnung also hält sie ihn am Arm fest und sagt: »Hör mal, die Sache damals mit Billy, die war …«

»Ach, sei schon still«, sagt er darauf und schüttelt grob ihren Arm ab. »Ist mir doch sowieso egal, mit wem alles du ins Bett gehst.«

»Aber es war nicht so, wie ich behauptet habe …«

»Nein?« Seine Augen werden starr vor Zorn. »Und was ist das hier?« Er zieht ein zusammengefaltetes Blatt Papier aus der Tasche und wedelt damit vor Lillys Augen rum.

Sie erkennt ihre eigene Schrift. »Wieso … was ist denn das?«

»Das ist ein Brief von dir an deinen Herzallerliebsten. Da brauchst du ja gar nichts mehr zu erklären, hier steht alles, schwarz auf weiß.«

»Woher hast du das?«

»Das lag in der Küchenschublade unter den Lebensmittelmarken. Konntest es wohl nicht gleich expedieren. Und lass mich endlich in Ruhe, ich werde erwartet.«

Tagelang ist Lilly ganz verstört. Was auch immer zwischen Markus und ihr geschehen ist – sein Verrat und ihre dumme Reaktion, dafür würde man vielleicht doch noch mildernde Umstände ins Feld führen und Verzeihung erlangen können. Aber wie nur soll sie Markus die Gefühlsverwirrung erklären, aus der dieser Brief entstanden ist, und dass der Adressat doch eigentlich – das wurde ihr erst jetzt richtig klar – nicht Billy, sondern Markus selber gewesen ist.

Als Miroslaw ihr dann eines sehr frühen Morgens erzählt, dass Markus eine Freundin in Polen habe – »serr scheenes Mädchen, Panienka! Hättest ihn nicht laufen lassen dürfen!« –, verschafft ein kräftiger Wutanfall ihrer Verwirrung endlich den benötigten Aderlass. Ist ja fabelhaft, denkt sie, mir macht er Vorwürfe wegen irgendeiner unbewiesenen Lüge, und währenddessen schafft er fröhlich neue Tatsachen mit einem scheenen Polenmädchen.

»Ich hab ihn nicht nur losgelassen«, sagt sie zornig, »ich hab ihn von mir weggestoßen. Der soll sich doch vergnügen, wo der Pfeffer wächst, und von mir aus sogar in Polen.«

Woraufhin Miroslaw grinsend den Kopf schüttelt und mit hochgezogenen Augenbrauen »Oho!« sagt und dann noch einmal: »Oho! Panienka aber noch viel, viel scheener als scheenes Polenmädchen, besonders wenn wütend!«

Der junge Lieutenant Nicholas Bennet ist zum First Lieutenant befördert worden und erscheint häufig in der Steinhöfer'schen Wohnung, um mit Lillys Mama Tee zu trinken. Offenbar freut sie sich immer, wenn er kommt, und das Gelächter der beiden schallt auf den Flur hinaus.

Onkel Jupp scheint nichts gegen diese Besuche einzuwenden

zu haben, doch verzieht er sich dann meistens ins Schlafzimmer, wo auf einem großen Tisch in der Ecke seine dicken Bücher mit der Blindenschrift liegen. Dort steht auch seine Blindenschreibmaschine, ein merkwürdig unhandliches Monstrum, mit dem er sperrige Zeichen, den gewohnten Buchstaben sehr unähnlich, in dickes, weiches Papier hämmert. Die Beschaffung dieser Maschine und des dazugehörigen Papiers ist eine von Miroslaws Glanzleistungen gewesen.

Immer noch kommt die magere Blindenlehrerin Ingelore zweimal die Woche, inzwischen nicht mehr, um Onkel Jupp etwas beizubringen, sondern um sein Geschriebenes in Normalschrift zu übersetzen. Dabei scheint es sich fast immer um Geschäftliches zu handeln, was allerdings so chiffriert ist, dass ein Uneingeweihter kaum daraus schlau werden kann.

Seitdem Mama so herzhaft mit Nick Bennet lachen kann, hackt sie auch kaum noch auf der armen Ingelore herum und neidet ihr nicht mehr die spezielle Beziehung zu Onkel Jupp. »Armes Ding«, sagt Mama, »als alte Jungfer geboren, und sie wird auch als alte Jungfer sterben. Da kann sie sich noch so sehr mit Chanel Nummer fünf begießen.«

»Stört es dich eigentlich gar nicht«, fragt Lilly Onkel Jupp, »dass Mama diesen dämlichen Polizisten so toll findet?«

Onkel Jupp lächelt gutmütig. »Es tut ihr gut, das ist die Hauptsache. Und du, Kind, tut dir denn momentan überhaupt niemand gut?«

»Ich brauch niemanden«, sagt Lilly, und weil Onkel Jupp es ja nicht sehen kann, gönnt sie sich ein paar Tränen.

Albertchen Neuhauser machte sich wieder an Lilly heran. »Jetzt, wo dein Tommy weg ist, könnten wir's vielleicht doch mal miteinander versuchen. Ich hab nämlich Beziehungen.«

»Verzieh dich, Blödmann«, schnauzt Lilly. »Oder ich sag's dem Markus.«

»Dem kannst du's ruhig sagen, der hat anderes im Kopf. Zum Beispiel die Lore Ritscher, und das ist die schärfste Schnalle in der ganzen Gegend. Im Vergleich mit der bist du nichts weiter als ein verspießertes Hausmütterchen mit vier kleinen Kindern am Rockzipfel. Das hat er mir nämlich selbst erzählt.«

»Das hat der Markus dir erzählt?«

»Na, wer denn sonst.«

Lilly fühlt sich müde und leer. Lustlos versieht sie ihre täglichen Pflichten, kümmert sich um die Kleinen, kommt in der Schule so recht und schlecht mit, sitzt oft schweigend bei Onkel Jupp und beneidet Mama um ihr Gelächter mit Nick Bennet. Fast jede Nacht holte sie sich jetzt ihr Engelchen ins Bett.

»Kind kann dir nicht ersetzen deinen Liebhaber«, sagt Jule missbilligend.

»Wir wärmen uns doch nur gegenseitig. Und überhaupt: Du hast gut reden!«

»Ja«, sagt Jule, »hab ich.«

Doch Ende April, zwei Monate nach Jules Operation, kommt es zu einem ernsten Zerwürfnis zwischen Miroslaw und ihr. Lilly hört davon und der Anlass erscheint ihr ziemlich verrückt, aber so richtig lachen kann sie doch nicht darüber.

Miroslaw hat nämlich Jule gebeten, ihn zu heiraten. Nicht etwa hier, das sei zu gefährlich, weil man ihn ja immer noch verhaften will, sondern daheim, in Polen. Eine richtig große Hochzeit mit Musik und Tanz und einem dreitägigen Festgelage. Denn es wäre ja nun endlich an der Zeit, dass seine Familie Jule und Julius kennen lernte.

Daraufhin ist Jule fuchsteufelswild geworden und hat ihrem verdutzten Liebsten unmissverständlich erklärt, dass für sie eine Heirat auf gar keinen Fall infrage käme und dass er, falls er dies weiterhin im Sinne hätte, mit einer Trennung rechnen müsse.

Miroslaw hat überhaupt nichts begriffen, hat nur seine schwarzen Augen gen Himmel gerollt, hat geseufzt, dann gelacht, dann noch einmal geseufzt und schließlich gesagt: »Verrücktes Weib, dann eben nicht.« Und dann hat er sie umarmt und in die Vorratskammer gezogen.

Und danach ist wieder alles wie zuvor.

»Aber warum willst du ihn denn nicht heiraten?«, fragt Lilly Jule.

»Weil Liebe und Ehe sich nicht vertragen. Ehe ist Pflicht, Liebe ist ... Liebe ist eben Liebe. Sieh dir doch Onkel und Mama an, lieben sich immer noch. Und Mama und Papa? Keine Liebe mehr. Ist aber noch etwas außerdem, es geht um meinen kleinen Julius. Werd ich wieder krank und sterbe vielleicht, dann sollst du den Julius behalten und nicht irgendwelche polnischen Verwandten oder die neue Frau von Miroslaw. Verstehst du?«

»Was redest du denn, wieso glaubst du, dass du wieder krank wirst?«

»Kann man nie wissen. Also was ist, nimmst du meinen Julius?«

»Natürlich, aber ...«

»Kein Aber.«

»Geht's dir nicht gut?«

»Doch, geht mir sehr gut. Weiß ich ja nun, dass du sorgst für Julius. Kann ich viel besser genießen Erdbeben und Lawine.«

»Du gehst mir langsam auf die Nerven, Mädchen!«, sagt Benedicta.

»Wieso, was tu ich denn?«

»Eben, du tust überhaupt nichts. Sitzt nur sauertöpfisch rum.«

»Stimmt ja gar nicht. Ich tu alles, was ich tun muss. Ich lern sogar Latein und all den anderen sinnlosen Kram.«

»Das reicht aber nicht. Denn Gott liebt im Menschen ein fröhliches Herz.«

Lilly zuckt mürrisch die Schultern. »Dann soll er mir doch erst mal eins geben. Und wenn ich's dann hab, will ich es auch schön pflegen. Versprochen.«

»Offenbar hast du ja mal eins gehabt und es nicht besonders gut gepflegt. Jedenfalls kann ich nichts mehr davon finden.«

»Kaputtgegangen«, sagt Lilly und will sich verziehen.

Benedicta lässt sie nicht weg. »Wie steht's mit dir und Miriam?«

»Das Übliche.«

»Das reicht aber nicht. Du musst mehr tun. Sie ist endlich auf dem Weg der Besserung. Wenn du dir jetzt Mühe gibst, kannst du sie rausziehen.«

»Woraus?«

»Aus ihrem fürchterlichen Angstgehäuse.«

»Und wohin?«

»Fragen stellst du! In die Normalität natürlich. Dahin, wo die Sonne morgens ganz selbstverständlich auf- und abends wieder untergeht. Wo nicht mehr jeder Miriam nach dem Leben trachtet, wo sie sich nicht mehr verstecken muss und nicht mehr ducken, wo sie vielleicht auch mal wieder lachen kann.«

»Wie soll ich denn das machen? Wo mir doch momentan selbst nicht sehr nach Lachen zumute ist.«

»Zuallererst sollst du dich mal von deinem Selbstmitleid befreien. Anscheinend hast du irgendetwas verpatzt, und anstatt das Krumme nun wieder gerade zu biegen, tust du dir nur Leid dafür. Blödsinnige Reaktion, vollkommen unlogisch.«

»Das mit dem Geradebiegen, das ist leider nicht möglich.«

»Glaub ich zwar nicht, aber es könnte immerhin so sein. Also dann versuch wenigstens Miriam gerade zu biegen. Die hat's sowieso am allernötigsten.«

»Und auf welche Weise bitte sehr?«

»Du sollst dich *wirklich* um sie kümmern – nicht nur mal mit ein paar Stunden Engelchen-Ausleihe. Du sollst ihre Freundin werden, ihre Partnerin, ihre tägliche Energiespritze.«

»Geht nicht. Miriams und meine Erinnerungen sind zu verschieden, man hat ihr zu viel angetan.«

»Und jetzt willst du ihr noch mehr antun, indem du sie einzig auf ihr Leid festnagelst.«

»Aber ich hab's doch versucht, ehrlich. Es geht nicht.«

»Blödsinn. Das Leben steht doch nicht still. Was gestern war, ist vielleicht heute schon überholt. Jeder Tag bringt neue Möglichkeiten. Und Gott ist gnädig.«

»Das versuchen Sie mal jemandem mit Auschwitz-Erfahrungen klar zu machen«, sagt Lilly patzig. Doch dann bemerkt sie die ungewohnte Müdigkeit in Benedictas Gesicht und den Schatten in ihren Augen. Und sie nimmt sich zusammen und umarmt die Nonne. »Also gut, ich werd mir noch mehr Mühe mit Miriam geben.«

Einen Augenblick ruht Benedictas Kopf an Lillys Schulter. »Wenn mich die Mutter Oberin doch endlich wieder in die Ruhe unseres Klosters zurückholen würde«, murmelt sie.

Lilly drückt sie an sich. »Dann würd ich eine Bittschrift direkt an den Papst schicken, dass er Sie für immer bei uns lassen muss. Weil Sie hier nämlich dringend gebraucht werden.«

Benedicta hatte Recht – Miriam wird tatsächlich etwas zugänglicher. Lilly entspannt sich und zuckt nicht mehr jedes Mal zusammen, wenn das Engelchen Miriam Mama nennt, und sie verwendet alle ihre Energien, die nicht mehr von irgendeinem Jeremy oder Billy oder Markus besetzt sind, auf Miriam. Und tatsächlich vertreibt das Mitleid langsam das Selbstmitleid.

Immer noch redet Miriam nicht vom Lager oder Ghetto, doch werden ihre Jugenderzählungen aus Lodz lebhafter und farbiger, und manchmal kann man sogar in dem großen weitläufigen Haus die Anwesenheit von Eltern und Geschwistern spüren.

Ganz langsam lockt Lilly Miriam aus ihrem Gehäuse; zuerst in die offene Wohnungstür, da steht sie dann mit ihr und tut so, als hätten sie noch furchtbar Wichtiges zu bereden, sodass Miriam sich nicht gleich wieder zurückziehen kann.

Der nächste Schritt ist, dass sie Miriam überredet, mit nach oben zu kommen, um endlich Onkel Jupp kennen zu lernen. Seine Blindheit wirkt offenbar beruhigend auf Miriam, sie greift sogar nach seiner Hand und setzt sich eine Weile still zu ihm. Onkel Jupp, von Lilly gut vorbereitet, lächelt und schweigt ebenfalls. Anschließend sagt sie zu Lilly: »Ich habe noch nie einen so charmanten Mann gesehen wie deinen Onkel.«

Lilly kann sich nicht recht vorstellen, was denn eigentlich an Onkel Jupps stillem Dasitzen so charmant gewesen sein soll.

Und eines Tages machen Miriam und Lilly ihren ersten Spaziergang. Miriam ist schrecklich aufgeregt. Obgleich es schon frühlingshaft warm ist, zieht sie zwei Mäntel übereinander an und packt ein Proviantpaket, das die beiden Mamas mitsamt den vier Kleinen für mindestens drei Tage ernähren könnte.

Als sie von diesem ersten kurzen Ausflug zurückkommen, ist

Lilly so erschöpft, als wäre sie zwanzig Kilometer zu Fuß gelaufen.

»Gut, gut, Mädchen«, sagt Benedicta, »dann kann ich euch ja endlich allein lassen.«

Lilly erschrickt. »Wieso denn das?«

»Zurück ins Kloster. Aber nur für kurze Ferien. Du brauchst deshalb nicht gleich an den Papst zu schreiben.«

Von jetzt an gehen Lilly und Miriam fast jeden Tag spazieren.

Miriam gewöhnt sich an die frische Luft und Lilly gewöhnt sich an Miriams Marotten. Zum Beispiel, dass sie eine panische Angst hat vor Menschenschlangen. Lilly muss immer für ihre kleinen Ausflüge Routen planen, die auf gar keinen Fall an Lebensmittelgeschäften oder am Ortsamt vorbeiführen.

Natürlich kann Lilly sich einigermaßen zusammenreimen, woher diese Ängste kommen. Bei den Transporten, beim Arbeitseinsatz in den Lagern und bei den Selektionen hatte man die Juden immer in endlosen Schlangen antreten lassen.

Auch entwickelt Miriam eine große Vorliebe für Friedhöfe, für den alten, zerstörten jüdischen Friedhof am Grindel vor allem, aber auch für andere, nichtjüdische. Ganz aufgeregt wird sie, wenn sie irgendeinem Totenzug begegnen. Dann schließt sie sich, leise vor sich hin betend, den Trauernden an. »Ich hab doch so viele meiner Lieben nicht zum Grab begleiten dürfen«, sagt sie entschuldigend.

Lilly setzt sich dann irgendwohin, nimmt, wenn das Wetter gut ist, die Kleinen aus dem Wagen und wartet, bis Miriam fertig ist mit dem Beten und ihrer Ersatztrauer.

Nie, nicht einmal in der größten Hitze, entblößt Miriam ihre Arme. Lilly weiß, dass am rechten Unterarm die Auschwitznummer eingebrannt ist. Aber sie hat diese grausame Markierung noch nie gesehen.

Anfang Juli 1946 dann, an einem heißen, staubigen Sommernachmittag, steht plötzlich Oma Elli im Flur des Steinhöfer'schen Hauses.

Lilly beugt sich gerade über den inzwischen viel zu engen Kinderwagen und versucht die Kleinen mitsamt der großen Proviant-tasche für einen ihrer komplizierten Spaziergänge zu verstauen. Sie wird erst aufmerksam, als Miriam, die immer noch Angst vor Fremden im Haus hat, sich an sie klammert. »Da ist jemand«, flüstert Miriam, »eine Frau direkt aus dem Lager.«

Fast hätte Lilly ihre Großmutter nicht erkannt. Sie ist so dünn geworden, die Haare hängen ihr strähnig herunter, sie trägt keinen Hut und sie ist sehr schmutzig. Lilly starrt sie an wie ein Gespenst und bringt nichts weiter als ein verwirrtes »Wie siehst du denn aus?« hervor.

»Und was machst du hier mit all dem Nachwuchs?«, knurrt Oma Elli. »Welcher davon ist denn dein eigener?«

Und das ist nun doch ganz unverkennbar Oma Ellis Stimme und auch ihre polterige Art, sodass Lilly der Sprung gelingt und sie das Gespenst in die Arme schließt. »O Gott, Oma Elli, wir haben dich alle so schrecklich vermisst!«

»Nun mach bloß nicht solch Theater«, schimpft Oma Elli. »Du bist ja kein Kind mehr, musst meiner Rechnung nach inzwischen siebzehn sein.« Sie streicht Lilly über die Haare. »So schön bist du geworden. Und ein Baby hast du inzwischen auch gekriegt?«

»Ich doch nicht«, flüstert Lilly, »das eine ist Jules Julius und das andere ist Mamas Josi und das dritte ist ... also das dritte ist nämlich Josis Zwillingsschwester.«

»Unsinn«, sagt Oma Elli. »Ich war bei Josis Geburt dabei. Na, macht nichts.« Sie lässt sich auf die Treppenstufen fallen. »Meine Beine, weißt du, die sind ja nicht mehr die jüngsten. Und ich bin nämlich den ganzen Weg von Staaken bis hier zu Fuß gelaufen.«

Da kommt Lilly endlich zu sich und rennt, Felix im Gefolge, die Treppe hinauf zur Wohnung. Vor lauter Aufregung kann sie kaum den Schlüssel ins Schloss stecken und schreit dann immer nur: »Oma Elli ist wieder da! Mama und Jule und Onkel Jupp und Papa und Markus und überhaupt alle! Oma Elli ist wieder da! Sie ist zu uns zurückgekommen! Sie sitzt unten auf den Treppenstufen!«

Woraufhin sie alle angestürzt kommen und die alte Frau, der die Tränen über das schmutzige Gesicht laufen, nach oben schleppen.

Dies ist das erste Mal, dass Miriam ihren Spaziergang mit den drei Kleinen alleine macht. Und sie schafft es erstaunlich gut, sie hat ja auch an etwas anderes zu denken als an ihre ewigen Ängste.

Am Abend dann, als die Kinder im Bett liegen, sitzt die ganze Familie zusammen im Wohnzimmer. Auf dem Tisch steht eine Flasche Galitzer Gold, die einzige, die Jule aus Staaken mitgebracht und für eine ganz besondere Gelegenheit aufbewahrt hat.

Und Oma Elli erzählt: »Die Russen sind eben wirklich die Russen«, sagte sie, »da kann man nichts machen. Zwar war es ja nicht mehr die kämpfende Truppe, und das hat vielleicht ein wenig geholfen, aber nicht sehr. Nichts war vor ihnen sicher, kein Stück Vieh, kein Huhn, kein Fahrrad, keine Uhr – und die Mädchen schon gar nicht. Gott, waren die Kerle ausgehungert, das konnte einem schon fast Leid tun. Bloß gut, dass Jupp damals all die Fässer in der Brennerei zerschossen hatte. Obgleich er natürlich zuvor noch ein paar Liter hätte beiseite schaffen können.

Ich selbst musste mich ja nicht fürchten, solch eine alte Oma wie mich wollten nicht mal diese uniformierten russischen Barbaren mehr haben. Was sie allerdings haben wollten, war unser Haus. Also wurde ich rausgesetzt, ohne große Umstände, gleich am ersten Tag. Na gut, hab ich mir gesagt, geh ich eben ins Kaminski-Haus, das ist ja jetzt leer und das wollen sie gewiss nicht – zu klein, zu primitiv, erinnert sie zu sehr an ihre Bauernkaten daheim. Und sie wussten ja nichts von meinem Galitzer Gold in Jules Stall unter der soliden Schicht Hühnermist. Kaum hatte ich mich in meiner neuen Residenz, in der es so wunderbar vertraut nach Jule und ihrem Lavendel roch, eingerichtet, da erschien auch schon Rudolf Freusaal, den hatten sie natürlich auch rausgeworfen, das Inspektorhaus war ja das größte in der Gegend, außer dem Schloss natürlich. Wo ist übrigens Isa?«

Oma Elli sieht sich um; sie bemerkt erst jetzt, dass jemand fehlt. »Markus ist hier und Isa nicht? Und Dorothee?«

Da Markus nicht antwortet, sagt Lilly: »Weißt du nicht mehr, Oma Elli, Dorothee und Isa sind doch nach England gegangen.«

»Ach Gott, ja«, erinnert sich die alte Frau, »mit diesem Captain, der immer so zuckersüß grinste. Eine unglückliche Entscheidung – und ihr habt sie noch nicht zurückgeholt?«

»Das ging nicht, Oma Elli«, sagt Markus leise, »wir wissen ja nicht mal, wo sie sind.«

»Gott«, sagt Oma Elli und schaut strafend in die Runde, »was seid ihr denn bloß für eine Familie!«

»Erzähl weiter, Oma Elli«, bittet Lilly.

»Na gut. Also Freusaal. Armer, schwacher Mensch, ich hab ihn aber immer ganz gern gehabt. Entschuldige, Jule.«

»Ist schon in Ordnung, Oma Elli. Meine Haare sind ja nachgewachsen. Und ich hab ein Kind und ich hab Miroslaw.«

»Tatsächlich? Du hast den Lümmel immer noch?«

»Erzähl weiter, Oma Elli«, bittet Lilly erneut.

»Ja also, Freusaal kam und saß verwirrt in Jules Küche und wartete darauf, dass der russische Kommandant persönlich bei uns anklopfte, um ihn höflich zu bitten, die Leitung der ehemaligen Domäne Staaken doch wieder in seine bewährten Hände zu nehmen, weil ja, wie jedermann weiß, ohne den Inspektor Rudolf von Freusaal in Staaken-Galitz nichts funktioniert. Der russische Kommandant ließ drei Tage verstreichen, dann kam statt seiner eine Abordnung und die verfrachtete den Freusaal auf einen offenen Lastwagen, da waren schon ein paar andere drauf, der Inhaber der Lehseburger Zuckerfabrik, ein Bruder vom Landrat Basssewitz und noch einige, die ich nicht kannte, darunter auch zwei Frauen, die trugen trotz der Sommerhitze Pelzmäntel; die ahnten wohl schon, wohin die Fahrt gehen würde.

›Was soll denn das?‹, fragte Freusaal. ›Nur ein Verhör‹, wurde ihm geantwortet. Das war's dann. Keiner von den Leuten ist wieder aufgetaucht. Angeblich hat man sie in ein Arbeitslager nach Sibirien verschickt.«

Nach dieser Mitteilung ist erst einmal Ruhe in der Familienrunde. Außer Oma Elli hat keiner von ihnen Scheusal-Freusaal je gemocht. Er war immer der böse Herr aus Staaken gewesen, der allerdings mit seinen ständigen Disziplinierungen den staatseigenen Musterbetrieb am Laufen gehalten hatte, während Onkel Jupp dann in den letzten zwei Jahren der für das Zusammenleben der Deutschen und Ausländer so dringend nötige gute Herr aus Staaken geworden war.

So ist es denn auch jetzt dieser ehemalige gute Staakener, der ein paar versöhnliche Worte für Freusaal findet. »Wir haben ihm viel zu verdanken. Ohne ihn wären weder Dorothee noch Markus, noch Isa, noch meine Familie nach Staaken gekommen. Immerhin hat er uns die Möglichkeit gegeben, den Krieg einigermaßen heil zu überstehen.«

Lilly sieht ihren Onkel an, der wie immer eine dunkle Brille trägt. Einigermaßen heil, aber zerschossen und blind, denkt sie bitter, verschluckt aber eine entsprechende Bemerkung.

»Er wird's nicht überstehen«, sagt Oma Elli.

Lilly räuspert sich und bittet dann ein drittes Mal: »Erzähl weiter, Oma Elli.«

Die alte Frau schenkt sich einen großen Galitzer ein und trinkt so hastig, dass ihr die Tränen kommen. Oder vielleicht weint sie ja auch tatsächlich um das Scheusal, dessentwegen sie sogar für eine Weile auf ihre Familie verzichtet hat. »Gott, ist das ein Seelentrank«, murmelt sie und schenkt gleich noch einmal nach.

»Mutter, bitte!«, sagt Lillys Mama vorwurfsvoll.

»Keine Sorge, Tochter, ich kann inzwischen sehr viel vertragen. Und sowieso hätte ich ohne mein Gold vermutlich nicht überlebt. Es hat mir eine ganze Weile Körper und Seele ernähren müssen, weil man mir nämlich ansonsten kaum Nahrung zugebilligt hat. War ich doch alt und zu nichts mehr zu gebrauchen. Zuerst haben sie mich ja noch aufs Feld gejagt, zum Garbenbinden und als Kartoffelsammlerin, aber da war mit mir nun wirklich kein Staat zu machen, und also wurde ich wieder nach Hause geschickt. Wer nicht arbeitet, muss auch nicht essen, das war die Devise, und das konnte ich auch einsehen, zumal ich genug zu trinken hatte, was sich auch gut umtauschen ließ in nichtflüssige Nahrungsmittel.«

Sie wendet sich an Onkel Jupp. »Wenn du mir doch nur vor deiner wütenden Fässerschießerei noch etwas mehr von dem Gold abgezweigt hättest! Das wär mir nämlich während der letzten Monate sehr zupass gekommen und ich hätt's dann auch noch eine Weile länger bei den Iwans ausgehalten. So hab ich eben weitergemacht, solange es ging, und als der Vorrat aufgebraucht war, bin ich gegangen.«

»Aber warum denn nicht eher?«, fragt Mama. »Du wusstest doch, dass wir hier auf dich warten.«

»Und ich wartete dort auf Freusaal. Ich dachte, wenn der tatsächlich wieder zurückkommt aus dem Lager, dann wird er ziemlich abgewirtschaftet sein, dann braucht er jemanden, der sich um ihn kümmert. Aber als ich mich schließlich nicht mal mehr um mich selbst kümmern konnte, da hab ich gedacht, dass ein altes Wrack dem anderen auch nichts mehr nützt. Und hab mich auf die Socken gemacht – immer Richtung Westen, wo die Sonne untergeht.«

Ein denkwürdiger Familienabend! Oma Elli trinkt allein mehr als eine halbe Flasche Galitzer (während sich die anderen den Rest teilen), und dabei werden ihre Dorf- und Gutsgeschichten immer lebhafter und ihr bärbeißiger Humor verwischt ein wenig die Misere, die sie dort zurückgelassen hat. Onkel Jupp will möglichst Genaues über den Umgang der Russen mit jedem einzelnen Galitzer wissen, Papa sitzt stumm und etwas fremd dabei, Jule greift immer wieder nach Oma Ellis Hand, um sich zu vergewissern, dass sie auch wirklich da ist, Mama wird endlich wieder zur Tochter, Markus schweigt und sieht zu Lilly hin. Und Lilly kocht dreimal hintereinander frischen Kräutertee, weil sie Markus' Gegenwart und seine Blicke schwer ertragen kann.

Spät in der Nacht, als die alte Frau schon drauf und dran ist, in ihrem Sessel einzuschlafen, kommt plötzlich Miroslaw ins Wohnzimmer. Er hat den kleinen Julius auf dem Arm, der schlaftrunken das Köpfchen in seines Vaters Halsbeuge verbirgt.

Jule springt auf, entreißt ihm das Kind und drückt es an sich.

»Warum weckst du meinen Julius? Und wieso hab ich nicht gewusst, dass du kommst?«

»Bin ich mit Kopf und Herz schon weg«, sagt Miroslaw, »bin ich in mein Land Polen. Muss ich bleiben eine Zeit. Wollt ich sagen Abschied von mein Kind und mein Frau.«

»Ich bin nicht deine Frau.«

»Bist du doch, kannst gar nichts machen.« Er lächelt ihr zu, liebevoll, wenn auch etwas abwesend.

Oma Elli schreckt aus ihrem Halbschlaf hoch und betrachtet mit zusammengekniffenen Augen Miroslaw. »Tatsächlich, es ist derselbe und er ist immer noch da«, murmelt sie.

»Muss aber gleich wieder weg«, sagt Miroslaw, verbeugt sich tief vor Oma Elli und gibt ihr einen vollendeten Handkuss. »Sehr erfreut, dass Madame zu uns zurückkommt. Wird gut sein für mein Jule! Madame macht mein Jule endlich wieder vernünftig.«

Oma Elli lächelt. »Die einzige Unvernunft, die Jule je begangen hat, ist ihre Beziehung zu einem gewissen polnischen Lümmel.«

Miroslaw verbeugt sich nochmals. »Da ist Madame ganz richtig. Beziehung sollte endlich vernünftig werden.« Dann wendet er sich an Onkel Jupp. »Können wir reden, Pan Josef?«

Onkel Jupp steht auf und tastet sich mit seinem Stock zur Tür. »In der Küche«, sagt er. »Und Markus kommt mit.«

Als sie gegangen sind, herrscht erst einmal Stille. Schließlich steht Papa ebenfalls auf, murmelt: »Ein langer Tag, gute Nacht allerseits« und verzieht sich.

»Ich hasse diese Heimlichkeiten«, sagt Mama. Nervös sieht sie zu Jule hin, die ihr schlafendes Kind in den Armen hält und mit weit offenen Augen blicklos vor sich hin starrt. »Hast du eine Ahnung, was das Ganze soll? Miroslaw ist noch nie mitten in der Nacht in unserem Wohnzimmer aufgetaucht.«

»Kann er doch gern«, sagt Lilly, »schließlich gehört er zur Familie.«

Oma Elli hebt die leere Flasche gegen das Licht und stellt sie seufzend auf den Tisch zurück. »Auch das noch«, sagt sie, wobei unklar ist, ob sie die Leere der Flasche oder die Familienzugehörigkeit Miroslaws meint.

»Es ist wie im Krieg«, sagt Jule. »Miroslaw wird weggehen. Weiß ich doch genau, wie er aussieht, wenn er will kämpfen.«

Lilly wehrt sich gegen den Schrecken, den ihr Jules Worte einflößen. »Miroslaw geht doch andauernd weg«, sagt sie beruhigend. »Aber er kommt immer wieder. Das hast du mir doch selbst gesagt.«

»Nur gut, dass er mir neulich im Krankenhaus einen Brief geschrieben hat«, sagt Jule.

Mama versteift ihren Rücken und streckt das Kinn vor. »Ich will aber wissen, was los ist«, sagt sie in diesem kindlich fordernden Tonfall, der Lilly so sehr auf die Nerven geht. »Die können doch nicht einfach in die Küche gehen und alleine ihre Entscheidungen treffen!«

»Reg dich nicht auf, Mama. Onkel Jupp wird dir bestimmt nachher alles erzählen.«

»Ich will es aber jetzt wissen«, sagt Mama.

Oma Elli, die schon wieder eingenickt ist, kommt noch einmal hoch. »Misch dich nicht ein, Tochter«, fährt sie Mama an. »Du gehst jetzt sofort ins Bett, da bist du am besten aufgehoben.«

Und erstaunlicherweise gehorcht Mama ohne Widerspruch.

Eine Stunde später – Jule hat sich längst in die Lavendelkammer zurückgezogen – liegt Lilly in ihrem Bett im Kinderzimmer und kann nicht einschlafen. Die Haustür ist noch nicht wieder gegangen, anscheinend hocken die drei Männer also nach wie vor in der Küche und treffen dort, wie Mama angenommen hat, ihre einsamen Männerentscheidungen. Möglich auch, dass Markus sich bereits in sein altes Zimmer verzogen hat (obgleich er das kaum noch benutzt, weil er wohl bei irgendeiner »scharfen Schnalle« ein weicheres Lager findet) und dass Miroslaw schon bei Jule ist und Onkel Jupp bei Mama und dass die beiden ihren Frauen berichten, was sie berichten wollen. Oder auch, dass ihnen, liegen sie erst einmal im Bett, gar keine Berichte mehr abverlangt werden, weil die Umarmung das Reden überflüssig macht.

Sehr gegen ihren Willen muss Lilly an Markus denken und stellt sich vor, dass er, genau wie Onkel Jupp zu Mama und Miroslaw zu Jule, nun zu ihr kommen würde. Und an seiner Umarmung würde sie erkennen, dass sie seiner Liebe rückhaltlos vertrauen kann.

Lilly ärgert sich über sich selbst, weil ihre unausrottbaren Sehnsüchte wieder mal der Vernunft in den Rücken gefallen sind. Markus zu vertrauen, bloß weil er sie umarmte! Zu solch einer würdelosen Gutgläubigkeit durfte man sich nicht einmal in seinen wildesten Phantasien hinreißen lassen.

Spät in der Nacht kommt er dann aber doch zu ihr, und ob's nur ein Traum ist oder doch etwa Wirklichkeit, darüber will Lilly besser nicht nachdenken.

Jedenfalls wacht sie am nächsten Morgen seltsam getröstet auf und fühlt sich, als sie Mama und Jule in der Küche begegnet, so erwachsen wie nie zuvor, ganz und gar Frau. Und als solche kann sie dann auch gleichwertig mit den beiden anderen über die Männer schimpfen, über ihre Anmaßung und Heimlichtuerei und den seltsamen Hang zu Kriegsspielen.

»Ist aber kein Spiel jetzt«, sagt Jule düster, »ist nicht wie Druckerei von falschen Lebensmittelmarken oder Bestechen von hungrigen Polizisten. Ist sehr, sehr ernst.«

»Wieso?«

»Weiß ich nicht genau. War aber sehr, sehr besorgt, mein Miroslaw. Hat geredet von Mord und Totschlag, und dann hat er überhaupt nicht mehr geredet und wollte immer nur lieb gehabt werden. Aber heute früh hat er dann doch noch etwas gesagt, nämlich dass er dringend nach Kielce muss, das ist die Stadt, wo seine Schwester wohnt, die hat zwei Söhne. Und danach ist er dann weggegangen, und Markus und Onkel Jupp mit ihm.«

»Onkel Jupp auch?«, fragt Lilly erschrocken.

»Das ist es ja grad«, sagt Mama, »bei den beiden anderen ist das inzwischen normal, aber bei Jupp? Er hat gesagt, er würde dort dringend gebraucht. Nur das, keine Erklärung, nichts. Er wollte einfach nicht reden, genau wie damals in Staaken, wenn er tage- und nächtelang verschwand. Hat nur ›bis bald‹ gesagt und ›mach dir keine Sorgen‹ und ist gegangen. Zum ersten Mal wieder seit damals. Und sein Tonfall war auch der gleiche. ›Bis bald‹ ... das klang für mich immer so, als ob er's selbst nicht so ganz glaubte. Einfach weggegangen ist er, dabei kommt er doch allein überhaupt nicht zurecht.«

»Er ist ja nicht allein«, sagt Lilly.

»Miroslaw ist sein Freund«, sagt Jule.

»Markus ist wie sein Sohn«, sagt Lilly.

»Und alle drei sind absolut verantwortungslos«, sagt Mama.

Oma Elli, für die Jule im Wohnzimmer ein Bett bereitet hatte, humpelt in die Küche. »Wer ist verantwortungslos?«

Und im Chor antworten Mama, Jule und Lilly: »Die Männer.«

Oma Ellis Blick wandert von einer zur anderen und bleibt an Lilly hängen. »Du also auch schon«, sagt sie kopfschüttelnd.

Lilly wird rot. »Wieso … was denn?«

Die alte Frau winkt ab. »Lass mal, ist schon in Ordnung. Aber wenn du mir etwas Gutes tun willst, dann brüh mir mal einen Kaffee auf. Das sollte doch im Haus von lauter Schwarzmarktschiebern kein Problem sein. *Ich* hab seit einer Ewigkeit keine Kaffeebohne mehr gerochen.«

»Sind aber keine Schieber, Oma Elli«, sagt Jule. »Sind ehrliche Kaufleute. Sind auch überhaupt nicht verantwortungslos – das haben wir nur so gesagt.«

»Aha«, sagt Oma Elli, »also nicht verantwortungslos. Was sind sie dann?«

Während Lilly den Kaffee brüht, verfallen Mama und Jule auf einmal in unverhoffte Lobpreisungen ihrer Männer.

»Es geht ihnen doch vor allem darum, dass wir nicht hungern und frieren müssen«, sagt Mama.

»Und auch, dass sie anderen helfen wollen«, sagt Jule.

»Und dass sie kein Unrecht ertragen können«, sagt Mama.

»Und dass sie nämlich auch noch ziemlich mutig sind«, sagt Jule.

»Und sogar die Blindenschrift hat er gelernt«, sagt Mama.

»Und sich meinetwegen von der Polizei erwischen lassen«, sagt Jule.

»Und für alle hat er immer einen klugen Rat«, sagt Mama.

»Und einen Brief hat er mir auch geschrieben«, sagt Jule.

»Und sowieso …« – Mama stößt einen tiefen Seufzer aus – »sowieso hat er mir versprochen, ganz bald zurück zu sein.«

Oma Elli setzt sich an den Küchentisch und wedelt mit beiden Händen den Kaffeeduft zu sich her. »Wenn ich an den armen Freusaal denke«, murmelt sie, »der kriegt jetzt bestimmt keinen Kaffee. Und er hat's nämlich auch nie für sich selbst getan, sondern immer nur für irgendeine falsche Überzeugung.«

Lilly schaut im leider etwas veralteten geographischen Lexikon unter Kielce nach. Kielce, am Südrand des Heiligen-Kreuz-Gebirges in Polen gelegen, Bischofssitz, rund hunderttausend Einwohner, davon ungefähr ein Drittel Juden. Hochschulen, Theater, Maschinenbau, Metallindustrie. Das besagt nicht sehr viel. Die Industrie ist vermutlich zerstört, die Juden sind vertrieben und umgebracht worden. Dort wohnt Miroslaws Schwester mit ihren beiden Söhnen und dorthin also sind die Männer gefahren.

Lilly fragt ihren Vater. »War da irgendetwas los in Kielce?«

»In wo?«

»Kielce, das ist eine Stadt in Polen.«

»Keine Ahnung. Oder ... warte mal, ich glaube, ich hab den Namen im Radio gehört. Hatte was mit Juden zu tun, aber ich hab nicht so genau Acht gegeben. Warum fragst du?«

»Weil Miroslaws Schwester da wohnt.«

Lilly fragt ihre Geographielehrerin und dann auch den Lateinlehrer, aber keiner weiß irgendwas. »Juden?«, sagt der Lateinlehrer. »Die gibt's doch kaum noch in Polen. Und die paar, die überlebt haben oder zurückgekommen sind, die sitzen jetzt alle in der Regierung.«

Beim nächsten gemeinsamen Spaziergang fragt Lilly Miriam: »Stimmt es tatsächlich, dass in Polen lauter Juden in der neuen Regierung sitzen?«

Miriam zuckt zusammen. »Wer ... was?«, fragt sie und sieht aus, als wolle sie in der nächsten Sekunde davonlaufen.

Lilly wird plötzlich bewusst, dass sie noch nie zuvor Miriam gegenüber das Wort Jude in den Mund genommen hat, sei es aus Takt, sei es aus instinktiver Vorsicht. Sie greift nach Miriams Arm. »Ich dachte nur ... es wäre doch ein Zeichen dafür, dass die Dinge dort wieder normal werden und dass ihr vielleicht sogar zurückkönnt, ich meine, dann bräuchtet ihr nicht nach Südamerika zu gehen.«

Voller Entsetzen und Argwohn starrt Miriam sie an. »Dorthin zurück, wo man das Gas immer noch riechen kann und wo die Felder mit Menschenasche gedüngt werden und wo sie jetzt Waren transportieren in den Güterzügen, die früher Menschen nach

Auschwitz gefahren haben? Dorthin willst du mich zurückschicken?«

Lilly schämt sich ihrer Naivität. »Nein, nein, so war das doch nicht gemeint«, sagt sie.

Aber Miriam hört ihr gar nicht zu. »Normal!«, stößt sie hervor. »Dieses Land, wo mein armes Kind bei einer fremden Frau aufwachsen muss, wo unsere Nachbarn meinem Großvater den Bart abgerissen haben und wo sie in unserem Garten ihre Schweine haben wühlen lassen, weil die ja noch tausendmal sauberer sind als wir. Normal!«

»Ich weiß, Miriam, ich weiß, entschuldige bitte, das war dumm von mir.«

»Nichts weißt du, überhaupt nichts. Und die, die in der Regierung sitzen, falls da wirklich welche sitzen, die wissen nämlich auch nichts. Das können nur solche sein, die weit weg vom Schuss überlebt haben, in Moskau vielleicht, und nun gehen sie hin und meinen ... und bilden sich ein ... dabei haben sie doch nicht die geringste Ahnung von irgendwas. Unsichtbar müssen wir sein, das ist unsere einzige Chance, sowie wir uns sichtbar machen, werden die anderen wieder über uns herfallen. Sie werden uns erst berauben und foltern und schänden und danach totschlagen. Und die christliche Kirche wird zusehen und applaudieren, weil ja jeder Einzelne von uns ihren Jesus höchstpersönlich ans Kreuz genagelt hat. Und du ... du bist nämlich auch nicht viel besser!«

Hilflos schluchzend wendet Miriam sich ab und läuft davon.

Engelchen sieht hinter ihr her und greint: »Mama ...?«

»Hat Tante Miriam sich eben wehgetan?«, fragt Felix, der neben dem Wagen herumhüpft.

»Wehgetan, ja, aber nicht grad eben erst. Es ist schon eine Weile her.«

»Wird wieder heil werden«, sagt Felix tröstend.

»Ich weiß nicht. Wenn man sich zu sehr wehgetan hat, dann wird's vielleicht nie wieder heil.«

»So wie Onkel Jupps Augen?«

»Ja, ein wenig so.«

»Aber Onkel Jupp kann wieder schreiben und lesen und er

kann auch durch die Wohnung gehen. Dann merkt man das mit seinen Augen überhaupt nicht.«

»Bei Tante Miriam merkt man's ja auch nicht immer.«

Als Lilly zwei Stunden später mit den Kindern nach Hause kommt, steht Josua in seiner Wohnungstür. Sie will mit einem kurzen Gruß an ihm vorbei, doch er hält sie auf. »Ich würd gern mal ein paar Worte mit dir reden«, sagte er in ungewöhnlich freundlichem Ton. »Nachher, wenn du die Kleinen versorgt hast.«

»Ist Miriam zu Haus?«, fragt Lilly.

»Ja, ja. Sie war sehr aufgeregt und unglücklich, weil sie dich anscheinend gekränkt hat. Ich hab ihr wieder mal ein Beruhigungsmittel geben müssen.«

»Na gut«, sagt Lilly, »ich komm dann nachher.«

Als sie ihm schließlich in dem düsteren Wohnzimmer gegenübersitzt, fühlt sie sich sehr unbehaglich. Was will er von ihr?

»Was war denn los heut?«, fragt er. »Hat sie dich wirklich gekränkt?«

»Ach was«, sagt Lilly, »das war nicht so schlimm. Ich hab mich einfach dumm und ungeschickt benommen.«

»Wieso?«

»Ich hab sie gefragt, ob in der neuen polnischen Regierung tatsächlich so viele Juden sitzen. Das hat nämlich mein Lateinlehrer behauptet.«

Josua seufzt. »So ist das eben bei Miriam. Ihre Wunden sind ja noch kaum verheilt und allein das Wort ›Jude‹ reißt die Narben wieder auf. Wenn Miriam könnte, würde sie alles, was damit zusammenhängt, aus ihrem Gedächtnis streichen, sogar ihren jüdischen Glauben. Warum wolltest du überhaupt wissen, ob es in der polnischen Regierung Juden gibt?«

»Ich ... ich dachte nur, dass das doch eigentlich gut sei und hoffnungsvoll und ... ein Schritt zur Normalisierung. Nur hat das bei meinem Lehrer überhaupt nicht so geklungen, sondern irgendwie hämisch, fast schadenfroh.«

»So war's wohl auch gemeint. Juden haben nicht das Recht, in irgendeiner Regierung zu sitzen, und falls sie sich doch hinterrücks einschleichen, dann wird es nicht nur dem Land, sondern auch ihnen selbst schaden. In Polen kommt noch hinzu, dass die neue Regierung russlandhörig und kommunistisch und deshalb beim Volk verhasst ist. Da machen sich nun also mit Russlands Hilfe wieder mal die Juden in den obersten Rängen breit und unterdrücken das arme Polen. Aber wieso interessierst du dich plötzlich für die Zustände in Polen?«

»Eigentlich tu ich das gar nicht, jedenfalls nicht sehr. Aber jetzt ist doch da irgendetwas passiert, nämlich in dieser Stadt Kielce. Und dorthin sind Miroslaw und Markus und auch mein Onkel heute Morgen gefahren. Bei den beiden anderen sind wir das ja gewöhnt, die sind oft unterwegs. Aber mein Onkel ... also das ist noch nie passiert. Weil er doch blind ist.«

»Ich weiß. Schwer verletzt von englischen Tieffliegern kurz vor Kriegsende, auf dem Weg zum Verhör.«

»Woher wissen Sie denn das?«, fragt Lilly verblüfft.

»Dein Onkel war kein Unbekannter. Während der letzten Kriegsmonate, als sich die Lager teilweise schon in Auflösung befanden, wurde sein Name wie ein kostbares Stück Brot weitergereicht an jene, die noch die Kraft hatten zu fliehen. Dein Onkel ist ein guter Mann. Aber dieser Pole ... da bin ich mir ja nicht ganz so sicher.«

»Der ist auch gut, sehr gut sogar«, beeilt sich Lilly zu versichern, »man merkt's nur nicht gleich.«

»Ich dachte, er wäre vor allem ein guter Schwarzmarktschieber. Aber meinetwegen ... wie sieht denn das andere Gute aus, das, was man nicht gleich bemerkt?«

»Also das ist so: Miroslaw ist einer, der für Menschen sorgt. Nicht nur für seine eigenen Leute, für die sowieso, aber er sorgt auch für Leute, die nicht seine eigenen sind, allerdings nur, wenn sie in Not geraten. Dann mag er plötzlich sogar solche, die er eigentlich überhaupt nicht mag. Wenn sie aber nicht mehr in Not sind, dann hört er sofort auf mit dem Mögen, dann kippt das total ins Gegenteil um ... wenn Sie verstehen, was ich meine.«

In Josua Bambergers Augen erscheint der Abglanz eines sehr ungewohnten Lächelns. »Mir gegenüber kannst du die Juden ruhig Juden nennen. Meine Empfindlichkeit hat sich längst abgenutzt. Und dass dein Freund Miroslaw ein recht vielschichtiger Charakter ist, stört mich nicht. Davon hat's ja Gott sei Dank in Polen einige gegeben. Die haben unter Lebensgefahr Juden vor den Nazis gerettet und sind dabei immer noch Antisemiten geblieben.«

»Er ist nämlich auch Benedictas Freund«, sagt Lilly, immer noch eifrig bemüht, Pluspunkte für Miroslaws Charakter aufzuzeigen.

»Ich weiß. Und ich weiß auch, dass die Lebensmittel und die Kohlen, die uns die gute Nonne anschleppt, fast ausschließlich von ihm stammen. Anscheinend hat sie ihm unser Schicksal in den düstersten Farben geschildert und daraufhin hat er sein Herz für uns entdeckt.« Jetzt lacht Josua wirklich. »Da müssen wir aber sehr Acht geben, dass es uns nicht aus Versehen plötzlich wieder gut geht.«

So freundlich und redewillig hat Lilly Miriams Mann noch nie gesehen. »Aber es geht Ihnen doch wirklich schon sehr viel besser, oder?«, fragt sie und vergisst erst einmal ihre Kielce-Frage.

Josua zuckt die Schultern. »Wie man's nimmt«, sagt er. »Und darüber wollte *ich* nämlich mit *dir* reden. Also: Ich war gestern beim Arzt. Man gibt mir noch ungefähr ein Jahr. Falls ich mich operieren lasse, könnten es auch anderthalb Jahre werden. Also habe ich mich zu der Operation entschlossen, damit ich noch etwas länger für meine Frau da sein kann. Das geht aber nur, wenn du dich inzwischen um Miriam kümmerst. Allein lassen jedenfalls kann ich sie noch nicht. Dann, in einem Jahr oder anderthalb, dann wird sie vielleicht so weit sein, dann werden sich auch hoffentlich andere hilfreiche Umstände ergeben haben. Aber momentan, nun ja, du kennst die Situation.«

»Aber das ist doch selbstverständlich, dass ich mich kümmere«, sagt Lilly. »Miriam ist meine Freundin.«

Josua blickt skeptisch. »Ich weiß nicht, ob Miriam schon wieder fähig ist, Freundschaft zu empfinden. Dazu gehört doch vor allem Vertrauen. Und das hat sie nicht mehr. Aber vielleicht lernt sie's ja wieder. Du hast ihr jedenfalls schon sehr geholfen.«

»Wann müssen Sie sich operieren lassen?«

»In ungefähr zehn Tagen. Und dann werde ich wohl mindestens vier Wochen im Krankenhaus bleiben müssen, vielleicht auch länger. Für Bestrahlungen und so weiter.«

»Gut«, sagt Lilly. »Ich tu, was ich kann.«

»Am besten würdest du während dieser Zeit bei ihr wohnen. Wir haben ja genug Zimmer.«

Lilly erschrickt. Plötzlich fühlt sie sich doch sehr überfordert. »Also das …«, sagt sie, »das weiß ich noch nicht so recht. Meine Familie braucht mich doch auch.«

»Es ist ja nur für ein paar Wochen. Und bei euch oben ist es ja wirklich sehr eng.«

»Das stimmt. Aber bei uns oben, da ist es so … so warm.«

Josua nickt. »Hier bei uns ist es kalt, meinst du, aber darum geht es doch. Bring etwas von deiner Wärme zu meiner Miriam. Sie soll leben, und das, was ich ihr an Wärme geben kann, das ist wohl nicht genug.«

Danach schweigen sie eine Weile, bis Lilly sich noch einmal ein Herz fasst: »Und was ist das denn nun mit dieser Stadt Kielce?«

Josua zögert. »Na gut, wenn du's unbedingt wissen willst. Die ungefähr dreißigtausend Juden, die früher in Kielce gewohnt haben, sind von den Nazis verjagt oder umgebracht worden. Nur ganz wenige sind zurückgekommen, die meisten auf der Durchreise, weil es dort das Haus des Jüdischen Komitees gibt, wo man ihnen weiterhilft. Sie alle, die irgendwo irgendwie überlebt haben, wollen so schnell wie möglich Polen verlassen. Und kein anderes Land will sie nehmen, und der Zuzug nach Palästina, in das Land, das sie alle als ihre eigentliche Heimat empfinden, wird ihnen von den britischen Mandatsherren verweigert. Deshalb sind die Grenzübertritte meistens illegal, und so etwas muss organisiert werden.

Vor zwei Tagen nun ist ein acht oder neun Jahre alter polnischer Junge in Kielce zur Polizei gelaufen, so ein kindlich überdrehter Spinner, und hat behauptet, er wäre im Keller des Jüdischen Komiteehauses für zwei Tage gefangen gehalten worden und hätte dort mit ansehen müssen, wie mehrere arme christliche Kinder von den Juden ermordet worden wären. Er selbst hätte nur mit äußerster Not entkommen können.

Die Polizei glaubte dieser verrückten Lügengeschichte – schließlich ist es doch allgemein bekannt, dass Juden an christlichen Kindern rituelle Morde vollziehen, ihr Blut trinken und so weiter. Das Haus wurde umstellt, und schnell sammelte sich eine große Menge eifriger polnischer Katholiken, die das Leben der Kindermörder und Blutsäufer verlangten. In dem Haus befanden sich zu der Zeit ungefähr fünfzig Menschen.

Dem Mob gelang es, ein paar wehrlose Juden aus dem Haus zu zerren und unter grölendem Jubel mit Steinen und Stangen zu erschlagen. Daraufhin verbarrikadierten sich die Übrigen, so gut es ging, aber die inzwischen auf mehrere Tausend angewachsene Menge hatte noch längst nicht genug.

Als nach vielen Stunden fröhlichen Mordens, an dem auch die Polizei offenbar nichts auszusetzen hatte, endlich das Militär erschien, waren über vierzig Juden tot und die wenigen Überlebenden schwer verwundet. Ende der Geschichte.

Kielce, eine mittelgroße Stadt zwischen Warschau und Krakau gelegen, wo ein paar tausend aufrechter polnischer Patrioten ihrer Meinung, die Nazis hätten immer noch nicht genug Juden umgebracht, mit einem kleinen Schlachtfest Nachdruck verliehen haben. Nun weißt du also, was man seit zwei Tagen und von jetzt ab mit dem Namen Kielce verbindet und immer verbinden wird.«

7. Kapitel

Am Abend des vierten Tages kommt Markus zurück – mit einem polnischen jungen Mann, der aussieht, als wäre er eine Neuauflage von Miroslaw.

»Das ist Miroslaws Neffe Zbigniew, genannt Zbig«, verkündet Markus. »Miroslaw will, dass er bei uns wohnt, für eine Weile. Und dass ihr euch um ihn kümmert.«

Mama reagiert unwillig. »Wieso denn das? Unsere Wohnung ist doch sowieso schon viel zu voll.«

»Find ich auch«, sagt Markus. »Aber Miroslaw besteht darauf.«

»Und was ist mit Jupp?«, fragt Mama.

»Und wann kommt Miroslaw zurück?«, fragt Jule.

»Die schicken beide schöne Grüße und bleiben noch eine Weile.«

»Wo?«

»Na, da in Polen. Und ich muss auch heute wieder zurück, hab bloß den Zbig hergebracht. Er soll in meinem Zimmer schlafen. Übrigens spricht er nur sehr wenig Deutsch – behauptet er jedenfalls. Was, alter Junge« – er knufft ihn in den Arm – »du bist ein polnischer Patriot und weigerst dich, Deutsch zu sprechen.«

Der junge Mann reagiert nicht. Neugierig schaut er sich um, lässt seine flinken Augen von einem zum anderen gleiten, küsst erst Oma Elli, dann Mama, dann Jule und schließlich Lilly die Hand, wobei er sich bei Lilly etwas mehr Zeit nimmt als bei den anderen, und verbeugt sich vor Papa. »Guten Tag, Madame«, sagt er, »guten Tag, Pani Alicia, Tante Jule, scheene Panienka Lilly, und guten Tag, mein Herr, sehr erfreut.«

»Der kennt ja alle eure Namen«, kräht Felix, »und er spricht richtig gut Deutsch.«

Zbig grinst. »Nicht immer. Nicht mit dem da.« Und er deutet mit dem Daumen über die Schulter zurück auf Markus.

»Der hat was gegen dich«, brummt Oma Elli.

»Und ich was gegen ihn«, sagt Markus. »Aber ich will dir mal was sagen, mein Junge.« Er starrt Zbig grimmig ins Gesicht. »Wenn du dich hier irgendwie schlecht benimmst – und ich garantiere dir, dass ich es erfahren werde –, dann kriegst du's mit mir zu tun.«

Gelassen erwidert Zbig Markus' Blick und zuckt die Schultern. »Nix verstehen«, sagt er.

Jule seufzt. »Das kann ja heiter werden! Also komm, Junge, ich zeig dir Markus' Zimmer. Und waschen könntest du dich auch mal.«

Lammfromm lässt Zbig sich abführen, allerdings nicht, ohne zuvor Lilly zugezwinkert zu haben, als wären sie bereits alte Kumpane.

»Das geht aber wirklich zu weit«, beklagt sich Mama, »dass Miroslaw uns ohne vorher zu fragen einen weiteren Hausgenossen aufhalst.«

»Er wird schon seine Gründe haben«, sagt Lilly beschwichtigend.

»Sicher. Aber seine Gründe müssen ja nicht meine Gründe sein. Und dies ist immer noch unsere Wohnung.«

»Ach, Mama! Für ein paar Tage wirst du ihn ja wohl ertragen können. Außerdem macht er doch einen ganz netten Eindruck.«

»Er ist aber nicht nett«, mischt sich Markus ein. »Und er wird auch länger bleiben als nur ein paar Tage.«

»Na und? Mich stört er nicht.« Lilly wendet sich ab, um in die Küche zu gehen.

Markus hält sie am Arm fest. »Den findest du wohl toll, was?«

»Lass mich los, Markus.«

»Er ist nämlich ein Gauner!«

»Das sagt man doch auch von dir und von Miroslaw. Und sogar von Onkel Jupp.«

»Aber er ist … er hat was gemacht, da in Polen. Deshalb musste er weg.«

»Was denn?«

»Ich hab versprochen, nicht drüber zu reden.«

»Wird schon nicht so schlimm gewesen sein, sonst hätte Miroslaw ihn nicht zu uns geschickt.«

»Miroslaw ist ein Familienmensch.«

»Wir gehören doch auch zu seiner Familie – gewissermaßen.«

»Gewissermaßen schon, aber doch nicht so ganz richtig. Bitte, Lilly, tu mir einen Gefallen ...«

»Ich soll dir einen Gefallen tun? Wieso denn das?«

»Es ist nur ... ich mach mir Sorgen.«

»Warum denn?«

»Weil er ... weil du ...« – Markus holt tief Luft – »also versprich mir, dass du nichts mit ihm anfängst.«

»Du spinnst ja!« Jetzt hat Lilly aber wirklich genug. Unmissverständlich schlägt sie die Küchentür hinter sich zu, aber Markus lässt sich nicht abwimmeln. Er folgt ihr. »Ich muss nämlich noch heute nach Polen zurück, vielleicht darf ich mich ja wenigstens von dir verabschieden.«

»Klar, darfst du. Also, auf Wiedersehen, Markus. Grüß die anderen von mir. Und sag Miroslaw, er soll sich wegen seines Neffen keine Sorgen machen, ich werd mich schon um ihn kümmern.«

Markus' kurzer Besuch und sein besorgtes Gehabe haben Lilly in eine ungewöhnlich heitere Stimmung versetzt. Er ist eifersüchtig, denkt sie, das ist doch wirklich ein Witz! Markus mit all seinen Polenmädchen und scharfen Schnallen, eifersüchtig auf mich, die ich nun wirklich die personifizierte Solidität darstelle, das verspießerte Hausmütterchen mit vier kleinen Kindern am Rockzipfel. Aber bitte sehr, dann wollen wir doch mal sehen, was sich machen lässt, lieber Markus, damit du dich nicht umsonst zu derartigen Gefühlen aufgeschwungen hast.

Und während der kommenden Tage zeigt das Hausmütterchen, was in ihm steckt. Das Verrückte dabei ist, dass Lilly sich im Grunde überhaupt nichts aus Zbig macht. Er ist nicht ihr Typ, und wenn Markus sich nicht so bemüht hätte, sie von Zbig fern zu halten, würde sie gewiss nicht auf die Idee kommen, sich ihm zu nähern. Das theatralisch glutvolle Gehabe, mit dem er offenbar seinem Onkel nachzueifern bemüht ist, erscheint ihr lächerlich. Sein Charme wirkt etwas schmierig, sein Selbstbewusstsein zu arrogant, seine Bescheidenheit kriecherisch. Eine billige, ungeschickte Kopie. Überhaupt kommt ihr der ganze Jüngling seltsam unecht vor, irgendwie sogar verschlagen.

Aber sie lässt sich ihre Abneigung nicht anmerken, ganz im Gegenteil. Sie probiert ihre Möglichkeiten aus, erwidert seine Blicke, lächelt vielsagend, übt Augenaufschläge, zeigt sich beeindruckt, wenn er sie anschmachtet, und hindert ihn nicht sehr nachdrücklich an seinen ständigen »zufälligen« Berührungen. Es ist ein Spiel, und Lilly hat kein schlechtes Gewissen dabei.

»Lass das, Lilly«, sagt Jule.

Lilly schaut unschuldig. »Ich weiß nicht, was du meinst.«

»Und ich weiß nicht, wieso Miroslaw uns ausgerechnet diesen kleinen Gauner ins Haus geschickt hat. Und wieso du mit dem rumspielst.«

»Er sieht gut aus.«

»Na und?«

»Er ist verliebt in mich.«

»Verliebt? Der weiß doch nicht mal, was das ist. Ins Bett will er mit dir, das ist alles«, sagt Jule grob.

»Ich aber nicht mit ihm.«

»Dann tu auch nicht so, als ob du das wolltest!« Jule betrachtet Lilly mit zusammengekniffenen Augen. Dann zuckt sie die Schultern und wendet sich ab. »Mir gefällt die Sache überhaupt nicht«, murmelt sie.

Schon nach ein paar Tagen gefällt die Sache Lilly eigentlich auch nicht mehr und sie wird des Spiels überdrüssig. Aber nun hat sie das Problem, den Teufel, den sie gerufen hat, nicht wieder loszuwerden. Zbig scheint überhaupt nicht zu bemerken, dass sie nicht mehr mitmacht.

Onkel Jupp, Miroslaw und Markus sind nach wie vor in Polen. Miroslaw hat zweimal eine Nachricht an Jule geschickt, sie soll um Gottes willen gut auf Zbig aufpassen.

»Möcht bloß mal wissen, was der ausgefressen hat«, sagt Jule und verbietet Zbig, die Wohnung zu verlassen, was allerdings wenig fruchtet.

»Natürlich, Tante Jule«, sagt er, grinst süß und senkt bescheiden den Kopf. Und dann ist er doch andauernd weg und Jule will nicht so weit gehen, ihn im Zimmer einzusperren. Schließlich ist er erwachsen. Außerdem scheint er über geheimnisvolle Türöffner zu verfügen – darin tatsächlich seinem Onkel sehr ähnlich.

Jule seufzt und findet nun auch, dass Miroslaw zu weit gegangen ist, ihnen diesen Hausgenossen aufzubürden.

Eines Abends kommt Lilly spät von einem Besuch bei Miriam die Treppe hoch. Wie üblich brennt im Treppenhaus kein Licht. Plötzlich greifen zwei Arme nach ihr. Vor lauter Schreck bringt Lilly keinen Ton heraus.

»Ich bin's, Panienka, und wir sind ganz allein«, flüstert Zbig. Er stinkt nach Alkohol. Mit seinem ganzen Gewicht drückt er sie gegen die Wand und umarmt und küsst sie. »Du willst es doch auch, Panienka«, zischt er, »weiß ich doch, hast es mir ja gezeigt.«

Umsonst versucht Lilly sich zu wehren und ihn wegzustoßen; der Schreck hat sie ganz hilflos gemacht. Aber es ist nicht nur der Schreck, es ist vor allem die Erinnerung an die grauenvolle Sache in dem Keller der Galitzer Brennerei damals, kurz vor dem Ende des Krieges. Plötzlich fühlt sie wieder diesen unförmigen Körper, fühlt die Hände, die sie umklammerten, und den nassen, sabbernden Mund auf ihrem Gesicht … Vor lauter Entsetzen kann sie nicht einmal schreien. Und wenn in diesem Moment nicht oben bei Neuhausers die Tür aufgegangen und Albertchen, eine Taschenlampe in der Hand, die Treppe runtergepoltert wäre, wer weiß, ob Zbig es bei der Küsserei belassen hätte. Aufgeschreckt durch Albertchens Näherkommen jedoch lässt er Lilly los und fährt zurück.

Albertchen bleibt vor ihnen stehen. Voller Entdeckerfreude richtet er den Strahl seiner Taschenlampe auf sie. »O Mann«, feixt er, »da hab ich euch ja bei was unterbrochen! Der Polacke und unsere brave Lilly. Wer hätte das gedacht!«

Lilly findet ihre Sprache wieder. »Hau ab, Albert«, faucht sie, »was wir hier machen, das geht dich überhaupt nichts an.«

»Kann man so nicht sagen. Dies war nämlich mal ein anständiges Haus, sagt jedenfalls meine Mutter. Und das soll es auch wieder werden.«

Als Lilly den beiden Knaben dann hochmütig den Rücken zukehrt und nach oben gehen will, stellt Albertchen ihr ein Bein, sodass sie der Länge nach hinschlägt. Im gleichen Moment rennt Zbig die Treppe hinunter und zur Haustür hinaus.

»Der hat die Hosen aber gestrichen voll«, sagt Albertchen. »Wahrscheinlich ist die Polizei hinter ihm her. Ich glaub, ich werd morgen mal Anzeige erstatten.«

Lilly richtet sich mühsam auf. Vor lauter Wut kommen ihr die Tränen.

»Heulst du etwa?«, fragt Albertchen. »Na, so schlimm ist es nun auch wieder nicht. Wenn du mich hübsch bittest, dann geh ich eben nicht zur Polizei. Warum lässt du mich nicht einfach da weitermachen, wo der Polacke gerade aufgehört hat?«

»Wag bloß nicht, mich anzufassen! Oder ich schrei das ganze Haus zusammen.«

»Bitte, Lilly! Wenn du momentan vielleicht nicht so richtig willst, dann reicht mir ja auch ein Kuss. Ich mein, für den Anfang. So ein richtiger, langer Kuss. Und dann werde ich auch absolut dichthalten und niemandem erzählen, was ich hier gesehen hab, ich schwör's dir!«

»Von mir aus kannst du so viel quatschen, wie du willst. Dir glaubt ja sowieso keiner«, sagt Lilly und gibt sich in ihrem Zorn selbstsicherer, als sie eigentlich ist. Sie kehrt sich ab und geht nach oben, mit immer noch wackligen Knien, aber mit hoch erhobenem Kopf.

Während der nächsten Tage stolpert Lilly wie benommen durch die Wohnung. Es hilft ihr auch kaum, dass sie sich immer wieder sagt, das, was Zbig gewollt und getan hat, sei doch vergleichsweise harmlos gewesen, eine Küsserei im dunklen Treppenhaus, und letztlich hat sie ihn ja sogar dazu ermutigt.

Sie schämt sich sehr, und ihr Verhalten, das Zbig zu dem Überfall ermutigt hat, ist ihr so peinlich, dass sie noch Tage danach, wenn sie ihm in der Wohnung begegnet, einen roten Kopf kriegt und schnell zur Seite sieht.

Dies wiederum empfindet Zbig als ein weiteres Zeichen für Verliebtheit und er verdoppelt seine Bemühungen. Wo immer sich eine Möglichkeit ergibt, nähert er sich ihr, auf dem Flur vorm Badezimmer, spätabends in der Küche, wenn sie die letzten Flaschen für die Kleinen bereitet, und sobald gerade niemand in der Nähe ist, greift er nach ihr, als ob er bereits ein Anrecht auf sie habe.

»Nicht, Zbig«, sagt sie immer wieder, »lass das, Zbig« und »ich will nicht, Zbig«. Aber er glaubt ihr nicht, er nimmt wohl an, dass sie sich nur ziert, um ihn noch mehr zu reizen.

Natürlich wäre es das Vernünftigste, mit Jule zu sprechen oder mit Oma Elli oder sogar mit Mama, aber Lilly schämt sich zu sehr.

Dann kommen Markus und Onkel Jupp nach Hause. Lilly ist so erleichtert, dass sie Markus fast um den Hals fällt. Das ganze Hin und Her zwischen ihm und ihr scheint ihr so dumm und überflüssig. Sie wird mit ihm reden, heute noch, wird ihm alles erklären. »Gut, dass du wieder da bist, Markus!«, sagt sie strahlend.

Er wirft ihr einen überraschten Blick zu. »War was?«, fragt er.

»Nein, nein, nichts. Jedenfalls nichts Wichtiges. Aber vielleicht hast du doch nachher mal etwas Zeit für mich?« (Noch dämlicher hätte man's ja auch nicht sagen können, denkt sie.)

»Klar, heute Abend«, antwortet er. »Vorher muss ich noch dringend etwas für Jupp erledigen.«

»Ist gut«, sagt Lilly.

»Alles in Ordnung, Lilly?«

»Weiß nicht.« Und dann kommen ihr mal wieder die Tränen und sie dreht sich um.

»Der Kerl hat sich doch hoffentlich gut benommen?«

Lilly zuckt die Schultern und geht ins Schlafzimmer. »Also heute Abend«, sagt sie.

»Wir können spazieren gehen«, ruft er hinter ihr her, »so gegen acht. Ich hol dich dann ab.«

Aber er kommt weder um acht noch um neun. Und als sich gegen halb zehn endlich jemand an der Wohnungstür zu schaffen macht und Lilly erwartungsvoll hinläuft, trifft sie dort nicht auf Markus, sondern auf Zbig, und der sieht aus, als wäre ein Rasenmäher über ihn hinweggegangen. Er stolpert an Lilly vorbei und schließt sich im Bad ein.

Lilly schaut verblüfft hinter ihm her und dann aus der Flurtür. Da steht Albertchen, wedelt mit seiner Taschenlampe und grinst sie an.

»Das war absolute Sonderklasse!«, sagt er zufrieden. »Ich hab mich selten so gut amüsiert.«

»Dafür, dass du Zbig verprügelt hast, siehst du aber ziemlich unbeschädigt aus.«

»Ach was, ich doch nicht. An so was mach ich mir nicht die Finger dreckig.«

»Wer denn?«, fragt Lilly überflüssigerweise.

»Na, wer schon, dein Markus natürlich, ist doch wohl klar. War ja auch nötig, schließlich sind wir ein anständiges Haus. Und Knutschereien im Treppenhaus, so mit offener Bluse und hochgerutschtem Rock, das ist nun mal nicht anständig. Ich wollte von dir ja bloß einen Kuss, aber du und der Polacke, ihr seid gleich aufs Ganze gegangen. Jedenfalls hab ich Markus alles genau geschildert und dann gesagt: ›Entweder du verprügelst ihn oder ich geh zur Polizei.‹ Da hat er ihn eben verprügelt. Und wie!«

»Und ... und was hat Markus dann gemacht?«

»Weggegangen ist er. Wahrscheinlich zu einer von seinen Schnallen. Das hast du nun davon, jetzt bist du alle drei los. Der eine, der Tommy, ist abgehauen und kommt bestimmt so bald nicht wieder, der tapfere Markus wird sich ja wohl nicht mit Gebrauchtgut befassen wollen, und an dem Polacken hast du auch keinen Spaß mehr. Da kannst du dich vielleicht doch noch auf mich besinnen. Ich meine, ich steh ja zur Verfügung, nach wie vor.«

Lilly schlägt die Wohnungstür zu.

Onkel Jupp sitzt in seinem Schlafzimmer über der Blindenschreibmaschine. Ohne anzuklopfen, stürmt Lilly hinein.

»Lilly«, sagt er, ohne sich umzudrehen, »komm rein und mach die Tür hinter dir zu.«

Sie lässt sich neben ihm auf den Fußboden fallen und lehnt ihren Kopf gegen sein Knie, so wie sie es als kleines Kind immer gemacht hat, wenn sie dringend etwas beichten musste. Plötzlich hat sie große Sehnsucht nach ihren Kindertagen, als ihre Beichten noch fast ein Vergnügen waren und die Sünden so klitzeklein, wenn auch Mama sie gerne dramatisch vergrößerte. Immerhin durfte Lilly meist wählen, wem sie sich anvertrauen wollte, dem Onkel oder dem Papa, und natürlich entschied sie sich fast immer für den Onkel. Jetzt streicht er ihr über die Haare. »So schlimm?«, fragt er.

Und als sie nicht antwortet, sondern nur verwirrt ihrem Kindergefühl nachspürt, sagt er: »Fang einfach irgendwo an.«

Auch das hat früher zu dem Beichtritual gehört und es hat immer genützt. Aber das ist lange her und Lilly ist kein Kind mehr. »Kannst du nicht diesmal anfangen?«, bittet sie.

»Natürlich. Frag mich was.«

»Warum hast du uns fast vierzehn Tage lang allein gelassen?«

»Das ist allerdings eine ziemlich umfassende Frage. Wenn ich dir darauf eine genaue Antwort geben sollte, bräuchte ich Stunden.«

»Dann eben nicht so genau.«

»Ich hab mich in Polen einer Gruppe angeschlossen, die sich bemüht, Menschen zur Freiheit zu verhelfen. Ähnlich dem, was Miroslaw und ich im letzten Kriegsjahr gemacht haben, allerdings in größerem Rahmen.«

»Was? Ihr holt jetzt noch Leute aus den KZs?«

»Nein, nein, KZs gibt's ja nicht mehr, obgleich viele Polen das sicher bedauern. Außerdem haben wir das auch damals nicht getan, das wäre unmöglich gewesen. Wir haben nur versucht, denen, die schon draußen waren, weiterzuhelfen. Und das tun wir jetzt auch.«

»Was sind denn das für Leute?«

Onkel Jupp macht eine hilflos resignierende Gebärde. »Man sollte es nicht für möglich halten, aber es sind wieder mal oder immer noch Juden. Und es ist wieder mal und immer noch illegal.«

»Was ist illegal?«

»Die Juden aus Polen rauszuschaffen.«

»Wieso? Ich dachte, die Polen wären froh, die Juden loszuwerden?«

»Sind sie auch. Und sind es doch nicht. Denn Polen ist nicht

Polen und die Regierung ist nicht das Volk. Da könnte man schon eher sagen, die Kirche ist das Volk. Und die würde die Juden natürlich gerne loswerden. Aber möglichst Kosten sparend – eben so wie in den KZs.«

»Aber warum machen sie dann nicht einfach die Grenzen auf?«

»Weil die Regierung dagegen ist. Und die Regierung ist dagegen, weil die Engländer dagegen sind, und die Engländer sind dagegen, weil sie den jüdischen Ansturm auf Palästina fürchten. Und da polnische Goldreserven nach England ausgelagert worden sind und die Polen fürchten, davon nichts wiederzukriegen, dürfen sie England auf gar keinen Fall verärgern. Deshalb also müssen die Juden als Pfand im Land bleiben. Alles sehr logisch.«

»Und deshalb passiert dann so etwas wie in Kielce«, sagt Lilly.

»Was weißt denn du von Kielce?«, fragt Onkel Jupp verwundert.

Lilly richtet sich auf und legt die Arme um ihre hochgezogenen Knie. »Herr Bamberger hat mir einiges erzählt.«

»Herr Bamberger, aha. Ja, der weiß offenbar eine ganze Menge.«

»Der weiß auch einiges über dich. Und über Miroslaw.«

»Hm, ja. Gut, dass du mir das sagst.« Onkel Jupp schweigt eine Weile nachdenklich.

»Er muss operiert werden«, sagt Lilly. »Und er möchte, dass ich mich während der Zeit um Miriam kümmere.«

»Das tust du doch sowieso.«

»Ja, schon. Aber ich soll dann bei ihr wohnen. Und ich hab gedacht ... also, vielleicht könnte ich doch jetzt schon nach unten ziehen, zusammen mit Engelchen natürlich. Hier bei uns in der Wohnung ist es ja doch sehr voll.«

»Ist es das, worüber du mit mir reden wolltest?«

»Ja ... also irgendwie.«

»Ist unsere Wohnung wirklich so viel voller als zuvor? Wegen Oma Elli?«

»Ach was«, platzt Lilly heraus, »Oma Elli doch nicht. Wegen diesem Zbig. Er ist ... er ... er passt nicht zu uns. Und weil er nicht zu uns passt, nimmt er so viel Raum weg ... verstehst du?«

Onkel Jupp dreht sein Gesicht mit den dunklen Brillengläsern Lilly zu, als suchte er in ihrer Miene nach einer Erklärung für ihre Worte. »Deine Mutter hat mir gesagt, du hättest dich mit ihm angefreundet, hättest sogar mit ihm geflirtet.«

»Nein, nein. Also ... ein wenig doch, aber es war natürlich falsch, ein ganz dummer Irrtum.«

»Na Gott sei Dank«, sagt Onkel Jupp, auch seufzend, »ich konnte mir das nämlich auch überhaupt nicht vorstellen. Einen kleinen Irrtum darf man schon mal machen, wenn man ihn möglichst bald korrigiert.«

»Markus hat Zbig verprügelt«, sagt Lilly, »gestern Abend. Er hat ihn ziemlich schlimm zugerichtet.«

»Ach ja? Dann hatte er wohl Grund dafür. Markus verprügelt niemanden grundlos.«

Lilly schweigt, Onkel Jupp wartet. Sie hätte ihm so gern die ganze Geschichte erzählt, von Anfang an, aber sie findet nicht den Absprung. Schließlich sagt sie nur: »Du hast Markus gern, nicht?«

»Ja, sehr. Und du?«

»Ich würde ihn ja auch gerne gern haben, vielleicht sogar noch etwas mehr als gern, aber immer, wenn ich einen Anlauf dazu mache, kommt irgendetwas dazwischen. Früher war das, weil ich zu kindisch war und Isa und ich beschlossen hatten, dass große Brüder einfach fürchterlich sind. Und jetzt geht's wohl nicht, weil wir eben doch noch nicht so richtig erwachsen sind.«

Onkel Jupp lächelt. »Dann kann man ja noch hoffen.«

»Ach, ich weiß nicht. Ich glaub, wir haben's gründlich verpatzt. Und Markus ist ja auch nicht auf mich angewiesen – lauter scharfe Schnallen, wie Albert Neuhauser sagt, mit denen kann ich sowieso nicht konkurrieren.«

»Aber wärest du denn gerne eine?«

»Ganz bestimmt nicht!«, sagt Lilly empört.

»Na, siehst du. Vielleicht ist das bei Markus doch auch nur ein Problem des Noch-nicht-ganz-erwachsen-Seins, ebenso wie bei dir der Ausrutscher mit Zbig.«

»Bei Markus dauert das aber schon reichlich lange, und ich bin, das musst du zugeben, ziemlich schnell zu mir gekommen. Und überhaupt verstehe ich nicht, warum du jemandem wie Zbig erlaubt hast, hier bei uns zu wohnen.«

Wieder lacht Onkel Jupp. »Ich konnte doch nicht ahnen, dass sich meine Lieblingsnichte in ihn verguckt.«

Lilly wird ärgerlich. »Das war keine richtige Antwort. Also sag schon, was war der Grund?«

»Miroslaw hat mich darum gebeten.«

»Zbig hat etwas angestellt in Polen, oder?«

»Ja … ja, so kann man es nennen.«

»Was?«

Onkel Jupp zögert. »So ganz genau weiß ich das nicht, will es auch nicht wissen. Schließlich ist er Miroslaws Neffe. Und Miroslaw ist mein Freund und engster Mitarbeiter.«

»Was denkst du denn, das er getan hat? Bitte, Onkel Jupp, sag es mir. Hat es mit Kielce zu tun?«

»Ja, das hat es wohl. Miroslaws Schwester lebt dort. Sie ist seit langem Witwe und hat zwei Söhne, einen achtjährigen und Zbig. Miroslaw fühlt sich sehr verantwortlich für seine Familie. Kielce ist eine von diesen polnischen Städten, in denen die Nazis besonders verbrecherisch gehaust haben. 1941 hat es dort im Ghetto siebenundzwanzigtausend Juden gegeben, bis August 1942 waren bereits alle bis auf zweitausend nach Treblinka verfrachtet, den verbleibenden Rest hat man dann so nach und nach umgebracht. Im Sommer vierundvierzig gab es immerhin noch fünfundvierzig Kinder, die wurden alle gemeinsam auf den jüdischen Friedhof getrieben und dort erschossen. Und als im Januar 1945 die Russen einmarschierten, lebten im Ghetto von ehemals siebenundzwanzigtausend noch ganze zwei. Das war also Kielce im Krieg. Vermutlich hat's ja auch ein paar aufrechte Polen gegeben, solche, die Juden versteckt haben. Aber die überwiegende Mehrzahl war sehr antisemitisch – und das nicht nur aus Angst vor den Nazis. Sonst wäre es ja auch nicht jetzt, mehr als ein Jahr nach dem Krieg, zu diesem Pogrom gekommen. Josua Bamberger hat dir ja davon erzählt.«

»Aber Zbig kann doch damit nichts zu tun haben«, sagt Lilly, »schließlich ist er Miroslaws Neffe.«

»Aber Miroslaw war den ganzen Krieg über in Deutschland und konnte sich nicht um die Erziehung seiner Neffen kümmern. Jedenfalls nehme ich an, dass Zbig irgendwie daran beteiligt war. Er ist jung und beeinflussbar und dumm. In seinem bisherigen Leben hat er wohl kaum etwas anderes gehört, als dass die Juden menschlicher Abschaum sind und Ungeziefer, eine Gefahr für das katholische Polen. Und jetzt plötzlich sitzen lauter Juden in der Regierung. Und eines Tages gibt's dann irgendein wahnwitziges Gerücht, und alle glauben ihm, weil sie's so gern glauben wollen, Zbig und seine Freunde auch, und die rennen hin und nehmen Rache. Zweiundvierzig Tote. Und dann endlich erscheint das Militär auf dem Plan und greift durch und verhaftet und verhängt Strafen, vermutlich ziemlich wahllos, und die Schuldigen oder auch nicht ganz so Schuldigen versuchen sich Hals über Kopf in Sicherheit zu bringen, was nicht allen gelingt. Zu welcher Sorte Miroslaws Neffe gehört, schuldig oder fast schuldig oder sogar unschuldig, das weiß ich nicht. Aber ich weiß aus eigener Erfahrung, wie leicht man als junger Mensch in so etwas hineingeraten kann.«

»Wenn er schuldig ist, dann soll er bestraft werden«, sagt Lilly störrisch, »und wenn nicht, dann soll er nach Hause gehen.«

»Und wenn er unschuldig ist und dennoch bestraft wird? Die Situation ist so aufgeheizt, da geht es erst mal nicht um Gerechtigkeit, sondern vor allem um Abschreckung und um ein Auftrumpfen der Regierung. Gestern, nur zehn Tage nach dem Pogrom, sind neun der Beteiligten hingerichtet worden. Ich kann mir nicht vorstellen, dass die einen fairen Prozess gekriegt haben. Und, siehst du, Lilly, wenn Miroslaw nicht eingegriffen hätte, dann würde Zbig – schuldig oder unschuldig – vielleicht auch zu den Verurteilten gehören. Das ist der Grund, warum wir ihn so schnell wie möglich aus Polen herausgebracht haben.«

»Und was soll jetzt werden?«

»Ich weiß es nicht. Warten wir ab, irgendetwas wird sich schon ergeben. Und wenn du's tatsächlich nicht mit Zbig in einer Wohnung aushalten kannst, dann musst du eben zu Bambergers ziehen. Ich würde es dir nicht übel nehmen.«

Lilly zieht nicht zu Bambergers, jedenfalls noch nicht. Aber sie fasst Mut und macht Zbig unmissverständlich klar, dass sie nichts mehr mit ihm zu tun haben will. Ohne Angabe von Gründen. Es sei nun mal so, Schluss, aus. »Und falls du mich dennoch nicht in Ruhe lässt, dann wird die nächste Abreibung, die Markus dir erteilt, noch viel härter sein als die erste.«

Markus hat Zbig schlimm zugerichtet, aber es ist wenigstens ein Kampf gewesen, und wahrscheinlich hat Markus auch einiges abgekriegt. Doch über Lillys Zurückweisung ist Zbig tief gekränkt. Aus den schmalen Schlitzen seiner verschwollenen Augen schießt er böse Blicke auf sie. »Hast aber getan wie verliebt!«, sagt er bitter.

»Tut mir Leid, es war ein Irrtum«, sagt Lilly.

»Du bist schlechte Person. Bist Betrug. Ich hasse dich!«

Zunächst denkt Lilly, dass Zbigs Hass ihr nichts ausmacht. Aber bald fühlt sie sich doch mehr und mehr bedrückt und eingeengt, und der hassende Zbig nimmt in der Wohnung schließlich mindestens ebenso viel Platz ein wie der verliebte.

Lilly beginnt ihn zu fürchten. Denn so wie er zuvor immer versucht hat, ihr kleine Gefallen zu tun und sich ihr mit zärtlichen Blicken und »zufälligen« Berührungen zu nähern, legt er es jetzt darauf an, sie zu stören und zu ärgern, und nicht nur sie, sondern auch das Engelchen.

Einmal, in der Küche, stößt er sie »versehentlich« von hinten so stark an, dass sie gegen den Herd fliegt und sich verbrennt. Ein anderes Mal stürzt sie, mit Engelchen auf dem Arm, im dunklen Flur der Länge nach hin, weil ihr plötzlich etwas Glitschiges vor die Füße geraten ist. Andauernd verschwinden irgendwelche Sachen von ihr, die dann an den unmöglichsten Orten oder überhaupt nicht wieder auftauchen. Und Engelchen, die offenbar seine Aggressionen fühlt, versteckt sich hinter Lilly, sobald er auftaucht.

Natürlich kann man ihm nie etwas nachweisen.

Jule hat es aufgegeben, Zbig zu kontrollieren und zu bewachen. »Der tut ja doch, was er will«, sagt sie, »wozu soll ich mich da noch groß anstrengen.«

Seitdem kommt und geht er, wie es ihm passt.

Lillys Mutter, die sich anfangs über den neuen Hausgenossen geärgert hat, ist inzwischen von ihm recht angetan. Er zeigt sich ihr gegenüber von seiner höflichsten, charmantesten Seite, macht Komplimente und bringt ihr fortwährend kleine Geschenke, ein gesticktes Taschentuch, eine seidene Blume oder Schühchen für Baby Josi.

»Ich möcht bloß mal wissen, woher er das hat«, sagt Lilly. »Zu kaufen gibt's so was jedenfalls nicht. Vielleicht hat er's gestohlen. Du solltest das wirklich nicht annehmen!«

Mama ist da anderer Ansicht. »Warum denn gestohlen? Schließlich gibt's doch einen Schwarzmarkt, von dem ja auch wir leben. Karge Zeiten sind schon immer günstig gewesen für pfiffige Geschäftemacher, da fragt man besser nicht nach dem Ursprung. Und warum sollte ich jemanden kränken, der sich so viel reizende Mühe um mich macht.«

Lilly denkt, dass Onkel Jupp sich wohl momentan nicht sehr viel Mühe um Mama macht. Er hat zu viel anderes im Kopf.

»*Du* musst mit Miroslaw reden«, sagt sie zu Jule, »er soll Zbig endlich zurückschicken nach Polen. Der gehört nicht in unsere Familie.«

»Ja, ja«, sagt Jule.

Miroslaw ist zwei- oder dreimal da gewesen, immer des Nachts, sodass Lilly ihn nicht gesehen hat. Sie merkt es nur daran, dass Jule am nächsten Tag so verändert ist, schweigsam, in sich gekehrt, wohl auch verträumt, aber nicht mehr so überschäumend glücklich wie früher nach Miroslaws Besuchen.

»Hast du mit ihm geredet?«, fragt Lilly.

»Ich hab's versucht, es ging nicht.«

»Wieso ging es nicht?«

Jule zuckt die Schultern: »Er ist gehetzt, hat keine Zeit, macht sich große Sorgen.«

»Deshalb hättest du doch mit ihm reden können!«

»Nein, hätt ich nicht. Und nun lass mich in Ruh. Misch dich nicht immer ein in Sachen, die dich nichts angehen.«

Lilly ist gekränkt. So hat Jule noch nie mit ihr gesprochen.

Onkel Jupp ist viel unterwegs, immer mit Markus, der jedoch kaum mehr in der Wohnung auftaucht. Mama tröstet sich mit Nicholas Bennet. Papa zieht sich mehr und mehr in sich selbst zurück. Oma Elli sehnt sich nach Staaken. Lilly ist schlecht in der Schule. Die Kleinen kriegen Windpocken. Und an allem ist nur Zbig schuld!, denkt Lilly. Na ja, nicht er persönlich, aber jedenfalls ist es vor ihm erheblich besser gewesen. Er ist wie ein giftiger Pilz in der Suppe, man stirbt nicht daran, aber man kriegt Bauchweh.

Ende August erzählt Josua Bamberger Lilly, seine Operation sei nun arrangiert. Und zwar nicht hier in Eppendorf, sondern im Berliner Rudolf-Virchow-Krankenhaus, dort sei ein sehr guter Chirurg, der sich bereit erklärt habe, ihn aufzunehmen. Am Montag nächster Woche würde er fahren. »Und weil du doch gesagt hast, dass du während der Zeit bei Miriam wohnen willst …«

»Hab ich das gesagt?«

»Vielleicht nicht so direkt. Aber du hast es gemeint«, sagt Josua. »Und ich weiß, dass man sich auf dich verlassen kann.«

Lilly fühlt sich überfahren, aber sie verspürt keinen Ärger darüber, sondern stellt überrascht fest, dass die Aussicht, die Steinhöfer'sche Wohnung zu verlassen und zu Miriam zu ziehen, sie sehr erleichtert. Die gepriesene Wärme ist doch letztlich sehr eng geworden, sie hat sich ungeschützt gefühlt, zu offen für alle Probleme, die sie mit ihrer Anteilnahme wohl eher verstärkt als lindert. Ist es denn wirklich einzig *ihre* Verantwortung, wenn Papa sich einsam fühlt und Mama mit Nick Bennet lacht und Jule und Miroslaw aus ihren Flitterwochen herauswachsen und die vier Kleinen jammernd an ihren Windpocken herumkratzen? Und ist *sie* es etwa gewesen, die den Giftpilz in die Familiensuppe geworfen hat?

Als sie zu Onkel Jupp, der übers Wochenende nach Hause gekommen ist, sagt, dass sie nun mit Engelchen doch für eine Weile zu Bambergers ziehen wird, nickt er und sagt: »In Ordnung, Lilly.«

Seine wortkarge Reaktion enttäuscht sie, irgendwie hat sie

wohl erwartet, dass er großes Bedauern äußern würde. »Ich tu's ja nicht gern«, sagt sie, »und ich lauf auch nicht vor Zbig davon, aber Josua Bamberger wird nächste Woche operiert und Miriam kann nicht allein bleiben. Ich werde mich natürlich auch von Bambergers aus um alles hier kümmern, um Mama und Papa und Oma Elli und Jule und die Kleinen, versprochen. Du brauchst dir keine Sorgen zu machen.«

Onkel Jupp wendet ihr sein Gesicht zu und wieder einmal denkt sie, dass er zwar durch seine Erblindung die Oberfläche der Dinge nur noch in Umrissen und als Hell und Dunkel erkennen kann, dass er dafür aber die Fähigkeit gewonnen hat, hinter die Oberfläche zu schauen.

»Sorgen hab ich mir während der letzten Zeit vor allem um dich gemacht«, sagt er. »Ich hatte das Gefühl, dass du mit dir selbst nicht zurechtkommst. Ein wichtiger Teil des Erwachsenwerdens ist nämlich, dass man seine Daseinsberechtigung nicht immer nur in der Sorge um andere sieht. Denn das wäre, so kompliziert es auch erscheinen mag, zu einfach.«

»Aber«, sagt Lilly verwirrt, »ich sorg doch gern für andere.«

»Natürlich. Und deshalb nutzen wir dich ja auch alle aus und geben dir so die Gelegenheit, vor dir selbst davonzulaufen.«

Als sie dann in einem großen Pappkarton ihre liebsten Bücher und Schulsachen nach unten trägt, hat sie tatsächlich das Gefühl eines Aus- und Umzugs.

Auf der Treppe kommt ihr Markus entgegen. »Da hast du nun endlich deine sturmfreie Bude«, sagt er bissig.

Lilly umklammert ihren Pappkarton und starrt Markus ins Gesicht – wie sie hofft, ohne jede sichtbare Emotion. »Vielleicht solltest du manchmal die Augen zumachen«, sagt sie.

»Damit ich nicht sehen kann, was du so treibst?«

»Damit du gelegentlich auch mal hinter die Dinge siehst.«

Nach diesen Worten kommt sie sich ziemlich großartig vor. Aber nur für kurze Zeit. Danach hat sie wieder ihren üblichen Markus-Katzenjammer. Was kann sie denn mit ein paar flapsigen Bemerkungen erreichen? Wenn Markus wirklich an ihr gelegen ist, dann hätte er doch Albertchens Gequassel gar nicht geglaubt oder zumindest erst mal mit ihr gesprochen, oder?

Vielmals überlegt sie, ob sie denn nicht ihrerseits mit ihm sprechen soll, ihm erklären, wie es wirklich gewesen ist mit Zbig und auch damals mit dem armen Billy. Doch sie entscheidet sich immer wieder dagegen. Sie will sich nicht verteidigen. Markus hat von Liebe gesprochen, und bedeutet Liebe denn nicht vor allem Vertrauen? An eine Liebe, die sich in jeder gegen sie aufgestellten Falle verfängt und der es nicht gelingt, die dümmsten Misstrauenshürden zu überspringen, kann sie nicht glauben.

8. Kapitel

Während der ersten Tage nach ihrem Umzug rennt Lilly noch fortwährend nach oben, um zu sehen, was die Familie dort macht, um ihre Hilfe anzubieten, Josi und Julius zum Spaziergang abzuholen oder irgendwelche Besorgungen zu erledigen.

»Ich dachte, du sollst dich um Frau Bamberger kümmern?«, sagt Jule.

»Tu ich doch. Aber um euch kümmere ich mich auch.«

»Nett von dir, aber nicht so nötig. Wir schaffen es schon allein. Mama zum Beispiel. Ist gut für sie, hat sie nicht mehr so viel Zeit für dumme Besucher. Und Oma Elli kann anstehen beim Ortsamt und beim Milchmann. Kommt sie auf andere Gedanken. Und Milch ist besser als Wodka.«

»Trinkt sie wieder so viel?«

»Tut sie. Und der Wodka ist viel härter als das Galitzer Gold. Nicht gut für sie.«

»Früher hast du immer gesagt, der Alkohol sei für sie wie ein Freund.«

»Da ging es ihr auch noch gut und sie wusste, wie viel von der Freundschaft sie vertragen konnte.«

»Und jetzt?«

»Jetzt geht's ihr schlecht. Sie hat Heimweh nach Staaken und trauert um das Scheusal. Deshalb sehnt sie sich nach mehr und mehr Freundschaft, bisschen viel.«

»Woher kriegt sie denn den Wodka, etwa von dir?«

»Nicht von mir. Aber sie hat immer welchen. Kriegt ihn wohl von Zbig. Macht sich bei ihr lieb Kind damit.«

»O Gott, Zbig!«

»Kannst wohl sagen, o Gott, Zbig. Ist ein Kreuz für uns, müssen wir tragen, sagt Miroslaw.«

»Müssen wir überhaupt nicht. Wenn Miroslaw nächstes Mal kommt, dann werd ich mit ihm sprechen und auch mit Oma Elli und ... und wenn das nicht nützt, dann sprech ich eben noch mal mit Onkel Jupp.«

»Du wirst mit überhaupt niemandem sprechen, sondern dich um Frau Bamberger kümmern. Und um dein Engelchen und um dich selbst. Und um die Schule. Das ist genug für eine Person.«

Engelchen ist nun schon weit über ein Jahr alt. Die Kleine ist sehr weißhäutig, hat dichte dunkle Haare, große blaue Augen und einen zarten, schmalen Körper, der in seltsamem Gegensatz zu ihrem pausbäckigen Gesichtchen steht. Schon mit zehn Monaten hat sie zu laufen angefangen; jetzt rennt sie den ganzen Tag so wild umher, als wäre sie im Laufen geboren worden. Außer »Mama« und gelegentlich »Papa«, womit sie alle Männer bezeichnet, ist ihr Lieblingswort »mit«. Engelchen will immerfort mitgenommen werden, überallhin, und sie fängt jedes Mal an zu weinen, wenn jemand fortgeht. Bei Lilly ist es natürlich am schlimmsten, aber Engelchen weint auch bei Miriam oder bei Jule oder bei Mama und sogar bei den Papas. Es ist, als hätte sich die Erfahrung des Verlassenseins tief in ihr Unterbewusstsein eingeprägt. Jeden Morgen, wenn Lilly zur Schule geht, gibt es das gleiche herzzerreißende Mit-mit-Geschrei. Lilly findet das schwer erträglich und sie überlegt oft, ob sie nicht doch die Schule aufgeben soll, um sich nur um das Kind, das sie so sehr liebt, kümmern zu können. Doch stößt sie mit dieser Idee bei ihren Eltern und vor allem bei Onkel Jupp auf entschlossenen Widerstand.

Seit Lilly zu Miriam gezogen ist, haben Engelchens Verlassensängste etwas nachgelassen. Die zwei Mütter tun ihr offenbar gut, denn wenn Lilly geht, steht Miriam mit Engelchen in der Tür, hält sie fest an sich gedrückt, und manchmal tanzt und wirbelt sie mit ihr herum, bis Engelchen laut aufjuchzt und Lillys Fortgehen übersieht. Das gefällt Mama Lilly nun auch wieder nicht, doch gibt sie sich redlich Mühe, ihre Eifersucht zu unterdrücken.

Nach den verwirrenden Eingewöhnungstagen beginnt Lilly sich in der neuen Situation zurechtzufinden. Endlich hat sie etwas mehr Zeit für sich selbst, hat ein eigenes Zimmer und einen eigenen Tisch, an dem sie ihre Schularbeiten machen kann. Natürlich geht sie immer noch täglich nach oben, bringt auch Engelchen zum Spielen zu Josi und Julius, doch fühlt sie sich dort mehr und mehr als Besuch, als Beobachter. Sie begreift, dass ihre Lieben auch ganz gut ohne sie zurechtkommen.

Miriam dagegen nimmt Lillys Anwesenheit und Hilfe als ein großes Geschenk, sie wird aufgeschlossener, erzählt von früher, von Kindheitserlebnissen und Freunden und Sommerfrischen. Nie von ihren Eltern, nie von ihrem ersten Mann oder ihrem Kind. Und Lilly fragt sie natürlich auch nicht danach.

»Wenn ich doch mit meinem Josua noch ein Kind haben könnte«, sagt Miriam eines Tages unvermittelt.

Ihre Worte überraschen Lilly, sie hat die Bambergers nie als ein richtiges Paar angesehen, eher als zwei einander zugetane Verwandte.

»Ja, habt ihr denn …«, fragt sie vorsichtig, weil sie immer noch Angst hat, Miriam zu nahe zu treten, »habt ihr's denn versucht?«

»Nein«, antwortet Miriam, »aber wenn Josua wieder gesund ist, dann werden wir's versuchen, das hat er mir versprochen.«

Vor Lilly türmen sich Fragen auf, doch hält sie sich zurück. Das scheint ihr alles zu intim. Miriam ist eben doch noch keine richtige Freundin.

»Und das Kind«, sagt Miriam jetzt mit einem versonnenen Lächeln, »das Kind werde ich dann in Jerusalem großziehen.«

»Ich dachte, ihr wolltet nach Südamerika?«

»Nein, nein, wir alle wollen nach Jerusalem. Aber es wird noch eine Weile dauern. Wir warten ja auch schon sehr, sehr lange darauf. Jede Generation sagt immer wieder ›nächstes Jahr in Jerusalem‹.«

»Die Engländer wollen euch doch nicht reinlassen.«

»Sie dürfen es eben gar nicht merken. Und dafür müssen wir einen großen Umweg machen.«

»Über Südamerika?«

»Warum nicht. Den Umweg über die Hölle haben wir ja schon hinter uns.«

»Und du meinst tatsächlich«, hakt Lilly nach, »wenn ihr über Südamerika kommt, dann könnt ihr die Engländer übertölpeln?«

»Wer nichts wagt, der nichts gewinnt, das sagt mein Josua immer. Sonst hätte er sich wohl auch nicht zu der Operation entschlossen. Und dass ich tapfer sein muss und optimistisch, das sagt er auch immer. Und dass ich da in Erez Israel auch ohne ihn nicht allein sein werde, denn da sind ja all die anderen. Und es wird sein eine große glückliche Familie, sagt er.« Bei diesen Worten bricht Miriam plötzlich in Tränen aus. »Und wenn wir auch irgendwie reinkommen«, schluchzt sie, »dann werden sie uns gewiss doch bald wieder rauswerfen. Da sollte ich doch lieber gleich hier bleiben, bei Angelika und bei dir.«

»Mama mit«, sagt Engelchen und umschlingt tröstend Miriams Beine.

Lilly wohnt schon eine Weile bei Miriam, als es eines Tages an der Tür klingelt. Beide schrecken zusammen, sie bekommen nie Besuch.

»Wir machen nicht auf«, flüstert Miriam.

»Vielleicht ist es die Post.«

»Wir kriegen keine Post.«

»Wirklich, Miriam, wer kann das schon groß sein. Vielleicht ist Benedicta zurück.« Energisch öffnet Lilly die Tür.

Aber es ist weder der Briefträger noch Benedicta, es ist Onkel Jupp.

»Ich wollte mal nach euch sehen«, sagt er.

Lilly schaut an ihm vorbei in den Hausflur. »Wo ist denn Markus? Du kannst hier doch nicht allein durch die Gegend laufen!«

»Hier ist ja keine Gegend, hier ist nur unser Treppenhaus. Und wenn ich das noch nicht einmal allein kann …« Er hält zwei kleine Blumensträuße in den Händen. »Einen für dich und einen für Frau Bamberger.«

Die ungewohnte Situation macht Lilly etwas verlegen. »Ich glaube, ich habe noch nie Blumen geschenkt gekriegt.«

»Dann wird's ja langsam Zeit«, sagt er.

Aus dem hinteren Zimmer kommt Engelchen geflitzt. »Papa, Papa, Papa«, schreit sie und wirft sich gegen ihn.

Er nimmt sie auf den Arm und streicht ihr über das Gesicht.

»Na, mein Töchterchen«, sagt er, »du wirst von Tag zu Tag schöner und deine Haare reichen bald bis zur Schulter.«

»Man kann schon Zöpfe draus flechten«, sagt Lilly stolz.

Onkel Jupp lächelt. »Dann sollte ich doch mal versuchen, irgendwo Blümchen-Zopfspangen für sie aufzutreiben.«

»Ach, bitte ja«, sagt Lilly. »Ich weiß noch genau, wie du mir meine geschenkt hast. Da war ich sechs.«

»Und ich weiß noch genau, wann ich dich zuletzt Blümchen genannt hab. Da warst du sechzehn.«

»Am Tag, als wir Staaken verlassen haben?«

»Am Tag, als du selbst zur Mama geworden bist.«

Miriam horcht auf, sagt aber nichts. Sie komplimentiert Onkel Jupp ins Wohnzimmer und läuft aufgeregt in die Küche, um Tee zu machen.

»Irgendetwas Besonderes?«, fragt Lilly leise.

»Erstens wollte ich dir Geld bringen.« Er drückt ihr eine volle Brieftasche in die Hand. »Wenn's auch nichts wert ist, aber man braucht es ja doch. Und ich weiß nicht, wie viel euch Herr Bamberger hier gelassen hat.«

»Genug für das, was man auf Marken kriegt. Und für das andere brauch ich kein Geld, das gibt Jule mir.«

»Notfalls habt ihr ja auch den Vorratsraum hier in der Wohnung.«

»An den bin ich nur einmal gegangen, als ich für Jule Penicillin eintauschen wollte. Und das war keine gute Idee. Außerdem hat Jule inzwischen ein dickes Schloss vor die Tür legen lassen.«

Onkel Jupp lacht. »Jule traut eben niemandem.«

»Vor allem traut sie ›den Juden‹ nicht – was immer sie sich darunter vorstellt. Ich finde das sehr traurig«, sagt Lilly.

»Ach, es ist wohl nur gedankenlos.«

Einen Augenblick schweigen beide, dann sagt Lilly: »Das war also erstens, was ist zweitens?«

»Zweitens habe ich dir eine Theaterkarte besorgt, auf dem Schwarzmarkt. Eine Karte für die Kammerspiele. Da gibt es ein Stück von einem Amerikaner, es heißt ›Leuchtfeuer‹, soll sehr gut sein.«

»Richtiges Erwachsenentheater?«, fragt Lilly, deren Theatererfahrung sich bislang auf die Weihnachtsmärchen der Vorkriegszeit beschränkt. »Gibt's das denn schon wieder?«

»Doch, doch, schon seit Ende letzten Jahres. Der Spieltrieb lässt sich schwer unterdrücken. Nun kriegst du also zwei Sachen zum ersten Mal, einen Blumenstrauß und eine ›richtige‹ Theaterkarte. Und noch etwas: In der Kunsthalle gibt es eine große Ausstellung, deutsche Romantiker. Ich würde gern mit dir hingehen.«

»Aber du kannst doch nicht … ich meine …«

»Ich kann nicht sehen, meinst du? Das stimmt. Deshalb brauche ich ja dich. Du wirst mir Bild für Bild beschreiben.«

Vor lauter Rührung antwortet Lilly grimmig: »Und überhaupt hab ich für so was gar keine Zeit!«

Onkel Jupp lacht. »Doch, mein Kind, das hast du.«

»Das war also zweitens«, sagt Lilly. »Gibt's auch noch ein Drittens?«

Er nickt. »Und drittens wollte ich Frau Bamberger Grüße von ihrem Mann bringen. Ich habe ihn vorgestern im Krankenhaus besucht.«

In diesem Moment kommt Miriam herein, ein Tablett mit Teetassen in der Hand. »Was …?«, ruft sie. »Sie waren bei Josua?« Ihre Hände zittern so sehr, dass Lilly ihr das Tablett abnimmt. »Ist er tot?«

»Aber nein, dann könnte ich Ihnen ja keine Grüße mehr bringen.«

»Ja … nein … natürlich!«, flüstert Miriam verwirrt und lässt sich auf das Sofa fallen.

»Er ist vorgestern operiert worden. Und alles ist gut gegangen. Ich habe auch mit dem Arzt gesprochen und ihm ein paar … also ein paar Sachen ausgehändigt, die ihn offenbar erfreut haben.«

Miriam schlägt die Hände vors Gesicht und bricht wieder mal in Tränen aus.

Etwas ungeschickt tastet sich Onkel Jupp zu ihr hin und setzt sich neben sie aufs Sofa. »Es ist gut gegangen, Miriam«, wiederholt er, »Ihr Mann wird nach Hause zurückkommen, er wird wieder bei Ihnen sein. Er sagt, Sie sollen optimistisch sein und tapfer, und er sagt, Sie würden bald nach Israel fahren, alles wird gut.«

»Das sagt er ja immer. Dabei weiß ich doch, dass er nur nach Israel will, um dort zu sterben.«

»Mit dem Sterben hat es noch eine Weile Zeit«, sagt Onkel Jupp, »jetzt, wo er die Operation überstanden hat.«

Miriam trocknet sich die Tränen. »Ja, ja«, sagt sie, »natürlich, noch eine lange Weile. Wir müssen ja auch zuerst mal nach Israel kommen. Und das dauert und dauert.« Sie lacht gequält. »Nächstes Jahr in Jerusalem. Oder übernächstes. Vielleicht sollten wir froh sein, wenn es noch möglichst lange dauert, weil Josua ganz gewiss nicht vorher sterben will. Alle seine Kraft wird er aufs Überleben verwenden. Erzählen Sie mir von Josua. Wie sah er aus?«

Lilly steht auf. »Ich geh jetzt mal in die Küche und gieß den Tee auf«, sagt sie. »Was willst du, Onkel Jupp, Kamille oder Brombeerblätter oder Pfefferminz?«

»Großes Angebot«, sagt er. »Also ich entscheide mich für Brombeerblätter, weil ich weiß, dass du sie selbst im Hirschpark gesammelt hast.«

Lilly nimmt sich Zeit. Sie lässt den Tee lange ziehen, stellt währenddessen die kleinen Blumensträuße in zwei Marmeladengläser und findet sogar ein paar trockene Kekse, die sie sorgsam auf einem Teller arrangiert.

Als sie wieder ins Wohnzimmer kommt, sitzen Onkel Jupp und Miriam nach wie vor eng beieinander auf dem Sofa und unterhalten sich wie alte Freunde. Miriams Wangen sind gerötet. Als Lilly den Tee eingießt und die Kekse auf den Tisch stellt, scheint Miriam es nicht einmal zu bemerken. Sie ist ganz und gar auf Onkel Jupp konzentriert. Einmal lacht sie sogar hell auf, als er irgendetwas in holprigem Polnisch zu ihr sagt.

Onkel Jupp bleibt eine Stunde, und als er geht, bietet Miriam an, ihn nach oben zu bringen. Lilly denkt, er würde ablehnen, weil er doch gerade betont hat, dass er sich wenigstens im eigenen Haus zurechtfinden müsse, aber nein, er sagt mit einem charmanten Lächeln »Das wäre wirklich sehr liebenswürdig von Ihnen, vielen Dank« und nimmt ihren Arm.

Von jetzt ab kommt Onkel Jupp öfter und Miriam blüht auf. Plötzlich sieht sie richtig hübsch aus und so jung, wie sie ist, nämlich dreiundzwanzig.

Lilly weiß nicht so recht, was sie davon halten soll, aber getreu Onkel Jupps Rat versucht sie, sich auf sich selbst zu konzentrieren und auf Engelchen, das inzwischen der Teil ihres Lebens geworden ist, den sie sich am allerwenigsten wegdenken kann, enger mit ihr verbunden sogar als Mama und Papa. Dass das Kind auch mehr und mehr ein Teil von Miriams Leben wird, versucht Lilly zu übersehen, ebenso wie manches andere, über das nachzudenken sie sich nun weigert, so wie Mamas erneut aufbrechende wütende Eifersucht, wie Nick Bennets immer häufigere Besuche und wie Oma Ellis Trauer und Trinkerei.

Lilly geht ins Theater, und das Stück »Leuchtfeuer« beglückt sie so sehr, dass sie es sich zwei weitere Male anschaut, wofür sie nun jedoch viele Stunden anstehen muss. Aber das macht ihr nichts aus. Sie steht gerne dort zwischen anderen Menschen, die offenbar auch das Theater lieben. Das Stück handelt von einem Leuchtturmwärter, der sich in seiner Einsamkeit Gefährten zusammenträumt, die für ihn so lebendig werden, dass sie schließlich in Konflikt mit der Realität geraten.

Zum ersten Mal erfährt Lilly hier, dass offenbar andere Menschen ein ähnlich intensives Phantasieleben wie sie selbst haben. Sie denkt zurück an das letzte Jahr in Staaken, als sie sich halbe Nächte lang mit dem Padre Jeremy beschäftigt hat, mit ihm geredet, sich an ihm gewärmt und ihn geliebt hat. Nachdem in ihrem Fall dann die Realität die Phantasie überrollte und in ihre Schranken wies, ist für sie die Erinnerung daran immer etwas schuldbeladen gewesen. Sie hat sich selbst für absonderlich gehalten, eben für jemanden, der sich willkürlich fremdes Leben aneignet und dabei die realen Möglichkeiten vollkommen falsch einschätzt. Nach dem »Leuchtfeuer« nun begreift sie, dass es sich dabei um etwas handelt, das auch anderen Menschen passiert, ein Problem, so allgemein verständlich, dass darüber sogar ein Theaterstück geschrieben worden war.

Lilly konzentriert sich nun endlich mehr auf die Schule, was auch dringend geboten ist, wenn sie kommende Ostern in die Oberprima versetzt werden will. Sie hat keine spezielle Freundin in der Schule – das scheint ihr nach der Freundschaft mit Isa nicht mehr möglich –, aber sie ist allgemein beliebt, nicht zuletzt, weil sie immer ihre Marken für die tägliche Schulspeisung weggibt. Die aus englischen Militärbeständen zusammengekochte Keks- oder Erbsensuppe oder die süßen Nudeln sind für die meisten Schüler die einzige Möglichkeit, sich wenigstens einmal am Tag annähernd satt zu essen. Lilly hat ohnehin ein schlechtes Gewissen, dass es ihr so viel besser geht als fast all ihren Mitschülerinnen, da will sie denen nicht auch noch die Suppe wegessen.

Josua kommt nach sechs Wochen aus dem Krankenhaus zurück. Er ist sehr blass und schmal, aber seine Augen strahlen Zuversicht aus und er erholt sich schnell.

Lilly schaut zu, wie er Miriam zur Begrüßung umarmt. Der übliche Verwandtschaftskuss, aber immerhin sagt Josua: »Du hast zugenommen und siehst so viel jünger aus. Lilly scheint dir gut zu tun.«

Eigentlich hätten Lilly und Engelchen nun wieder nach oben ziehen können, aber beide Bambergers bitten sie so herzlich zu bleiben, dass Lilly – nur allzu gern – einwilligt. Sie will ihr eigenes Zimmer nicht wieder hergeben. Und Josua ist, kaum dass er sich kräftig genug fühlt, ohnehin viel unterwegs. »Er bereitet unsere Reise nach Südamerika vor«, sagt Miriam geheimnisvoll lächelnd. »Aber es wird noch eine Weile dauern.«

Onkel Jupp kommt weiterhin gelegentlich zum Brombeerblättertee. Lilly lässt die beiden dann immer allein, sie denkt, dass Miriam auch mal ein bisschen Glück verdient hat. Und dass dadurch ihrer Mutter etwas abgeht, kann sich Lilly wirklich nicht vorstellen.

Einmal allerdings sieht Lilly durch die offen stehende Wohnzimmertür, wie Onkel Jupp mit beiden Händen aufmerksam Miriams Gesicht betastet. Das findet Lilly nun doch etwas übertrieben und sie beschließt, Onkel Jupp nicht mitzunehmen in die

Romantik-Ausstellung. Soll er doch mit Miriam hingehen, die kann ihm dann ja die Bilder erklären.

Miriams neue Heiterkeit wirkt sich auch auf ihr Verhältnis zu Josua aus. Seine ständige Besorgnis, mit der er ihr zuvor wohl eher auf die Nerven gegangen ist, weicht einem kleinen Wohlgefallen an seiner schönen jungen Frau, was wiederum Miriam sehr gefällt, und manchmal scheint es Lilly tatsächlich, als flirte Miriam mit ihrem eigenen Ehemann.

Auch Lilly selbst findet den Umgang mit einer lachenden Miriam so viel leichter als den mit einer verschlossenen, ständig von Ängsten gejagten. Ganz vorsichtig beginnt sie nun wirklich an die Möglichkeit einer Freundschaft zu glauben.

Immer noch packt Miriam Proviant ein, wenn sie zu einem Spaziergang aufbrechen, aber sie kann inzwischen selbst ein wenig drüber lächeln, und sie nimmt auch nicht mehr so viel mit – ein Stück Brot und ein, zwei Gläser Babynahrung. Manchmal geht sie auch an einem Friedhof vorbei und sagt energisch: »Heute keine Trauer«, und sogar vor den Menschenschlangen scheint sie sich nicht mehr so sehr zu fürchten.

Eines Tages im November machen Miriam und Lilly einen ihrer üblichen kleinen Ausflüge. Es ist schon empfindlich kalt, kein passendes Wetter, um müßig draußen herumzulaufen, aber Lilly hat beschlossen, dass Engelchen und Josi dringend frische Luft brauchen. Jule behält ihren Julius lieber in der warmen Küche. Obgleich die beiden Kleinen schon sehr gut laufen können, werden sie für die Ausfahrten immer noch in den alten Kinderwagen gesetzt. Es soll heute nur ein kurzer Ausflug werden, das Ziel ist der Innocentiapark. Nicht weil es da so schön ist, sondern weil man schließlich ein Ziel haben muss.

Sie gehen schnell. Ihr Atem weht weiß vor ihnen her. Im Park – der diesen Namen kaum noch verdient, weil fast alle Bäume von Holzdieben gefällt worden sind – setzen sie sich für einen Augenblick auf eine Bank. Keine hölzerne Bank natürlich, eine aus Schmiedeeisen. Es ist hier still und einsam, niemand sonst hat offenbar das Bedürfnis nach einem Spaziergang in der Kälte verspürt.

Und plötzlich taucht Zbig vor ihnen auf. Lilly erschrickt und zieht den Kinderwagen dicht zu sich heran.

Er steht da, elegant gekleidet in einen schweren, langen Lammfellmantel mit passender Mütze, betrachtet grinsend die Szene und gibt sich liebenswürdig. »Was gute Zufall«, sagt er, »treff ich hier mein alt Liebchen Lilly.«

»Hau ab, Zbig«, sagt Lilly, »lass uns in Ruh.«

»Nein, nein, hab ich kein bös Willen, ganz gar nicht. Wollt ich doch nur sagen guten Tag. Sind wir doch alle eine Familie.« Er hockt sich neben den Kinderwagen, betrachtet die Kleinen und streichelt Engelchen die Wangen. »So scheene Kind«, sagt er.

Engelchen weicht zurück.

»Hast doch kein Angst vor Onkel Zbig?« Aus seiner tiefen Manteltasche bringt er ein Stück Schokolade zum Vorschein und hält es Engelchen hin, das auch sogleich danach greift.

»Lass das, Engelchen«, sagt Lilly streng, aber die Kleine hat es sich schon in den Mund gestopft und mampft mit schuldbewusster Miene.

»Josi auch, Josi auch Lolade«, schreit Josi.

»Tut mir Leid, Kleine«, sagt Zbig, »ich hab nur eine Stück und der ist für Polenkind, muss ich doch sorgen für klein Mädchen von mein Heimat.«

Lilly springt auf. »Komm, Miriam, wir gehen nach Hause. Mir ist wirklich sehr kalt.« Energisch schiebt sie den Kinderwagen zur Straße hoch.

Doch Zbig lässt sich nicht so leicht abschütteln. Er läuft neben Lilly und Miriam her. »Kind aus Polen muss wieder nach Polen zurück«, sagt er, »wird nie sein deutsch, soll nicht bleiben hier. Wir dich nehmen Kind weg. Geht nicht, dass deutsche Frau klaut Polenkind.«

»Was redest du da für einen Quatsch«, sagt Lilly. Die Winterkälte dringt in sie ein, als wollte sie ihr Herz erfrieren.

»Ist kein Quatsch, weiß ich genau, weiß ich von mein Onkel Miroslaw. Ist Polenkind, hast du gestohlen.«

Lilly bleibt abrupt stehen. »Das glaub ich nicht, dass Miroslaw so etwas sagt, das würde er nie tun. Miroslaw ist ... ist mein Freund!«

»Miroslaw ist auch Patriot«, sagt Zbig. »Muss ich jetzt weg. Würd ich gern küssen Hand von mein alt Liebchen, aber geht nicht, hat ja dicke Handschuh an.« Und weg ist er.

Auf dem Heimweg reden die beiden jungen Frauen nicht miteinander. Lilly geht immer schneller, als wolle sie vor etwas davonlaufen.

Miriam gerät außer Atem und hält Lilly schließlich am Arm fest. »Ist doch gut, Lilly, alles ist gut.«

»Eben nicht«, sagt Lilly wütend.

Zu Hause nimmt Miriam Engelchen in die Wohnung und Lilly bringt Josi nach oben und liefert sie bei ihrer Mutter ab. Dann geht sie zu Jule in die Küche.

Die steht wie üblich am Herd. In der Ecke sitzt Oma Elli und schläft.

»Siehst verfroren aus«, sagt Jule. »Komm, setz dich hin und trink einen Tee. Ich hätte sogar einen Kaffee für dich.«

Lilly bleibt aufrecht stehen und fährt Jule an: »Weißt du, was dein Miroslaw getan hat? Er hat Zbig verraten, woher Engelchen kommt.«

»Bestimmt nicht!«, sagt Jule voller Überzeugung. »So was würde Miroslaw nie tun.«

»Woher weiß Zbig es denn dann?«

»Keine Ahnung. Jedenfalls nicht von Miroslaw.«

»Und warum sagt Zbig, dass er's von Miroslaw weiß und dass Miroslaw ein Patriot ist und dass er will, dass das Polenkind nach Polen zurückkommt?«

Jules Augen weiten sich in angstvollem Begreifen. »Nein, nein, nein, ich kann's nicht glauben.«

»Aber es stimmt. Es war ja sonst niemand dabei, als ich Engelchen gefunden habe. Nur Mama und du und Onkel Jupp und Felix und Baby Josi und Markus und Miroslaw. Und der hat gleich gesagt, dass Engelchen ein Polenkind ist.«

»Also dann Markus ...«, sagt Jule.

»Markus redet nicht mit Zbig, das weißt du doch. Und er hat immer gesagt, dass das Kind nun zu uns gehört und wir es nicht wieder hergeben würden. Damals hat er mir doch sogar den Zettel zurückgeholt, der mich verraten hätte. Markus würde so etwas nie tun.«

»Miroslaw auch nicht.«

»Na klar, du musst ihn ja immer verteidigen!«

»Und du verteidigst Markus.«

Wütend starren Jule und Lilly einander an.

In diesem Moment erwacht Oma Elli. »Was macht ihr beiden denn da?«, fragt sie. »Spielt ihr Pantomime?«

»Misch du dich bloß nicht ein«, sagt Lilly, »du begreifst ja sowieso überhaupt nichts mehr, weil du immer betrunken bist.«

Türen knallend verlässt sie die Küche. Sie rennt den Flur entlang zum Schlafzimmer, um mit Onkel Jupp zu reden, aber der ist nicht da. Vielleicht sitzt er ja ausnahmsweise mal bei Mama im Wohnzimmer.

Aber nein, Mama hockt einsam in Papas Sessel und spielt mit Josi Fingerspiele. »Wo ist Onkel Jupp?«, fragt Lilly.

»Woher soll ich denn das wissen? Er sagt mir's ja nicht. Vielleicht ist er wieder in Polen, vielleicht ist er auch nur mal eben nach unten gegangen, zu deiner Freundin Miriam.«

»Und Papa?«

»Wie du siehst, ist er auch nicht anwesend. Er hat gesagt, dieses Rumsitzen zu Haus bekommt ihm nicht, und ist gegangen, um sich Arbeit zu suchen. Dabei wäre für ihn in der Wohnung wirklich noch genug zu tun.«

Lilly kriegt einen Wutanfall. »Herrgott noch mal«, schimpft sie, »da hast du nun zwei Männer und keiner hält es bei dir aus. Das liegt bloß an deinem ständigen Getue mit Nick Bennet.«

»Was ist denn mit dir los? Führ dich hier bitte nicht so auf. Du kannst die Situation zwischen Jupp und deinem Vater und mir doch gar nicht beurteilen.«

»Aber ich kann beurteilen, dass unser Familienleben am Zusammenbrechen ist.«

»Du warst die Erste, die sich zurückgezogen hat, oder?«

Mühsam versucht Lilly sich zu beherrschen. »Mama, hast du Zbig erzählt, woher wir Engelchen haben?«

»Was? Wie kommst du denn darauf?«

»Hast du mit ihm über sie geredet?«

»Nein. Oder vielleicht doch, gelegentlich. Er hat gesagt, wie hübsch sie ist. Und dass sie überhaupt nicht so aussieht wie eine von uns. Und ich hab gesagt, dass sie aber jetzt eine von uns sei.«

»Du hast gesagt ›jetzt‹ eine von uns? Da muss er doch annehmen, dass sie's zuvor nicht gewesen ist.«

»Ach Unsinn, auf so etwas kommt der gar nicht. Dazu ist er nicht schlau genug.«

»Du hast ja keine Ahnung, wie schlau der ist. Was habt ihr sonst noch geredet? Denk nach, Mama, bitte!«

»Er hat Engelchens Goldkettchen mit dem Mutter-Gottes-Anhänger bewundert. Genau so eines wie Julius', das hat er bemerkt. Und ich hab gesagt, dass Goldkettchen kleinen Mädchen besser stehen als kleinen Jungs und dass Miroslaw es Engelchen geschenkt hat. Das war's. An mehr kann ich mich nicht erinnern.«

»O Mama! Warum nur habt ihr überhaupt über sie gesprochen?«

»Na, hör mal! Engelchen ist doch kein Tabuthema. Was bedrückt dich denn plötzlich so sehr?«

»Was mich bedrückt?« Wieder kommt in Lilly die Wut hoch. »Das ist, dass dieser Zbig offenbar rausgekriegt hat, woher wir Engelchen haben. Und dass er sie uns wegnehmen will.«

»Lilly! Nun mach dich doch nicht verrückt mit irgendwelchen dummen Ängsten. Engelchen hat einwandfreie Papiere, und Zbig kann überhaupt nichts wissen von ihrer Herkunft. Wir wissen das doch selbst nicht genau.«

»Aber er kann sich einiges zusammenreimen. Wahrscheinlich hat jeder von uns zu der Information beigetragen, du mit deinem ›jetzt‹ und Miroslaw mit seinem Kettchen und Jule ... und Markus ... und ... ach, was weiß ich.«

»Und du«, sagt Mama, »indem du mit Engelchen so ganz anders umgehst als mit ihrer angeblichen Zwillingsschwester Josi.«

»Aber ich lieb sie doch so sehr!«

»Ja, ja, so viel mehr als deine anderen Geschwister. Das fällt auf und stimmt nachdenklich.«

»Jetzt gibst du auch noch mir die Schuld«, schreit Lilly und rennt davon.

Unten steht Miriam mit Engelchen in der Tür und wartet auf sie. Lilly reißt ihr das Kind aus den Armen und stürmt in ihr Zimmer.

Aber Miriam lässt sich nicht abwimmeln, sie kommt hinterher. »Nun beruhige dich doch, Lilly. Wie kannst du dich nur so aufregen über diesen kleinen miesen Gauner. Der will dich doch bloß ärgern, weil du ihn abgewiesen hast. Wenn er wirklich was rausgekriegt hat, dann kann er damit überhaupt nichts anfangen.«

»Es gibt aber nichts rauszukriegen«, sagt Lilly wütend, »alles ist in Ordnung.«

»Eben, alles ist in Ordnung. Nun komm ins Wohnzimmer, ich hab uns einen Tee aufgegossen und Feuer im Ofen gemacht.«

Mit dem heißen Kräutertee im Magen kommt Lilly langsam wieder zu sich. Sie rollt sich in der Sofaecke zusammen und macht so aus ihrem Körper ein wärmendes Nest, in das Engelchen sich einkuschelt. »Das Schlimme ist«, sagt sie schließlich, »dass Zbig mich so zornig macht. Ich hab Mama angeschrien und Jule gekränkt und war patzig zu Oma Elli. Irgendwie wirkt er zerstörerisch auf unsere Familie.«

»Warst du wirklich mal sein Liebchen?«

»Ach was. Ich hab ihn allerdings zeitweilig ermutigt, das gebe ich zu. Ein dämlicher Irrtum. Und dann hat er mich irgendwann mal im Dunkeln erwischt und abgeküsst. Aber das war schon fast wie eine Vergewaltigung. Danach hab ich ihm klar gemacht, dass ich nichts mit ihm zu tun haben will, jetzt nicht und überhaupt nie mehr.«

»Gekränkte Mannesehre«, sagt Miriam. »Ein echter stolzer Pole.« Und dann fügt sie in ruhigem Konversationston hinzu: »Sag mal, war das mit Angelika auch eine Vergewaltigung oder war es vielleicht sogar Liebe?«

»Wie meinst du das?«

»Dass Angelika nicht Josis Zwilling ist, das hab ich mir von Anfang an gedacht, aber sicher war ich mir erst, als deine Großmutter es gesagt hat, weißt du noch, an dem Tag ihrer Rückkehr. Und sie muss es ja wissen, sie war bei der Geburt dabei.«

»Ach Gott, ja«, murmelt Lilly resigniert, »das hatt ich ganz vergessen. Irgendwie kommt doch immer alles raus, wenn es so viele Leute wissen. Mit Absicht oder auch ohne.«

Miriam streichelt Lillys Arm, wobei sie auch gleich das Engelchen mit einbezieht. »Bei mir ist das Geheimnis ja gut aufgehoben. Und … wenn du willst, kann ich dir im Gegenzug auch ein Geheimnis verraten, eines, das außer mir selbst noch niemand weiß.«

Lilly schaut Miriam fragend an.

»Es ist nämlich so«, sagt Miriam mit einer Miene, als machte sie Lilly das größte aller möglichen Geschenke, »es ist nämlich so, dass ich wahrscheinlich schwanger bin. Meine letzte Regelblutung war schon vor mehr als acht Wochen.«

In Lilly löst sich plötzlich etwas, das wohl mit dem Glück, das aus Miriam herausströmt, zu tun haben muss. Jetzt endlich, denkt sie, kann Miriam meine Freundin werden. Jetzt wird es viel einfacher werden für uns beide, vielleicht ein wenig so wie damals mit Isa. Wenn man sich gegenseitig trägt, dann kann man fast alles schaffen.

»Wie wunderbar«, sagt sie begeistert, »gleich morgen musst du zum Arzt gehen. Ich bring dich hin.«

»Wozu denn das? Entweder ich krieg ein Baby oder ich krieg keins. Dafür muss ich doch nicht zum Arzt gehen. Aber ich krieg eins, bestimmt. Meine Brust ist schon schwerer geworden. Josua weiß es noch nicht. Natürlich wird er sich freuen, aber es wird auch seine Pläne umwerfen. Weil ich doch auf gar keinen Fall reisen kann, solange ich schwanger bin. Das wird ihm nicht gefallen.«

»Ist doch klar, dass er sich nach dir richten muss«, sagt Lilly.

Engelchen, die sich in Lillys wärmender Umarmung zu langweilen beginnt, streckt die Arme nach Miriam aus. »Mama …!«, sagt sie.

Miriam lacht und zieht sie auf ihren Schoß. »Na, komm schon her, du Doppeltyrann.«

Fröhlich patscht Engelchen Miriam ins Gesicht. Lilly schaut zu und bemerkt verblüfft, dass es ihr überhaupt nichts ausmacht. Keine Eifersucht mehr. Für Miriam wird jetzt ihr eigenes Baby das Engelchen ersetzen. Da haben meine Gefühle ja schnell reagiert, denkt Lilly mit einiger Selbstironie.

»Und nun erzähl mir, wer der Vater von Engelchen ist. War's tatsächlich ein Pole?«

»Vermutlich«, sagt Lilly.

»Und hast du ihn geliebt?«

»Ich? Wie kommst du denn dadrauf? Ich kannte ihn doch gar nicht.«

»Also doch eine Vergewaltigung.«

Lilly begreift endlich, worauf Miriam hinauswill. Sie lacht etwas gezwungen. »Nein, nein, keine Vergewaltigung. Und auch keine Liebe. Leider, ich hab Engelchen nicht zur Welt gebracht.«

»Wieso ... aber ... woher hast du sie dann?«

Lilly schweigt. Allzu viele Menschen wissen schon von Engelchens unklarer Herkunft.

Miriam gibt ihr Zeit, schließlich sagt sie jedoch etwas traurig: »Und ich hab gedacht: Ein Geheimnis gegen das andere.«

Lilly nickt. »Aber deines ist ein glückliches, leichtes Geheimnis und bald werden es sowieso alle wissen. Meins ist belastend und es macht mir Angst. Je weniger Menschen es wissen, umso besser.«

»Ist gut, Lilly. Brauchst es mir nicht zu erzählen, wenn es für dich zu schwierig ist.«

Wäre Miriam noch weiter in sie gedrungen, hätte Lilly wahrscheinlich geschwiegen. So jedoch, mit Miriams Verständnis und Nachgiebigkeit und auch, weil Lilly denkt, dass doch zu einer Freundschaft vor allem Aufrichtigkeit und Vertrauen gehören, gibt sie sich einen Stoß und sagt energisch: »Ich will es aber erzählen, und so schwierig ist es auch gar nicht. Die Angelegenheit ist ziemlich simpel, also hör zu.«

Das erzählbare Geschehen von der Auffindung des kleinen,

bleichen, dem Tode preisgegebenen Babys ist ja wirklich nicht sehr kompliziert, und Lilly braucht nur wenige Sätze, um die Fakten auf den Tisch zu legen.

Danach herrscht erst einmal Stille. Bis Engelchen sich in Miriams Armen umdreht und die Ärmchen in Lillys Richtung streckt. »Mama mit!«, ruft sie und wirft sich von Miriam zu Lilly.

Da holt Miriam tief Luft und sagt: »Und dieser miese kleine polnische Gauner bildet sich tatsächlich ein, er könnte uns das Kind wieder wegnehmen? Dabei wäre es ohne dich doch überhaupt nicht mehr am Leben!« Sie springt auf. »Ich muss mit Josua sprechen, der hat Beziehungen zu Behörden. Er wird dafür sorgen, dass Zbig hinter Gitter kommt. Der hat doch bestimmt weiß Gott was auf dem Kerbholz!«

»Gar nichts wirst du tun. Zbig ist Miroslaws Neffe und Miroslaw ist Onkel Jupps bester Freund und Jules Mann und Julius' Vater. Und du wirst auch nicht mit Josua darüber reden und überhaupt mit niemandem. Versprich es mir.«

»Wenn du drauf bestehst«, sagt Miriam, »also gut, ich versprech es dir. Aber es wär schon eine große Erleichterung, den Kerl endlich loszuwerden.«

»O ja«, sagt Lilly, »das wär's.«

Lilly geht zwei Tage lang nicht nach oben. Sie schämt sich, dass sie Jule und Oma Elli und ihre Mutter so angefahren hat. Als sie am dritten Tag nach der Schule, die heute früher zu Ende ist, in die Steinhöfer'sche Wohnung kommt, erwartet sie dort ein ungewohntes Bild. Oma Elli, sauber gekleidet und ordentlich gekämmt, steht am Herd und rührt in irgendwelchen Töpfen, während Jule auf Oma Ellis üblichem Stuhl sitzt und schläft. Am Boden neben ihr steht eine halb leere Wodkaflasche.

»Was ist denn hier passiert?«, fragt Lilly erschreckt.

»Ich musste mal mit Jule den Platz wechseln«, sagt Oma Elli. »Sie hat nicht mehr funktioniert. Und einer muss hier schließlich die Suppe kochen, zumal deine Mutter dazu anscheinend unfähig ist.«

»Und wieso sitzt Jule da und schläft?«

»Weil ich sie gezwungen habe, Wodka zu trinken. Das arme Ding kann leider überhaupt nichts vertragen.«

»Und warum hast du sie gezwungen, Wodka zu trinken?«, fragt Lilly ungeduldig.

»Ja, ja, das ist so eine Geschichte!«, sagt Oma Elli. »Rühr mal einen Augenblick für mich die Steckrüben um, Kind, damit sie nicht anbrennen.«

Lilly nimmt den Rührlöffel und Oma Elli gießt in eine Kaffeetasse einen großen Wodka, den sie ohne Absetzen hinunterkippt. »Mein erster heute«, sagt sie. »Ich sollte mich doch besser etwas zurückhalten mit dem Zeug. Tröstet zwar, aber macht auch dumm im Kopf. Ganz anders als unser Galitzer Gold.«

Lilly muss sich sehr zusammennehmen, um nicht loszuschreien. »Und wieso hast du es für nötig gehalten, Jule dumm im Kopf zu machen?«

»Erst mal hab ich sie getröstet. Das andere war unvermeidbar.«

»Also sag schon, Oma Elli, was war los?«

»Weiß ich nicht so genau. Anscheinend war ihr Lümmel da letzte Nacht. Und es hat zwischen ihnen irgendetwas gegeben, jedenfalls hat er beim Weggehen solchen Lärm gemacht, dass sogar ich davon aufgewacht bin. Und ich schlaf wirklich fest, wenn ich genügend getrunken habe.«

»Ja, ja, Oma Elli, weiß ich doch. Du schläfst sehr fest.«

»Wodka ist ein hervorragendes Schlafmittel für traurige Seelen. Besonders der polnische. Hat fast fünfzig Prozent Alkohol.«

»Bitte, Oma Elli! Was ist mit Jule?«

»Ach so, ja, unsere Jule. Hat Krach gehabt mit ihrem Lümmel. Muss ziemlich schlimm gewesen sein. Und als ich heute Morgen in die Küche komme, da sitzt sie hier und heult wie ein Schlosshund. Und ihr Bübchen, das sie auf dem Schoß hat, das heult mit. Kein schöner Anblick, sag ich dir, direkt schockierend. Auch ungewohnt. Früher soll sie ja angeblich viel geheult haben, hatte wohl auch Grund dafür, aber seitdem sie zu unserer Familie gehört, hab ich sie nie mehr heulen sehen. Ich nehm ihr also erst mal den Kleinen weg, man sagt ja, dass Muttertränen Löcher in die Haut eines Kindes brennen. Also den Kleinen bring ich dann zu deiner Mutter, die sitzt wie üblich im Wohnzimmer und spielt mit Josi und Felixchen. ›Hier, Tochter‹, sage ich, ›hast du noch einen. Kümmer dich doch mal 'ne Weile.‹

Als ich in die Küche zurückkomme, heult Jule immer noch. Und schlimmer als zuvor, kann gar nicht wieder aufhören. Ist ganz und gar außer sich. Ich schüttel sie – nützt nichts. Ich geb ihr eine Ohrfeige – nützt auch nichts. Da fällt mir der Wodka ein. Ich halt ihr also die Nase zu, nehm die Flasche und gieß das Zeug in sie rein. Sie prustet und spuckt. Leider ist dabei einiges nebenhergegangen, aber sie hat schließlich doch geschluckt.

Und dann hört sie plötzlich auf zu heulen und wird ganz still und starrt mich an. ›Er ist weg‹, flüstert sie. Ich sag: ›Macht doch nichts, Kind. So einer wie der kommt immer wieder. Wenn nicht zu dir, dann zu seinem Sohn.‹ Da zuckt sie zusammen und springt auf, aber sie torkelt schon und fällt auf den Stuhl zurück. ›Wo ist mein Julius? Hat er ihn mitgenommen?‹, fragt sie. ›Dein Bübchen ist im Wohnzimmer bei meiner Tochter. Sie hütet ihn‹, sag ich. ›Das ist gut‹, sagt Jule, lehnt den Kopf gegen die Stuhllehne und schläft ein.

So war das also, mehr weiß ich auch nicht. Und nun gib mir mal wieder den Rührlöffel zurück. Wenn man dir so zusieht – du wirst nie eine gute Köchin!«

»Seit wann schläft sie?«, fragt Lilly.

»Seit drei, vier Stunden. Kann eben nichts vertragen, sollte man nicht denken bei einer aus Mecklenburg.«

»War die Flasche voll heute Morgen?«

Oma Elli nickt. »Ich hab sie extra für Jule aufgemacht.«

»Wie konntest du ihr bloß eine halbe Flasche Wodka reingießen?«

»Es ist ja ziemlich viel daneben gegangen«, sagt Oma Elli tröstend.

Lilly versucht Jule zu wecken, aber die lässt nur ihren Kopf zur anderen Seite fallen und schläft weiter.

»Wir müssen sie wenigstens ins Bett bringen«, sagt Lilly.

»Wie denn?«

»Du und ich zusammen. So schwer kann Jule ja nicht sein. Wir werden's schon schaffen.«

Sie schaffen es, aber sie brauchen dafür mehr als eine Viertelstunde. Inzwischen brennt die Steckrübensuppe an, aber Jule liegt wenigstens ausgestreckt auf dem zerwühlten Bett in ihrer Kammer.

Lilly zieht ihr das Kleid aus und deckt sie zu. Dann geht sie noch einmal in die Küche, nimmt die Wodkaflasche und entleert sie ins Waschbecken.

»Das war eben der halbe Wochenlohn eines Hafenarbeiters«, beschwert sich Oma Elli.

»Wie viele Wochenlöhne hast du denn noch irgendwo versteckt?«

»Na, so drei oder vier.«

»Alle von Zbig?«

»Jule wollt mir ja keinen besorgen, also hat sich der Junge erboten. Galitzer Gold wär mir natürlich lieber.«

»Könntest du nicht vielleicht doch damit etwas aufhören, Oma Elli?«

»Warum?«

»Uns zuliebe. Weil wir dich brauchen.«

»Davon hab ich bisher nichts gemerkt. Wofür braucht ihr mich denn?«

»Zum Zuhören und Ratgeben und, und überhaupt. Mit einem ständig vor sich hin dämmernden Trauerkloß ist doch niemandem gedient.«

»Und du meinst, ich sollte euch dienen – irgendwie?«

»Ja … nein, also das war das falsche Wort, entschuldige. Aber wir haben dich alle so sehr vermisst, und jetzt bist du endlich wieder bei uns, aber du bist gar nicht wirklich da.«

»Hm. Wenn du das sagst.«

»Sag ich. Und du redest ja auch kaum mit uns.«

»Und ihr redet nicht mit mir. Seid ja alle so beschäftigt. Der eine Schwiegersohn immerfort auf Achse, weiß Gott wo, der andere auch nie zu Hause …«

»Papa ist auf Arbeitssuche«, unterbricht Lilly.

»Was auch immer, jedenfalls nicht zu Haus. Und meine Tochter verbarrikadiert sich im Wohnzimmer und trauert ihrer Jugend nach.«

»Mama ist noch jung!«

»Ist sie nicht. Und meine Enkelin hat sich bereits selbständig gemacht, mit Kind und eigener Wohnung. Der Einzige, der viel und gerne mit mir redet, das ist dieser Zbig.«

»Magst du den etwa?«

»Ich weiß nicht. Aber er bringt mir Wodka und er redet mit mir.«

»Und über was redet ihr?«

»So über dies und das. Vor allem über unsere Familie. Die scheint ihn sehr zu interessieren. Da fragt er mir direkt Löcher in den Bauch. Ist eben ein Familienmensch, genau wie Miroslaw. Und ich red ja gern über meine Lieben.«

»Fragt er dich auch nach mir?«

»Nach dir am meisten. Scheint sich in dich verguckt zu haben, will alles wissen.«

»Und du erzählst ihm alles.«

»Was man so erzählen kann.«

»Und wenn du dann genügend Wodka getrunken hast«, sagt Lilly, »dann weißt du nicht mehr, was man erzählen kann und was nicht.«

»Ach, Unsinn«, sagt Oma Elli, aber es klingt nicht sehr überzeugend.

»Hast du ihm zum Beispiel erzählt, dass mein Engelchen ganz gewiss nicht Josis Zwilling ist und dass du es ja wissen musst, weil du bei der Geburt dabei warst?«

»Das kann ich mir überhaupt nicht vorstellen, dass ich so etwas gesagt habe. Obgleich es natürlich stimmt.«

»Ach ... Oma Elli!«

Lilly holt sich aus der Hausapotheke zwei Aspirintabletten und geht damit in Jules Kammer, um auf ihre Rückkehr aus dem Schlummerland ins Kummerland zu warten. Und während sie dort sitzt, überlegt sie, dass die Sache mit dem Verrat von Engelchens Herkunft immer komplexer wird. Jeder in der Familie hat ein wenig dazu beigetragen, und wenn Lilly noch weitere Befragungen anstellte, dann wäre wahrscheinlich sogar Papa und Onkel Jupp eine Unachtsamkeit nachzuweisen. Aber wozu. Engelchen ist Josis Zwilling, so steht es in den Papieren. Und bei einem Verhör würde gewiss niemand der Beteiligten das Gegenteil behaupten. Sowieso geht es Zbig wohl vor allem darum, sich an Lilly zu rächen, sie zu ängstigen und allgemeine Unruhe und Misstrauen zu säen.

Während der nächsten Tage ist Jule sehr schweigsam. Sie tut zwar ihre Arbeit, doch geschieht alles viel langsamer, so als wäre sie über Nacht um mindestens zwanzig Jahre gealtert. Sie sieht jetzt wieder so aus wie damals in Staaken, als Lilly und Isa ihr zum ersten Mal begegnet waren und sie allgemein die Trauer-Jule genannt wurde.

Ständig hat sie jetzt das Bedürfnis, ihren Julius ganz nahe bei sich zu haben, und sie geht sogar dazu über, sich das Kind mit einem großen Tuch auf den Rücken zu binden. Julius ist ein friedliches Kind, aber die Bewegungslosigkeit, zu der ihn die übergroße Nähe mit seiner Mutter verdammt, gefällt ihm überhaupt nicht und macht ihn quengelig.

»Er ist doch schon viel zu schwer für dich und auch zu groß, um fortwährend herumgetragen zu werden«, sagt Lilly zu Jule. »Er wird dir schon nicht weglaufen.«

»Weglaufen nicht, aber gestohlen kann er werden«, antwortet Jule düster. »Von diesem Zbig. Oder auch von Miroslaw. Und dann bringen sie ihn nach Polen und ich werde ihn nie wieder finden.«

»So etwas würde Miroslaw doch nie tun!«

»Und wieso nicht? Du hast mir doch selbst erzählt, was sein Neffe Zbig gesagt hat. Nämlich dass Miroslaw ein Patriot ist und dass er alle Polenkinder nach Polen zurückholen will.«

»Wirklich, Jule«, sagt Lilly erschreckt. »Dies dumme Gerede von Zbig muss man doch nicht so ernst nehmen.«

»Und wieso nicht? Du hast es ja auch ernst genommen.«

Nach und nach erfährt Lilly, was in jener Nacht zwischen Jule und Miroslaw geschehen ist. Jule hat ihm Verrat vorgeworfen und geplanten Kinderdiebstahl. Und überhaupt hätte er mehr Liebe zu seiner polnischen Familie und zu seinem Land als zu ihr. Natürlich stritt Miroslaw das alles ab, mit dem einzigen Erfolg, dass Jule immer wütender wurde und ihn schließlich aus ihrem Bett und ihrer Kammer und überhaupt aus ihrem Leben warf. Schluss, aus, für immer! Endgültig! Daraufhin kriegte er seinerseits einen Wutanfall und sagte, dass er mit einer Person, die ihm so etwas zutrauen würde, sowieso nicht mehr zusammen sein könnte. Von Anfang an sei sie voller Misstrauen gegen ihn gewesen, sie hätte ihn nur dazu benutzt, ein Kind zu kriegen, aber die Ehe hätte sie ihm verweigert. Und genau wie sie zuvor schrie er dann »Schluss, aus, für immer, endgültig« und ging. Und sie hat noch hinter ihm hergerufen, dass er sich ja nicht einbilden solle, das Kind Julius je wieder zu sehen. Das sei nämlich ganz allein ihres und absolut kein Polenkind. Und nun, sagt Jule, nun sei ihr Leben leider kaputt.

Lilly versucht Jule davon zu überzeugen, dass jeder von ihnen vermutlich ein wenig zu der Information über Engelchen beigetragen hat und dass Zbig bösartig und rachsüchtig und verschlagen sei, jemand, dem es gefiel, alle gegeneinander aufzubringen.

Aber Jule glaubt ihr nicht. »Wenn Miroslaw ein reines Gewissen hat«, sagt sie, »warum ist er dann weggelaufen?«

»Weil du ihn gekränkt hast. Und weil sein Gewissen vielleicht doch nicht so ganz, ganz rein ist. Es ist doch möglich, dass er mal versehentlich eine kleine Bemerkung fallen gelassen hat, du weißt ja, wie begeistert er von unserem Engelchen ist. Er könnte zum Beispiel gesagt haben, dass sie so hübsch ist, wie nur ein echtes Polenmädchen sein kann. Und natürlich hat er sich nichts Böses dabei gedacht, schließlich ist Zbig sein Neffe. Und Miroslaw hat Familiensinn, wie du ja weißt.«

»Ich auch«, sagt Jule trotzig. »Und meine Familie, das bist du und Mama und Onkel Jupp und die Kleinen und Oma Elli und inzwischen sogar dein Papa. Meine Familie ist nicht Zbig.«

Lilly beschließt, so bald wie möglich mit Miroslaw zu reden und auch mit Zbig. Ja, vor allem mit Zbig. Kein Mensch ist durch und durch schlecht, denkt sie, ich muss versuchen, an seine besseren Seiten heranzukommen.

Doch weder Miroslaw noch Zbig zeigen sich. Bei Miroslaw

kann man das ja verstehen, nach dem bitteren Streit mit Jule. Dass auch Zbig nicht nach Haus kommt, ist ungewöhnlich. Zwar treibt er sich tagsüber meist irgendwo herum, doch seine Nächte pflegt er nach wie vor in Markus' altem Zimmer zu verbringen, jedenfalls bis vor einigen Tagen.

Und dann liegt im Türbriefkasten ein an Jule adressiertes Kuvert. Sie steckt es ungeöffnet in die Schürzentasche. Als Lilly kommt, um Josi zum Spielen mit Engelchen abzuholen, nimmt Jule sie beiseite. »Ich hab einen Brief«, flüstert sie.

»Ja?«

»Kenn ich doch die Schrift. Ist von Miroslaw.«

»Na, Gott sei Dank. Was schreibt er denn?«

»Weiß nicht.«

»Wieso weißt du das nicht? Kannst du plötzlich nicht mehr lesen?«

Jule hält Lilly den Brief hin. »Kann ich nicht mehr lesen«, bestätigt sie, »kann ich nicht mal aufmachen. Kann ich überhaupt nichts mehr. Bin zu aufgeregt. Mach du für mich.«

Lilly zögert. »Das ist doch sicher ein Liebesbrief, nur für dich bestimmt«, sagt sie.

»Glaub ich nicht. Ist wahrscheinlich ein böser Brief. Wenn du ihn nicht für mich lesen willst, werf ich ihn ins Feuer.«

Lilly dreht den Brief hin und her, als könnte sie auch ohne ihn zu öffnen seine Botschaft ergründen.

»Hör mal, Jule«, sagt sie schließlich, »ich wollte dich schon lange etwas fragen. Und von deiner ehrlichen Antwort hängt es ab, ob wir den Brief lesen oder gleich ins Feuer werfen.«

»Dann frag doch.«

Lilly räuspert sich. »Also, was ich dich fragen wollte: Liebst du Miroslaw immer noch?«

Die Antwort kommt prompt: »Mit der Liebe kann man doch nicht plötzlich aufhören. Nicht mal, wenn der andere etwas Böses getan hat.«

»Also dann«, sagt Lilly, greift sich ein Messer und schlitzt den Brief auf.

Jule hält sich mit beiden Händen die Augen zu und Lilly liest vor: *»Jule und Panienka müssen nicht mehr haben Angst vor Zbigniew. Ist weg. Kommt nicht wieder. Wird nicht mehr machen Störung.*

Miroslaw Pankowski.«

»Kein Liebesbrief«, flüstert Jule und fängt an zu weinen.

»Aber auch nicht wirklich böse«, tröstet Lilly. »Und, wenn man es richtig überlegt, ist es wahrscheinlich doch so eine Art Liebesbrief. Er hat sich gegen Zbig entschieden und für dich. Und das, obgleich du ihn nicht heiraten willst!«

»Vielleicht ...«, schluchzt Jule, »vielleicht hätte ich ihn eben doch heiraten sollen. Gleich zu Anfang. Jetzt ist es zu spät.«

»Wieso denn das?«, fragt Lilly.

9. Kapitel

Jule, Lilly und Oma Elli räumen Zbigs Zimmer aus – »am besten auch noch ausräuchern!«, sagt Jule – und dabei stoßen sie auf einen großen Vorrat an Zigaretten, Wodka und Kaffee. Oma Elli, die seit Jules Wodka-Orgie erstaunlich nüchtern geblieben ist, kriegt einen ganz verträumten Gesichtsausdruck und sagt seufzend: »Betäubung meiner geplagten Seele für mindestens ein Jahr!«

»Seitdem du nicht mehr so viel trinkst, ist deine Seele doch schon erheblich weniger geplagt«, wendet Lilly ein, »und außerdem magst du doch überhaupt keinen Wodka – behauptest du jedenfalls.«

Oma Elli nickt. »Ja, wenn es Galitzer Gold wäre, und das im Inspektorhaus zusammen mit Freusaal, dann könnte ich nicht widerstehen. Aber so ... außerdem hab ich ja noch ein paar Flaschen versteckt, für den Notfall.«

Später sagt Lilly, der Oma Ellis Freundschaft mit dem Inspektor schon immer etwas peinlich war, zu Jule: »Oma Elli und das Scheusal. Kannst du so was verstehen?«

Jule zuckt nur die Schultern und sagt: »Liebe kann man doch sowieso nicht verstehen.«

Das Interessanteste an Zbigs Hinterlassenschaft sind jedoch nicht diese üblichen Tauschgüter, die in ähnlich großen Mengen auch in dem kleinen Hinterzimmer bei Bambergers eingelagert sind, sondern zwei Pappkartons, sorgsam unterm Kleiderschrank versteckt. Bei näherer Inspektion stellt sich der Inhalt als Morphium heraus, säuberlich abgepackt zu jeweils sechs Ampullen in kleinen Kästen.

»Der Kerl war wohl tatsächlich so eine Art Teufel«, sagt Oma Elli. »Jedenfalls absolut gewissenlos.«

Und Lilly ist so schockiert, dass sie die Ampullen nicht einmal anfassen kann.

Jule ergreift die Initiative und trägt die Kartons zu Onkel Jupp ins Schlafzimmer. »Hier bring ich dir etwas, Herr Major, das haben wir in Zbigs Schrank gefunden.«

»Hör endlich auf, mich so zu nennen. Und was also habt ihr gefunden?«

»Das ist dieses Betäubungszeug, du weißt schon, das sich der dicke Hermann Göring immer gespritzt hat.«

»Etwa Morphium?«

»So heißt das, glaube ich.«

»Weiß Miroslaw davon?«

»Seit Zbig weg ist, kommt Miroslaw nicht mehr zu mir.«

Onkel Jupp wendet sich ihr zu, mit diesem üblichen blinden Durchsichtsblick. Dann sagt er: »Aha. Also lass die Kästen hier, ich kümmer mich drum.«

»Soll ich es nicht lieber kaputtmachen und wegschütten?«

»Nein, das sollst du nicht. Man muss es dem Krankenhaus zukommen lassen. Morphium ist doch nicht grundsätzlich böse. Das wird es erst, wenn es in falsche Hände gerät und jemand mit dem Leiden anderer Menschen Geschäfte machen will. Aber euch dreien ist ja wohl klar, dass niemand etwas davon wissen darf.«

»Natürlich«, sagt Jule und ist froh, die Verantwortung los zu sein.

Ein paar Tage danach erscheint dann Miroslaw bei Jule. Er sitzt in der Küche und weint. »Und das in meine Familie«, sagt er immer wieder, »der Sohn von einzige Schwester.«

Sein familiäres Unglück rührt Jule schließlich so sehr, dass sie drauf und dran ist, Zbig zu verteidigen. »Jung, dumm und vaterlos«, sagt sie. »Und was wird jetzt aus ihm?«

»Ich hab ihn gebracht nach sein Heimat, nach Kielce. Ist gekommen Polizei, hat abgeholt, jetzt im Gefängnis. Wird bleiben eine Zeit. Wird haben Prozess. Wird sein gerecht jetzt, hoffentlich.«

Und dann trocknet er seine Tränen und schickt einen Satz auf den Weg, der bei Jule als neuerlicher Heiratsantrag ankommt: »Und lass meinen Sohn Julius nicht auch aufwachsen dumm und vaterlos.«

Schon Mitte Dezember hatte eine große Kälte eingesetzt, die drei Monate lang anhalten sollte. Niemand kann sich erinnern, je einen grausameren Winter erlebt zu haben. Die wenigen Kohlenzüge, die vom Ruhrgebiet nach Hamburg auf den Weg geschickt werden, sind oft bereits bei den Elbbrücken so gründlich ausgeplündert, dass man sie zynisch als besenrein bezeichnet. Hunderte sterben den Kältetod, allein fünfundachtzig Hamburger erfrieren in ihren Betten. Die Ladenzeiten werden eingeschränkt, es gibt nur stundenweise Strom und Gas und die Straßenbahnen fahren nur noch während des Berufsverkehrs. Eingewickelt in alle verfügbaren Decken vegetieren die Menschen in ihren halb zerstörten Wohnungen dahin. Öffentliche Gebäude und die meisten Büros werden nicht mehr beheizt, die Industrie muss »Kohlenferien« einschalten. Und der englische Gouverneur Berry solidarisiert sich mit den leidenden Hamburgern, indem er dafür sorgt, dass auch die Büros und Messen der Militärregierung ohne Heizung bleiben.

Lillys Vater hat nach langem Bemühen tatsächlich eine Anstellung als Ingenieur bei den Hamburger Elektrizitätswerken gefunden. Durch ihn erfährt die Familie auch, in welch katastrophaler Situation sich die HEW befindet. Obgleich die Kohle immer knapper wird, hat Bürgermeister Brauer befohlen, unter keinen Umständen die Stromerzeugung einzustellen, auch wenn man dafür das Risiko der Zerstörung in Kauf nehmen muss. Doch jedes Mal, wenn die letzte Schaufel Kohle nahezu verheizt ist, kommt von irgendwoher Nachschub. Tropfen auf den heißen Stein, aber das Schlimmste kann immer wieder abgewendet werden.

Trotz all des Elends rundum wird Lilly diesen Winter als eine optimistische, nahezu glückliche Zeit im Gedächtnis behalten. Sehr vorsichtig kommen sie und Markus einander wieder näher. Über das Vergangene reden sie nicht, Lilly will sich nicht verteidigen und Markus hat offenbar beschlossen, Lilly ihre »Sünden« zu vergeben. Leider gelingt ihm dies nur ziemlich unvollständig, und er versteigt sich immer wieder zu irgendeiner kleinen boshaften Bemerkung, die Lilly dann skeptisch und vor allem traurig stimmt.

»Warum machst du nicht gelegentlich die Augen zu?«, sagt sie dann immer wieder, und inzwischen weiß er auch, was sie damit meint. Sie nimmt sich vor, Markus erst über den wahren Sachverhalt aufzuklären, wenn für ihn tatsächlich das Vergangene vergangen sein wird und er sie lieben kann trotz ihrer angeblich so unreinen Weste.

Jule und Miroslaw heiraten einen Tag nach Weihnachten. Nicht in Polen, wie Miroslaw es sich gewünscht hat, sondern in Benedictas Andachtsbaracke. Und es gibt auch kein dreitägiges Fest mit Musik und Tanz und mindestens hundert Verwandten. Die Zeremonie findet nachts in aller Heimlichkeit statt – Miroslaw wird ja immer noch polizeilich gesucht –, und außer einem Priester und Benedicta ist nur die Steinhöfer-Familie anwesend.

Benedicta ist Anfang Dezember aus ihrem Kloster zurückgekommen. »Kaum zu glauben«, sagt sie zu Lilly, »aber ich habe in meinem Klosterfrieden das Chaos und die Unruhe hier sehr vermisst. Wenn es nicht so sündig wäre, würde ich sagen: Das ständige Singen und Beten hat mich tatsächlich gelangweilt. Aber selbstverständlich sag ich das nicht, wie käm ich denn dazu!«

Natürlich ist es Miroslaw gelungen, zwei Ringe zu besorgen und sogar einen wunderschönen weißen Spitzenschleier für Jule. Die Familie hat sich eng um das Brautpaar gruppiert, als wolle sie gemeinsam Miroslaw und Jule von der Welt abschirmen. Markus steht neben Lilly, und als der Priester den Segen spricht, tastet sich plötzlich seine Hand zu ihrer und drückt sie.

Lilly zuckt zusammen. Das geht doch nicht, denkt sie. Da weckt er mal wieder Hoffnungen in mir, wie schon mehrmals zuvor, und dann kommt irgendein neuer Verleumder, dem Markus willig vertraut – und aus ist's. Doch dann, immerhin, lächelt sie. Und sie zieht auch ihre Hand nicht zurück.

Miroslaw, Jule und Julius wohnen nun in Markus' ehemaligem Zimmer und Markus ist in die alte Vorratskammer gezogen. Die Ehe scheint Jule gut zu bekommen, sie blüht auf, und da Miroslaw jetzt viel öfter als zuvor des Nachts nach Hause kommt, ist der kleine Julius auch ganz gewiss nicht mehr vaterlos.

Mamas Freund, Nicholas Bennet, wird nach England zurückgeschickt, was die ganze Familie – und erstaunlicherweise sogar Mama selbst – als Erleichterung empfindet. »Es war wohl an der Zeit«, sagt sie einsichtig und greift nach Onkel Jupps Hand. »Sonst hätten wir uns vielleicht doch noch auseinander gelebt.«

Er reagiert gutmütig: »Dafür gibt es doch viel zu viel, was uns miteinander verbindet.«

Miriam lebt ihrem Baby entgegen. Schon im dritten Monat streckt sie ihren Bauch weit vor und drückt sich oft beide Hände ins Kreuz, wie es manche Schwangere kurz vor der Geburt tun. Die Beziehung zwischen Lilly und ihr ist normaler geworden, ruhiger und vertrauensvoller. Sie können inzwischen fast alles bereden, wie zwei richtige Freundinnen. Zu den Themen, die allerdings nach wie vor ausgeklammert bleiben, gehört immer noch die Auschwitz-Zeit, gehört Miriams erster Mann und auch ihr erstes Baby. Und sie erwähnt kein einziges Mal die Sache mit Engelchens Herkunft. Lilly denkt, dass dabei vermutlich der Verlust von Miriams eigenem Kind eine Rolle spielt, und da ihr selbst die Angelegenheit immer noch Angst bereitet, kann ihr das Schweigen darüber nur recht sein.

Nach wie vor wohnen Lilly und Engelchen unten bei Bambergers. Onkel Jupp kommt öfter zu Besuch und bringt immer ein paar Briketts mit. Dann strahlt Miriam und Lilly verzieht sich in die Küche und lässt den Brombeerblättertee sehr lange ziehen, bevor sie ihn schließlich ins Wohnzimmer trägt.

Mama ist nicht mehr eifersüchtig auf Miriam. »Für eine Schwangere gibt es nichts Wichtigeres auf der Welt als das Baby«, sagt sie. »Und Jupp ist noch nie der Mensch gewesen, der sich zufrieden gegeben hat, bei einer jungen Frau die zweite Geige zu spielen.«

Im Falle Miriams zweifelt Lilly ein wenig an dieser Theorie, vor allem nachdem sie einmal dazugekommen ist, wie Miriam sich Onkel Jupps beide Hände vorsichtig auf den Bauch legte. »Wahrscheinlich wird's ein Mädchen«, hat Onkel Jupp gesagt, »und dann wird es genauso schön wie seine Mutter.«

»Du hast mich ja noch nie gesehen.«

»Um Schönheit zu empfinden, muss man nicht unbedingt sehen können«, hat er geantwortet.

Oma Elli hat sich mit Benedicta angefreundet und hilft ihr in der Suppenküche. Auch hat sie dafür gesorgt, dass Zbigs Vorräte nicht im Bamberger'schen Hinterzimmer verschwunden sind. »Ihr werdet euch doch nicht etwa bereichern wollen an Teufelsgut«, hat sie zu Jule und Lilly gesagt.

»Aber du und Benedicta, ihr könnt euch daran bereichern?«

Woraufhin Oma Elli würdevoll geantwortet hat: »Wer den Teufel bannen willen, muss rein sein von Sünde.«

Das hat Lilly sehr komisch gefunden und die Vorräte tatsächlich Benedicta und Oma Elli übergeben, mit dem Erfolg, dass sich Oma Elli zu einer äußerst versierten Schwarzmarkthändlerin entwickelt. Einmal gelingt es ihr sogar, zwei Flaschen Galitzer Gold aufzutreiben. Der einstmals so vertraute Geschmack rührt sie dann so sehr, dass sie Benedicta während einer langen Nacht die ganze Scheusal-Freusaal-Staaken-Geschichte erzählt. Und Benedicta, zu dem Zeitpunkt wohl auch nicht mehr ganz nüchtern, musste ihr versprechen, bei nächster Gelegenheit mit ihr gemeinsam nach Sibirien zu fahren, um den armen Inspektor zu suchen und heimzuholen. »Denn irgendwie gehört er ja doch zu unserer Familie.«

Anfang März kommt Jeremy zu Besuch und er bringt Lilly einen großen Rucksack voller Kohlen mit, den er den ganzen Weg aus Yorkshire, wo seine Eltern wohnen, nach Hamburg geschleppt hat. Und er bringt einen Brief von Isa.

Lilly ist so aufgeregt, dass sie den Brief kaum öffnen kann. »Wie hast du sie gefunden?«, fragt sie.

»Das war gar nicht so schwierig. Du hattest irgendwann mal den Namen von ihrem Freund erwähnt, diesen Captain David Evans-Bernstein. Ein ziemlich ungewöhnlicher Name. Außerdem wusste ich, welche englische Einheit in eurer Mecklenburger Gegend operiert hat.«

»Sind sie inzwischen verheiratet?«

»Nein, das nicht. Sie geht ja noch zur Schule. Aber sie wohnt in seinem Elternhaus, offenbar streng bewacht von seiner Mutter.«

»Isa unter strenger Bewachung, das kann nicht gut gehen.«

»Geht es auch nicht. Sie machte keinen glücklichen Eindruck.«

Isa schreibt, dass sie alle ihre Briefe an Lilly nach Staaken adressiert hat.

Ich konnte ja nicht ahnen, dass ihr inzwischen wieder in Hamburg lebt. Schließlich dachte ich, dass du meine Briefe nicht beantwortest, weil du mir immer noch böse bist und einfach nichts mehr mit mir zu tun haben willst. Aber dann kam der Padre. Er hat mich ausfindig gemacht und ist extra meinetwegen oder besser deinetwegen hierher nach Sussex gekommen. Vor lauter Freude bin ich wie ein Kind auf ihn zugerannt, bin ihm um den Hals gefallen und hab zu heulen angefangen. Und Davids Mutter, Lady Emma, hat den Kopf geschüttelt und die Augen gen Himmel gerollt, weil eine young lady ja unter allen Umständen cool and selfcontrolled and never in a hurry zu sein hat. Jedenfalls hat dein Freund Jeremy gesagt, dass du viel zu großzügig und liebevoll und tolerant seiest, um auf Dauer irgendwem böse zu sein, und mir schon gar nicht. Und was der sonst noch alles über dich gesagt hat! Mein Gott, Lilly, der Mann liebt dich. Und das ist für einen verheirateten Pastor doch irgendwie nicht ganz passend! Und wohl auch nicht sehr glücksträchtig, oder?

Ich meinerseits werde (angeblich) auch nach wie vor geliebt, und Lady Emma, eine ausgetrocknete Zitrone mit betonharten Prinzipien, findet diese Liebe ihres Sohnes natürlich auch keineswegs passend. Und absolut total unglücksträchtig. Und das nicht etwa, weil sie meine mangelnde Gegenliebe spürt, sondern weil ich Deutsche bin, dazu noch eine ohne Geld und mit anrüchiger Verwandtschaft, schließlich hat mein Vater jahrelang hinter Schloss und Riegel gesessen. Warum und wieso er da gesessen hat und dass es einen Unterschied gab zwischen Gefängnis und KZ, das ist ihr entgangen, und ich hab mir auch nicht die Mühe gemacht, sie aufzuklären.

David besteht nach wie vor darauf, mich zu heiraten – »sowie du mit der Schule fertig bist, darling!« –, und das ist der einzige Grund, warum ich nicht will, dass diese langweilige dämliche Schule je aufhört. Auch gehen mir seine Umarmungen inzwischen sehr auf die Nerven, und ich ertrage sie nur freudig, wenn ich damit Lady Emma ärgern kann.

Es gäbe viel zu erzählen, aber ich will den Padre nicht so lange warten lassen, er soll doch den Brief mitnehmen. Bitte, bitte schreib mir.

Am schnellsten geht's mit der military pouch, das musst du dann über den Padre arrangieren. Und adressiere den Brief nicht direkt an mich, er könnte in falsche Hände fallen. Lady Emma ist sehr neugierig, und bei David, der nach wie vor für den britischen Geheimdienst arbeitet, weiß ich nie, wie weit sich seine berufliche Schnüffelei nicht auch aufs Privatleben bezieht. Am besten schreibst du meinen Namen auf ein Kuvert und steckst es dann in ein anderes mit folgender Anschrift: Lord Henry Bradmor, Bradmor Castle, Stonemeadows near Dorking, Westsussex. Henry Bradmor ist Mutters neuer Verehrer, ein netter, verrückter Mensch, der gewiss Spaß hat an kleinen Intrigen, zumal er David genauso wenig leiden kann wie David ihn.

Schluss jetzt. Denk an mich, hab mich bitte wieder lieb! Du bist doch die Einzige, die mit mir zusammen die Erinnerung an Jim aufbewahrt.

Obgleich Isa sich in ihrem Brief keineswegs beklagt und sich tapfer um einen heiter-ironischen Tonfall bemüht, fühlt Lilly sich nach der Lektüre sehr deprimiert. »Wie sah sie aus?«, fragt sie Jeremy.

»Noch schöner als damals in Staaken, ernster, reifer, nicht mehr so ungestüm. Und sehr traurig. Ihr Bruder sollte sich bemühen, sie nach Deutschland zurückzubringen.«

»Das wird sie nicht wollen. Wegen ihrer Mutter und wegen dem, was ihrem Vater hier passiert ist. Und auch, weil sie sich dem Captain, der sie doch angeblich liebt, verpflichtet fühlt.«

»Und was ist mit ihrer eigenen Liebe?«

»Die hat sie ausgelebt, bevor der Krieg zu Ende war. Und an

die Möglichkeit einer neuen Liebe konnte sie damals nicht glauben. Darum hat sie Davids Antrag akzeptiert und ist mit ihm nach England gegangen. Wenn in einer Beziehung wenigstens einer liebt, hat sie damals gesagt, dann sei das doch schon ganz verheißungsvoll – das Zweitbeste sozusagen.«

»Kannst du dir vorstellen«, sagt darauf Jeremy, »dass sich jemand wie Isa auf die Dauer mit dem Zweitbesten zufrieden gibt?«

»Nein«, sagt Lilly nachdenklich, »das kann ich mir nicht vorstellen. Aber in Isas Wesen gibt es immer noch Winkel und Ecken, in die ich nie Einblick gehabt habe.«

»Und was war das mit ihrer Kriegsliebe?«

»Das war ein großer Irrtum, aber sie weiß es nicht. Und die wenigen Menschen, die es wissen, werden es ihr wohl auch nicht sagen.«

»Ein Irrtum, aha«, sagt der Padre Jeremy und wirft Lilly einen dieser Blicke zu, die sie immer noch verwirren.

»Und wie geht's deinem Söhnchen?«, fragt sie schnell. »Und deiner Frau? Haben die beiden sich eingelebt in Oldenburg?«

»Georgie ist glücklich hier, aber Emily hasst Deutschland und sie möchte, dass ich so bald wie möglich den Dienst quittiere.«

»Und wirst du das tun?«

»Ich weiß noch nicht. So, wie wir momentan leben, ist es jedenfalls nicht gut. Aber das liegt nicht nur an Oldenburg.«

In der Nacht schreibt Lilly einen langen Antwortbrief an Isa. Es fällt ihr unerwartet schwer. Natürlich will sie Isa gegenüber offen und ehrlich und auch vertrauensvoll sein, aber sie will und kann ihr nichts erzählen über das, was für sie während der letzten Zeit so wichtig geworden ist, über ihre merkwürdige Beziehung zu Markus.

Also schreibt sie vor allem über Engelchen und über Mama und Papa und Onkel Jupp und so weiter, aber sich selbst lässt sie weitgehend aus. Das wird Isa gewiss auffallen, aber Lilly kann nicht anders.

Der Padre verspricht, den Brief so bald wie möglich mit der Militärpost zu expedieren.

Lilly möchte gerne, dass Jeremy Benedicta kennen lernt, und geht mit ihm in die Andachtsbaracke. »Hier bringe ich Ihnen den englischen Feldgeistlichen Jeremy Gallaghan«, sagt sie, »er ist ein alter Freund von mir.«

Benedicta betrachtet Jeremy von oben bis unten. »Aha«, sagt sie. »Little bit too young for a Pastor, find you not?«

»I started out very early, ma'am«, sagt Jeremy lächelnd.

Benedictas Blicke gehen zwischen Jeremy und Lilly hin und her. »With what?«, fragt sie und fügt dann in strengem Tonfall hinzu: »I have heard, that you Englanders use our God and our rituals but not in the Pope believe?«

»I'm sorry, ma'am, but that's how it is.«

»Hm.« Sie überlegt einen Moment, nickt dann und sagt: »Alright then. God is God and the Pope is only a man. A very nice looking man must I say. Like you. And you interest you for our Lilly? I can only say: She is the best!«

»I agree, ma'am!«, sagt Jeremy. »Quite the very best.«

»If you her unhappy make, fry you in hellfire forever.«

»I promise ma'am, any unhappiness will not be of my doing. But ...«

Lilly fährt schnell dazwischen. »Er ist verheiratet und er hat einen Sohn!«

Das missfällt Benedicta sehr. Kopfschüttelnd wettert sie: »So far comes it! Our Lilly with a pretty married Pastor. You let her besser in peace!«

»Er ist doch nur gekommen, weil er mir einen Sack Kohlen bringen wollte.«

Benedicta ist augenblicklich besänftigt. »Na gut. Wenn du mir die Hälfte von der Kohle für die Suppenküche überlässt, dann verzeih ich euch beiden eure Sünden.«

Lilly ergreift Jeremys Arm und zieht ihn aus der Baracke. »Don't take her so seriously«, sagt sie.

»Did I understood correctly, did she actually say that she will be forgiving us our sins?«

»Yes, that's what she said.«

»Which sins?«, fragt Jeremy.

Als Lilly später tatsächlich die Hälfte der Kohlen in die Andachtsbaracke schleppt, sagt Benedicta: »Ich kann dich gut verstehen, Mädchen, das ist weiß Gott ein attraktiver Mann!«

»Er ist ein guter Freund, nicht mehr.«

»Schade«, sagt Benedicta. »Aber die Kohlen behalte ich trotzdem.«

Lilly heizt den Ofen in Miriams Wohnzimmer, bäckt aus Haferflocken kleine Plätzchen, die fast wie Makronen schmecken, und erbettelt sich von der sparsamen Jule ein wenig echten schwarzen Tee aus der eisernen Hinterzimmerreserve.

»Wofür?«, fragt Jule.

»Ich will Jeremy zu Ehren eine richtige englische Teeparty geben.«

»Das ist doch der Mann mit dem schwarzen Hemd? Der dich immer so ansieht?«

Lilly errötet und murmelt: »Na ja.«

»Augen hat der!«, sagt Jule und gibt Lilly den Schlüssel. »Wenn der mich so ansehen würde, also da könnte selbst ich noch schwach werden!«

»Ich aber nicht!«, sagt Lilly wütend. »Und du hältst dich besser zurück, schließlich hast du Miroslaw.«

»Hab ich. Aber wer viel hat, will immer noch mehr – weißt du doch.«

Lilly denkt, dass sie auf diesem Gebiet momentan auch einiges hat, allerdings nicht so, wie Jule es sich wohl vorstellt.

»Um eine wirklich perfekte Teeparty zu geben«, sagt sie, »bräuchten wir wohl auch noch etwas Rum.«

»Rum? Wieso?«

»Den kippen sich die Engländer in den Tee.«

»Geht nicht auch Whisky?«

»Ich weiß nicht. Doch, wahrscheinlich.«

»Also hol dir eine Flasche. Aber nur, weil der Mann so schöne Augen hat.«

Außer Miriam lädt Lilly noch Mama ein und Onkel Jupp, der – uneingeladen – Markus mitbringt. Später kommen auch Jule und

Oma Elli und sogar Papa, der, seitdem er wieder arbeitet, viel aufgeschlossener geworden ist.

So viele Leute haben noch nie im Bamberger'schen Wohnzimmer gesessen, aber Miriam scheint davon kaum Notiz zu nehmen. Für sie scheint die Welt momentan vor allem aus Onkel Jupp zu bestehen.

»Papa, Papa, Papa«, schreit Engelchen und rennt begeistert von einem Mann zum anderen.

»How many Papas does she have?«, fragt Jeremy lächelnd.

»As many as she needs«, antwortet Lilly.

»And Mamas?«

»More than she needs«, bemerkt Markus, dem es nicht gefällt, dass Miriam sich so intensiv an der Mutterschaft beteiligt.

Lilly fürchtet, dass seine Bemerkung Miriam kränken könnte, und sagt beschwichtigend: »Engelchen braucht eben eine Extraportion Mutterliebe, und die kriegt sie von Miriam.«

Aber die Extramutter Miriam hat überhaupt nicht zugehört. Sie ist vollkommen versunken in einer leisen Privatunterhaltung mit Onkel Jupp, bei der es anscheinend wieder mal um etwas Polnisches geht.

Mama, die jung und hübsch aussieht in ihrem roten Kleid, beobachtet die beiden. »Wann erwarten Sie denn Ihr Baby, Frau Bamberger?«, fragt sie.

Miriam blickt auf. »Wie bitte?«

»Ihr Baby. Wann ist es denn so weit?«

»Ach so. Ja, das ist noch lange hin. Ich bin ja erst im vierten Monat.«

»Sie sehen aus, als wären Sie schon viel weiter. Vielleicht werden's ja Zwillinge.«

Engelchen versucht Jeremys geschnürten Militärstiefeln ihr Geheimnis zu entlocken. Als sie endlich die Schleife aufgezogen hat, sieht sie doch etwas erschreckt zu Jeremy auf und sagt: »Papa mit?«

Er zieht sie zu sich auf den Schoß. »Letztlich hat dies Kind wohl nur eine richtige Mutter«, sagt er, »nämlich die, die ihm das Leben neu gegeben hat.«

»Natürlich hat sie das«, sagt Markus. »Und eines Tages wird sie auch nur noch einen richtigen Vater haben und in einer normalen Familie leben – Vater, Mutter, Kind.«

Jeremy wirft Lilly einen liebevollen Blick zu. »Das möchte wohl mancher«, sagt er. »Nämlich für dieses Kind der einzige Papa sein.«

»Nur, dass nicht alle Anwärter die gleichen Chancen haben«, sagt Markus mit einem sehr selbstbewussten Lächeln.

Aber Lilly meint abweisend: »So eine Mama-Papa-Kind-Familie würde mir nicht reichen. Da ziehe ich doch meine unnormale Familie vor, in der sich jeder um jeden liebevoll kümmert.«

»Kann aber auch manchmal zu viel werden, diese Kümmerei«, brummt Markus.

»Wenn's dir zu viel wird, warum setzt du dich dann nicht ab?«, fragt Jule.

Markus grinst. »Vollkommen unmöglich. Diese Familie ist wie eine Angelschnur mit vielen, vielen Haken. Jeder einzelne dieser Haken hat mich erwischt und ich komme nicht mehr los. Ein großer dicker Haken heißt Pan Joseph und einer heißt Pani Alicia. Und dann gibt's noch Haken namens Jule und Miroslaw und Oma Elli und sogar Papa. Und natürlich lauter klitzekleine Kinderhaken.«

»Und keiner namens Lilly?«

»Lilly …?«, fragt Markus so zögernd, als könne er sich schwerlich an den Namen erinnern. »Ach so, Lilly. Also die hat sich nun ihrerseits in meiner Angelschnur absolut rettungslos verheddert – sie weiß es nur noch nicht.«

»Was ich nicht weiß, macht mich nicht heiß«, sagt Lilly ärgerlich, nimmt Jeremy das Engelchen ab und versteckt ihr glühendes Gesicht hinter dem Kind. Zwar ist ihr Markus' Gerede, gerade weil es die Wahrheit trifft, vor den anderen ziemlich peinlich und sie will das Spiel ihrer Ablehnung auch noch nicht aufgeben; andererseits fühlt sie sich glücklich und leicht und auf eine ganz wunderbare Weise zukunftsfroh.

Wir haben überlebt, denkt sie, und für uns hat sich das zynische Wort »Lasst uns den schönen Krieg genießen, der Friede wird furchtbar sein« nicht bewahrheitet. Mama hat keine Zustände mehr, Onkel Jupps »Krankheit« scheint überwunden, seitdem er wieder anderen Menschen hilft, und Papa hat Arbeit. Und vor allem ist da die Liebe, die uns alle mit Energie versorgt. Wenn man die Liebe sichtbar machen könnte, wenn sie, sagen wir mal, je nach dem Grad ihrer Erfüllung in verschiedenfarbigem Licht dem Liebenden entströmen, ihn umstrahlen und sich den Weg zum Partner suchen würde oder auch zu zwei oder drei Partnern – dann müsste dieser Raum hier so voller bunter Lichtstrahlen sein, dass man vollkommen die Orientierung verlieren würde. Sie schließt die Augen und überlegt, wessen Liebe sich wohl in der kräftigsten, eindeutigsten Farbe darstellen würde.

»Was siehst du?«, fragt Markus leise.

»Ein fürchterliches Durcheinander«, antwortet sie, »aber ich möchte auf keinen Fall darauf verzichten.«

DRITTER TEIL

10. Kapitel

Viel später einmal würde Lilly »Jeremy's Teaparty« als eines der letzten unbeschwerten Ereignisse ihres Lebens empfinden, unbeschwert trotz all des Elends um sie herum, das sie sehr wohl sah und begriff und mit dem sie sich gedanklich auch auseinander setzte, das sie jedoch nicht zu fühlen brauchte.

Alles beginnt ganz friedlich. Mitte März lässt endlich die Kälte nach, die Eisschollenberge an der Elbe schrumpfen, die Kanäle werden wieder befahrbar, die Kohlentransporte funktionieren darum besser und die tägliche Kalorienration der Einwohner steigt von knapp eintausend auf fünfzehnhundert.

Am sechzehnten März, einem Sonntag, durchzieht plötzlich ein Hauch von Frühling die Luft, der Himmel, der monatelang in grauer Schwere tief auf der Stadt gelastet hat, hebt sich, reißt auf und gibt den Weg frei für eine flirrende Sonne, die den wintermüden Menschen direkt in die Leiber und Seelen fährt.

Schon früh am Morgen holt Jule Engelchen ab und verkündet: »Wir machen heute einen Ausflug.«

Lilly findet das sehr komisch. »In deinem ganzen Leben hast du noch keinen Ausflug gemacht!«, sagt sie.

»Na und? Jetzt bin ich eine verheiratete Frau, und ich setze mir meinen Hut auf und mache einen Ausflug.«

»Allein?«

»Natürlich nicht. Mit den vier Kleinen. Und deine Mama kommt auch mit. Wir gehen zum Hafen, Schiffe besehen.«

Kaum sind sie fort, äußert auch Miriam den dringenden Wunsch, einen langen Spaziergang zu machen. »Ich brauche dringend frische Luft«, sagt sie, »und ich werde ganz tief atmen, damit auch mein Baby merkt, dass der Winter vorbei ist.«

Lilly würde nur zu gern mit ihr gehen, wenigstens für eine Stunde. Aber sie kann nicht. In vierzehn Tagen wird sie – oder wird sie nicht – in die Oberprima versetzt werden, und wenn auch die meisten Arbeiten schon geschrieben sind, so will sie sich doch wenigstens noch einen guten Eindruck im Mündlichen anlernen.

»Ich mag aber nicht allein gehen«, sagt Miriam und macht ein Gesicht wie ein enttäuschtes Kind.

»Wie wär's, wenn du Onkel Jupp ausführst? Ich glaube, er ist gestern Abend aus Polen zurückgekommen. Und ihm täte ein Spaziergang bestimmt auch gut.«

»Du meinst, er würde tatsächlich mit mir ...?«, fragt Miriam aufgeregt.

»Warum denn nicht? Ihr könntet zum Beispiel zur Kunsthalle gehen, die Romantiker-Ausstellung. Die wollte er sich sowieso ansehen.«

»Sehen ...?«

»Ja, ja, mit deinen Augen natürlich, nicht mit seinen. Also geh schon, frag ihn.«

Es dauert aber noch eine ganze Weile, bis Miriam schließlich bereit ist, sich in das Abenteuer zu stürzen. Sie wäscht sich die Haare, bügelt ihre gute Bluse (und entscheidet sich dann doch für einen Pullover) und poliert ihre einzigen hochhackigen Schuhe, bis man sich in dem abgetragenen Leder spiegeln kann.

»Diese hohen Hacken müssen doch sehr unbequem sein«, sagt Lilly.

»Aber sie sind elegant und machen größer. Schließlich ist dein Onkel auch sehr groß.«

Lilly kommt sich wieder mal vor wie die Ältere von ihnen beiden. »Nun geh schon endlich«, sagt sie, »sonst nimmt er sich noch etwas anderes vor.«

Miriam umarmt sie, läuft nach oben, und kurz drauf hört Lilly Miriam und Onkel Jupp die Treppe wieder herunterkommen.

So ist Lilly also allein, am ersten Frühlingstag des Jahres 1947. Da Onkel Jupp von der Reise zurück ist, muss Markus eigentlich auch wieder daheim sein. Ganz kurz überlegt Lilly, ob sie nicht vielleicht unter irgendeinem Vorwand nach oben gehen soll, doch dann entschließt sie sich zur Pflichterfüllung, zieht einen Mantel an, wickelt sich noch zusätzlich in ihre Bettdecke und hockt sich mit den Büchern ans offene Fenster. Da die Bamberger'sche Wohnung zu ebener Erde liegt, befindet Lilly sich auf ihrem Fensterplatz in gleicher Höhe mit den Fußgängern, von denen einige ihr freundlich zunicken.

Sie fühlt sich wohl. Mit dem Lernen jedoch ist es nicht allzu weit her, immer wieder schweifen ihre Gedanken ab. Sie kann sich überhaupt nicht vorstellen, dass jemals eine akzeptable geistige Leistung an einem ersten Frühlingstag vollbracht worden ist. Es reißt und zerrt an ihr und die Berührung der Sonnenstrahlen auf ihrer Haut erweckt in ihr die Sehnsucht nach anderen Berührungen. *Chemische Formeln, mathematische Lehrsätze*. Sie denkt an Billys schüchterne – und später nicht mehr ganz so schüchterne – Küsse auf den Alsterwiesen. *Der Konjunktiv im Lateinischen*. Damit hat sie schon immer Schwierigkeiten gehabt. Dabei gibt es schließlich sehr klare Regeln, man muss sie nur verinnerlichen. Regeln gibt es bei den Menschen doch auch, aber mit der Verinnerlichung hapert es. Oder ist zum Beispiel Jeremys Verhalten in der letzten Nacht auf Staaken etwa den Regeln entsprechend gewesen? *Verfassunggebende Versammlung, Freienwalder Schiedsspruch*. Aber wer wollte sich hier schon zum Schiedsrichter aufschwingen. Ob Josua weiß, dass Miriam in Onkel Jupp verliebt ist? Und ob Onkel Jupp Miriam je geküsst hat? An dem Tag, als Lilly den Bambergers zum ersten Mal begegnete, hat Miriam sich geweigert, dem eigenen Leben noch eine Chance zu geben. Und jetzt trägt sie neues Leben in sich. *Befruchtung, Zellteilung, Blastula, Gastrula*. Und wie ist es mit Markus? Er sieht Lilly an mit Isas Augen, und in seinem Nacken, den sie jetzt gerne berührt hätte, kringeln sich kurze blonde Löckchen. Markus hat zwar seine diversen Schnallen, aber ihretwegen hat er sich schließlich geprügelt!

Albertchen Neuhauser lärmt mit ein paar Freunden die Straße entlang. Lilly tut etwas, das sie sonst noch nie getan hat: Sie lächelt ihm zu und sagt freundlich: »Hallo, Albertchen.«

Der bleibt stehen, starrt sie an und bringt nur ein verwirrtes »O Mann!« heraus, bevor er hinter seinen Kumpanen herstolpert.

Lilly verschränkt die Arme auf der Fensterbank, legt den Kopf drauf und fühlt sich plötzlich sehr müde. Angenehm müde, nicht etwa erschöpft. Nur ein paar Minuten schlafen und sich dann mit neuer Kraft dem Lernen widmen …

Dann hat sie wohl doch etwas länger geschlafen. Jedenfalls ist der Himmel schon wieder grau, als sie aufwacht, und die Wolken haben schwermütige dunkle Ränder bekommen, als ob sie bereits dem vergangenen Tag nachtrauern.

Es ist sehr kalt im Zimmer. Lilly schließt das Fenster, entfacht in dem Kanonenofen ein kleines Holz-Papier-Feuer und schüttet den Rest von Jeremys Kohlen nach. Lieber, sanfter, zäher Jeremy, der so viel gibt und nie etwas fordert. Sie fühlt sich gut aufgehoben in seiner »unpassenden« Liebe. Lilly legt zwei Kissen vor den Ofen, nimmt ihre Bücher und lernt nun wirklich mehrere Stunden lang sehr konzentriert. Irgendwann fällt ihr aber dann doch auf, dass Miriam immer noch nicht von ihrem Spaziergang zurück ist. Eine plötzliche Unruhe überkommt sie.

Sie läuft nach oben. Dort sitzen die Kleinen mit Jule und Mama am Küchentisch beim Abendbrot.

»Wir haben ganz viele Schiffe gesehen«, ruft Felix.

»Schiffe, Schiffe«, echot Josi.

»Wo ist Onkel Jupp?«, fragt Lilly.

»Nicht hier.«

»Er wollte doch nur einen Spaziergang machen. Er müsste längst zurück sein.«

»Einen Spaziergang mit Markus?«, fragt Mama.

»Mit Miriam. Sie wollte … ich meine, er wollte so gerne die Romantik-Ausstellung in der Kunsthalle sehen. Da hat sie sich erboten, mit ihm dort hinzugehen.«

»Die Ausstellung sehen?«, fragt Mama, steht auf und schiebt ihren Stuhl so energisch zurück, dass er umkippt.

»Es muss etwas passiert sein!«, sagt Lilly.

»Passiert?« Mamas Stimme klingt schrill. »Vielleicht sind die beiden ja in ein Hotel gegangen.«

»Mama, bitte!« Lilly greift sich irgendeinen Mantel und stürmt aus dem Haus. Das Gefühl eines aufkommenden Unheils ist so stark, dass sie es einfach nicht schafft, abwartend oben in der Wohnung zu bleiben. Nervös rennt sie auf der Straße hin und her.

Jule kommt ihr nach. »Nun reg dich doch bloß nicht so auf. Was soll denn schon sein, wahrscheinlich sitzen die beiden in irgendeinem Café und trinken ein Heißgetränk.«

»Nein«, sagt Lilly.

»Wirklich, Lilly! Du tust ja so, als ob es sich um zwei kleine Kinder handelt.«

»Miriam war noch nie länger als zwei Stunden von zu Hause weg.«

»Sie ist doch mit Onkel Jupp, der passt schon auf sie auf.«

»Darum geht's doch gar nicht. Und sie kann inzwischen ganz gut auf sich selbst aufpassen.«

»Also worum geht's denn?«

»Dass ich weiß, dass etwas passiert ist. Und woher ich das weiß, ist vollkommen egal. Ich weiß es eben. Und wo ist überhaupt Markus schon wieder? Und Miroslaw? Wenn man sie braucht, sind sie nie da.«

»Wozu würdest du sie denn jetzt brauchen?«

»Ach ... was weiß ich«, sagt Lilly. »Jedenfalls gehe ich nicht nach oben, bevor die beiden zurück sind.«

Jule nickt. »Na gut, Lilly, wenn du so ein Gefühl hast ... das gibt's ja manchmal. Ich hoffe, du bist warm genug angezogen.« Sie nimmt ihr Umschlagtuch ab und legt es Lilly noch zusätzlich um die Schultern. »Ich geh dann wieder nach oben und bring die Kleinen ins Bett. Engelchen kann dann bei uns schlafen.«

»Ist gut«, sagt Lilly.

Sie wartet länger als eine Stunde. Schließlich kommt ein Polizeiauto vorgefahren, aus dem steigt, geleitet von einem Polizisten, Onkel Jupp.

Lilly stürzt zu ihm. »Wo ist Miriam?«

»Ach, du, Lilly. Vielen Dank, Wachtmeister, meine Nichte bringt mich nach oben. Danke nochmals für Ihre Hilfe.«

Im Hausflur dann nochmals Lillys Frage: »Wo ist Miriam?«

»Sie ist im Krankenhaus«, sagt Onkel Jupp.

Was ist geschehen?

Als Onkel Jupp Lilly alles erzählt hat, meint sie sogar kurz aufatmen zu können. Eine traurige Sache zwar, aber nicht so endgültig und katastrophal, dass ihre Ängste berechtigt gewesen wären.

Auf dem Rückweg aus der Kunsthalle war Onkel Jupp auf der Treppe gestolpert – »du weißt ja, durch die Prothese bin ich manchmal etwas ungeschickt.« Miriam hatte ihn stützen wollen, dabei anscheinend selbst auf ihren hohen Hacken die Balance verloren und war so unglücklich gefallen, dass sie mehrere Stufen hinuntergerollt war. Sie hatte laut aufgeschrien und danach nur noch gestöhnt.

Anscheinend waren ihr sogleich ein paar Menschen zu Hilfe gekommen und hatten sie hochgezogen, aber sie war immer wieder zurückgefallen, hatte sich nicht aufrecht halten können, ein Knöchelbruch vermutlich, aber das war nicht das Schlimmste gewesen.

Ein Mann hatte plötzlich gerufen: »Die Frau blutet ja, irgendetwas Inneres, man muss einen Krankenwagen holen!« Und als es ihm, Onkel Jupp, endlich gelungen war, sich zu ihr hinzutasten und nach ihrer Hand zu greifen, hatte sie immer nur gewimmert: »Mein Baby, mein Baby.«

Der Krankenwagen war erst nach einer Stunde eingetroffen. Währenddessen hatte Jupp mit ihr auf den Stufen gesessen, Miriams Kopf auf seinem Schoß. Die Leute waren sehr freundlich gewesen, jemand hatte sogar eine Decke gebracht.

»Noch nie in meinem Leben habe ich mich so hilflos gefühlt«, sagt Onkel Jupp.

»Wenigstens warst du bei ihr«, sagt Lilly.

»Aber ich konnte nichts tun. Sie hat mich vor dem Hinfallen bewahren wollen und ist dabei selbst gestürzt, und jetzt lag sie da auf den kalten Stufen und mit jeder Minute wurde ihre große Hoffnung kleiner.«

In Eppendorf dann hatte man ihren Fuß eingegipst und endlich war auch ein Gynäkologe erschienen, der hatte sie untersucht und lakonisch gesagt: »Das war's für diesmal, nichts mehr zu machen. Ist ja sowieso nicht sehr vernünftig, in diesen schlimmen Zeiten ein Kind in die Welt zu setzen.« Und er wolle sie einen Tag dabehalten, um eine Ausschabung zu machen. Dann müsse man sie nach Hause nehmen, Betten seien knapp.

»Warum bist du überhaupt mit ihr in die Kunsthalle gegangen?«, sagt Mama.

Als Miriam dann nach Hause kommt, jammert sie nicht. Sie ist nur sehr blass und still und wirkt, als sei aller Lebensmut, an den sie sich ja kaum noch hatte wieder gewöhnen dürfen, nun endgültig von ihr gewichen. Onkel Jupp kommt und versucht sie aufzuheitern, aber sie sagt, er möge sich bitte eine Weile nicht um sie kümmern, sie müsse erst einmal mit sich selbst zurechtkommen.

Noch mehr als zuvor beschäftigt sie sich mit Engelchen. Die Kleine scheint den Kummer ihrer Mama Miriam zu spüren, sie sucht ihre Nähe, reibt sich an ihr und will immerfort umarmt werden; sie macht sich sogar selbst aus alten Strümpfen und Lappen einen dicken Fußverband, mit dem sie, ähnlich wie Miriam, ungeschickt durch die Gegend humpelt.

»Du bist doch noch so jung, Miriam«, sagt Lilly tröstend, »in ein paar Monaten geht's dir wieder besser, dann könnt ihr es noch mal versuchen.«

Worauf Miriam nur antwortet: »In ein paar Monaten ist mein Mann vielleicht schon tot.«

Lilly versucht es mit einem ganz kleinen Lächeln. »Um zu sterben, muss er doch erst mal nach Israel kommen, das hast du jedenfalls immer gesagt.«

»Das hab ich gesagt und das stimmt auch. Deshalb werden wir jetzt wohl ziemlich bald aufbrechen.«

Lilly hadert mit Miriams Schicksal. Warum gönnte dieser angeblich so gerechte Gott, der jüdische oder christliche, der ja wohl letztlich ein und derselbe ist, Miriam nicht endlich etwas Glück? Hat sie denn nicht schon genug gelitten? Eine Weile bringt Lilly es nicht fertig, bei ihrem abendlichen, oft ziemlich gedankenlosen Vaterunser das »dein Wille geschehe« mitzubeten.

Als Josua zehn Tage nach dem Unfall heimkommt und von

Miriams Fehlgeburt erfährt, bekommt er einen Zornanfall, stürmt nach oben zu Steinhöfers, wo er, wie Lilly später von Jule erfährt, Onkel Jupp die schrecklichsten Vorwürfe macht. Laut Jule haben sich die beiden Männer allein ins Wohnzimmer zurückgezogen, und Josua habe dann so sehr getobt und geschrien, dass man es auf dem Flur bis hin zur Küche hätte hören können. Von bösartiger Einmischung und Nazivergangenheit sei die Rede gewesen, obgleich das doch, so sagt Jule, nun wirklich nicht das Geringste mit Miriams Zustand zu tun hätte.

Als Josua danach wieder nach unten kommt, sagt er zu Lilly: »Ich glaube, es ist besser, du nimmst das Kind und ziehst hier wieder aus. Ich bin im Moment nicht in der Lage, Fremde in meiner Wohnung zu ertragen.«

Lilly sagt: »In Ordnung«, aber Miriam, die sonst Josua kaum widerspricht, wird sehr böse und wehrt sich. »Lilly ist keine Fremde und das Kind schon gar nicht. Lilly ist meine Freundin.«

»Das glaube ich nicht«, sagt Josua.

Miriam steigt die Zornesröte ins Gesicht. »Ob du das glaubst oder nicht, spielt keine Rolle«, sagt sie so energisch, wie Lilly sie noch nie gehört hat. »Jedenfalls will ich, dass sie bei mir bleiben.«

»Miriam!« Josua betrachtet sie mit zusammengekniffenen Augen. »Sie werden doch sowieso nicht bei dir bleiben. In ein paar Wochen fahren wir weg und dann wirst du sie wahrscheinlich nie wieder sehen.«

»Aber bis dahin …«, sagt Miriam. Ihre Energie fällt in sich zusammen, sie fängt an zu weinen. »Bitte, Josua, nimm sie mir nicht weg, nicht jetzt schon.«

Josua zögert. Schließlich zuckt er die Schultern und sagt: »Wenn dir so viel dran liegt. Es ist ja nicht für lange. Aber vergiss nicht, dass dir der Abschied umso schwerer fallen wird, je enger du dich bindest.«

»Das vergess ich nicht«, sagt Miriam.

Lilly fühlt sich sehr unbehaglich. »Es ist gewiss besser, wenn Engelchen und ich wieder oben wohnen, so wie früher. Und wir kommen dann täglich und holen dich zum Spaziergang ab.«

»Bitte, bitte, bleib hier«, fleht Miriam. »Josua hat's doch nicht so gemeint. Es ist nur die Enttäuschung über das ... über unser verlorenes Baby. Aber dafür kannst du doch wirklich nichts und dein Onkel auch nicht und überhaupt niemand.«

Lilly sieht Josua an. »Also von mir aus«, sagt er. »Ich muss sowieso in ein paar Tagen wieder weg. Hoffentlich das letzte Mal, bevor wir uns endgültig von diesem Land verabschieden.«

Ostern kommt und Lilly wird tatsächlich versetzt. Sie kann es selbst kaum glauben. In der Woche nach Ostern wollen Onkel Jupp, Miroslaw und Markus noch einmal nach Polen fahren.

»Ist doch seltsam«, sagt Jule zu Lilly, »früher hab ich ihn nie vermisst. Aber jetzt, seitdem wir verheiratet sind ... da ist was zwischen uns, ich weiß nicht, was Neues. Hätt ich wirklich nicht gedacht.«

»Dein Onkel besucht mich nicht mehr«, sagt Miriam zu Lilly, »aber vielleicht ist es ja gut so, weil ich doch bald fortmuss.« Jedes Mal, wenn sie vom Fortgehen redet, kommen ihr die Tränen.

»Mit Jupp und mir ist es jetzt wieder fast so wie früher«, sagt Mama zu Lilly. »Wahrscheinlich brauchten wir nur mal eine kleine Pause zum Atemholen.«

Lilly meint, dass Markus auch einmal etwas zu ihr sagen könnte. Doch der bedenkt sie nur mit intensiven Blicken und lässt sich Zeit. Ob er vielleicht darauf wartet, dass sie etwas zu ihm sagt?

Vierzehn Tage nach Ostern überrascht Lillys Deutschlehrerin Frau Dr. Liesenbrinck – sie ist die einzige von Lillys Lehrern am Kant-Gymnasium, zu der sie ein etwas persönlicheres Verhältnis entwickelt hat – die Oberprima mit dem Angebot einer gemeinsamen Klassenreise. Eine Woche ins Schülerheim Hörnum auf Sylt. Alle Mädchen sind begeistert, bis auf Lilly, die sagt, sie würde leider zu Haus gebraucht und könne darum nicht mitfahren. Woraufhin die Liesenbrinck sich hinterrücks mit Lillys Mutter bespricht.

»Was ist denn das für ein Unsinn, Lilly«, sagt Mama später, »dass du nicht einmal für eine Woche von hier wegkannst! Ich hab deiner netten Lehrerin gesagt, dass es da überhaupt kein Problem gebe und dass du selbstverständlich mitfahren würdest. Du kannst doch nicht im Ernst der Meinung sein, dass wir vier Frauen hier – Oma Elli, Jule, Frau Bamberger und ich – nicht mal eine knappe Woche lang auch ohne deine Hilfe mit den vier Kindern fertig werden. Schließlich ist ja auch vorstellbar, dass du einmal krank werden könntest.«

»Ich werde nie krank«, sagt Lilly.

»Na, hoffentlich. Aber du siehst seit einer Weile nicht gut aus, so blass und müde. Die Sache mit Frau Bambergers Baby scheint dir näher gegangen zu sein als ihr.«

»Ach, Mama, was redest du!«

»Wie auch immer, die Seeluft wird dir gut tun. Also keine weitere Diskussion, ich habe für dich zugesagt und du fährst.«

Auch Miriam redet Lilly zu. »Du zweifelst doch nicht etwa daran, dass ich mal für ein paar Tage Engelchen allein versorgen kann. Mein Fuß ist wieder in Ordnung und außerdem kommt Josua nächste Woche zurück.«

Die Sache mit Josuas Rückkehr gibt dann den Ausschlag. Seit Miriams Fehlgeburt hat Lilly allzu deutlich seine Ablehnung zu spüren gekriegt. Er scheint ihr irgendetwas vorzuwerfen und sie hat in seiner Gegenwart dauernd das Gefühl gehabt, sich für irgendetwas entschuldigen zu müssen, von dem sie nicht einmal genau weiß, was es denn ist.

Also packt Lilly schließlich ihren alten Rucksack, den sie noch aus BDM-Zeiten besitzt. Mama leiht ihr die blauweiß gestreifte Bluse, die Lilly so hübsch findet. Von Onkel Jupp kriegt sie einen riesigen, dicken Pullover – »An der Nordsee kann's im April noch schrecklich kalt sein!« – und Jule trennt sich von ihrem schönsten, bunt geblümten Polentuch.

Ganz zaghaft stellt sich bei Lilly eine kleine Vorfreude ein. Sieben Tage lang Meer und Dünen und Mädchengerede, sich um nichts kümmern müssen, versorgt werden, durchschlafen können.

Miriam und Engelchen stehen in der Tür, als Lilly losgeht. Wie üblich schreit Engelchen »Mama mit«, aber es klingt nicht sehr traurig. Als Lilly schon fast an der Haustür ist, kommt Miriam hinter ihr hergelaufen und umarmt sie heftig. »Ich hab dich nämlich wirklich sehr lieb«, flüstert sie.

Lilly räuspert sich ihre Rührung aus der Kehle. »Na klar«, sagt sie, »ich dich ja auch.«

11. Kapitel

Die Woche an der Nordsee tut Lilly sehr gut. Trotz der ständigen Gemeinsamkeit mit den anderen Mädchen fühlt sie sich auf angenehme Weise allein. Bei den langen Spaziergängen hält sie sich, ohne es eigentlich zu wollen, immer etwas abseits, sammelt Muscheln für Engelchen, denkt über ihr Leben nach, träumt und macht Pläne.

Durch den intensiven Umgang mit jedem einzelnen Mitglied ihrer Familie ist sie während der letzten Jahre kaum je mit sich selbst allein gewesen, und wenn sie dennoch manchmal von einem Gefühl der Einsamkeit überkommen wurde, dann hat sie das bekämpft mit noch mehr Hinwendung und häuslichen Aktivitäten. Jetzt endlich begreift sie Onkel Jupps Bemerkung, dass man es sich zu einfach macht, wenn man seine Daseinsberechtigung nur aus den Sorgen um andere bezieht. Die »anderen«, das sind alle außer Engelchen. Und vielleicht noch Markus? Engelchen ist ein Teil von ihr und Markus ist … sie weiß nicht genau, was eigentlich, aber vielleicht ist er so etwas wie ihr notwendiger Gegenpol.

Lilly will selbständiger werden, unabhängiger. Bald werden Bambergers fortgehen, aber Lilly wird alles daransetzen, die Wohnung nicht hergeben zu müssen. Vielleicht kann man ja zwei kleine Wohnungen daraus machen, eine für Jule, Miroslaw und Julius, und die andere für sie und Engelchen und … Der Gedanke an Markus, der sich bei ihrer Zukunftsplanung ständig aufdrängt, verwirrt sie. Sie will doch *allein* sein, wieso sehnt sie sich nach einer neuen Bindung, die gewiss noch enger sein würde als alle die alten, die sie gerade etwas auf Distanz zu bringen versucht?

Am Sonnabend, den dritten Mai, reist die Oberprima des Kant-Gymnasiums – achtzehn junge Mädchen und ihre Lehrerin – zurück nach Hamburg. Sie alle kommen ein wenig gesünder heim, als sie gefahren sind. Das Hamburger Wetter zeigt sich von einer ungewohnt heiteren Seite und gibt ihnen das Gefühl, aus dem

Kampf mit dem härtesten Winter des Jahrhunderts endlich als Sieger hervorgegangen zu sein.

Man verabschiedet sich mit Umarmungen, manche der jungen Mädchen vergießen sogar ein paar Tränen und mögen sich nicht trennen. Das sind wohl jene, auf die daheim die Misere wartet, Krankheit, Hunger, die Väter gefallen oder in Kriegsgefangenschaft, die Mütter erschöpft und überfordert.

Lilly steht beiseite und will so schnell wie möglich zu ihrem Kind. Schon im Zug hat sie sich immer wieder vorgestellt, wie Engelchen mit weit vorgestreckten Armen und ihrem begeisterten Mama-Geschrei auf sie zugestürzt kommen wird.

»Na, Elisabeth«, sagt Frau Liesenbrinck, »hat's sich denn nicht auch für Sie ein wenig gelohnt?«

»Ganz bestimmt, Frau Doktor. Ich bin zur Ruhe gekommen und hab nachgedacht.«

Die Lehrerin nickt. »Seitdem ich bei Ihnen zu Hause gewesen bin und Ihre Eltern und Geschwister kennen gelernt habe, kann ich verstehen, warum Sie sich nie so sehr für die Klassengemeinschaft engagieren und immer möglichst schnell wieder nach Hause wollen. Sie scheinen das seltene Glück einer intakten Familie zu genießen. Und worüber haben Sie denn nun nachgedacht?«

»Darüber, dass vielleicht alles etwas zu intakt ist.«

In freudiger Erwartung schließt Lilly die Wohnungstür auf. »Engelchen«, ruft sie, »Miriam, ich bin wieder da.«

Keine Antwort. Bestimmt sind sie spazieren gegangen bei dem schönen Wetter, denkt Lilly. Sie geht durch die Räume. Alles wirkt seltsam unaufgeräumt. Obgleich in ihr schon ein leises Angstgefühl hochkommt, versucht sie doch den Zustand der Wohnung einzig ihrer eigenen Abwesenheit zuzuschieben: Miriam kann eben immer noch nicht so gut alleine fertig werden.

Dann läuft sie nach oben. »Mama, Jule, ich bin zurück!«

Mama kommt aus der Küche. »Gott sei Dank, du wirst hier dringend gebraucht. Ich weiß gar nicht, wo mir der Kopf steht. Jule liegt mit hohem Fieber im Bett, irgendein Virus, und Felix scheint sich bereits angesteckt zu haben.«

»War der Arzt da?«

»Ja. Er würde Jule am liebsten ins Krankenhaus nehmen, aber sie haben dort nirgends ein Bett frei.«

»Wir werden's schon schaffen, Mama, jetzt bin ich ja wieder da. Wo ist Onkel Jupp?«

»Noch unterwegs, aber er kommt morgen zurück.«

»Hast du Miriam gesehen? Und Engelchen?«

»Schon seit Tagen nicht. Und das ist gut so. Je weniger Menschen sich hier der Ansteckungsgefahr aussetzen, umso besser.«

Jule liegt mit hochrotem Kopf und geschlossenen Augen im Bett.

»Jule!«, ruft Lilly leise.

Jule richtet sich mühsam auf. »Gott sei Dank, Lilly. Ich dachte schon, du kommst überhaupt nie wieder.«

»Es war doch nur eine Woche.«

»Zu lange, viel zu lange«, murmelt Jule. »Deine Mutter schafft das nicht allein.«

»Die schafft mehr, als man denkt. Und morgen kommen die Männer zurück.«

»Miroslaw will aber keine kranke Frau.«

Lilly lacht. »Dann musst du wohl ganz schnell gesund werden.«

»Kümmerst du dich um Julius?«

»Natürlich. Aber erst mal muss ich meinen Rucksack auspacken und bei Bambergers etwas aufräumen. Du kannst dir gar nicht vorstellen, wie unordentlich da alles ist. Miriam und Engelchen sind spazieren. Wenn ich unten fertig bin, komm ich und helfe euch hier oben.«

Nachdenklich geht sie wieder ins Parterre. Sie wird helfen, natürlich. Aber zuerst einmal will sie ihr Kind in die Arme nehmen.

Vor der unteren Wohnungstür steht Albertchen, offenbar hat er auf sie gewartet.

»Sie sind weg«, sagt er.

»Wer ist weg?«

»Die Juden. Sie sind abgereist. Am Mittwochabend, mit zwei

großen Koffern. Nicht etwa zu Fuß wie früher, als man sie weggejagt hat, sondern per Auto, ganz bequem. Ein silbergrauer Horch. Ist doch typisch, hab ich gedacht, jetzt muss unsereins zu Fuß gehen, aber die Juden, die fahren Auto. Und was wird nun wohl aus der Wohnung, hab ich mich gefragt. Vielleicht könnten wir da ja ein Geschäft draus machen, du und ich gemeinsam. Ich kenne Leute, die viel Geld ausgeben würden für ein Zimmer. Der Hausbesitzer merkt's ja nicht so schnell, dass die alten Mieter weg sind. Wir könnten die Zimmer sogar stundenweise vermieten. Was meinst du, Lilly?«

Lilly wird schwindlig. Sie muss sich am Türgriff festhalten, um nicht umzufallen.

»Was is'n los? Geht's dir nicht gut?«, fragt Albertchen.

»Schon vor drei Tagen …?«, flüstert Lilly.

»Genau, am Mittwoch.«

»Und … war das Kind dabei?«

»Glaub schon. Ja, bestimmt, das Kind war dabei, jetzt fällt's mir wieder ein. Er hat's auf dem Arm getragen.«

Mit zitternden Fingern versucht Lilly, den Schlüssel ins Schloss zu stecken.

»Was is'n bloß los mit dir«, sagt Albertchen wieder. »Ich dachte, du warst auf Erholung. Bist ja auch ganz schön braun gebrannt, steht dir gut. Lass mich mal machen.«

Er nimmt ihr den Schlüssel ab, schließt auf und geht vor ihr in die Wohnung. Neugierig sieht er sich um. »Prima Räume! Da könnt man wirklich was draus machen!«

Lilly schiebt sich an ihm vorbei, läuft ins Bad, schließt sich ein und muss sich übergeben.

Mit zwei Koffern weggefahren. Engelchen auf dem Arm. Ein silbergrauer Horch. Nein, nein, nein, es ist unmöglich. Albert Neuhauser will sie nur ängstigen. Sie spült sich den Mund, wäscht sich das Gesicht und verlässt das Badezimmer.

»In jeden Raum ein Bett«, sagt Albertchen, »ich weiß, wo man ganz gute Matratzen kriegt, gegen ein paar Ami-Zigaretten. Und die habt ihr ja.«

»Bitte geh jetzt«, sagt Lilly.

»Warum denn? Ich will dir doch bloß helfen. Bisschen aufräumen und so. Sieht ja ziemlich wild aus hier.«

»Die Reise war sehr anstrengend«, murmelt Lilly, »und ich bin sehr müde.«

»Na klar. Ruh dich aus. Kannst ja auch etwas schlafen.« Albertchen spielt den Beschützer und fühlt sich offenbar sehr wohl in der Rolle. »Und wenn du aufwachst, hab ich hier alles sauber gemacht.«

Lilly stolpert in ihr Zimmer, schließt die Tür und fällt aufs Bett. Das Kind auf seinem Arm. Zwei Koffer. Schon vor drei Tagen. Sie muss etwas unternehmen, sofort. Drei Tage sind eine lange Zeit. Sie können schon wer weiß wie weit gekommen sein.

Aber hier jammern und auf dem Bett herumliegen, das ist wohl das Allerfalscheste. Als sie sich aufrichtet, sieht sie den Brief. Der lehnt auf ihrem Schreibtisch gegen ein paar Bücher, wie man es ja vom Kino kennt, wenn jemand seinen Abschied oder auch seinen Selbstmord erklären will. »Für Lilly«, steht auf dem Kuvert. Als Lilly es öffnet, fällt ihr als Erstes der kleine Madonnen-Anhänger entgegen. Dann der Brief.

Miriam schreibt:

Es tut mir so Leid, dass ich dir Kummer machen muss. Aber dein Kummer wird vergänglich sein und dir nicht die Seele zerreißen, denn du hast das Kind ja nicht geboren, sondern es irgendwo gefunden und mitgenommen. Und nun habe ich es gefunden und nehme es mit, damit es mir meine zwei Kinder ersetzt, das geborene und das ungeborene. Mein Recht ist das einer Mutter, dein Recht war nur das einer Bewahrerin.

Wenn es nach mir gegangen wäre und ich ein Mensch wie du sein dürfte, dann hätte ich wohl auch hier bleiben und das Kind mit dir teilen können. Dann wärest du vielleicht wirklich meine Freundin geworden, und wenn du eines Tages selbst ein Kind geboren hättest, wäre mir ein liebevoller Anteil davon sicher gewesen. Aber ich bin eben nicht normal, bin nicht wie du. Mein gelebtes Leben ist wie ein großer Sack voller Leid und Grauen, voller Entwürdigung, Verachtung, Schmerzen und Verlust. Jetzt muss ich, ob ich will oder nicht, mit meinem Mann Josua nach Israel gehen, damit er dort sterben und ich vielleicht endlich zu neuem Leben erwachen kann. Das, was er sich für mich von der Reise erhofft, ist, dass ich als Jüdin unter Juden doch noch normal werde, ein Mensch wie die anderen Menschen auch.

Von meinem ersten Kind habe ich mich getrennt, um es nicht mit in den Tod zu nehmen. Von diesem Kind nun hoffe ich, dass es mir hilft zu überleben. Seitdem ich es kenne und du mir erzählt hast, dass es ein Findelkind ist, habe ich es mehr und mehr als Ersatz für mein eigenes Kind, ja schließlich sogar als dessen Verkörperung empfunden. Es wäre doch möglich, dass dieser grausame Gott, zu dem ich so viele Male umsonst gebetet habe, sich ein einziges Mal auch darin gefällt, ein gerechter, gütiger Gott zu sein.

Niemand hat sich bei mir je für den Verlust meines ersten Kindes entschuldigt. Ich jedoch habe oft in Gedanken Angelikas leibliche Mutter um Verzeihung gebeten, und jetzt bitte ich dich in geschriebenen Worten: Ihr, die ihr dieses Kind auch liebt, verzeiht mir. Und wenn ihr das nicht könnt, dann muss ich das zwar bedauern, aber es wird die Summe meiner Leiden nicht erheblich vergrößern.

Versuche nicht, uns zu finden. Wir haben unsere Namen geändert, besitzen einwandfreie Papiere und reisen unter dem Schutz der Haganah. Zuerst nach Südamerika – in welches Land, möchte ich dir verschweigen, damit du dich nicht in unsinnige Nachforschungen stürzt – und später dann, wenn die Engländer endlich ihren Druck auf unser Land etwas lockern, heim nach Israel. Spätestens nächstes Jahr in Jerusalem!

Miriam Bamberger

Lilly stürmt aus der Wohnung, ohne sich noch weiter um Albertchen zu kümmern. Ein paar Stunden lang rennt sie sinnlos in der Gegend herum, läuft zu den Plätzen, die sie mit Engelchen und Miriam besucht hat, zu den Friedhöfen, den Parks, der Behelfssynagoge, als ob sie dort ihr Kind wiederfinden könnte. Die Zeit zurückdrehen, besser Acht geben, niemals der seelisch kranken Miriam das Kind anvertrauen, ja sie nicht einmal in seine

Nähe lassen! Der Schmerz würde nicht Lillys Seele zerreißen, weil ihr Körper das Kind nicht geboren hatte? Welch eine abwertende, hochmütige Beurteilung ihrer Gefühle! Offenbar gesteht Miriam ihr nicht einmal das Anrecht auf tief greifendes Leid zu, weil sie selbst bereits alles Elend dieser Welt für sich vereinnahmt hat.

Ach, wäre Lilly doch nie in diese Freundschaft hineingeraten. Hätte sie doch auf diese leise innere Stimme gehört, ganz abgesehen von Mamas lauter, die von Anfang an dagegen gewesen ist. Aber Benedictas Gutgläubigkeit und allumfassende Hilfsbereitschaft hatten die Bedenken niedergewalzt.

Benedicta! Lilly braucht dringend jemanden, an dem sie ihre Wut und Trauer und Hilflosigkeit austoben kann. Aber die Andachtsbaracke ist verschlossen und in der Suppenküche befindet sich nur Oma Elli, die dabei ist, die Töpfe abzuwaschen.

»Wo ist Benedicta?«

»Nicht hier, wie du siehst. Sie macht Besuche.«

»Wenn man jemanden braucht«, schreit Lilly, »dann ist er nie da. Und weißt du was? Man hat mir mein Kind gestohlen. Und Benedicta ist schuld.«

»Nun red mal keinen Unsinn, Mädchen. Setz dich hin, ich hab hier auch noch einen Rest Suppe.«

Aber Lilly will sich nicht setzen und ist schon wieder zur Tür hinaus, bevor Oma Elli noch irgendetwas begreift.

Die Polizei – wozu gibt's schließlich die Polizei. Sie rennt zur Wache.

Dort trifft sie auf ihren alten Bekannten, den Klingelpolizisten. »Wen haben wir denn da?«, sagt er und seine Augen glitzern schadenfroh. »Das Früchtchen, das sich so gut mit den Tommys versteht. Und wieso besinnt sich die Dame plötzlich auf die deutsche Polizei?«

»Sie sind weg«, keucht Lilly, »die Bambergers sind weggefahren und haben meine … meine kleine Schwester mitgenommen. In einem grauen Horch.«

»Wer?«

»Die Leute, die bei uns im Parterre wohnen.«

»Die Juden?«

»Ja. Sie sind weg und haben meine kleine Schwester mitgenommen.«

»Na und? Ist doch so schönes Wetter. Die wollen einen netten Ausflug machen, vielleicht zu Hagenbeck.«

»Bestimmt nicht. Die wollen nach Palästina. Das ist für immer.«

Der Polizist lacht. »Warten wir doch erst mal ab bis morgen früh. Vor vierundzwanzig Stunden werden wir nie aktiv mit einer Fahndung. Sonst hätten wir ja viel zu tun.«

»Aber sie sind doch schon seit drei Tagen weg.«

»Und warum kommst du erst jetzt?«

»Ich war verreist.«

»Und warum ist deine Mutter nicht gekommen?«

»Die hat's nicht gemerkt.«

»Aha. Die Frau merkt nicht mal, wenn ihr kleines Kind verloren geht. Schöne Familie seid ihr. Hab ich ja schon vorher gewusst. Und wenn's um die Juden geht, da ist sowieso nichts zu machen. Die haben ja speziellen Schutz momentan in unserem Land, können sich bei uns alles erlauben.«

»Aber es muss doch irgendeine Möglichkeit geben!«

»Versuch's bei der englischen Kommandantur. Zu denen hast du doch beste Beziehungen.«

Beziehungen? Billy ist nicht mehr da und Nick auch nicht.

Ein ältlicher Sergeant sitzt hinter dem Schreibtisch und betrachtet sie durch dicke Brillengläser. Er ist nicht unfreundlich, macht sich sogar Notizen.

»Listed as Displaced Persons?«, fragt er sie.

»Yes ... no ... I don't know. Polish-German Jews on their way to Palestine.«

»That's where they all want to go. But we can't let them in. Because of the Arabs. They own the country. We have our responsibilities, you know!« Und dann erklärt er Lilly umständlich die englische Position in Sachen Palästina.

Lilly steht wie auf Kohlen. »But they took my baby away.«

»Your Baby? Well, don't worry about it. Since we won't be letting them in, they will soon be back here. Where else can they go? Nobody wants them.«

In ihrer Verzweiflung erzählt Lilly dem freundlichen Sergeant die ganze Geschichte, falsche Papiere, geänderte Namen, zuerst nach Südamerika, von da aus dann nach Israel. »Next year in Jerusalem, you know.«

Er hört ihr geduldig zu, hat wohl grad nichts anderes zu tun. Und was denn mit dem Baby sei, ihr eigenes Baby?

»No, no, my little sister, my mother's baby. And they've stolen her.«

Er schüttelt traurig den Kopf. Diese Juden, so seien sie eben. Fast wie die Zigeuner. Troublemaker, würden vor nichts zurückschrecken. Da wären ja auch viele umgebracht worden während der Hitler-Zeit, das müsse man zugeben. Und nun würden die Juden eben die Kinder anderer Leute stehlen, um die Toten zu ersetzen.

Lilly ist drauf und dran, Josua und Miriam zu verteidigen, aber dann denkt sie, dass dieser Mann sie sowieso nicht verstehen würde, und sie bedankt sich und sagt, sie müsse jetzt gehen.

»What are you thanking me for?«, fragt er. »And if you hear anything from them, just let me know. We are very interested in Jewish activities, because of the illegal immigration.«

Als sie schon an der Tür ist, fällt ihm noch etwas ein. »We could need somebody to help us out with translations and secretarial work. Your English seems to be fluant. How about three to four hours a day? For Sterling.«

Lilly zuckt die Schultern. »I don't know.«

»Think about it. I'm Sergeant John Fairbrick. Just refer to me when you've decided. And who knows, maybe we could do then something together about the baby.«

Als Lilly endlich nach Hause kommt, hat Albertchen inzwischen die Bamberger'sche Wohnung blitzeblank geputzt. »Mann!«, sagt er. »Hier kann man wirklich was draus machen.«

Lilly antwortet nicht. Sie ist todmüde.

»Deine Mutter war hier, hat dich gesucht. Die wusste noch gar nicht, dass die Juden weg sind. Irgendwie hat sie sich furchtbar drüber aufgeregt. Und du sollst sofort nach oben kommen, wenn du zurück bist.«

»Ich kann jetzt nicht«, sagt Lilly. »Sei so nett und geh und sag ihr, dass ich mich schlafen gelegt habe. Und dass ich dann morgen früh nach oben komme.«

»Mach ich.« Albertchen strahlt. »Ich bin ja so froh, dass wir uns endlich besser verstehen.«

Während der Nacht klingelt es wiederholt an ihrer Tür, aber sie macht nicht auf. Sie will mit niemandem reden, niemanden sehen. Sie ist halb verrückt vor Kummer und Angst, und anstatt dass sie im Laufe der Nacht ruhiger wird und ihre Erschöpfung in Schlaf übergeht, wird sie immer wacher und wirrer und verzweifelter. Sie wirft sich auf ihr Bett und versucht zu beten. Aber dann denkt sie, dass Gott es vielleicht als respektlos ansehen würde, wenn jemand sein Gebet im Liegen verrichtet, und sie kniet am Boden, senkt den Kopf und faltet die Hände vor der Brust. Ein Gebet bringt sie aber immer noch nicht zustande, sie schämt sich zu sehr ihrer ungewohnten Demutshaltung, mit der sie Gott offenbar bestechen will. Miriams Worte aus dem Brief drängen sich ihr auf, diese Hoffnung, dass der sonst so grausame Gott ihr doch endlich einmal Güte und Gerechtigkeit zukommen ließe. O ja, das hat Lilly sich auch immer für Miriam gewünscht und dabei nicht geahnt, dass sie selbst es sein würde, die diese Gottesgerechtigkeit mit dem schlimmsten Verlust ihres Lebens bezahlen muss.

Verlust? Das klingt endgültig, nein, nein, das wird sie nie akzeptieren. Sie wird kämpfen, wird hinter Bambergers herreisen bis ans Ende der Welt, sie wird sich ihr Kind zurückholen. Auf den Knien zu liegen und mit Gott zu rechten, ihn gar um seine Hilfe anzugehen, macht doch überhaupt keinen Sinn. Wie viel tausend Mal hat Miriam das umsonst getan – auch hierin Lilly weit voraus. Und schließlich hat Miriam sich selbst helfen müssen, um Gottes Hilfe zu erzwingen.

Lilly springt auf. Sie muss systematisch vorgehen. Bis vor drei Tagen haben Bambergers hier gelebt und ihren Aufbruch vorbereitet und alles genau geplant. Lillys Klassenreise muss ihnen wie ein großes Geschenk erschienen sein. Wohin ist Josua während der letzten Wochen immer wieder gefahren, wer hat ihnen geholfen, wem gehört dieser silbergraue Horch, von dem Albert Neuhauser berichtet hat? Es muss doch irgendwelche Spuren geben, etwas, woraus man Schlüsse ziehen kann.

Zuerst wird sie die Wohnung durchsuchen! Lilly knipst alle Lichter an, läuft durch die Zimmer und verflucht Alberts Aufräumarbeit. Sogar den Mülleimer hat er ausgeleert. Ausgeleert wohin? In den großen Behälter vermutlich. Lilly nimmt eine Taschenlampe, rennt über den Hinterhof in den Keller. Als sie spürt, dass ihr eine Ratte über die Füße huscht, tritt sie wild um sich, aber sie läuft nicht weg. Sie durchwühlt den stinkenden Müll, stößt auch auf Gegenstände, die vermutlich aus ihrer Wohnung stammen – zwei alte zerrissene Windeln von Engelchen, ein halb zerbrochenes Glas, ein paar Zeitungsseiten – sonst nur Scherben und Asche. Damit kann sie nichts anfangen. Immerhin nimmt sie die Zeitung an sich.

Als sie zurückkommt in die Wohnung, setzt gerade eine der üblichen Stromsperren ein. So sitzt sie in ihrem dunklen Zimmer, zerknittert die Zeitung in den Händen und lauscht gewohnheitsgemäß auf den Atem ihres Kindes – das nicht mehr da ist.

Lilly bleibt die ganze Nacht auf, grübelt, macht sich Vorwürfe, klagt an, versucht sich an Hinweise zu erinnern, die Miriam ihr vielleicht unbewusst gegeben hat. Immer wieder liest sie im Licht ihrer Taschenlampe Miriams Brief. Bis schließlich die Batterien leer sind, aber da kann sie den Brief schon fast auswendig. Unter dem Schutz der Haganah? Hatten die das Auto besorgt? Und ob Albertchen sich nicht vielleicht an die Nummer erinnert? Lillys Augen brennen, sie ist vollkommen erschöpft, aber sie kann nicht schlafen, nicht einmal weinen.

Am Morgen tut ihr der ganze Körper weh, jedes einzelne Glied, als hätte sie schlimmste Schwerstarbeit geleistet. Sie hat weder Hunger noch Durst, sie will sich weder waschen noch umziehen, sie will nur, dass alles aufhört und sie nichts mehr denken und fühlen und hören und sehen und sich nicht mehr bewegen muss.

Dann klingelt es wieder an der Haustür, anders diesmal, entschlossener, fordernder, und dazu schlägt noch jemand wild an die Tür. Ein unerträglicher Lärm! Er dringt schmerzhaft in sie ein, sie muss versuchen, ihn abzustellen.

Also geht sie zur Tür. Sie ist verwundert, dass sie einen Fuß vor den anderen setzen und den Schlüssel umdrehen kann.

Draußen steht Markus. »O Gott, Lilly!« Er sieht sie an, breitet die Arme aus und sie lässt sich hineinfallen. Jetzt endlich kann sie weinen. Blind und willenlos lässt sie sich von ihm in ihr Zimmer schieben, aufs Bett legen und zudecken.

»Wir machen das schon ...«, murmelt er immer wieder, »wir finden sie, wir holen sie zurück, niemand kann spurlos verschwinden. Jetzt komm erst mal zu dir, du siehst aus, als wolltest du gleich sterben. Versuch ein wenig zu schlafen, ich bleib bei dir und pass auf dich auf.«

Als Lilly wieder aufwacht, nach zwei Stunden oder vielleicht auch sieben – sie hat jedes Zeitgefühl verloren –, sitzt Markus immer noch an ihrem Bett.

Mit einem Ruck fährt sie hoch. »Sie haben Engelchen mitgenommen!«

»Ja, ja«, sagt er und streichelt ihre Hand. »Du siehst jetzt schon viel besser aus.«

»Wir müssen etwas tun.«

»Natürlich müssen wir das. Nun komm, steh auf, geh ins Bad, mach dich frisch. Und dann werden wir mit Miroslaw und Jupp beraten, wie wir am besten vorgehen.«

»Du hättest mich nicht so lange schlafen lassen sollen.«

»Auf ein paar Stunden mehr oder weniger kommt's jetzt auch nicht mehr an. Die Bambergers sind doch schon seit Tagen weg. Einfach so hinter ihnen herzulaufen ist sinnlos. In welche Richtung denn überhaupt? Wir müssen erst einmal rauskriegen, was sie in den letzten Tagen gemacht und geredet und vorbereitet haben, und dann eine vernünftige Strategie entwickeln.«

»Ich war bei der Polizei«, sagt sie.

»Aha.«

»Und auch auf der Kommandantur.«

Er nickt. »Und natürlich hat das überhaupt nichts genützt.«

Lilly hat das seltsame Gefühl, in zwei Personen aufgespalten zu sein. Die eine tut etwas, die andere schaut zu. Die eine, das muss wohl sie selbst sein, und die andere eben die andere. Lilly steht nun tatsächlich auf, nimmt eine frische Bluse aus dem Schrank und geht ins Bad.

Du siehst ja grässlich aus, sagt die andere, woraufhin Lilly sich viel kaltes Wasser ins Gesicht kippt und die langen dunklen Haare mit einem Gummiband im Nacken zusammenfasst.

Schon besser.

Als sie aus dem Bad kommt, fragt Markus, ob Miriam irgendetwas hinterlassen hätte.

»Einen Brief. Der liegt auf dem Tisch. Und Engelchens Marienanhänger. Und dann ein paar Zeitungsseiten, die ich aus dem Müll gefischt hab.«

»Gib her.«

Sie verschließen die Wohnung und gehen nach oben. Auf der Treppe macht die andere Lilly überflüssigerweise darauf aufmerksam, dass Markus den Arm um sie gelegt hat.

Onkel Jupp und Miroslaw sitzen am Küchentisch. Um nicht gleich von Engelchen reden zu müssen, sagt Lilly: »Was ist mit Jule, wie geht es ihr?«

»Fast gut«, sagt Miroslaw. »Muss ich nur kommen zurück, gleich wieder besser. Und wie geht's Panienka?«

Tränen schießen Lilly in die Augen. Sie senkt den Kopf. »Na, wie soll's mir schon gehen.«

Heulen nützt dir überhaupt nichts, höhnt die andere, *das macht dich nur unattraktiv.*

Onkel Jupp wirkt sehr bedrückt, Miroslaw ist vor allem wütend.

»Ich hätte es wissen müssen!«, sagt Onkel Jupp.

»Ich auch«, sagt Lilly.

»Kann man eben nicht trauen, die Juden!«, sagt Miroslaw.

Onkel Jupp seufzt. »Hör auf mit diesen alten Nazisprüchen. Ich weiß doch, dass das von deiner Seite nur Gerede ist. Was hast du denn während der letzten Jahre mit mir zusammen getan? Hast Juden geholfen zu überleben.«

»Nicht Juden, Pan Josef, Menschen.«

»Und wieso ist Miriam Bamberger kein Mensch? Du weißt doch, was ihr passiert ist. Sie hat ihr eigenes Kind weggegeben, nur auf die Chance hin, dass eine gütige polnische Frau es *vielleicht* retten würde.«

»Damals war Mensch, hab ich groß Mitleid. Jetzt nicht mehr. Ist ja kein Rettung jetzt, ist Diebstahl. Hat gestohlen unser Polenkind, hat gemacht traurig Panienka. Und wird nun machen Polenkind jüdisch. Schlimm, sehr schlimm.«

Obgleich sie es eigentlich überhaupt nicht will, mischt Lilly sich ein. »Und was glaubst du denn, was diese unbekannte polnische Frau mit Miriams Kind gemacht hat? Sie hat ihm einen Marienanhänger umgehängt, damit aus dem Judenkind ein christliches wird.«

Die andere beschwert sich. *So weit kommt es noch, dass du Miriam verteidigst!*

»Nicht etwa, dass ich Miriam verteidigen will«, sagt Lilly.

Markus hat inzwischen Miriams Brief gelesen. »Sie schreibt hier«, sagt er, »dass sie unter dem Schutz der Haganah reisen.«

Onkel Jupp scheint das immerhin als positive Nachricht zu werten. »Haganah – ein kleiner Hinweis. Die Haganah und die Brichah arbeiten Hand in Hand. Und wir arbeiten für die Brichah. Man wird uns vielleicht helfen.«

»Man wird nicht helfen gegen Juden«, sagt Miroslaw.

Den ganzen Tag über werden Pläne gemacht. Markus verschwindet für kurze Zeit und kommt dann mit dem polnischen Jungen zurück, den Lilly schon kennt. Er wird offenbar als Kurier benutzt. Miroslaw erklärt etwas, gibt ihm Geld und schickt ihn wieder fort.

Die Zeitungsseiten aus dem Mülleimer werden genau untersucht – sie stammen aus einer polnischen Tageszeitung und Miroslaw sagt, dass er darin keinen Hinweis auf Bambergers Absichten entdecken kann. Und Miriams Brief? Immer wieder muss Lilly ihn vorlesen.

»Was ist die Haganah?«, fragt Lilly irgendwann.

»Haganah ist ein hebräisches Wort und heißt Selbstschutz«, erklärt Onkel Jupp. »Das ist eine militärisch aufgezogene Organisation, die versucht, ihre Leute gegen die Willkür der britischen Mandatsherren zu beschützen und so viele wie möglich nach Palästina zu holen.«

»Und dies andere Wort, das du gesagt hast, irgendetwas mit B?«

»Brichah, das heißt Flucht. Längst nicht so gut organisiert wie die Haganah. Die arbeiten in kleinen Gruppen, sozusagen am anderen Ende, denn um Menschen nach Palästina zu bringen, müssen sie erst einmal aus den Ostländern herausgeholt werden. Ich hab's dir doch neulich erklärt. Miroslaw und Markus und ich gehören zu einer dieser Brichah-Gruppen.«

»Wenn ihr für die Brichah arbeitet, dann besteht ja vielleicht wirklich Hoffnung, über eure Leute an die Haganah zu kommen und etwas über Bambergers zu erfahren.«

»Ich weiß nicht«, sagt Onkel Jupp deprimiert. »Darin hat Miroslaw wohl Recht, die Haganah wird nie etwas über ihre eigenen Leute verraten.«

Gegen Abend muss Markus noch einmal weg. »Wohin gehst du denn?«, fragt Lilly.

»Wir haben letzte Nacht zweiunddreißig polnische Juden ins DP-Lager bei Ahrensburg gebracht. Ich muss sehen, ob da alles in Ordnung ist.«

»Und was ist mit Engelchen?«

»Bestimmt geht's ihr gut. Miriam sorgt für sie.«

»Natürlich tut sie das. Aber ich will sie wiederhaben.«

»Ich weiß.«

Die andere meckert: *Seine zweiunddreißig polnischen Juden sind ihm eben doch viel wichtiger als unser Engelchen.*

»Bleib nicht so lange, Markus«, bittet Lilly.

Als er gegangen ist, wendet Lilly sich an Onkel Jupp. »Wenn eure Brichah und diese Haganah nicht helfen wollen, dann muss man sich eben doch an die Engländer wenden.«

»Und sich damit gegen die jüdische Sache stellen?« Onkel Jupp schüttelt den Kopf. »Ich glaube, das könnte ich nicht.«

»Es geht hier doch nicht um eine jüdische Sache«, sagt Lilly. »Es geht um mein Kind!«

»Ja, ja«, sagt Onkel Jupp müde, »ich weiß.«

Lilly, die ihren Onkel selten so resigniert erlebt hat, springt auf. »Und überhaupt ist mir diese ganze jüdische Sache vollkommen gleichgültig«, schreit sie, »von mir aus sollen sie doch alle nach Palästina gehen oder im Mittelmeer ertrinken oder in Polen und Russland bleiben. Vollkommen gleichgültig. Ich will mein Kind zurückhaben. Für dich geht's immer nur um das Große, Ganze. Du hilfst Hunderten von Leuten, weil es dir in deinen politischen Kram passt – na großartig. Aber wenn du einem einzelnen kleinen Kind helfen sollst, dann gibt's da natürlich plötzlich politische Bedenken.«

Dem hast du's ja schön gegeben!, sagt die andere spöttisch. *Und dabei weißt du genau, dass du im Unrecht bist.*

»Ich brauch mal etwas Luft«, sagt Lilly und verlässt die Küche.

Sie rennt umher, wie sie es am Tag zuvor getan hat, immer von einem Erinnerungsort zum nächsten. Wobei sich die andere nicht enthalten kann, zu allem ihren Senf zu geben, mit der Absicht, alle Erinnerung kaputtzumachen.

Schließlich macht Lilly ihrem sinnlosen Umherlaufen ein Ende und geht noch einmal zur englischen Kommandantur. Wenn sich Onkel Jupp nicht an die Engländer wenden kann oder will, dann muss sie es eben allein machen.

Sie hat Glück. Derselbe Sergeant sitzt am Schreibtisch und sieht ihr entgegen. »Hello«, sagt er, »the young lady with the lost baby. Did you find her?«

»No, I didn't«, antwortet Lilly. »But I want that job.«

»Which job?«

»The one you offered me yesterday. Translations and secretarial work.«

»O yes, I remember now.«

Und tatsächlich ist er bereit, sie einzustellen. Sie soll morgen Nachmittag wieder vorbeikommen, dann wäre Captain McCann da und man könne die Details besprechen.

Es wird schon dunkel, als sie nach Hause kommt. Markus steht vor der Tür und wartet auf sie. »Du kannst doch nicht einfach weglaufen! Ich hab mir Sorgen gemacht.«

»Du bist doch auch weggelaufen.«

»Ich hatte zu tun.«

»Ich auch.«

»Du bist in keinem guten Zustand, Lilly!«

»In welchem Zustand wärst du denn wohl, wenn man dir dein Kind gestohlen hätte?«

Sie geht ins Haus und schließt ihre Wohnungstür auf. »Ich bin so entsetzlich müde.«

»Du solltest nicht allein schlafen in der leeren Wohnung. Da kriegst du ja Albträume. Komm mit nach oben. Warum beziehst du nicht wieder dein altes Bett?«

Lilly denkt kurz nach. »Ja«, sagt sie dann, »das werd ich tun. Für ein paar Tage, bis es mir besser geht.«

Und wieder kann sie nicht schlafen. Sie lauscht auf den Atem ihrer kleinen Geschwister. Felix hustet ein wenig, Josi liegt ganz still. Wo mochte Engelchen jetzt sein? Vielleicht schon auf einem Schiff nach Südamerika, vielleicht aber auch in einem heimlichen Lager der Haganah. Josua hat sich von Onkel Jupp als »Miete« für die Vorratskammer immer Babynahrung erbeten. Die Reise ist also schon lange vorgeplant gewesen und Lilly hat nur nichts gemerkt.

Zu viel Vertrauen ist Dummheit, sagt die andere.

Lilly wälzt sich im Bett hin und her. Dumm, gutgläubig!

Warum hast du dich denn überhaupt auf die Bambergers eingelassen?, fährt die andere fort. *Doch nicht aus unbezwinglicher Sympathie, sondern weil du, die du schließlich zum Volk der Täter gehörst, dich rübermogeln wolltest zu den Opfern. Und nun bist du tatsächlich so eine Art Opfer geworden – selbst schuld!*

Schließlich hält Lilly es nicht mehr aus. Sie steht auf und verlässt das Zimmer, das sie so lange mit ihren kleinen Geschwistern geteilt hat. Ganz kurz noch verhält sie vor Markus' Tür, dann schlüpft sie hinein. Das Zimmer riecht immer noch ein wenig nach Lavendel.

Markus setzt sich auf. »Lilly?«

Sie zittert so sehr, dass sie kaum sprechen kann. »Ich schaff's nämlich nicht, Markus«, flüstert sie mit klappernden Zähnen. »Noch eine Nacht allein, das halte ich nicht durch.«

»Dann komm«, sagt er und schlägt seine Decke zurück. »Das Bett ist groß genug für zwei.«

Am nächsten Morgen wird Lilly von einem Sonnenstrahl geweckt, der ihr durch das Lukenfenster ins Gesicht scheint. Sie hat tief und lange geschlafen. Markus ist nicht mehr da.

Als sie aus der Kammer kommt, begegnet sie Oma Elli. Die stutzt, nickt dann und brummt verständnisvoll: »Das eine, was du verlierst, das andere, was du gewinnst.«

»Nein!«, sagt Lilly. »Wir haben es nicht wirklich verloren. Wir werden es uns zurückholen.«

»Da sei dir nur nicht ganz so sicher«, sagt Oma Elli. »Aber den Markus, den solltest du festhalten, komme, was da wolle. Der ist richtig für dich. Die kindischen Haschmich-Spiele habt ihr lange genug getrieben. Inzwischen seid ihr beide alt genug für etwas Ernsthaftes.«

Lilly zuckt die Schultern. »Ich weiß nicht ... ja, vielleicht. Aber so ernsthaft war das letzte Nacht gar nicht.«

»Nicht ernsthaft? Was hast du denn dann in seiner Kammer gemacht?«

»Ich wollte nicht alleine sein.«

»Aha«, sagt Oma Elli und lächelt. »Immerhin ein Anfang.«

»Wo ist Markus denn hingegangen, hast du ihn gesehen?«

»Die Männer sind früh weg. Wie üblich. Und der kleine Neuhauser hat schon mehrmals nach dir gefragt.«

»Ach so, ja. Weißt du, wovon der träumt? Der will aus der Bamberger'schen Wohnung eine teure Absteige machen.«

»Keine schlechte Idee«, sagt Oma Elli. »So viel praktischen Sinn hätte ich dem gar nicht zugetraut. Aber daraus kann natürlich nichts werden. Benedicta und ich brauchen dringend Räume für unsere allerärmsten Suppenküchler.«

»Daraus wird auch nichts. Weil die Wohnung nämlich immer

noch Bambergers gehört. Und weil sie so bleiben muss, bis Bambergers zurückkommen.«

»Die kommen nicht wieder, Kind, das weißt du doch.«

»Ich will es aber nicht wissen. Ich will darauf vertrauen, dass sie zurückkommen, weil sie mir doch mein Engelchen wiederbringen müssen.«

»Nun dreh mal nicht durch, Lilly. Im Grunde genommen ist das Kind doch niemals wirklich deins gewesen. Der Herrgott hat's dir nur freundlicherweise für eine Zeit überlassen, als Glücksbringer sozusagen. Und nun ist eben jemand anderes dran, jemand, der das Glück vermutlich sehr viel nötiger hat als du.«

»Du sprichst, als ob mein Engelchen eine Art Medizin wäre – das kann dir nur Benedicta eingeredet haben. Und auf eine göttliche Zuteilungsordnung verlass ich mich sowieso nicht mehr. Der Herrgott hat sich während der letzten Jahre mit seinem Geben und Nehmen als ziemlich wahllos erwiesen.«

»Seine Wahl ist eben nicht immer unsere Wahl.«

12. Kapitel

Während der kommenden Tage und Wochen erlebt Lilly heftige Stimmungsschwankungen. Mit der Suche nach Bambergers geht es nicht voran. Der Einzige, der die Familie hat abfahren sehen, Albertchen Neuhauser, erweist sich als ein sehr unzuverlässiger Zeuge. Ein silbergrauer Horch? »Na ja«, sagt er, »vielleicht war's ja auch ein Ford.« Und silbergrau? »Es war ja schon recht dunkel, weißt du«, sagt er, »und bekanntlich sind des Nachts ja alle Katzen grau.«

Lilly ist weiterhin freundlich zu ihm, weil sie sich doch noch irgendeine Information verspricht, aber es kommt nichts, außer dass sie durch eine zufällige Bemerkung von ihm begreift, wer damals die Steinhöfers wegen illegaler Vorratshaltung bei den Ordnungshütern angezeigt und dabei auch gleich deren Augenmerk auf den armen Billy und dessen »unsauberes« Verhältnis zu Lilly gerichtet hat.

Albertchen nämlich ist überglücklich, dass Lilly ihn nun nicht mehr verachtet, und es macht ihm nicht die geringsten Schwierigkeiten, sogar seine Mutter auf dem Altar der neuen Freundschaft zu opfern. »Die ist wirklich sehr missgünstig und kann überhaupt niemanden so recht leiden, außer dem großen Adolf, den hat sie geliebt. Und dass der nun tot ist, daran sind natürlich all die bösen Gegner schuld, klar, und hier bei uns sind das die Engländer, und wenn die sich dann auch noch an die deutschen Mädchen ranmachen, dann sieht sie rot. So war das also. Ich selbst bin da ja sehr viel großzügiger, vor allem, wenn die Sache vorüber ist.« Und immer wieder fragt er, was denn nun aus der Bamberger'schen Wohnung wird.

»Ich hab inzwischen Nachricht von ihnen«, sagt Lilly, »die kommen bald zurück.«

»Schade«, sagt Albertchen, »wir hätten viel Geld damit machen können.« Und dann bittet er sie doch tatsächlich um Verzeihung, dass er damals Zbig bei Markus angeschwärzt hat. »Weil der Pole doch dein Freund war«, sagt er mit bekümmertem Blick.

»Ist schon in Ordnung, Albert. Der Pole war nicht mein Freund, und dass Markus ihn verprügelt hat, das war mir nur recht.«

Albertchen strahlt.

Natürlich hat Lilly dankbar registriert, dass es nicht Markus gewesen ist, der Billy verraten hat – aber so sehr wichtig erscheint ihr das alles nicht mehr. Nur eine kleine Hürde auf dem Weg zueinander, genau wie ihre dumme Behauptung, dass sie mit Billy geschlafen hätte. Ein paar klärende Worte, mehr war nicht nötig.

Markus nickt und lächelt erleichtert. »Ich hab's sowieso nicht geglaubt.«

»Ich auch nicht«, sagt Lilly.

Sie wissen beide, dass das nicht stimmt.

Wenn Markus bei ihr ist, kann Lilly manchmal fast glücklich sein. Doch dann kommen wieder diese schwarzen Stunden, in denen sie nur noch ihr Kind wiederhaben will und dafür alles geben würde, auch das Glück mit Markus. Sie wütet gegen Miriam und Josua, gegen die Juden im Allgemeinen und im Speziellen. Ohne Rückendeckung fällt sie in die alten Klischees, die sie doch längst überwunden glaubt. Und ihr unversöhnlicher Zorn richtet sich gegen jeden, der ihr nicht zustimmt. So auch gegen Onkel Jupp, weil der ihr offenbar nicht helfen kann oder will – na klar, der war ja so fasziniert von Miriam! –, gegen Oma Elli mit ihrer blödsinnigen Gerechtigkeitstheorie, gegen Benedicta, die ihr die Bambergers aufgezwungen hat, gegen Papa, der sie mit nichts sagenden Sätzen wie »eines Tages wirst du selbst ein Kind zur Welt bringen« zu trösten sucht, und gegen Mama, der nichts anderes einfällt, als »ich war ja von vornherein skeptisch« zu sagen.

Und auch Markus, der, anstatt Tag und Nacht ihre Hand zu halten, die meiste Zeit mit Onkel Jupp unterwegs ist, kriegt etwas von ihrem Zorn ab. Was macht er während dieser Abwesenheiten? Er arbeitet für die Brichah oder Haganah oder wie die Leute heißen, eben für die, welche ihr das Engelchen genommen haben.

Ohne sich mit ihrer Familie zu besprechen, hat Lilly den Job in der englischen Kommandantur angenommen. Onkel Jupp will sich nicht auf Kosten der Juden mit den Engländern verbünden? Okay – dann wird sie es eben tun.

Sergeant Fairbrick, ein betulicher Familienvater aus Herefordshire, wird ihr Freund. Er hört ihr immer sehr aufmerksam zu. Ja, ja, die Aktivitäten der Brichah, die muss man endlich stoppen! Und falls Lilly irgendeinen Draht dazu hat, soll sie doch versuchen, möglichst viel herauszukriegen. Von wem? Von Onkel Jupp, von Miroslaw, gar von Markus? Sie kann doch nicht gegen ihre eigene Familie spionieren.

Und wenn das auch die einzige Möglichkeit ist, Engelchen wiederzufinden?

Am einfachsten ist es noch mit Miroslaw. »Panienka will wissen, was wir machen in Polen? Bringen Leute über Grenze, weißt du doch.«

»Und dann?«

»Erst in Lager, dann weiter. Nach Frankreich.«

»Und dann?«

»Nach französisch Hafen. Marseille.«

»Und dann?«

»Frag nicht, Panienka, musst nicht wissen alles.«

»Und dann gehen sie alle nach Südamerika?«

Miroslaw lacht. »Südamerika! Viel zu weit weg. Keiner will Südamerika.«

Sergeant Fairbrick nickt und sagt: »Yes, yes. Who wants to go to South America?«

Lilly betrachtet ihn aufmerksam und denkt plötzlich: Der weiß sowieso schon alles, jedenfalls sehr viel mehr als ich. Die Frage ist bloß, wozu er mich dann eigentlich noch braucht.

Und dann kommt ihr eine Idee. Wenn der Sergeant es tatsächlich schon weiß, woher hat der dann seine Information? Doch wohl von einer übergeordneten Stelle, nämlich vom britischen Geheimdienst. Und arbeitet da nicht Isas Freund, der Colonel David Evans-Bernstein, und zwar – vermutlich – in ziemlich hoher Position?

Sofort setzt sie sich hin und schreibt einen langen Brief an Isa, natürlich wie zuvor unter der Deckadresse von diesem Lord Bradmor, der ja offenbar Spaß an Intrigen hat. Darin erklärt sie Isa alles Erklärbare – wobei sie wieder Markus auslässt – und fleht sie an, ihr zu helfen. *»Dein David weiß bestimmt genau Bescheid. Und es wäre doch wunderbar, wenn er sein Spezialwissen zur Abwechslung auch mal für etwas Gutes benutzt.«*

Um das Lord-Bradmor-Kuvert legt sie noch ein drittes, das richtet sie an den Padre Jeremy Gallaghan, stationiert bei der englischen Garnison in Oldenburg, und sie bittet ihn, den Brief mit der *military pouch* so schnell wie möglich nach Stonemeadows zu befördern. *»Nothing wrong about it«*, schreibt sie, *»it's just faster by the pouch and you know, how much Isa is longing for news from me. She'll then be answering the same way.«*

Es wird dann aber doch Juli, bevor Lilly Isas Antwort in Händen hält. Isa schreibt:

Es war gar nicht so einfach, David zum Reden zu bringen. Normalerweise ist er, was seine Geheimdienstarbeit anbelangt, äußerst verschlossen. Und es hat langer Umwege und einiger besonders inniger Umarmungen bedurft – die mir diesmal ziemlich leicht gefallen und gut geglückt sind, ich hab's ja für dich getan! –, bis ich ihn endlich in Erzählstimmung hatte. Na ja, er hat sich damit ja auch keineswegs an Volk und Vaterland vergangen, eher an seiner jüdischen Abstammung, die allerdings ziemlich minimal ist, höchstens ein Viertelchen, mehr nicht.

Um es kurz zu machen: Deine Leute sind vermutlich in einem dieser DP-Lager in Südfrankreich in der Nähe von Marseille. Dass sie nach Südamerika wollen, ist vorgeschoben und stimmt natürlich nicht. Ihr Ziel ist einzig und allein Palästina. In Italien, in Portovenere, lag bis Anfang Juni ein Schiff, dessen heimlicher Besitzer die Haganah ist. Anscheinend hat man es ausgerüstet für über viertausend Passagiere. Es ist ein ehemaliger Flussdampfer, heißt President Warfield *und fährt unter der Flagge von Honduras. Es hat nur sehr wenig Tiefgang, und David ist der Meinung, dass die Haganah-Leute versuchen werden, die englische Blocka-*

de zu durchbrechen und das Schiff irgendwo an der Küste von Palästina in wenig bewachtem Gebiet auf Grund zu setzen. Ziemlich wildes Unterfangen, sagt David, und es tut ihm wirklich Leid um all die armen Juden, von denen dabei sicher eine ganze Menge draufgehen werden, aber seine eigentliche Loyalität gehört eben doch seinem Vaterland – »o Britannia, Britannia rules the waves«, das ist sein Lieblingslied. Inzwischen ist die President Warfield, *bislang noch ohne Passagiere, auf dem Weg nach Frankreich, vermutlich ein kleinerer Hafen, Port de Bouc etwa oder Sète. Dort wird sie dann wohl die Passagiere an Bord nehmen. Die Engländer dürfen sie nicht am Auslaufen hindern, es ist ja französisches Hoheitsgebiet. Und wie die Franzosen sich hierzu stellen, ist fraglich. David ist der Meinung, dass die* President Warfield *in der zweiten oder dritten Juliwoche versuchen wird, sich auf den Weg zu machen. Und falls sie dann tatsächlich Palästina erreichen sollte, wirst du wohl dein Engelchen nicht mehr wiedersehen.*

Noch etwas, Lilly. Sei vorsichtig mit diesem englischen Sergeant, für den du arbeitest. Der weiß doch sowieso schon mehr als du über die illegale Emigration. Was ihn wirklich interessiert, sind wahrscheinlich die heimlichen Aktivitäten von Miroslaw und deinem Onkel. Na ja, darüber würdest du ja sowieso nicht mit einem englischen Polizisten reden.

Als Markus nach Hause kommt, umarmt sie ihn nicht wie sonst und fragt ihn nicht einmal, wie es ihm geht und ob er Hunger oder Durst oder sonst was hat, sie sagt nur mit vor Aufregung rauer Stimme: »Ich muss dringend nach Südfrankreich.«

Markus umarmt sie nun seinerseits und küsst sie und fragt lachend, ob sie ihre Abreise nicht doch noch ein paar Stunden aufschieben könne, er sei ja noch gar nicht richtig angekommen.

Lilly macht sich von ihm los. »Es ist mein Ernst. Ich weiß nämlich jetzt, wo sie sind, jedenfalls ungefähr, also wo sie sich vermutlich momentan aufhalten.«

»Aha«, sagt Markus immer noch lachend. »Und mit ›sie‹ meinst du vermutlich die Bambergers. Und die sind zur Sommerfrische an die französische Riviera gefahren, und dort willst du sie nun besuchen.«

»Markus, bitte!« Und wie so oft in letzter Zeit bricht Lilly mal wieder in Tränen aus. »Ich kann nicht mehr, ich halt's nicht mehr aus. Die Sehnsucht nach dem Kind macht mich verrückt. Bitte, bitte, Markus, amüsier dich nicht auch noch über mich.«

Sofort wird er ernst. »Entschuldige, tut mir Leid. Also nun mal der Reihe nach. Wieso meinst du, dass sie in Frankreich sind?«

Lilly erzählt ihm von Isas Brief, verpflichtet ihn jedoch, auf gar keinen Fall mit irgendjemandem darüber zu reden, auch nicht mit Onkel Jupp.

»Mein Gott, das ist doch typisch meine kleine Schwester! Die schreckt vor nichts zurück. An Isa ist wirklich eine Meisterspionin verloren gegangen.«

»Sie tut es für mich.«

»Für dich und gegen ihren Liebhaber.«

»Er ist nicht ihr Liebhaber.«

»Natürlich ist er das, sei nicht naiv. Der hat doch Mutter und sie nicht aus lauter Menschenliebe mit nach England genommen.« Markus wird sehr nachdenklich. »Sag mal, Lilly, du hast doch nicht etwa mit diesem Sergeant, für den du momentan arbeitest, über Onkel Jupp geredet?«

»Nein, nein. Oder doch, ja, etwas. Aber nicht über das, was ihr in Polen macht. Er hat mich nur mehrmals nach Onkel Jupp gefragt. Das sei ja wohl ein hervorragender Mann. Der hätte doch schon im Krieg Juden zur Flucht verholfen. Und ich hab gesagt: ›Jetzt ist er ja blind, jetzt kann er niemandem mehr zu irgendetwas verhelfen.‹«

»Gut, Lilly. Und was noch?«

»Und dann hat er noch gesagt, dass man sich oft wundert, zu was Menschen fähig sind.«

»Und das war alles?«

»Ich glaube ja.«

»Ich hoffe wirklich sehr«, sagt Markus, »dass der Kummer um dein Engelchen dich nicht dazu bringt, die Übersicht zu verlieren und etwas gegen deine eigene Familie zu tun.«

Lilly schluckt. »Bestimmt nicht.«

»Es steht doch so viel mehr auf dem Spiel als deine Sehnsucht nach einem kleinen Kind, das sich momentan leider irgendwo befindet, wo es nicht sein sollte, dem es jedoch vermutlich gut geht.«

»Das kleine Kind ist aber mein Kind.«

»Nein, meine Liebste, das ist es eben nicht.«

Lilly wirft ihm einen verzweifelten Blick zu. »Nun verstehst auch du mich nicht mehr.«

Natürlich fährt sie nicht nach Frankreich, wie hätte sie denn das auch bewerkstelligen sollen. Zuerst einmal hat sie überhaupt keinen Pass. Und hätte sie einen gehabt, würde ihr immer noch das Visum fehlen.

»Aber ihr schafft es doch auch andauernd, illegal von einem Land ins andere zu gehen«, sagt sie zu Markus.

»Über die deutsch-polnische Grenze, das ja«, antwortet er. »Die polnischen Grenzer sind ziemlich leicht zu bestechen, und im Laufe der letzten Monate haben wir ein stabiles Netz von Beziehungen aufgebaut. Aber Polen ist nicht Frankreich, und wir haben dort nicht die geringsten Kontakte.«

»Dann macht euch welche.«

»Ach, Lilly!«

Sie quält sich nicht nur mit ihrem Kummer um Engelchen, der eben nicht, wie Miriam in ihrem Brief angenommen hat, langsam weniger wird, sondern sich eher steigert. Sie macht sich noch zusätzlich die schlimmsten Sorgen über das, was sie dem Sergeant erzählt hat. War ihr nicht vielleicht doch versehentlich irgendeine Bemerkung über Onkel Jupp rausgerutscht, eine Information, aus der man ihm einen Strick drehen könnte? Immer wieder nimmt sie sich vor, sich Onkel Jupp anzuvertrauen, aber sie schafft es nicht.

Am Ende der zweiten Juliwoche sagt Onkel Jupp zu ihr, er würde gern ein wenig an die frische Luft gehen. Das Wetter sei ja so ungewöhnlich schön, und ob sie nicht Lust hätte, mit ihm einen Spaziergang zu machen.

Lilly ist drauf und dran, sich eine Entschuldigung auszudenken, weil sie ahnt, dass es ihm keineswegs nur um die frische Luft geht, aber dann nimmt sie ihren Mut zusammen und sagt: »Ja, gute Idee, ich komme mit.« Vielleicht gelingt es mir ja endlich, denkt sie, mit ihm über die Fragerei des Sergeants zu sprechen.

Ganz am Ende der Eppendorfer Landstraße hat kürzlich ein Café geöffnet, dort gibt es zwar keinen Kaffee, sondern nur die üblichen verschiedenen Kräutertees und Bier ohne Alkohol, aber man kann draußen sitzen unter mehreren richtigen, rotweiß gestreiften Sonnenschirmen.

Sowie sie sich gesetzt haben, kommt Onkel Jupp zur Sache. »Ich würde dir so gerne helfen«, sagt er, »aber ich kann nicht. Es steht zu viel auf dem Spiel. Und nun bist du wahrscheinlich enttäuscht von mir. Ich fühle sehr wohl, wie schlecht es dir geht, und wenn du gehört hast, was ich dir jetzt erzählen muss, dann wird's dir leider auch nicht besser gehen. Ich hab nämlich Grund anzunehmen, dass sich die Bambergers mit deinem Engelchen auf einem Schiff namens *President Warfield* befinden.«

»Ich weiß«, sagt Lilly leise. »Und die *President Warfield* liegt in einem kleinen Hafen in Südfrankreich.«

Onkel Jupp fährt auf. »Woher weißt du das?«

»Von Isa. Die hat es mir geschrieben.«

»Und woher weiß Isa das?«

»Von ihrem Captain Evans-Bernstein, der inzwischen ein Major ist.«

»Ach Gott, ja ...«, sagt Onkel Jupp. »Dieser Captain. Ich hatte ihn schon fast vergessen. Dieser zwielichtige Mensch vom britischen Geheimdienst. Warum hast du mir nichts davon erzählt?«

»Ich ... ich weiß nicht. Ich dachte wohl, ich könnte vielleicht nach Frankreich fahren und dass du versuchen würdest, mich daran zu hindern. Denn dass du mir helfen würdest, daran hab ich nicht mehr geglaubt – eben weil es für dich Wichtigeres gibt als ein einzelnes, verloren gegangenes Kind.« Lilly hat versucht, ganz sachlich zu sprechen, aber sie merkt selbst, wie bitter ihre Stimme klingt.

Onkel Jupp seufzt und sagt: »Ach ... Lilly!«

Sie reagiert ärgerlich. »Ach, Lilly, ach, Lilly, das sagt Markus auch sehr gerne. So ein nettes unverbindliches Bedauern. Und helfen wollt ihr mir beide nicht.«

»Es reicht, wenn du mit mir böse bist. Nun erzürne dich nicht auch noch mit Markus. Ich war so froh über eure neue Freundschaft.«

»Nett von dir«, sagt Lilly.

Er überhört ihre Ironie. »Und ich wünsche mir sehr, dass ihr zusammenbleibt.«

»Und ich wünsche mir momentan nur eines, nämlich dass ich mein Kind zurückkriege.«

»Wenn das Schiff tatsächlich durchkommt nach Palästina, dann verspreche ich dir, dass wir dein Engelchen eines Tages besuchen werden.«

»Isa sagt, dass ich das Kind, wenn es erst mal in Palästina ist, vermutlich nie wieder sehen werde.«

»Isa weiß auch nicht alles.«

»Wenn du mit mir später dort hingehen könntest, warum dann nicht jetzt nach Frankreich?«

»Leider hätte das sowieso keinen Sinn mehr. Die *President Warfield* befindet sich nämlich seit gestern auf hoher See. Ein offenbar judenfreundlicher französischer Offizier namens Leboutet hat die illegale Ausfahrt aus Sète ermöglicht.«

Lilly schießen die Tränen in die Augen. »Und nun?«

»Nun werden sie eben versuchen durchzukommen.«

»Wie lange wird es dauern?«

»Vielleicht eine Woche.«

»Bist du in Kontakt mit dem Schiff, ich meine, kriegst du irgendwelche Nachrichten?«

Er antwortet ausweichend. »Wenn ich etwas erfahre, werde ich es dir sagen. Versprochen.«

»Du hast zuvor auch etwas gewusst und es mir nicht gesagt.«

Darauf antwortet er nicht.

Onkel Jupp hält Wort. So hört Lilly durch ihn, dass die *President Warfield* während der ersten Tage bei ruhiger See stetig auf die palästinensische Küste zuhält, vorerst noch unbehindert, wenn auch ständig verfolgt von mehreren britischen Kriegsschiffen, die sich jedoch in internationalen Gewässern zurückhalten müssen.

»Werden sie angreifen?«, fragt Lilly besorgt.

»Das weiß man nicht. Die Engländer wollen zwar dringend die illegale Einwanderung stoppen, aber ihre Kanonen auf ein Schiff abzufeuern, auf dem sich viereinhalbtausend jüdische Männer, Frauen und Kinder befinden, die der Vernichtung durch die Deutschen entkommen sind, das würde ihrem internationalen Ansehen doch sehr schaden. Außerdem fährt das Schiff ja unter der Flagge von Honduras.«

»Und du bist sicher, dass die Bambergers an Bord sind?«

»Wegen der falschen Pässe ist das nicht genau festzustellen. Aber ich halte es doch für sehr wahrscheinlich. Ich weiß, dass Josua Bamberger Kontakte zur Haganah hatte und dass er dringend nach Palästina wollte – und das gewiss nicht über Südamerika. Auf die Idee, dass er das Kind mitnehmen wollte, bin ich allerdings nicht gekommen.«

»Wenn ich doch nur nicht auf diese blöde Klassenreise gegangen wäre!«

»Glaub mir, dann hätte er einen anderen Weg gefunden. Ich habe ihn ein paarmal getroffen und ihn auch aus Miriams Erzählungen etwas kennen gelernt. Er ist ein sehr zäher Mann – ohne ihn hätte Miriam nicht überlebt. Wenn er sich einmal etwas vorgenommen hat, dann führt er es auch durch.«

»Er will nach Israel, um dort zu sterben.«

»Ich weiß. Und er muss wohl denken, dass Miriam nach seinem Tode besser durchkommen und mehr Lebenswillen haben wird, wenn sie für ein Kind sorgen muss. Er liebt Miriam nämlich sehr.«

»Ich glaube nicht, dass sie das weiß.«

»O doch, das weiß sie. Und sie war ihm immer sehr dankbar und hätte sich nie gegen seine Wünsche und Absichten gestellt. Im Grunde will sie ja nicht nach Israel. Sie fühlt sich als Deutsche, trotz allem, was ihr und ihrer Familie von den Deutschen angetan worden ist. Dieses ›nächstes Jahr in Jerusalem‹, das hat sie nur ihm zuliebe übernommen, weil es ihm so wichtig ist. Ein Platz, wo so viele Juden beisammensitzen, das erschien ihr immer als ein sehr gefährlicher Ort, der die Feindschaft all dieser Judenhasser auf sich konzentrieren müsste. Als Einzelne könnte es ihr hier vielleicht gelingen, sich zu verstecken, dort jedenfalls nicht mehr, weil ja Verstecken und Untertauchen in Palästina das Gegenteil des Zionismus wäre.«

Lilly denkt, dass Onkel Jupp tatsächlich mehr über Miriam weiß als sie selbst, die sich doch für ihre Freundin gehalten hat.

Als sie hört, dass der Kommandant des Schiffes, Ike Aronovicz, erst dreiundzwanzig Jahre alt ist, erschrickt sie. »Nur zwei Jahre älter als Markus.«

»Na und? Wenn Markus ein ebenso glühender Patriot und Zionist wäre und außerdem gelernter Seemann, dann könnte er das auch. Denn er ist sicher nicht weniger tüchtig und verantwortungsbewusst und energisch als dieser Aronovicz.«

Ein warmes Gefühl überkommt Lilly. Sie nickt. »Wenn du das sagst ... ja, ich glaube, er könnte das auch. Er müsste eben nur wissen, wofür und für wen er's tut.«

Nach ungefähr einer Woche berichtet Onkel Jupp Lilly, dass die *President Warfield* nun auf offener See in einer feierlichen Zeremonie in *Exodus 1947* umgetauft worden sei und dass sie statt unter der Honduras-Flagge jetzt unter der zionistischen blauweißen Flagge mit dem Davidstern fahre. »Das ist natürlich eine Provokation«, sagt er, »aber die Engländer wissen es ja sowieso. Jetzt werden sie mit aller Kraft versuchen, das Schiff zu stoppen.«

Und das tun sie.

Die grausamen Einzelheiten hört Lilly erst sehr viel später. Aus den kargen Presseberichten und von ihrem ziemlich gut informierten Onkel erfährt sie nur, dass bereits wenige Stunden nach dem Flaggenwechsel in der Nacht vom siebzehnten auf den achtzehnten Juli die Engländer angegriffen haben – sechs schwer bewaffnete Zerstörer und zwei Minenleger gegen das unbewaffnete Einwanderungsschiff, diesen klapprigen alten Flussdampfer, auf dem viertausendfünfhundert müde, vom langen Leiden geschwächte Menschen dem Gelobten Land entgegenhoffen.

Im Laufe des Kampfes, der sieben Stunden dauerte, wurde die

Exodus mehrmals gerammt und ihre Flanken aufgerissen, sodass Wasser eindrang. Es gab vier Tote und über hundertfünfzig Schwerverletzte. Am späten Nachmittag des achtzehnten Juli 1947 zwangen die britischen Kriegsschiffe das angeschlagene Schiff, in den Hafen von Haifa einzulaufen, wo man sofort damit begann, die Passagiere, zumeist gegen deren verzweifelten Widerstand, auf die drei Gefangenenschiffe *Ocean Vigour*, *Runnymede Park* und *Empire Rival* umzuladen.

»Jedenfalls ist unter den Toten weder eine Frau noch ein kleines Kind«, sagt Onkel Jupp. »Eine solche Nachricht hätte sich dann doch nicht unterdrücken lassen.«

»Und was wird jetzt?«, fragt Lilly.

»Womöglich wird man die Gefangenen nach Zypern bringen, dort haben die Engländer Lager errichtet und halten bereits eine große Anzahl anderer Illegaler unter Verschluss.«

Doch das geschieht nicht. Zum Entsetzen der hilflosen Passagiere gehen die Schiffe auf Nordkurs – also zurück nach Europa. Und das eigentliche Elend dieser Reise beginnt erst jetzt. Trotz der drangvollen Enge und schlechten sanitären Situation hatten sich die Passagiere auf der *Exodus* doch immer noch frei gefühlt und voller Hoffnung. Es war ihr Schiff, der Kommandant war einer der ihren, und sie waren auf dem Weg ins Gelobte Land. Jetzt auf dem englischen Schiff sind sie Gefangene, abhängig von den Bestimmungen feindlich gesonnener Militärs, und sie haben keine Hoffnung mehr. Auf der *Exodus* hatte immerhin jeder seine eigene Koje, hier schlafen sie in kahlen Lagerräumen hinter vergitterten Luken auf den nackten Schiffsplanken.

Die Reise dauert dann fast acht Wochen – in glühender Hitze, mit Krankheiten, Geburten und Todesfällen. Dass die drei Schiffe schließlich Kurs auf Hamburg nehmen und die Juden somit zurücktransportieren in das Land der Mörder und Verbrecher, liegt daran, dass Hamburg in der britischen Zone liegt und die Verantwortlichen hoffen, dort durch ein großes militärisches Aufgebot noch am leichtesten mit dem Widerstand der Gefangenen fertig werden zu können.

Überlegungen zum menschlichen Leid und Schicksal dieser Gepeinigten scheint es für die Engländer kaum zu geben, trotz zahlreicher Angriffe der internationalen Presse. Und entgegen Onkel Jupps anfänglicher Meinung, dass ihnen doch an ihrem internationalen Ansehen gelegen sein muss, geht es ihnen letztlich dann doch nur darum, ihre eigene Politik gegen die der Zionisten durchzusetzen. Dass sie damit auf längere Sicht genau das Gegenteil erreichen und dass die *Exodus*-Affäre maßgeblich zur Gründung des Staates Israel beitragen könnte, scheint ihnen entweder nicht in den Kopf zu kommen oder es interessiert sie schlichtweg nicht.

13. Kapitel

Am achten September 1947 gegen sechs Uhr morgens schiebt sich das erste Gefängnisschiff, die *Ocean Vigour*, langsam gegen die Pier neunundzwanzig im Hamburger Hafen. Rund tausend englische Soldaten, von denen die meisten altgediente Palästinakämpfer sind, haben das Hafengebiet hermetisch abgeriegelt.

Dass Lilly dennoch durchgekommen ist, erscheint ihr selbst als ein kleines Wunder, es ist ihr wohl irgendwie gelungen, sich unsichtbar zu machen. Und das wiederum kann nur an ihrer eisernen Entschlossenheit liegen, jeden einzelnen der Gefangenen beim Ausschiffen ins Visier zu nehmen, ihr Kind zu finden und es sich, komme, was da wolle, zurückzuholen.

Markus hat mit ihr gehen wollen, aber sie hat ihn angefleht, außerhalb der Absperrung auf sie zu warten: »Zu zweit kommen wir nie durch. Und außerdem brauche ich dich doch, um mich wieder herauszuholen, falls ich erwischt und eingesperrt werde.«

Also hat er schließlich nachgegeben, und nun hockt sie hier schon seit fünf Stunden, zusammengekauert und frierend, hinter einem Poller. Sie zittert vor Aufregung, als sie die *Ocean Vigour* endlich herankommen sieht. Ein armseliges, dreckiges Schiff, das seltsam leblos wirkt, wohl weil sich außer der Besatzung niemand an Deck zeigt. Bitte, bitte, lass sie drauf sein, lieber Gott, fleht sie immer wieder, lass sie gesund sein, ich werde mir auch die allergrößte Mühe geben, Miriam keine Vorwürfe zu machen.

Lilly hört, wie gegen halb sieben Uhr über Lautsprecher die Passagiere in mehreren Sprachen aufgefordert werden, innerhalb einer Stunde freiwillig an Land zu gehen, ansonsten würde das Schiff gewaltsam geräumt. Nichts geschieht. Nach Ablauf einer Stunde erfolgt eine letzte Warnung und nun endlich gehen ein paar alte Leute und Frauen mit Kindern über die Gangway. Miriam und Engelchen sind nicht darunter.

Aus dem großen Lautsprecher tönt jetzt Jazzmusik, die im perversen Gegensatz steht zu dem Marsch der armseligen Gestalten. Frauen weinen, Kinder schreien, Greise murmeln verwirrt vor sich hin. An Land haben die Ausgestiegenen dann unter strenger Bewachung auf den Weitertransport zu warten.

Da sich die restlichen Passagiere weigern, das Schiff zu verlassen, machen die Engländer schließlich ihre Drohung wahr; hundert Militärpolizisten und Soldaten, ausgerüstet mit Schlagstöcken, Gasmasken, Wasserschläuchen und Tränengasbehältern, stürmen das Schiff. Die Juden leisten erbitterte Gegenwehr, oft sind drei oder vier Polizisten nötig, um einen einzelnen Mann vom Schiff zu schleppen. Eine Stunde später ist die *Ocean Vigour* geräumt. Dann werden die Menschen auf Lastwagen verfrachtet und zu den bereitstehenden Zügen gebracht, die sie in das Lager Pöppendorf bei Lübeck bringen sollen. Das Ganze hat eine grausame Ähnlichkeit mit den Deportationen während des Dritten Reiches.

Lilly sitzt da und schämt sich. Sie schämt sich für die Brutalität der Soldaten und Militärpolizisten, wobei sie immer wieder daran denken muss, dass auch ihr Freund Billy und Mamas Freund Nicholas Bennet hätten darunter sein können. Sie schämt sich für das Elend dieser Juden, denen man hier erneut etwas antut, das sie doch mit dem Ende der Naziherrschaft hinter sich gelassen zu haben hofften. Sie schämt sich wegen der Respektlosigkeit gegenüber den qualvollen Erinnerungen dieser Menschen; am meisten schämt Lilly sich ihrer eigenen Gefühle; die Enttäuschung, Engelchen noch nicht in die Arme schließen zu können, übersteigt nämlich ihr Mitleid mit diesen Elendsgestalten und ihre Wut auf das Vorgehen der Engländer bei weitem.

Als sie dann tränenblind zu ihrem verabredeten Treffpunkt mit Markus zurückstolpert, kümmert sie sich nicht mehr um die Soldaten und Polizisten, aber niemand hält sie auf. Vielleicht ist sie inzwischen tatsächlich unsichtbar geworden.

»Was hast du denn bloß so lange gemacht«, fährt Markus sie an. »Ich war schon überzeugt, dass sie dich eingebuchtet haben!« Er ist blass vor Sorge.

Sie lehnt sich gegen ihn. »Wie diese Kerle mit den Juden umgegangen sind«, schluchzt sie, »du kannst es dir nicht vorstellen. Mit Tränengas und Schlagstöcken und Wasserschläuchen haben sie sie vom Schiff getrieben. Schlimmer können auch die Nazis nicht gewesen sein.«

»Doch, viel schlimmer«, sagt er und nimmt sie in die Arme. »Und Bambergers? Und Engelchen?«

»Keine Spur. Und ich konnte ja auch niemanden fragen.«

»Es kommen noch zwei weitere Schiffe«, sagt er tröstend. »Das nächste wird morgen früh erwartet. Ich hab rausgefunden, dass es vor allem Frauen und Kinder und Kranke transportiert.«

»Kranke ...«, murmelt Lilly.

»Ach, komm«, sagt Markus, »Engelchen ist zäh und hat schon Schlimmeres überstanden. Weißt du denn nicht mehr, wie wir sie gefunden haben, mehr tot als lebendig! Und wie schnell sie sich erholt hat.«

»Ja, ja, natürlich. Krank oder gesund, Hauptsache, sie kommt zu mir zurück.«

»Aber eines will ich dir gleich klar machen«, sagt Markus, »ich lass dich nicht noch einmal allein ins Sperrgebiet gehen. Morgen früh komme ich mit, davon kannst du mich nicht abhalten.«

Lilly wehrt sich nur schwach. Die einsame Warterei in der dunstigen Morgendämmerung hat ihr doch schwer zugesetzt. Zusammen mit Markus würde es vielleicht etwas leichter sein.

Allerdings ist es zu zweit dann offenbar nicht mehr möglich, sich unsichtbar zu machen. Energisch und unmissverständlich werden sie am nächsten Morgen zurückgewiesen.

»Versuchen wir es bei den Eisenbahnwaggons«, sagt Markus, »vielleicht haben wir da mehr Glück.«

Und das haben sie. Zwar sind auch die Bahnsteige scharf bewacht, aber als die Lastwagen mit den Menschen von der *Empire Rival* ankommen, gelingt es Markus und Lilly, sich kurz unter die Aussteigenden zu mischen und sich dann hinter einem verfallenen Toilettenhäuschen zu verbergen.

Die Menschen, die nun über den Bahnsteig gehen und in die vergitterten Züge steigen, wirken müde und resigniert. Offenbar ist ihnen inzwischen alle Kraft zum Widerstand vergangen. Einige müssen getragen werden. Mit ungerührten Mienen bewachen die Soldaten das Geschehen.

Vor Aufregung und Ungeduld wird es Lilly ganz übel. »Und wenn sie nun wieder nicht dabei sind …«, flüstert sie.

Markus hat den Arm um ihre Schultern gelegt. »Dann werden wir morgen wieder hergehen. Es kommt ja noch ein drittes Schiff.«

Doch dann sieht Lilly sie. Langsam geht Miriam, Engelchen an der Hand, den Bahnsteig entlang. Sie sieht blass und elend aus, das Haar hängt ihr zottig ins Gesicht. Das Kind jedoch wirkt munter und frisch, hüpft sogar ein wenig und sieht sich neugierig um. Miriams Blick ist starr geradeaus gerichtet, so als hätte sie sich irgendwo in der Ferne ein Ziel gesetzt.

Lilly will zu ihnen hinstürzen, aber Markus hält sie fest. »Nicht, Lilly, es hat keinen Sinn.«

»Engelchen!«, schreit Lilly.

Das Kind stutzt, zerrt an Miriams Hand und sieht sich um.

Als es niemanden entdeckt, drängt es sich näher an Miriam und klammert sich an deren Mantel. Plötzlich wirkt es sehr verängstigt.

Miriam hat scheinbar nichts gehört. Sie geht weiter und zieht Engelchen mit sich.

»Lass mich los, Markus«, fleht Lilly, »ich muss hinter ihnen her.«

»Das musst du nicht. Wir können sie hier nicht rausholen, noch nicht. Die Engländer lassen es nicht zu. Aber jetzt wissen wir wenigstens, wo sie sind. Sie kommen ins Lager Pöppendorf bei Lübeck. Dort werden sie vorerst bleiben müssen – und wir werden uns Zugang verschaffen, das versprech ich dir.«

Eine Gruppe von Helfern des Roten Kreuzes kommt und reicht Lebensmittel in die Waggons. Endlich gelingt es Lilly, sich von Markus' Arm zu befreien. Sie reißt einer Helferin den Korb aus der Hand und läuft damit zu dem Waggon, in dem Miriam und Engelchen verschwunden sind. Tatsächlich steht Miriam dort an einem heruntergelassenen, vergitterten Zugfenster.

»Miriam!«

Jetzt endlich wendet Miriam ihr den Blick zu. »Ach, Lilly!«, flüstert sie. Ihr Anblick ist herzzerreißend.

Dass Lilly mit Miriam Mitleid haben könnte, hat sie nicht erwartet. »Wo ist Josua?«

Ein kleines bitteres Lächeln stiehlt sich in Miriams Gesicht. »Dies Jahr in Jerusalem«, flüstert sie. Und dann fügt sie schnell hinzu: »Hol uns hier raus, Lilly.«

»Bestimmt. Sobald ich kann.« Lilly reicht ihr ein Paket mit Broten durch das Gitter.

Miriam nimmt es, sieht sich ängstlich nach rechts und links um und tut dann genau dasselbe, was die anderen auch tun: Sie schleudert das Brot auf den Bahnsteig zurück.

Ein Polizist zerrt an Lillys Arm. »Was machen Sie hier, Sie sind doch nicht vom Roten Kreuz!«

»Nein, nein«, sagt Lilly, »ich wollte nur helfen. Was Sie ja offenbar nicht wollen.« Sie wirft dem verdutzten Polizisten den Lebensmittelkorb vor die Füße, reißt sich los und rennt davon. Er sammelt die Pakete zurück in den Korb, kommt ihr jedoch nicht nach, sondern brummt nur: »Hysterische Weiber.«

In dieser Nacht schläft Lilly wieder bei Markus. Diesmal jedoch nicht aus Angst, sondern weil sie ihre Hoffnung mit ihm teilen will. Sie redet lange, liegt in seinen Armen, mit dem Rücken zu ihm, während er geduldig wartet, dass sie sich endlich umdreht und ihm zuwendet.

»Und findest du nicht auch, Miriam wirkte nicht nur elend und erschöpft, sie sah aus, als ob sie nicht mehr für sich sorgt. Als hätte sie sich aufgegeben. Hast du ihre Haare gesehen … und der Mantel! Fleckig und am Saum ausgerissen. Und ob der arme Josua tatsächlich in Jerusalem gestorben ist? Aber Engelchen sah doch gesund aus, fand ich jedenfalls, und was war dein Eindruck? Sie hatte eine hübsche bestickte Mütze auf. Und wie sie gewachsen ist! Natürlich hätte sie mich sofort erkannt, wenn sie in meine Richtung geblickt hätte. Kinder in dem Alter vergessen zwar schnell, heißt es. Aber doch nicht mein Engelchen …«

Markus lässt sie reden und sagt selbst nicht viel. Er weiß wohl, dass Lilly sich Mut machen will: »… jetzt ist Engelchen zurück, jetzt holen wir sie uns wieder. Die Behörden müssen sie uns doch zurückgeben, schließlich haben wir einwandfreie Papiere.«

Darauf wendet Markus immerhin ein: »Die hat Miriam auch.«

»Aber es gibt doch genug Menschen, die bezeugen können, dass sie mein … dass sie meine Schwester ist.«

»Nur, dass sie das eben nicht ist, weder deine Schwester noch dein Kind. Und dass Miriam das weiß.«

»Ach was, es wird ihr nichts nützen. Und überhaupt sollst du so etwas nicht sagen, Markus, nicht einmal denken. Du musst auf meiner Seite sein, ganz und gar. Du liebst mich doch …«

»Ja, ja«, sagt er, »ich liebe dich. Und vermutlich werde ich dich immer lieben müssen.«

»Bitte jetzt, Markus, lieb mich jetzt«, sagt sie und dreht sich nun endlich zu ihm um. »Über das Immer-und-ewig können wir ja in ein paar Jahren entscheiden.«

Am nächsten Morgen fahren Markus und Lilly nach Lübeck und von dort aus mit der Straßenbahn nach Pöppendorf. Das Lager besteht aus Zelten, Baracken und Nissenhütten und ist umgeben von einem wuchtigen Stacheldrahtverhau, mindestens vier Meter breit und zwei Meter hoch. Ringsum hat man Türme mit Scheinwerfern errichtet, auf denen Soldaten Wache stehen.

»Genau so stelle ich mir die KZs vor«, sagt Lilly erschreckt.

Markus, um Fairness bemüht, meint: »Ganz so schlimm wird's wohl hier nicht sein. Die Menschen haben zu essen, werden medizinisch versorgt und müssen nicht arbeiten.«

»Und sie haben ihre grauenvollen Erinnerungen. Stell dir nur mal vor, wie denen zumute ist, wenn sie hier wieder hinter Stacheldraht hausen müssen, bewacht von Soldaten mit Maschinenpistolen. Warum nur tut man ihnen das an?«

Auch das Tor ist streng bewacht. Niemand kommt hinein oder heraus ohne einen Spezialausweis.

»Und wie kriegt man einen Spezialausweis?«, fragt Lilly einen der Wachhabenden.

Der Mann grinst. »Sie kriegen bestimmt keinen.«

»Warum denn nicht?«

»Weil Sie hier nichts zu suchen haben. Sie arbeiten hier nicht, sind kein Lieferant, sind auch keine Ärztin. Sie wollen hier nur mal etwas rumschnüffeln und das haben wir nicht so gern.«

»Na klar«, sagt Lilly wütend, »dann könnten ja andere Menschen erfahren, dass Sie hier neue KZs errichten.«

»Wenn die KZs so komfortabel gewesen sind wie unser Lager hier, dann tut's mir direkt Leid, dass ich nicht in einem gewesen bin!«

Markus zieht Lilly weg vom Eingangstor. »Was soll denn das, Lilly! Warum lässt du dich hier auf eine Diskussion ein?«

»Irgendwie muss ich doch meine Wut loswerden.«

»Bist du sie dadurch losgeworden?«

»Natürlich nicht.«

Sie wandern um den Stacheldraht herum und halten Ausschau nach Miriam und Engelchen. Aber sie finden sie nicht.

Drinnen im Lager ist ein Gewusel von über viertausend Menschen, die alle versuchen, sich irgendwie häuslich einzurichten. Vor einigen der Behausungen flattert bereits Wäsche an provisorisch gespannten Leinen. Kinder spielen in Sandhaufen.

»Jedenfalls sind sie alle froh, nach zwei Monaten wieder festen Boden unter den Füßen zu haben«, sagt Markus.

»Es ist aber nicht der Boden, den sie haben wollten. Nicht das Gelobte Land, sondern das Land der Verbrecher.«

»Du sagst das so, als ob du dich dazuzählst, zu den Verbrechern, meine ich.«

»Tu ich auch, ich kann mir nicht helfen. Es ist mein Land, meine Geschichte, und ich bin ein Teil davon.«

»Aber du hast doch nichts Böses getan.«

»Reiner Zufall. Es hat Zeiten gegeben, da war ich so vernarrt in Hitler, für ihn hätte ich sogar ... na ja ... nicht direkt gemordet, aber so etwas Ähnliches.«

»Hast du aber nicht. Kennst du nicht den Kästner-Spruch: ›Es gibt nichts Gutes, außer man tut es‹? Anstatt Gutes kann man auch Böses sagen. Und du hast nichts Böses getan.«

»Ja, ja«, sagt Lilly.

Gegen Mittag setzen sie sich auf eine nahe gelegene Wiese unter einen Baum und essen ihre mitgebrachten Brote. Alles um sie herum ist spätsommerlich heiter und friedlich – bis auf den Stacheldrahtzaun und die Wachtürme. Markus hätte Lilly gern umarmt und geküsst, aber sie ist so still und in sich gekehrt, dass er sich damit begnügt, den Arm um sie zu legen.

Jeden Tag nach der Schule fährt Lilly nun nach Pöppendorf, meistens ohne Markus, der wieder viel mit Onkel Jupp unterwegs sein muss.

Einmal entdeckt sie von weitem Miriam, die anscheinend in eine heftige Diskussion mit zwei anderen Frauen vertieft ist. Es sieht aus wie Streit. Lilly ruft nach ihr, aber Miriam hört nicht.

Lilly geht in Lübeck zur englischen Kommandantur und bemüht sich um einen Sonderausweis für einen Besuch im Lager.

»Warum?«

»Ich hab dort Verwandte.«

»Name?«

»Bamberger. Miriam und Angelika.«

Der Soldat, der offenbar hilfreich sein will, wühlt in Listen. »Niemand namens Bamberger«, sagt er.

»Aber sie haben doch alle falsche Papiere!«

»Schon möglich, nur wie soll ich dann wissen, ob Ihre Bambergers im Lager sind?«

Mama sagt, Lilly soll sich doch lieber auf ihr Abitur vorbereiten, das in weniger als fünf Monaten stattfinden wird.

»Ist mir doch egal, ob ich durchfalle«, sagt Lilly.

Jule sagt: »Du solltest Markus nicht das Gefühl geben, dass dein Engelchen dir so viel wichtiger ist als er.«

»Ist dein Julius dir denn nicht auch wichtiger als Miroslaw?«

»Kann schon sein. Aber wenn es so ist, dann ist es nicht gut.«

Benedicta sagt, dass alles in Gottes Hand liege, sich die Dinge schon entsprechend regeln würden und Lilly nicht andauernd versuchen solle, dem Herrn um eine Nasenlänge voraus zu sein.

»Das tun Sie doch auch«, sagt Lilly.

Papa fragt, was sie sich denn davon verspreche, immer wieder zu dem Lager zu fahren, in das man sie ja doch nicht hineinlasse.

»Ich warte auf irgendeinen Zufall«, sagt Lilly.

Und tatsächlich geschieht dieser Zufall. Und Lilly bekommt Hilfe in einer Weise, die sie nun wirklich nicht erwartet hätte.

Denn eines Tages hört sie plötzlich jemanden ihren Namen rufen. »Miss Steinhöfer, what a wonderful surprise!«

Lilly fährt herum. Die Stimme kennt sie und sie hat sich eigentlich gewünscht, sie nie wieder hören zu müssen. Der Captain mit dem reizenden Lächeln, Isas Captain, der inzwischen ein Major ist! Da steht er, elegant und hoch gewachsen. In der Hand hält er ein Bambusstöckchen mit silbernem Griff, das Lilly peinlich an die Reitpeitsche des SS-Obersturmbannführers in Staaken erinnert.

Sie nimmt sich zusammen und reicht ihm die Hand. »Captain Evans-Bernstein«, sagt sie.

Er küsst sie wie eine liebe Verwandte auf beide Wangen und sagt vorwurfsvoll: »Und Sie haben uns immer noch nicht in Sussex besucht!«

»Ich hab ja auch keinen Pass«, sagt sie.

»Aber das könnte man doch arrangieren. Isa würde sich so freuen.«

»Was tun Sie hier, Captain ... ich meine Major.«

»David. Ich heiße David. Könnten Sie mich nicht endlich beim Vornamen nennen? Wo wir doch fast verwandt sind. Ich meine: Ihr zukünftiger Mann ist schließlich der Bruder meiner zukünftigen Frau.«

Lilly schluckt. »Na klar, Sie wissen alles. Aber Sie wissen es wieder mal falsch. Ich bin mit Markus befreundet, das ist alles. Und heiraten werde ich ihn bestimmt nicht, ich wüsste nicht, wozu.«

»Um aus unordentlichen Verhältnissen ordentliche zu machen.«

»In meiner Familie herrscht sowieso Unordnung. Damit können wir sehr gut leben. Aber meine Frage war: Was tun Sie hier, Major, sind Sie etwa mitverantwortlich für all die Grausamkeiten, die man den *Exodus*-Juden antut?«

»Nicht direkt verantwortlich. Aber ich würde Sie gern etwas aufklären. In Lübeck gibt's ein Offizierskasino. Kommen Sie mit mir, trinken wir einen Kaffee. Und dann werde ich Ihnen einiges erzählen.«

Lilly sieht ihn an. Ja, wirklich, er hat ein reizendes Lächeln – und er ist ihr herzlich zuwider.

»Wie geht es Isa?«, fragt sie.

»Gut, wunderbar. Sie ist fast fertig mit der Schule und im Frühjahr werden wir endlich heiraten. Wie wär's mit einer Doppelhochzeit?«

»Ich hab Ihnen doch schon gesagt, dass ... ach was, reden wir nicht mehr davon. Weiß Isa von mir und Markus?«

»Wenn Sie's nicht von Ihnen weiß – von mir weiß sie's jedenfalls nicht. Aber warum sollte sie nicht teilhaben dürfen an Ihrem Glück?«

Lilly zuckt die Schultern. »Sie wissen zwar viel, aber Sie wissen nur die äußeren Fakten. Das, was dahinter ist, das wissen Sie nicht. Vielleicht sollten Sie manchmal die Augen zumachen.«

»Wie Ihr Onkel?«

»Der hat nicht die Augen zugemacht, dem haben Ihre idiotischen Tiefflieger die Augen weggeschossen.«

»Wenn meine idiotischen Tiefflieger das nicht versehentlich getan hätten, wäre er jetzt nicht mehr am Leben.«

»Ist ja erstaunlich, dass Sie das inzwischen so sehen. Damals waren Sie anderer Meinung.«

»Live and learn. Und außerdem war der junge Padre, den ich zu den Ereignissen in Staaken befragt habe, sehr überzeugend.«

»Jeremy Gallaghan?«

»Genau. Ein sehr integrer junger Mann. Zu dumm, dass er offenbar mit der falschen Frau verheiratet ist.«

Darauf geht Lilly nicht weiter ein. Sie zuckt nur die Schultern und sagt: »Also gehen wir in Ihr Kasino. Falls Sie mich überhaupt dorthin mitnehmen dürfen.«

»Ich darf das«, sagt er. »Mein Jeep steht dort drüben.«

Vor dem Kasino lungern ein paar Jungen herum, die mit verlangenden Augen die Ein- und Ausgehenden beobachten. David

Evans-Bernstein lässt seine kaum angerauchte Zigarette fallen, zwei Jungen stürzen sich darauf, die anderen strecken bittend die Hände aus. Er jedoch schenkt ihnen nichts weiter als sein strahlendes Lächeln, schüttelt den Kopf und sagt in seinem fast akzentfreien Deutsch: »Immer maßvoll bleiben, liebe Kinder.«

Und wieder mal schämt Lilly sich.

Als er sie in eine ruhige Ecke komplimentiert hat und der Kellner nach ihren Wünschen fragt, bestellt sie sich aus lauter Protest nichts zu essen und nur einen Kamillentee, obgleich sie herzlich gern einen Kaffee gehabt hätte. Schweigend sitzt sie da und wartet auf seine angekündigte »Aufklärung« in Sachen *Exodus*. Und die kommt dann auch ohne weitere Vorreden:

»Die Haganah ist eine paramilitärische Organisation, der es einzig darum geht, so viel Juden wie möglich nach Palästina zu holen und dort den Staat Israel zu gründen.«

»Ich weiß, was die Haganah ist«, brummt Lilly.

»Ach ja? Ich dachte, der Geschichtsunterricht an deutschen Schulen hört mit dem Ersten Weltkrieg auf.«

»Dafür brauche ich keinen Geschichtsunterricht.«

»Natürlich, ja, ich vergesse immer wieder Ihren Onkel.«

»Er hat bestimmt nichts dagegen, von Ihnen vergessen zu werden.«

»Mein Gott, Lilly! Müssen Sie mir denn gar so deutlich zeigen, dass Sie mich nicht leiden können.«

Lilly zuckt nur die Schultern.

»Dann wissen Sie also auch, dass Palästina seit mehr als zwanzig Jahren britisches Mandatsgebiet ist und dass wir Engländer die Mandatsverpflichtung sehr ernst nehmen und also nicht gestatten können, dass dort irgendein neuer Staat gegründet wird.«

»Ich dachte, Sie wollten mir etwas erzählen, was ich noch nicht weiß.«

Er lässt sich nicht beirren. »Und aus Angst und Sorge wegen ethnischer Konflikte – schließlich lebt in Palästina eine mehrheitlich arabische Bevölkerung – stellen wir nur noch eintausendfünfhundert Einreisezertifikate jährlich an Juden aus.«

»Direkt rührend, diese Sorge!«, sagt Lilly.

»Und darum setzt die Haganah auf die illegale Einwanderung.«

»Bleibt ihnen ja auch nichts anderes übrig.«

»Dabei geht sie absolut rücksichtslos vor, um an ihr Ziel zu gelangen – auch gegen die Einwanderer. Wenn dann dabei ein paar Leute draufgehen – too bad, aber doch nützlich, weil es nämlich die Weltpresse gegen die Engländer mobilisiert.«

»So würde ich das aber nicht formulieren«, sagt Lilly.

»Wie denn sonst?«, fragt er und fährt dann, ohne auf ihre Antwort zu warten, fort: »Es geht doch mal wieder nur um das gute alte Prinzip, dass der Zweck die Mittel heiligt. Nachdem so viele Millionen Juden während der letzten Jahre wegen der Nazis ihr Leben haben lassen müssen, sterben diese dann wenigstens für einen guten Grund – Märtyrer sind sie, und sie kriegen einen anständigen Erinnerungsstein und am Kiddusch wird's wohl auch nicht mangeln.«

»Aber sie wollen nicht sterben, sie wollen endlich leben. In Freiheit leben.«

»Natürlich. Deshalb macht ihnen die Haganah ja auch immer wieder Hoffnung, obgleich die Verantwortlichen doch ganz genau wissen, dass es für die illegalen Einwanderungsschiffe so gut wie unmöglich ist, durchzukommen. Aber jedes aufgebrachte Schiff, jedes öffentliche jüdische Leid hilft der Sache des geplanten Staates Israel. Und die *Exodus*-Angelegenheit ist ganz besonders öffentlich. Über hundert Journalisten aus aller Welt sind nach Hamburg gekommen. Die internationale Presse dampft vor Empörung. Na fabelhaft! Und ich verrate Ihnen eines, Miss Steinhöfer, liebe zukünftige Schwägerin, es ist sehr wahrscheinlich, dass man späterhin die *Exodus*-Affäre als den Anfang vom Ende der britischen Mandatsherrschaft ansehen wird. Und wenn dafür ein paar Juden noch einmal kräftig leiden müssen – so what. Die Haganah-Leute sind keine Heulsusen und absolut unsentimental. Darin sind sie uns Engländern weit überlegen. Und sie sind schlau. Offenbar brauchen sie dringend das Leid als Druckmittel für ihre gute Sache. Und es gelingt ihnen, uns dumme Briten, die wir uns in diese überalterten Begriffe von Pflicht und Ehre und Gesetzestreue verbissen haben, zu ihren Handlangern zu machen.«

Lilly ist zutiefst verwirrt. Das, was David hier sagt, erscheint ihr grässlich und falsch und doch irgendwie logisch. »Wenn ich etwas ganz und gar nicht ausstehen kann, dann ist es Ihr Zynismus!«, sagt sie und steht auf.

»Noch eine Minute, Miss Steinhöfer, nur um meine Aufklärung zu Ende zu bringen. Wissen Sie, was man auf dem Schiff, das Ihre Freundin und das Kind transportiert hat, nach der Räumung unten im Lager gefunden hat? Eine Zeitbombe. Die Soldaten haben den Sprengsatz zur Entschärfung ins Marinebecken transportieren wollen, er ist aber bereits auf dem Weg dorthin explodiert. Wären die Passagiere nur ein paar Stunden länger an Bord geblieben, hätte es eine Katastrophe geben können. Dies nur zur Unterstützung meiner These, dass die Haganah vor nichts zurückschreckt, um die Aufmerksamkeit des Weltmitleids auf sich zu ziehen. Und gewiss nicht vor dem Leid der eigenen Leute.«

»Wer sagt Ihnen denn, dass es die Haganah war? Vielleicht haben doch die Engländer selbst die Bombe gelegt. Sie haben schließlich schon zuvor bei Zypern ein Flüchtlingsschiff versenkt«, sagt Lilly und verlässt das Kasino.

Ohne zu wissen, wohin sie geht, stolpert sie die Straßen entlang. Was ist das nur für ein Mann! Alles muss er negativ sehen und möglichst zerstören. Genauso ist er ja schon in Staaken gewesen, damals. Und das Schlimmste ist, er hat immer irgendwelche Argumente für sich. Grässlich überzeugend ist er und darum so sehr gefährlich.

Nach ein paar Minuten ist dieser so Gefährliche wieder neben ihr, in seinem Jeep. Er fährt ganz langsam, sie kann nicht ausweichen.

»Warum laufen Sie denn weg? Kommen Sie, ich fahre Sie zurück nach Pöppendorf. Oder zum Bahnhof, wie Sie wollen. Sie sollten die Politik nicht so emotional nehmen. Und eigentlich geht's Ihnen doch überhaupt nicht um die Haganah oder die englischen Mandatsherren, es geht Ihnen einzig um ein zweijähriges Mädchen. Um ... um Ihre kleine Schwester, Josis Zwilling.«

Ruckartig bleibt Lilly stehen und starrt ihn an. Er hat »kleine Schwester« gesagt, obgleich er genau weiß, dass Mama damals keine Zwillinge zur Welt gebracht hat. Isa ist bei der Geburt dabei gewesen und er selbst ist im Staakener Haus ein und aus gegangen.

»Kleine Schwester …«, flüstert Lilly. »Ja, um die geht's mir vor allem.«

»Eben. Und jemand hat sie sich unrechtmäßig angeeignet und wollte sie mitnehmen nach Palästina – was wir natürlich nicht dulden können. Darum werde ich jetzt dafür sorgen, dass Sie Ihr Schwesterchen zurückbekommen. Das habe ich Isa versprechen müssen – und schließlich geht es hier um Recht und Ordnung, und da lassen wir Engländer bekanntlich nicht mit uns scherzen. Also kommen Sie, Lilly, wir fahren zurück nach Pöppendorf.«

Als sie mit wild klopfendem Herzen und atemlos vor Aufregung neben ihm sitzt, greift er unter seinen Sitz und bringt eine Thermosflasche hervor. »Wissen Sie noch, damals, bei unserem ersten vernünftigen Gespräch, da haben Sie auch zum ersten Mal Kaffee getrunken.«

»Und Sie können das Engelchen wirklich da herausholen?«, fragt sie.

Er gießt etwas Kaffee in einen Becher. »Hier, trinken Sie. Momentan brauchen Sie doch nichts mehr unter Beweis zu stellen, und ich hab auch leider keinen Kamillentee parat.«

Tatsächlich nimmt Lilly den Becher und trinkt, und sie hustet auch nicht wie beim ersten Mal. Langsam beruhigt sie sich.

»Haben Sie sie gesehen?«

»Die kleine Schwester? Ja, sie ist ein entzückendes Kind und scheint in guter Verfassung zu sein.«

»Und Miriam?«

»Sie meinen die selbst ernannte falsche Mutter des Kindes? Die ist in ziemlich schlechter Verfassung. Die Mühsal der Reise hat sie sehr mitgenommen.«

»Was ist mit ihrem Mann?«

»Der gehört zu den erwähnten Opfern, zu den Märtyrern. Er ist ein Teil der Mittel, durch die der Zweck geheiligt wird. Am Tag der Ankunft in Haifa ist er gestorben, angeblich an den Entbehrungen an Bord, aber er war ja sowieso schwer krank. Nun hat er eine würdige Beerdigung gekriegt und sein Grab in der Erde des Heiligen Landes. Und einen Grabstein wird man ihm gewiss auch noch setzen.«

Lilly nickt. »Wenigstens er hat gekriegt, was er gewollt hat.« Sie trinkt den Kaffee aus und reicht dem Major den Becher zurück. »Und jetzt holen wir Miriam und Engelchen aus dem Lager!«, sagt sie fröhlich.

»Nur das Kind«, antwortet er, »das habe ich bereits arrangiert. Es ist ja auch kein jüdisches Kind und hat also in dem Lager überhaupt nichts zu suchen. Die Miriam Bamberger allerdings muss dort bleiben. Vorerst gibt es keine Möglichkeit, sie herauszuholen. Und das wollen Sie ja wohl auch gar nicht.«

Lilly hat plötzlich das Gefühl, dass ihr ein Stein in die Seele fällt. Sie weiß sofort, dass der Mann, der angeblich gerade bereit gewesen war, für sie oder für Isa zu lügen, ihr nun den schwarzen Peter zuschiebt. »Das geht nicht …«, sagt sie schwach, »Miriam ist … haben Sie gesagt … sie ist in keiner guten Verfassung. Ich kann ihr doch jetzt nicht auch noch, ich meine, vielleicht wird sie's dann nicht überstehen, wird aus Kummer sterben.«

»Aber ich bitte Sie! Die Frau hat Ihnen das Kind gestohlen. Wieso haben Sie denn jetzt plötzlich Mitleid mit ihr? Kommen Sie, man hat die Bamberger bereits informiert.«

»Nein!«, sagt Lilly. »Nein und nochmals nein.« Sie spürt, wie die Tränen in ihr hochschießen, kann sich jedoch noch lange genug beherrschen, um sich abzuwenden und aus dem Jeep zu springen. »Entweder beide oder gar nicht.«

Gott sei Dank ist Markus an diesem Abend zu Hause. Nachdem Lilly sich gründlich ausgeheult hat, erzählt sie ihm, was zu erzählen ist, ungeordnet, mit vielen Wiederholungen und Auslassungen und sehr langwierig. Als sie endlich einen Moment pausiert, um Luft zu schöpfen, sagt er nur: »Du kannst eben wirklich nichts Böses tun!«

Aus unerfindlichen Gründen macht sie das wütend. »Aber ich hätt's tun sollen!«, schreit sie. »Dieses eine Mal! Dann wäre das Engelchen jetzt nämlich bei mir. Und was das für mich bedeuten würde, das kannst du natürlich überhaupt nicht begreifen. Was heißt hier schon Böses tun! Schließlich ist es mein gutes Recht, mir mein Kind zurückzuholen. Ohne mich würde es nämlich nicht mehr leben, vergiss das nicht. Und da kommt dann diese Person mit ihrem ewigen Leidensvorsprung und nimmt es mir einfach weg. Und setzt es auch noch großen Gefahren aus, wegen irgendeinem politischen Prinzip.«

Er bleibt gelassen. »Soweit ich Miriam kenne, hat das bei ihr überhaupt nichts mit Prinzipien zu tun. Sie liebt das Kind – das ist alles.«

»Das tu ich auch, verdammt noch mal, und bestimmt mehr als Miriam. Und wenn ich nicht solch ein moralischer Feigling wäre, dann ... dann hätt ich's eben doch gemacht. Weil's ja mein gutes Recht ist.«

»Es ist auch das gute oder vielleicht das schlechte Recht der Engländer, ihre Mandatsherrschaft zu verteidigen. Und dabei gehen sie so kaltschnäuzig und menschenverachtend wie nur möglich vor. So willst und kannst *du* eben nicht sein.«

»Ach, was weißt denn du!« Wieder fängt sie an zu weinen. »Keine Ahnung hast du, überhaupt keine. Es ging mir nämlich heute gar nicht darum, auf der Seite des Guten zu sein, ich hab diesem Kerl, diesem grinsenden Major nur nicht den Triumph gegönnt, die Fronten zu vertauschen: er, der großzügige, verständnisvolle Freund, der aus lauter Güte sogar eine Lüge auf sich nimmt. Und ich, die rücksichtslose Megäre, die, komme, was da wolle, auf ihrem Recht besteht.«

»Und indem du ihm seinen Triumph nicht gegönnt hast, bist du eben doch wieder auf der Seite des Guten hängen geblieben.« Markus lacht. »Das ist dein Platz, meine Liebste, auf den bist du festgenagelt. Vom Herrgott persönlich, würde Benedicta sagen. Gegenwehr aussichtslos – oder doch sehr, sehr sündhaft.«

»Ich hab's ja gewusst, du begreifst überhaupt nichts. Und außerdem hab ich dem Kerl heute gesagt, dass ich dich auf gar keinen Fall heirate!«

Er lacht immer noch. »Das ist ganz in meinem Sinne. Und ich hab dich ja auch gar nicht um die Ehe gebeten.«

Das gibt Lilly doch immerhin zu denken. Sie sieht ihn aus zusammengekniffenen Augen an. »Und warum nicht, wenn ich fragen darf?«

»Du liebst mich doch sowieso. Wozu dann also noch heiraten?«

»Um aus unordentlichen Verhältnissen ordentliche zu machen.« Lilly räuspert sich. »Das stammt nicht von mir, das hat er gesagt.«

»Und ich werde darauf antworten«, sagt Markus, »dass man in dieser Familie sehr gut mit der Unordnung leben kann.«

»Ach, Markus!« Jetzt muss auch Lilly lachen. »Genau das habe ich nämlich auch dem Kerl an den Kopf geschmissen.«

»Na, siehst du. Nicht nur der viel gerühmte Gleichklang der Herzen, sondern auch der der Worte. Das soll uns mal jemand nachmachen!«

Früh am nächsten Morgen fahren die drei Männer wieder nach Polen. Markus hat Lilly das Versprechen abgenommen, vorerst nicht wieder nach Pöppendorf zu fahren – aber sie tut es dennoch. Wenn auch mit schlechtem Gewissen. Und ich werde mir selbst beweisen, denkt sie, dass ich mich nicht festnageln lasse, weder von Markus noch von Benedictas Herrgott, der ja wohl auch meiner ist, na ja. Jedenfalls nicht widerstandslos.

Sie schwänzt die Schule und fährt gleich am Morgen nach Lübeck. Eine Weile steht sie gemeinsam mit den hungrigen Jungs vor dem Offizierskasino, um den Major abzufangen. Blicke treffen sie, ein junger Lieutenant spricht sie sogar an, sie schüttelt nur unwillig den Kopf. »Ich warte hier auf jemanden«, sagt sie.

Aber der Jemand kommt nicht. Also fährt sie mit der Straßenbahn Richtung Pöppendorf. Als sie in der Ferne den Stacheldrahtverhau und die Wachtürme sieht, kommen ihr doch mehr und mehr Bedenken. Es ist ein grauer Regentag, die Wäsche hängt schlaff von den Leinen. Kaum einer der Insassen zeigt sich im Freien. Und wenn Miriam sich nun das Leben nimmt?, denkt Lilly, oder wenn sie ganz einfach aus Kummer stirbt? Und wenn ich mich dann schuldig fühlen muss, mein Leben lang?

Die Straßenbahn hält und der Schaffner ruft: »Haltestelle Pöppendorf, auch Palästina genannt.«

Da kriegt Lilly plötzlich einen Wutanfall. Sie stürzt sich auf den Schaffner, rüttelt ihn an den Schultern und schreit: »Wagen Sie es etwa, sich lustig zu machen über die Menschen im Lager, über diese Ärmsten der Armen, die man hier eingesperrt hat?«

»Nun mal langsam, Fräulein«, sagt der Schaffner und versucht sie abzuschütteln, »schließlich bin ich Beamter!«

»Ein gottverdammter Nazi sind Sie«, schreit Lilly, »einer, für den immer noch nicht genug Juden umgebracht worden sind!«

Andere Passagiere mischen sich ein: »Er hat doch nur einen harmlosen Witz gemacht.«

»Harmlos!«, schreit Lilly. »Das war nicht harmlos, das war gemeine Schadenfreude. Das war ... das war Judenhetze wie zu Nazizeiten!«

»Und was Sie hier von sich geben, ist Beamtenbeleidigung. Und die ist strafbar.«

»Aber die Beleidigung von Juden, die ist offenbar nicht strafbar«, schreit Lilly.

Es gibt ein allgemeines Gerangel und Geschimpfe: »Denen geht's doch prima bei uns, und angekommen sind sie mit fast nix am Leib und machen jetzt schon große Tauschgeschäfte.«

»Wir hier draußen müssen hungern und denen dadrin steckt man's hinten und vorne rein. Man muss sich bloß mal die Abfalleimer angucken.« »Da kann man noch so viele Juden vergasen – Unkraut vergeht eben nicht.«

Lilly in ihrer wütenden Hilflosigkeit schlägt wild um sich und kriegt einen Schreianfall – und plötzlich befindet sie sich nicht mehr in der Bahn, sondern auf dem Straßenpflaster neben den Schienen, und die Bahn fährt laut klingelnd davon.

Die Wachen vor dem Lager beobachten sie grinsend. Jetzt bloß nicht heulen, denkt Lilly, als sie sich mühsam aufrichtet, das Vergnügen, mich hier nicht nur im Dreck, sondern auch noch in Tränen aufgelöst zu sehen, werde ich denen nicht bereiten.

Und dann ist plötzlich auch der reizende Major zur Stelle. Der hat ihr gerade noch gefehlt.

»Dass Sie immer noch so spontan sein müssen«, sagt er lächelnd. »Dazu sind Sie doch inzwischen wirklich zu erwachsen.« Er greift nach ihren Armen, um ihr aufzuhelfen. »Kommen Sie, ich fahr Sie nach Hause.«

Lilly reißt sich los. »Mit mir können Sie das nämlich nicht machen!«, schreit sie und rennt davon. Was eigentlich er mit ihr nicht machen könne, ist ihr selbst nicht ganz klar. Ihm wohl auch nicht. Jedenfalls folgt er ihr nicht und überlässt sie sich selbst.

Am nächsten Abend jedoch klärt sich die Situation. Der Major hatte begriffen, was er nicht machen kann, und Lilly hat – jedenfalls vorerst und eigentlich gegen sich selbst – eine Schlacht gewonnen.

David Evans-Bernstein bringt höchstpersönlich Miriam Bamberger, die sich jetzt Franka Koletzki nennt, und ihre Tochter Angelika Koletzki nach Hamburg-Eppendorf in die Sieglindenstraße 31. Er klingelt bei Steinhöfers, Oma Elli öffnet die Tür. »Was tun Sie denn hier?«, sagt sie. »Ich kenne Sie doch! Irgendwelche Neuigkeiten aus Staaken?«

»Leider nicht, ma'am, so sorry. Ich bringe Ihnen hier nur zwei Mitglieder Ihres Haushalts, die zwischenzeitlich verloren gegangen waren.«

Oma Elli betrachtet Miriam und Engelchen. »Na, Kinder, dann kommt mal rein. Und Sie, Herr Offizier, Sie sind doch der, der damals unser Galitzer Gold mit dem Goldschatz der SS verwechselt hat? Wie wär's denn mit einem Tee? Und dann reden wir über alte Zeiten.«

»Ein anderes Mal, ma'am«, sagt der Major, grüßt knapp und militärisch und geht die Treppe wieder hinunter.

Unschlüssig steht Miriam in der Haustür. Engelchen, sonst gar nicht so schüchtern, klammert sich an ihre Beine.

»Also wirklich, Frau Bamberger!«, sagt Oma Elli. »Ich möchte bloß mal wissen, wann Sie sich zuletzt Ihre Haare gewaschen haben.«

14. Kapitel

Nun sind sie also wieder da, Lillys Engelchen und Miriam Bamberger, die Frau, von der Lilly einmal angenommen hat, sie könnte vielleicht ihre Freundin werden.

Zum Zeitpunkt von Miriams Ankunft ist Lilly nicht daheim gewesen. Nach den Pöppendorfer Ereignissen hat sie das dringende Bedürfnis gehabt, Geist und Seele gründlich auszulüften, und war zu diesem Zweck in wildem Tempo um die Alster gerannt. Wozu eigentlich hat sie sich noch einmal dem Anblick des Lagers aussetzen wollen? Sie weiß doch ganz genau, dass sie es nicht geschafft hätte, Miriams Leiden ein weiteres, vielleicht tödliches, hinzuzufügen. Und was sollte dieser idiotische Aufstand in der Straßenbahn! Vielleicht war es doch wirklich nur ein harmloser – wenn auch zynischer – Witz, der dann allerdings in den anderen Fahrgästen den alten Judenhass wieder freigelegt hat. Und dann auch noch mit Fäusten auf den Schaffner loszugehen! Leider ist diesmal der lächelnde Major mit seinen milden Vorwürfen – »Dazu sind Sie doch nun wirklich zu erwachsen!« – vollkommen im Recht gewesen. Achtzehn Jahre ist sie alt und benimmt sich wie ein wütendes, schreiendes, um sich schlagendes Kind! Lilly schämt sich – mal wieder. Sie findet, dass sie während der letzten Zeit etwas zu viel Grund und Anlass gehabt hat, sich zu schämen.

Daheim in der Sieglindenstraße hat Oma Elli inzwischen die Initiative ergriffen, indem sie als Erstes die ziemlich willenlose Miriam mitsamt dem Kind ins Badezimmer schiebt und dort einschließt. Dann läuft sie schnurstracks zu Benedicta, von deren sturem und praktischem guten Willen sie sich zu Recht einiges verspricht.

Benedicta kommt auch gleich mit. »Vorerst bloß kein ernsthaftes Gerede«, sagt sie, »oder etwa gar Vorwürfe. Wir tun einfach so, als hätte Miriam mit dem Kind nur mal eben eine kleine Ferienreise gemacht.«

Sie befreit die beiden aus dem Badezimmer, bringt sie unten in die alte Wohnung, beendet dort den Reinigungsvorgang, füttert das weinende, übermüdete Kind, macht Miriam einen Tee und verfrachtet schließlich beide ins Bett.

»Jetzt ist Miriam wieder so, wie sie ganz zu Anfang war«, sagte sie seufzend zu Oma Elli. »Wie konnte das bloß passieren. Und was ist mit Lilly?«

»Die findet sich momentan mit sich selbst nicht zurecht.«

»Wird schon wieder werden. Auf Lilly kann man sich verlassen.«

»Vielleicht haben wir alle uns immer zu sehr auf sie verlassen. Und sie dabei doch reichlich überfordert.«

»Glaub ich nicht. Was ist mit ihr und Markus?«

»Große Liebe«, sagt Oma Elli, »jedenfalls bilden sie sich das beide ein – das tut man ja leicht in diesem Alter. Mal sehen, was draus wird. Aber der Junge hat wirklich eine erstaunliche Entwicklung durchgemacht. Ich weiß noch genau, wie rüpelhaft er damals in Staaken war, der reine Horror, genau wie mein ältester Enkelsohn Joachim. Und inzwischen ist er drauf und dran, ein zweiter Jupp zu werden. Dem sieht er ja auch direkt ähnlich.«

»Na bitte. Da hat Lilly etwas, wovon sie zehren kann. Also werden wir sie jetzt getrost noch ein bisschen mehr überfordern dürfen.«

Benedicta ist nicht nur praktisch und geradeaus und bedingungslos hilfsbereit, sie ist auch klug. Und sie weiß, worin vor allem die Überforderung liegen würde. Weniger im Verzeihen und in der neuerlichen Hinwendung zu einer kranken, verwirrten Miriam als im Loslassen und bewussten Zurücktreten.

Verzichten ist sicher schwerer als Verzeihen, vor allem, wenn die Person, die einem etwas angetan hat, mit ihrer ganzen Existenz um Verzeihung bittet.

Als Lilly an diesem Abend nach ihrem Herumgerenne nach Hause kommt und von der barmherzigen Großtat des Majors hört, will sie natürlich sofort nach unten laufen, um sich ihr Engelchen zu holen. Doch Oma Elli und Benedicta halten sie energisch zurück.

»Die beiden sind total erschöpft«, sagt Benedicta. »Außerdem hab ich Miriam ein paar von Josuas Beruhigungstropfen in den Tee gegeben.«

Und Oma Elli fügt hinzu: »Nun gönn ihnen doch erst mal etwas Ruhe, bevor du dich wieder auf sie stürzt.«

»Ihr tut ja gerade so, als wäre *ich* hier das Problem.«

»Bist du auch, Mädchen«, sagt Benedicta in ihrem gutmütigsten Allerweltstonfall. »Erstens bringst du das Kind in einen Konflikt, und dann machst du der armen Miriam, die weiß Gott schon genug Kummer und Leid erfahren hat, auch noch ein schlechtes Gewissen.«

Lilly wird wütend. »Das ist doch wirklich fabelhaft, wie viel Kapital man sogar aus dem Schmerz schlagen kann!« Doch kaum hat sie das gesagt, tut es ihr auch schon Leid. »Entschuldigung«, murmelt sie, »aber mir ... geht's momentan eben auch nicht so furchtbar gut.«

»Na klar«, sagt Benedicta. »Und das sollte es dir erleichtern, Miriam etwas besser zu verstehen. Wie wär's, wenn du es noch mal mit Freundschaft versuchst, jetzt, mit deiner zusätzlichen Erfahrung.«

»Bestimmt nicht!« Entschlossen geht Lilly an den Küchenschrank, wo sie hinter alten Schachteln und Dosen Oma Ellis heimlichen Wodkavorrat weiß. »Ich glaub, ich muss mich jetzt betrinken.«

»Das musst du nicht«, sagt Oma Elli, »der Alkohol ist ausschließlich mein Revier. Da verweigere ich dir den Zutritt.«

Benedicta mischt sich ein. »Gib ihr ruhig ein kleines Glas, Oma Elli. Und ich könnte auch eins brauchen. Na ja, und du ... du ja sowieso. Und dann werden wir über alles reden.«

Als sie dann am Küchentisch sitzen, jede mit einem Glas in der Hand, sagt Oma Elli: »Reden hilft hier nichts.«

»Nein? Was denn?«

»Abwarten. Mal sehen, wie sich die Dinge entwickeln. Irgendwann wird sich schon eine Entscheidung finden. Und in der Zwischenzeit kannst du ja für uns beten, Schwester Benedicta. Schließlich ist das dein Beruf.«

»Blödsinn. Beten ist ebenso wenig ein Beruf wie Atmen. Hier geht es jetzt um das Praktische.«

»Und das wäre?«

»Weil wir Miriam vorerst nicht allein lassen können, muss Lilly wieder nach unten ziehen.«

»Das kommt überhaupt nicht infrage, absolut unmöglich!«, antwortet Lilly.

»Du darfst ja auch deinen Markus mitnehmen«, sagt Benedicta grinsend. »Da unten ist viel mehr Platz als hier, da könnt ihr beiden euch ein richtig luxuriöses Liebesnest bauen.«

»Was wissen Sie denn von Markus und mir?«

»Was alle wissen, und ich gönn's euch. Schließlich ist er ein erwachsener Mann und du bist auch schon über achtzehn. Und natürlich rechnen wir fest damit, dass ihr bald heiratet.«

»Das werden wir nicht. Wir ziehen es vor, in ... na ja, also in Sünde zu leben. Weil das in unserer Familie ja so üblich ist.«

Oma Elli findet diese Bemerkung nun doch sehr unpassend. »Schon nach einem einzigen Schnaps sagst du Sachen, die du wirklich nicht sagen solltest!«, beschwert sie sich.

»Sagen kann sie's ja ruhig«, meint Schwester Benedicta. »Und was Sünde ist und was nicht, entscheidet sowieso der Herr. Im Falle Lilly und Markus sehe ich da gar nicht mal so schwarz.«

»Sünde oder nicht«, sagt Lilly und gießt sich einen zweiten Schnaps ein, »vor allem will ich nicht wieder bei Miriam wohnen. Ich hol mir mein Engelchen zurück, und Miriam muss endlich versuchen, allein fertig zu werden.«

»Das sehe ich nun allerdings schon sehr viel schwärzer, ich meine in Bezug auf Sünde und so weiter. Aber immerhin wirst du einsehen, dass wir Miriam momentan nicht allein lassen dürfen. Sie könnte uns sonst wieder davonlaufen.«

»Soll sie doch.«

»Und dein Engelchen mitnehmen.«

»Könnte sie nicht. Weil ich mein Engelchen ja nie wieder aus den Augen lassen werde.«

»O heilige Mutter Maria, hilf mir«, sagt Benedicta, steht auf, nimmt Lilly das Glas weg und kippt den Inhalt in den Ausguss.

»Dieses Mädchen verweigert sich momentan jeder Einsicht. Also wird Oma Elli unten schlafen müssen und für heute Nacht den Wachhund spielen.«

»Ich?«

»Warum auch nicht. Ist doch sowieso sehr lästig, jeden Abend im Wohnzimmer dein Bett aufzuschlagen. Und was mich anbelangt, ich muss nämlich jetzt nach Haus, ich darf die Abendmesse nicht versäumen. Also macht's gut, ihr beiden, den Wodka nehme ich besser mit, Oma Elli muss schließlich einen klaren Kopf behalten.«

»Nimm ihn ruhig«, sagt Oma Elli, »ich hab noch mehrere andere Flaschen versteckt.«

»Wo?«

»Das werd ich dir grad sagen.«

»Gehst du jetzt runter zu Bambergers?«

»Was bleibt mir denn anderes übrig«, sagt Oma Elli. »Gegen die Beschlüsse der Nonne Benedicta kämpfen Götter selbst vergebens.«

»Welch absolut heidnischer Ausspruch«, sagt Benedicta und geht.

Lilly schließt sich wieder mal in der Lavendelkammer ein und wartet dort auf Markus, aber der kommt nicht. Dabei hätte sie ihn heute Nacht so sehr gebraucht. Sie will ihm erklären, warum sie keine Rücksicht mehr auf Miriam nehmen kann und warum sie sich das Kind zurückholen muss, gleich morgen früh, ohne noch lange zu fackeln. Und sie wird es schaffen, bestimmt! Aber sie braucht dafür Markus' Hilfe. Wenn alle gegen sie sind – Markus jedenfalls ist für sie, darauf kann sie sich verlassen. Sie braucht seine moralische Unterstützung, sein unverbrüchliches Zu-ihr-Halten, das wird ihr das Rüstzeug geben für ihre schlechte Tat. Wieso denn schlecht, korrigiert sie sogleich ihre eigenen Gedanken, schließlich geht es doch vor allem um das Kind, und das ist bei mir bestimmt besser aufgehoben als bei Miriam. Ganz abgesehen davon, dass es mich natürlich mehr liebt, es kennt mich ja auch schon viel länger. Für mich ist es tatsächlich, als hätte ich es geboren. Miriam hat es sich bloß angeeignet.

Lilly schläft schlecht. Unruhig wartet sie auf den nächsten Tag. Sehr früh am Morgen, so gegen halb sechs, hält sie's dann nicht mehr aus. Bringen wir's also hinter uns, denkt sie, zieht sich an und geht nach unten.

Das Erste, was sie in der Bamberger'schen Wohnung sieht, ist eine Matratze, die quer vor der Tür zu Miriams altem Zimmer liegt. Darauf schlummert leise schnarchend Oma Elli. Wäre Lilly nicht so nervös und aufgeregt, sie müsste jetzt sicher lachen. So jedoch beugt sie sich nur vor, langt nach dem Türgriff und versucht einen großen Schritt über die Liegende hinweg zu machen.

Oma Elli hat jedoch sogar bis in den Schlaf hinein ihre Aufsichtsfunktion verinnerlicht. Ohne so richtig zu sich zu kommen, greift sie nach Lillys Fuß und murmelt: »Halt, stopp, hier geblieben. Niemand kommt hier rein oder raus.«

Durch den plötzlichen Ruck fliegt Lilly vornüber gegen die Tür, die unter ihrem Gewicht aufspringt. Am Boden hockend, reibt sie sich den Kopf. »Verdammt noch mal, Oma Elli!«, schreit sie.

Dann sieht sie sich im Zimmer um. Miriam sitzt auf ihrem Bett, ängstlich in eine Ecke gedrückt, und hält das Kind mit beiden Armen umschlungen.

Lilly steht auf, streckt beide Hände aus und sagt: »Komm, Engelchen, wir gehen jetzt nach Haus.«

Statt nun zu ihr zu kommen, stößt das Kind einen Schrei aus, klammert sich an Miriam, versucht sich unter der Bettdecke zu verstecken und jammert: »Nein, nein, nein, will nicht mit, will Mama bleiben.«

»Aber Engelchen, Mama ist doch hier. Und all die anderen sind auch da und warten auf dich. Josi und Felix und Julius, du weißt doch, alle deine Freunde.«

»Will nicht Freunde, will Mama!« Die Kleine weint immer lauter.

»Nun komm schon.« Das klägliche Geschrei schneidet Lilly direkt ins Herz. In ihrer Hilflosigkeit wendet sie sich ausgerechnet an Miriam. »Nun tu doch etwas, lass sie los, sag ihr, dass sie zu mir kommen soll. Du weißt doch, dass ich … dass ich ein Recht auf sie habe.«

Aus weit aufgerissenen Augen starrt Miriam Lilly an. Dann tut sie etwas sehr Unerwartetes. Wie unter Zwang öffnet sie die Arme und gibt dem Kind sogar einen kleinen Schubs. »Nun geh schon«, flüstert sie, »da hast du's besser als bei mir.«

Als Engelchen sich daraufhin nicht rührt und sich weiterhin ängstlich an Miriam klammert, lässt Lilly ihre ausgestreckten Arme langsam sinken. Sie ist jetzt sehr blass. »Ich sorg dann dafür, dass ihr nachher was zu essen kriegt«, murmelt sie und kehrt sich ab.

Oma Elli ist schon wieder eingeschlafen. Als Lilly über ihr Matratzenlager steigt, wacht sie noch einmal kurz auf und brummt: »Keine Sorge, Kind, ich pass schon auf die beiden auf.«

Benommen schleicht Lilly sich zurück in ihre Wohnung. Alles ist still, der Tag hat für die Familie noch nicht begonnen. Leise geht sie in die Lavendelkammer, schließt die Tür ab, legt sich ins Bett und zieht sich die Decke über den Kopf.

Gegen sieben Uhr klopft Jule an die Tür. »Aufstehen, sonst kommst du zu spät zur Schule.«

Lilly rührt sich nicht. Auch die späteren Versuche einiger Familienmitglieder, zu ihr vorzudringen, stoßen auf taube Ohren.

Gegen Mittag erscheint Benedicta mit sehr energischem Türenrütteln. »Nun mach doch nicht solch ein Theater, Mädchen, komm endlich raus, wir müssen reden.«

Aber Lilly will nicht reden, sie will auch kein Theater machen. Sie will nur in Ruhe gelassen werden. Am liebsten wäre sie jetzt krank, so etwas richtig Ernsthaftes und Bedrohliches, das alle Sorgen nur noch auf das Körperliche richtet. Aber das ist bei ihr anscheinend nicht drin.

Immerhin macht sie für niemanden die Tür auf, und nach unschlüssigen Anfängen scheint die Familie das auch zu akzeptieren. Zwischendurch geht Lilly mal kurz ins Bad und holt sich etwas zu trinken und sagt zu Jule: »Kümmer dich um die da unten, die brauchen was zu essen.« Dann schließt sie sich wieder ein.

Als Markus spät am Abend nach Hause kommt, öffnet Lilly ihm umstandslos die Tür. Er bringt ihr eine Schüssel Suppe, fragt nichts, sagt nur, dass er sehr müde sei und sie ja wahrscheinlich auch, und legt sich zu ihr.

In seinen Armen gelingt es ihr dann auch tatsächlich einzuschlafen. Spät in der Nacht jedoch schreckt sie hoch, rüttelt ihn wach und sagt: »Komm, Markus, wir müssen sie uns zurückholen. So geht es ja nicht. Das Kind ist irgendwie beeinflusst, klar, daraus kann man doch noch keine Schlüsse ziehen. Kinder sind eben leicht beeinflussbar.«

Schlaftrunken wälzt er sich auf die andere Seite. »Warte doch, Lilly, warte bis morgen. Wir machen das schon.«

Was er denn da machen will, weiß sie nicht. Sie denkt, dass man von Männern eben wenig Hilfe kriegt und dass Männer überhaupt ziemlich nutzlos sind.

»Und nun komm mir bloß nicht wieder mit dieser Hühnerscheiße von gut und böse und so weiter«, sagt sie am nächsten Morgen zu Markus. »Ich hätt's nämlich getan, wirklich, ich war absolut entschlossen. Sogar gegen Engelchens Widerstand. In meiner körperlichen Nähe hätte sie sich dann schon an alles erinnert und wäre ganz schnell wieder mein Kind geworden. Aber der Anblick von Miriam, die ihre Arme öffnete und das Kind losließ, sogar zu mir hinschob, das, also das hat alles umgeschmissen. Ich konnte es einfach nicht mehr. Und mit diesem dämlichen Klischee von gut und böse hat das überhaupt nichts zu tun.«

»In Ordnung«, sagt er. »Und jetzt solltest du aufstehen und kalt duschen – Warmwasser ist ja wahrscheinlich sowieso mal wieder nicht da – und dich anziehen und zur Schule gehen. Und endlich wieder etwas Alltägliches tun. Sonst wirst du noch zur Hysterikerin.«

»Hysterikerin?«

»Na ja, entschuldige, falscher Ausdruck. War nicht so gemeint. Ich dachte nur, ein bisschen Normalität würde uns beiden nützen. Deshalb gehst du jetzt zur Schule und bemühst dich um dein Abitur, und ich mach weiter mit meinem Polenjob, der übrigens inzwischen auch normaler wird – weniger illegaler Menschenhandel, stattdessen wieder ordentliche Schwarzmarktware. Und außerdem halte ich es für wirklich übertrieben, dass du das Engelchen nun endgültig hergeben willst, bloß weil Miriam die Arme geöffnet hat.«

»Aber ich bin mir plötzlich so unsicher geworden, irgendwas ist gestern mit mir geschehen, ich kann's nicht genau beschreiben. Benedicta würde sagen, das war Gottes Hand. Na ja, schön wär's ja, so ein kleiner chirurgischer Eingriff von allerhöchster Kapazität und schon ist man auf dem Weg der Besserung.«

»Und was willst du jetzt machen – ich meine außer umgehend zur Schule zu gehen?«

»Ich werde versuchen herauszufinden, was es denn nun mit Gottes Hand auf sich hat. Und dafür muss ich mir wohl doch wieder größere Nähe zu Miriam und dem Engelchen zumuten. Wenn ich mich hier oben weiterhin in der Lavendelkammer verstecke und krampfhaft zurückhalte, werde ich überhaupt nichts begreifen, weder mich selbst noch Miriam, noch diese angebliche Gotteshand.«

»Bekanntlich gehen aber chirurgische Eingriffe nicht ohne Schmerzen ab.«

»Ich weiß. Da kann man nichts machen, so ist es eben.«

Markus sieht sie an und sagt ohne einen Funken von Ironie: »Du bist eben nicht nur gut, du bist auch tapfer.«

»Absolut totale Hühnerscheiße!«, sagt Lilly.

Es kommt dann, wie Lilly es vorausgedacht hat: Engelchen gewöhnt sich wieder an sie und rennt nun erneut ganz vergnügt zwischen ihren beiden Mamas hin und her. Und doch hat sich etwas grundlegend geändert. So wie zuvor unangezweifelt Lilly für das Kind die Hauptmama gewesen ist, hält es sich jetzt hauptsächlich an Miriam. Und Lilly, so schmerzhaft es ihr auch immer wieder ist, akzeptiert das.

Es dauert eine Weile, bis Miriam die Veränderung begreift, doch dann gewinnt sie langsam an Sicherheit und beginnt sehr vorsichtig an ein kleines Wohlwollen des Schicksals, das ihr jahrelang jedes Glück verweigert hat, zu glauben. Und nachdem sie erst einmal so weit ist, kommt auch ihr Heilungsprozess in Gang, sie entspannt und normalisiert sich erstaunlich schnell.

Instinktiv tut Lilly genau das Richtige und hält sich nicht mehr zurück wie in den ersten Monaten ihrer Bekanntschaft. Sie geht auf Miriam zu und stellt Fragen über Fragen. Zwar lässt sie dabei nach wie vor Auschwitz und die Ghettozeit weitgehend unberührt, doch immer öfter spricht Miriam jetzt aus eigenem Bedürfnis darüber, vor allem, wenn es Bezug hat zu dem, was ihr widerfahren ist seit ihrem heimlichen Aufbruch mit Josua und Engelchen während Lillys Syltreise.

»Mädchen, Mädchen«, sagt Benedicta zu Lilly, »du entwickelst dich plötzlich zu einem richtig guten Seelendoktor. Wie machst du das bloß?«

»Mir geht's doch gut«, sagt Lilly ausweichend.

»Vorher ist es dir ja auch nicht schlecht gegangen. Und trotzdem bist du nicht richtig an Miriam herangekommen.«

»Stimmt. Ich glaube, ich hatte zu viel Angst vor ihrer Vergangenheit, vor ihrer Trauer. Sie hat so schrecklich Grausames erlebt, und irgendwie hat mich das verunsichert – wenn ich ehrlich sein soll, hat es mich sogar abgestoßen.«

»Und das ist jetzt weg?«

»Natürlich nicht. Aber mein Verhältnis dazu hat sich geändert. Ich habe keine Angst mehr vor ihr.«

»Das ist wohl, weil du jetzt selbst einen Verlust erfahren hast.«

»Ach was«, sagt Lilly unwillig, »das bisschen Kummer, das kann man doch nicht mit Miriams Unglück vergleichen!« Und doch kann sie bei diesen abwiegelnden Worten ihre Tränen nicht zurückhalten.

Nur ein einziges Mal noch erwähnt Miriam ihre Gewissensnot und bittet Lilly um Verzeihung.

»Es ist nun mal passiert«, sagt Lilly, »und dass ich dir verziehen habe, das merkst du ja wohl. Ansonsten wäre es mir lieb, wenn wir nicht mehr darüber reden würden.«

Für kurze Zeit hat Lilly sich noch mal in der Bamberger'schen Wohnung einquartiert, wegen der Nähe zu Engelchen und auch aus unausrottbarem Hilfsbedürfnis heraus. Doch sowie sie sich davon überzeugt hat, dass Miriam nun allein zurechtkommt, ist sie wieder nach oben gezogen. Sie hat sich auf gar keinen Fall noch einmal vereinnahmen lassen wollen. Und dann ist sie doch sehr überrascht gewesen, dass sich gerade aus ihrer Entfernung eine ganz neue – andere – Nähe zu Miriam entwickelt hat.

Miriam erzählt. Lilly begreift, dass im Gegensatz zu den Auschwitz-Gräueln die Begebenheiten des *Exodus*-Abenteuers für Miriam tatsächlich erzählbar sind, sogar erzählnotwendig, so mühsam und teilweise qualvoll sie auch gewesen sein mögen. Denn sie haben einen Sinn. Und die Menschen haben sich ihnen – mehr oder weniger – freiwillig ausgesetzt.

Aber es ist nicht nur dies. Die Gemeinsamkeit mit all den anderen Holocaust-Überlebenden, die sich, komme, was da wolle, eine neue, würdige Existenz ertrotzen wollten, hat Miriam sehr verändert. Und so erweist sich ihre seelische Gesundung nicht nur als ein Wiederherstellen des Zustandes vor ihrer Flucht, sondern geht weit darüber hinaus. Das, was Benedicta so erschreckt hat – »jetzt ist Miriam wieder so wie ganz zu Anfang« –, ist nur ein kurzer Rückfall gewesen.

Als Lilly dann zu fragen beginnt, geht es ihr vorrangig darum, dass Miriam das schöne Bild der Zionisten und Haganah-Leute, die ihre Stärke aus unantastbarer Rechtschaffenheit und Moralität ziehen, bei ihr selbst wiederherstellt, der Major hat nämlich daran ziemlich erfolgreich gekratzt. Die vollständige Restaurierung, die Lilly sich wünscht, kann und will Miriam jedoch nicht bieten. Sie sagt: »Warum müssen eigentlich ausgerechnet die Juden, die sich gegen eine riesige Übermacht von feindlich gesonnenen, gefühls- und gewissenlosen, bestenfalls total desinteressierten Menschen ein Heimatland ertrotzen wollen, so sauber und unschuldig sein wie frisch geborene Lämmer?«

»Ja, aber …«, sagt Lilly, »gibt ihnen denn nicht gerade ihre moralische Überlegenheit die Berechtigung zu dem, was sie tun?«

»Berechtigung? Kann schon sein. Aber was nützt die uns, wenn die anderen uns ohne jede Berechtigung in die Hölle schicken und vergasen und … und uns sogar noch nach Auschwitz keine Heimat zubilligen wollen und uns weiterhin wie Untermenschen behandeln? Und dass sie das tun, hast du ja selbst gesehen, du hast doch daneben gestanden, als uns die Engländer wie Vieh aus den Schiffen getrieben und in die vergitterten Waggons verladen haben. Früher hätte uns eine solche Behandlung geschwächt und demütig gemacht – das Erstaunliche ist, dass wir heute gestärkt daraus hervorgehen.«

Erstaunlich, wirklich sehr erstaunlich, denkt Lilly und betrachtet die zarte, immer noch etwas kindlich wirkende Miriam mit neuen Augen. »Da hat man euch wohl sehr rigoros geschult, im Lager und auf dem Schiff?«

»Geschult ja, aber eigentlich nicht rigoros. Das war für mich etwas vollkommen Neues. Ich hab doch zuvor so wenig gelernt in meinem Leben, Nähen und Kochen und Klavierspielen und etwas Zeichnen, das reichte. Mein Ziel war eine eigene Familie, also ein guter Mann und viele Kinder. Nichts von Politik – wozu auch. Wir waren doch reich, hatten schöne Häuser und Gärten und unsere Fabrik, waren angesehen und hatten Freunde. Deutschstämmige Juden in einer polnischen Industriestadt. Dass es da irgendwo ein Israel gab, dieses Land, wo Milch und Honig fließen, das empfand man eher als Legende. Hübsch zu lesen und weiterzuerzählen. Und dann brach alles zusammen. Den Rest kennst du ja … oder kennst ihn eben doch nicht, ist ja auch unnötig, es reicht, wenn ich ihn kenne.«

»Stimmt es, dass die Haganah euch … wie soll ich sagen … also euch irgendwie benutzt hat, ich meine, euer Leid und Elend benutzt hat, um die Weltöffentlichkeit gegen die Engländer aufzubringen?«

»Wer sagt das?«

»Der Major Evans-Bernstein, der dich und Engelchen zu uns gebracht hat.«

»Ach der. Ist das etwa ein Freund von dir?«

»Der Freund einer Freundin.«

»Er hat einen jüdischen Namen.«

»Ja«, sagt Lilly, »ich glaub, das kommt von der Mutterseite her.«

»Vielleicht hat er sich ja deshalb für uns eingesetzt. Ich mochte ihn trotzdem nicht. So ein typischer antisemitischer Jude, davon gibt's eine ganze Menge. Und natürlich ist er in erster Linie Engländer und muss darum die Haganah auch so negativ wie nur möglich sehen. Es ist doch sehr peinlich für das englische Siegervolk mit der riesigen Armee, dass viereinhalbtausend armselige, dreckige, heruntergekommene Holocaust-Überlebende auf einem klapprigen alten Flussdampfer es wagen, sich mit ihnen anzulegen. Und noch peinlicher ist es – und die Klugen unter ihnen wissen es bereits –, dass wir siegen werden.«

Siegen ... Welch ein Wort aus Miriams Mund! Vor lauter Verblüffung bemerkt Lilly gar nicht, dass sie auf ihre Frage nach den Methoden der Haganah keine Antwort gekriegt hat. Und dabei bleibt es auch, obgleich Lilly das Thema noch mehrmals anschneidet. Immer weicht Miriam aus, erzählt von dem Lager in Frankreich bei Marseille, wo sie zum ersten Mal seit dem Ghetto und Auschwitz wieder mit Hunderten von Juden zusammengelebt hat.

»Anfangs war ich total verängstigt«, sagt sie, »ich dachte, jeden Moment könnte die französische Bevölkerung ein Pogrom veranstalten, würde ins Lager eindringen, uns unsere letzten Besitztümer wegnehmen, ein paar Leute erschießen und so weiter. Nachts hab ich Angelika an mir festgebunden, aus Angst, man könnte sie mir wegnehmen, und hab mich mit ihr in irgendeiner dunklen Ecke versteckt. Josua war auch keine große Hilfe. Es ging ihm merklich schlechter von Tag zu Tag, er hatte genug damit zu tun, überhaupt noch am Leben zu bleiben. Aber dann begann schon im Lager der Unterricht, Hebräisch und Geschichte und auch Literatur, und es gab sogar ein Klavier. Jeder, der gerne spielen wollte, trug sich in eine Liste ein. Und es waren so viele Musikversessene, dass für jeden höchstens eine Viertelstunde täglich zur Verfügung stand. Das war wenig, aber diese kleine Viertelstunde hat mir doch etwas Normalität vermittelt. Eigentlich verrückt – ich spiel ja überhaupt nicht gut –, aber jede Fingerübung und Tonleiter hat ein kleines Stück meiner Angst weggeräumt. Doch erst auf dem Schiff hab ich mich plötzlich frei gefühlt und wollte leben und kämpfen. Und zwar aus eigenem Entschluss, nicht immer nur in Josuas Schatten und von ihm gezogen und geschoben in Gegenden, die überhaupt nicht meine waren, die er für mich bestimmt hatte.«

Nachdenklich blickt Miriam vor sich hin. »Mein Josua ...«, sagt sie leise, »er hat mich immer seine Hoffnung genannt. Hoffnung, ein Fremdwort, ich wusste nicht, was das bedeutete, und schon gar nicht, was es mit mir zu tun haben sollte. So lange hat er mich am Leben gehalten, und als ich dann endlich stärker wurde und er immer schwächer, da hat er sich an mich geklammert, und bei allem Kummer war ich doch froh, dass ich ihn halten konnte, jedenfalls so lange, bis wir sein Ziel erreicht hatten. Aber dann, in seinen letzten Stunden, da konnte ich nicht bei ihm sein. Das quält mich immer noch, obgleich ich genau weiß, dass es notwendig war – für mein Weiterleben. Ich hab nämlich oben an Deck gestanden, zusammen mit all den anderen, als die englischen Kriegsschiffe unseren alten klapprigen Blecheimer, dieses stolze Haganah-Schiff *Exodus*, mehrfach gerammt haben und das Schiff schließlich enterten. Wir waren wild entschlossen zur Verteidigung – mit Flaschen, Brettern, Stangen und Wurfgeschossen wie Schrauben, Kartoffeln und Konservendosen. Andere Waffen besaßen wir nicht, und Ike Aronovicz hatte auch deren Benutzung strikt untersagt. Eine junge Frau neben mir hielt dennoch plötzlich eine Pistole in der Hand, weiß der Himmel, woher sie die hatte. Ein Haganah-Mann sah es, schlug sie ihr aus der Hand und herrschte sie an: ›Wenn hier geschossen wird, dann von den anderen.‹ ›Und wenn hier gestorben wird?‹, schrie sie. ›Dann von uns‹, sagte er. ›Und wir wissen ja, wofür.‹

Und während des siebenstündigen Kampfes wurde wirklich gestorben. Vier Tote und mehr als hundertfünfzig Schwerverletzte – und unten im Bauch des Schiffes starb währenddessen mein Josua. Allein, aber nicht einsam, darum bete ich jedenfalls Tag für Tag, dass er sich nicht einsam und verlassen gefühlt hat. Ja wirklich, ich bete wieder.«

Wenn Lilly während der ersten Tage nach Miriams Rückkehr, als diese noch erschöpft und geschwächt ist, morgens vor der Schule nach unten geht, um ihr etwas zu essen und einen Babybrei zu bringen und einen Tee aufzubrühen – aber vor allem, um das Engelchen zu sehen und zu umarmen –, wenn Lilly also Miriams Schlafzimmer betritt, dann liegt sie meist steif auf der linken Seite und hält das Kind an sich gedrückt. Lilly kann den Anblick nur schwer ertragen, setzt sich ihm aber doch immer wieder aus.

»Engelchen hat doch ihr eigenes Bett, da schläft sie viel besser.«

»Ja natürlich«, sagt Miriam und lässt die Kleine los. Aber die bleibt, wo sie ist, ihr Körperchen liegt eingepasst in Miriams wie eine Erbse in der Schote.

»Wir hatten doch so wenig Platz auf der *Exodus*«, erklärt Miriam. »Eine Koje neben der anderen, jede genau fünfundvierzig Zentimeter breit. Rechts neben mir lag eine siebzigjährige Frau, links Josua. Eigentlich gab es Männer- und Frauenabteilungen, aber ich wollte mich nicht von Josua trennen. So legte er sich in die Koje, die für Angelika bestimmt war, und das Kind schlief bei mir.«

»Hast du denn keinen Hunger, Engelchen?«, fragt Lilly.

Das bringt das Kind auf die Beine. »Mit Mama essen«, beschließt es.

»Ich kann sie ja noch schnell füttern, bevor ich zur Schule gehe«, sagt Lilly. Wenn sie das Kind dann auf dem Schoß hat, muss sie oft gegen ihre Tränen ankämpfen. Ob Miriam das registriert, ist nicht klar. »Lieb von dir«, sagt sie bloß zu Lilly, »dass du dich so sehr um uns kümmerst.«

Die Reaktion der einzelnen Familienmitglieder auf die neue Miriam ist unterschiedlich.

»Irgendwie ist sie jetzt wieder so schrecklich jüdisch«, sagt Jule.

»Was meinst du denn damit?«, erkundigt sich Lilly.

»Die weiß, was sie will, und setzt sich durch.«

»Und was ist daran so jüdisch?«

Jule zuckt die Schultern. »Also ehrlich gesagt, davor gefiel sie mir besser, so still war sie und bescheiden.«

Benedicta und Oma Elli sind ganz und gar wohlwollend. »Da hat sich der Herr doch mal wieder sichtbar erbarmt«, sagt Benedicta. »Manchmal braucht er eben etwas länger, dann muss man nachhelfen. Und das hat unsere Lilly wirklich gut hingekriegt.«

Onkel Jupp geht wieder viel mit Miriam spazieren. Sie strahlt, wenn er herunterkommt, um sie abzuholen. Und auch auf Onkel

Jupps Gesicht erscheint so ein kleines Leuchten, das Lilly seit der Zeit in Staaken, vor Jupps Erblindung, als Mamas langes dunkles Haar immer mit roten Kämmen verziert gewesen war, nicht mehr bei ihm gesehen hat.

Dementsprechend ist Mama griesgrämig und sagt, sie könne überhaupt nicht begreifen, wieso Lilly die Kleine so viel »dieser Frau« überlasse. »Schließlich ist das Engelchen laut Geburtsschein immer noch mein Kind!«

»Natürlich, Mama«, sagt Lilly müde, »das wissen wir alle. Und es hat überhaupt nichts zu bedeuten.«

Überraschende Schützenhilfe bekommt Lillys Mutter von Markus. Der will sich plötzlich nicht mit dem Verlust des Kindes abfinden – wohl weil er sieht, wie sehr Lilly trotz ihrer guten Miene darunter leidet. »Warum wehrst du dich denn nicht?«, sagt er. »Du kannst dir doch das Kind nicht einfach wegnehmen lassen.«

»Ach, lass doch, Markus. Im Grunde genommen läuft alles bestens. Sie sind wieder zurück, sind hier bei uns. Ich kann mit dem Kind zusammen sein, wann ich will. Wirklich, Miriam überlässt es mir gerne. Zum Beispiel, wenn sie mit Jupp spazieren geht. Wir sind doch eine große Familie.«

»Überlässt es dir …«, sagt Markus, »das klingt ja so, als handle es sich um einen Staubsauger oder so was. Und die Sache mit Jupp gefällt mir auch nicht. Du hast ja vielleicht bemerkt, wie sie ihn ansieht.«

»Hab ich«, sagt Lilly. »Und ich hab auch seine Reaktion darauf bemerkt. Er ist eben immer noch ein Frauenheld. Was hast du denn dagegen einzuwenden? Miriam tut's gut, und an Jupps Liebe zu Mama wird es nichts ändern.«

»Na, hoffentlich. Aber irgendwie ist es nicht richtig.«

Lilly muss lächeln. Sie kommt sich plötzlich sehr alt vor. »Wenn du nur immer das Richtige tust«, sagt sie liebevoll, »schließlich bist du ja auch ein Frauenheld.«

»Na, hör mal!«

»Wie geht's denn all den scharfen Schnallen und den schönen Polenmädchen?«

»Das war vor dir, als ob du das nicht wüsstest.«

»Klar weiß ich das. Aber darum sind sie ja nicht aus der Welt, deine ehemaligen Liebsten.«

»Die waren nicht meine Liebsten. Bloß Zeitvertreib.«

»Okay, mein liebster Zeitvertreib«, sagt Lilly.

»Hast du mit Miriam je über die Zukunft gesprochen?«, fragt er, wohl vor allem, um das Thema zu wechseln.

»Nein, warum sollte ich, das ist doch sowieso klar. Sie bleibt hier bei uns und wir sorgen für sie. Eigentlich wollte sie nie weggehen, das lag alles nur an Josua. Miriam hat sich immer als Deutsche gefühlt, trotz all dem Schrecklichen, das ihr die Deutschen angetan haben.«

»Weißt du denn nicht, dass sie sich hier der neuen jüdischen Gemeinde angeschlossen hat?«

»Ach das ... das ist bloß, weil sie Gesellschaft braucht. Ich bin ja momentan wirklich sehr beschäftigt mit der Schule und kann mich nicht so viel um sie kümmern.«

»Ach, Lilly! Denk nach, mach die Augen zu, vielleicht siehst du dann etwas klarer.«

Der Winter kommt, Weihnachten, dann ein kalter Januar. Ende Februar besteht Lilly tatsächlich ihr Abitur, knapp, aber ehrenhaft, wie Markus sagt. Sie hat fast nur Vieren, und ihre Fünf in Latein kann sie mal gerade eben kompensieren durch eine Eins in Deutsch und – erstaunlicherweise – eine weitere Eins in Religion.

»Wusst ich's doch, Mädchen«, sagt Benedicta, »an dir ist eine Nonne verloren gegangen.«

»Nur, dass dabei Markus doch wohl etwas stören würde«, gibt Lilly zu bedenken.

»Ach, weißt du, mit so einem einzelnen Mann werden wir auch noch fertig. Und heiraten willst du ja sowieso nicht.«

»Stört bloß noch, dass ich evangelisch bin.«

»Wirklich, Mädchen, du hältst uns doch nicht etwa für kleinlich?«

Nach dem Mündlichen steht Miriam mit Engelchen vor dem Schultor, um Lilly abzuholen. Engelchen hat zwei Tulpen in der

Hand. »Mama, Mama, Mama«, schreit sie und springt Lilly in die Arme.

»Doch nicht wirklich Ihre Tochter, Elisabeth?«, fragt die nette Deutschlehrerin Frau Dr. Liesenbrinck, die mit Lilly herausgekommen ist.

»Nein, meine«, sagt Miriam lächelnd. »Aber sie liebt Lilly sehr und nennt sie ebendarum auch Mama.«

Anfang März kommt wieder einmal Jeremy Gallaghan zu Besuch. Und er hat große Neuigkeiten zu berichten. »Ich geh nämlich nach Palästina«, sagt er.

»Was? Wieder als Feldgeistlicher, als Padre für die Truppen? Tu das nicht, Jeremy, ich will nicht, dass ausgerechnet du zu diesen Leuten gehörst, die sich da so sehr ins Unrecht setzen.«

Jeremy lächelt. »So, so, das willst du nicht.« Wie immer, wenn er mit Lilly zusammen ist, wirkt er ein wenig melancholisch. »Aber keine Sorge, ich scheide aus dem Militärdienst aus. Und was Palästina anbelangt – ich glaube sowieso, dass unsere Mandatsherrschaft zu Ende geht. Schon Mitte Februar hat die englische Regierung schließlich begriffen, dass es wohl doch ein paar Menschenleben und vor allem Kosten sparen würde, wenn sie ihr Mandat an die UNO zurückgibt. Noch ist nichts entschieden, aber der internationale Druck, besonders nach der *Exodus*-Sache, ist enorm. Besser ein freiwilliger Rückzug als noch mehr Schimpf und Schande. Aber es gibt dort in Jerusalem eine kleine anglikanische Gemeinde, alles alteingesessene englische Familien, die in Jerusalem nicht wegen des Mandats sind, sondern weil es für sie genauso wie für die Juden eine heilige Stadt ist. Sie wollen auch sicher dort bleiben, falls man sie lässt. Und dieser Gemeinde fehlt momentan ein Vikar. Ich dachte, das wäre ein guter Platz für mich, und hab meinen Bischof gebeten, dorthin versetzt zu werden. Und da offenbar kein anderer gehen will, hat man mich akzeptiert.«

»Und was sagt deine Frau dazu?«

»Nicht viel. Nur, dass sie nicht mitkommt. Und dass die Stationierung in Oldenburg ja schon schlimm genug gewesen sei, aber Jerusalem nun wirklich über ihre Kräfte ginge.«

»O Jeremy, das tut mir Leid für euch beide«, sagt Lilly automatisch.

Er zuckt die Schultern. »Vielleicht hilft die Entfernung ja, wieder zusammenzufinden. So was soll's geben.«

»Und ... wie fühlst du dich dabei?«

»Gemischt. Seit dem Kriegsende haben Emily und unser kleiner Georgie und ich ja sehr eng zusammengelebt. Besonders das Kind wird mir fehlen.«

»Ich wünschte, du würdest nicht gehen, Jeremy. Jerusalem ist so weit weg und es gehört so sehr, ich weiß nicht, in ein Leben, das nicht unseres ist und das wir deshalb auch nicht sehr gut verstehen. In Oldenburg, da warst du doch für mich immer erreichbar, irgendwie.«

»Kann sein«, sagt er. »Aber du hast mich nie erreichen wollen. Wozu also noch länger darauf warten?«

So deutlich hat er sich noch nie ausgedrückt. Lilly errötet. »Aber ich habe dich wirklich sehr lieb«, sagt sie leise. »Ohne dich hätte ich wahrscheinlich nicht überlebt.«

»Und ich nicht ohne dich – darüber haben wir ja schon öfters geredet.«

Lilly kaut an ihren Tränen. »Ich komm dich dann auch mal besuchen«, sagt sie.

»Na klar«, sagt er und umarmt sie, was er seit jener letzten Nacht in Staaken nicht mehr getan hat. »Wenn du das sagst, dann tust du's auch, auf dich kann man sich bekanntlich verlassen.«

In diesem Moment kommt Miriam herein, gefolgt von dem wie üblich »Papa« schreienden Engelchen. »Oh«, sagt sie, »stör ich?«

Jeremy lässt Lilly los und nimmt das Engelchen auf den Arm.

»Natürlich störst du.« Lilly zieht aus Jeremys Brusttasche ein Taschentuch, um sich die Augen zu wischen. »Merkst du denn nicht, dass du uns gerade bei einem heimlichen Rendezvous erwischt hast?«

»Und wieso findest du das zum Heulen?«, fragt Miriam lächelnd.

»Weil Jeremy mich verlässt.«

»Daran bist du doch gewöhnt, er kommt ja immer nur auf eine Stippvisite.«

»Aber diesmal ist es ernst. Jeremy geht nach Jerusalem.«

»Nach Jerusalem?« Alle Farbe weicht aus Miriams Gesicht. »Sie gehen nach Jerusalem? Als Soldat?«

»Nein. Als Zivilist. Im Auftrag meiner Kirche.«

»Und man lässt Sie rein?«

»Muss man ja wohl. Noch sind die Engländer an der Macht. Und vor der Kirche haben sie immerhin Respekt.«

»Nach Jerusalem …!« Miriam lässt sich auf den nächstbesten Stuhl fallen. »Nehmen Sie uns mit?«

Jeremy antwortet nicht. Er sieht Lilly an, in deren Gesicht sich ein plötzlicher Schrecken und dann ungläubiges Begreifen malt.

Jeremy räuspert sich. »Wo ist Markus?«, fragt er.

»Weiß nicht, unterwegs.« Lilly knüllt Jeremys Taschentuch zusammen und drückt es sich gegen den Mund.

»Lass uns einen kleinen Spaziergang machen«, schlägt er hastig vor, »es ist heute nicht sehr kalt.« Ungewohnt grob setzt er das Kind auf Miriams Schoß, nimmt Lillys Arm und zieht sie aus dem Zimmer.

Wortlos stolpert sie neben ihm her, die Treppe hinunter und aus dem Haus. Sein Jeep steht vor der Tür.

»Komm«, sagt er und schiebt sie hinein.

Eine Weile fährt er ziellos in der Gegend herum, stadtauswärts durch die Ruinen. In den kleineren Straßen ist es sehr still. Menschen scheinen dort nicht mehr zu leben, doch zwischen den Steinbrocken zeigt sich erstes Frühlingsgrün.

Irgendwo hält er an. »Wohin fahren wir?«, fragt er.

»Ist doch egal«, sagt Lilly.

»Spazieren gehen wollen wir ja wohl nicht?«

»Ich hab's gewusst«, murmelt Lilly, »natürlich hab ich's von Anfang an gewusst.«

»Ja«, sagt er, »natürlich. Ist dir kalt?«

»Etwas.«

Er nimmt vom Rücksitz eine Decke und legt sie ihr um die Schultern.

»Aber ich hab's nicht wahrhaben wollen«, sagt sie. »Ich hab gedacht, es reicht, wenn ich so weit zurücktrete, dass ich ... dass sie die Hauptrolle spielen kann. Aber es hat ihr nicht gereicht. Sie will mich ganz und gar weghaben aus ihrem Leben. Sie hat Angst vor mir. All diese Wochen seit ihrer Rückkehr hat sie mir etwas vorgespielt und dabei das Kind immer enger an sich gebunden. Sie hat mich benutzt und sie hat mich betrogen.«

Jeremy ist klug genug, darauf nicht einzugehen. Er sitzt nur schweigend neben ihr, streichelt ihre Hand, legt schließlich den Arm um sie und zieht sie eng an sich. Für einen neutralen Beobachter müssen die beiden aussehen wie ein ineinander versunkenes Liebespaar.

»Ich hasse sie!«, sagt Lilly.

Er beginnt sie sanft hin- und herzuschaukeln wie ein Kind, das nicht einschlafen kann. Dann küsst er sie. Sie lässt es geschehen, scheint es zuerst überhaupt nicht zu bemerken. Bis dann ihr Körper aufwacht und keine Gedanken mehr zulässt, weder Enttäuschung noch Zorn, keinen Hass, aber auch keine Liebe.

Später, als sie heiß und etwas zerrauft wieder zu sich kommt, kann sie wenigstens weinen. Und als keine Tränen mehr fließen, gelingt ihr sogar ein kleines Gelächter, in dessen Gefolge sie zu ein paar sachlicheren Argumenten als zuvor gelangt. Sogar Verständnis kann sie zeigen und schließlich auch Jeremy beruhigen, der findet, dass er in seinen Trostbemühungen doch etwas übers Ziel hinausgeschossen ist.

»Das ist schon in Ordnung«, sagt Lilly, »und mir hat's gut getan. Schade nur, dass ich Markus nichts davon erzählen kann. Der ist nämlich der felsenfesten Überzeugung, dass ich ein Musterbeispiel von angeborenem Gutsein bin, aufrichtig, treu, loyal und absolut zuverlässig. Und das wollte ich schon immer mal widerlegen. Allerdings eigentlich nicht mit dir, schließlich bist du doch mein liebster Freund und ich wollte dich weiß Gott nicht dafür benutzen.«

»Da bin ich aber froh«, sagt Jeremy, »dass uns kein anderer dazwischengekommen ist. Und ob du's wahrhaben willst oder nicht – wahrscheinlich bist du wirklich kaum das, was man ...

hm, also du bist nicht direkt das Gegenteil von alldem. Entschuldige bitte.«

Beinahe hätte Lilly darauf wieder mit ihrem einzigen Schimpfwort reagiert – aber das will sie Jeremy nun nicht auch noch zumuten.

Am Abend muss Jeremy nach Oldenburg zurück. »Aber ich komm noch einmal in zehn Tagen«, sagt er zu Lilly, »und ich werde dich ganz gewiss nicht wieder küssen.«

Lilly nickt. »Na klar. Schließlich bist du ein verheirateter Pastor.«

Drei Tage lang geht Lilly nicht nach unten. Sie wütet innerlich zu sehr gegen Miriam – obgleich sie natürlich auch Verständnis hat. Ach, dieses ewige idiotische Verständnis! Miriam kann ja gehen, wenn sie unbedingt will, denkt Lilly, kann sich der Haganah andienen, bei denen soll's ja angeblich auch weibliche Soldaten geben. Aber mein Engelchen nimmt sie nicht mit und verschwindet mit ihr in irgendeinem Kibbuz oder einem Haganah-Lager, legt sich mal wieder einen anderen Namen zu und ich kann dann dieses Kind nie wieder finden. Aber Gott sei Dank kommen sie ja weder aus Deutschland raus noch nach Palästina rein. Ich muss doch bloß mit dem Major reden, dem »netten Major«, wie Mama ihn neuerdings nennt. Er hat sie seit Miriams Rückkehr ja schon mehrmals besucht – immer mit Blumen, und das im Winter! Der wäre sicher hochzufrieden, wenn er in dem Konflikt doch noch einen kleinen Sieg erringen könnte.

Markus bleibt diesmal länger als sonst weg. Der könnte sich weiß Gott auch etwas mehr um mich kümmern, denkt Lilly. Ohne die Schule und das Beisammensein mit Engelchen und Miriam fühlt sie sich verloren. Sie hat nichts zu tun.

»Nun häng hier doch nicht so rum, Mädchen«, sagt Benedicta, »mach dich nützlich.«

»Womit denn?«

»Tu irgendwas für irgendwen.«

»Keine Lust«, sagt Lilly. »Schließlich hab ich nach dreizehn Schuljahren auch mal eine Pause verdient.«

»Wozu soll das gut sein?«

»Zum Nachdenken.«

»Wieso brauchst du denn dafür so viel Zeit?«

Am vierten Tag nach Jeremys Besuch geht Lilly dann doch wieder nach unten.

»Lange nicht gesehen«, sagt Miriam leichthin. »Ich war drauf und dran raufzukommen, aber dann dachte ich, dass du wohl mal etwas Abstand bräuchtest.«

»Mama lieb«, schreit Engelchen. Lilly setzt sich und zieht das Kind auf den Schoß. »Du willst also doch nach Palästina«, sagt sie.

Miriam nickt.

»Und warum hast du mir nichts davon gesagt?«

»Du hast mich nicht danach gefragt. Und ich dachte, du wüsstest es sowieso. Ich hab dir doch erzählt von diesem Zusammengehörigkeitsgefühl auf dem Schiff und in den Lagern. Es war hart, es ging an die Grenzen der körperlichen und seelischen Möglichkeiten. Aber es war richtig so. Ich hätte im Lager bleiben sollen, auch wenn es mir noch so schlecht ging, und mich nicht von diesem grinsenden Engländer zu einem leichteren Leben befreien lassen dürfen. Weil hier nämlich nichts mehr für mich wichtig ist. Was hab ich denn in diesem Land noch zu suchen? Außer dir und deiner Familie ist da nichts, absolut gar nichts, was mich hält. Keine Gemeinschaft, keine Aufgabe und auch nicht das geringste Entgegenkommen von außen. Im Grunde sind wir Juden hier doch immer noch die verachteten Untermenschen.«

»Aber das wird sich ändern, bestimmt. Die Menschen brauchen nur etwas mehr Zeit.«

»Darauf kann ich nicht warten. Außerdem ist es Josuas Vermächtnis. Er wollte nicht, dass wir hier bleiben.«

»Aber das Engelchen wirst du nicht mitnehmen! In Palästina herrschen kriegsähnliche Zustände. Du kannst ein kleines Kind nicht diesen Gefahren aussetzen.«

Miriam wirft Lilly einen scharfen Blick zu, sagt aber nichts.

Ihr Schweigen macht Lilly wütend. »Falls du etwa wieder planst, heimlich abzuhauen, dann lass dir nur gesagt sein, dass ich Mittel habe, dich zurückzuhalten. Ein zweites Mal wirst du mich nicht übertölpeln.« Gott, wie pompös das klingt, denkt Lilly und beißt sich auf die Lippen.

»Mama böse?«, fragt Engelchen, rutscht von Lillys Schoß und läuft zu der anderen Mama.

»Ich weiß, dass du Mittel hast«, sagt Miriam ruhig. »Aber du wirst sie nicht verwenden. Und ich gehe auf jeden Fall, mit dem Kind.«

»Da sei dir mal nicht so sicher«, sagt Lilly und verlässt die Wohnung.

Wieder geht sie ein paar Tage lang nicht nach unten. Obgleich sie das Engelchen sehr vermisst, schafft sie es einfach nicht, sich Miriams Anblick auszusetzen.

Markus kommt endlich zurück und Lilly sagt zu ihm: »Die ganze Zeit über hat sie mich betrogen!«

»So würde ich das aber nicht ausdrücken«, sagt er vorsichtig. »Sie hat nur nicht mit dir darüber gesprochen, weil du's ja nicht hören wolltest. Ich glaube, uns anderen war's seit langem klar, dass sie nicht bleiben würde. Jupp zum Beispiel hat es bestimmt gewusst.«

»Dann hat er mich eben auch betrogen«, wütet Lilly, »ist doch klar, er ist verknallt in sie und steht darum auf ihrer Seite.«

»Lilly ...!«

»Ich geb das Kind nicht her, auch wenn ihr alle gegen mich seid.«

»Hast du's denn nicht längst hergegeben?«

»Bist du verrückt, Markus, warum sagst du so etwas. Schließlich warst du es doch, der mich immer aufgefordert hat, mich zu wehren. Wir können uns das Kind nicht einfach wegnehmen lassen, hast du gesagt.«

»Ich weiß. Aber du hast dich nun mal nicht gewehrt. Und ich hab gedacht, du hättest deine Gründe dafür, die ich akzeptieren müsste.«

»Dann werde ich es jetzt eben endlich tun. Mich wehren.«

»Du kannst es ja versuchen«, sagt Markus.

Nach zwei Tagen muss er wieder fort. Er lässt sie nur ungern allein. »Komm doch einfach mit«, schlägt er vor. »Die Brichah wird dich bestimmt akzeptieren. Wir sind gerade dabei, eine weitere jüdische Gruppe auf den illegalen Grenzübertritt vorzubereiten. Es sind ja längst noch nicht alle draußen. Zu dieser Gruppe gehören auch mehrere Frauen und Kinder. Da könntest du dich nützlich machen.«

»Du wirst doch nicht im Ernst von mir erwarten, dass ich mich ausgerechnet jetzt um jüdische Flüchtlinge kümmere!«

Wieder einmal besucht David Evans-Bernstein Lillys Mutter und trinkt mit ihr Tee. Danach kommt er zu Lilly in die Küche, wo sie müde und mürrisch bei Jule herumhängt. »Ich würde gerne etwas mit Ihnen besprechen«, sagt er.

»Dann tun Sie's doch«, sagt Lilly.

»Nicht hier«, sagt er mit einem Seitenblick auf Jule.

»Wo denn sonst?«

Er seufzt. »Von mir aus unten auf der Straße.«

»Du kannst mich nicht leiden, Herr Kapitän«, sagt Jule grinsend. »Ich dich aber auch nicht, da sind wir uns also einig.«

Er überhört ihre Bemerkung. »Also kommen Sie schon, Lilly, ich werde mich kurz fassen.«

»Und glaub bloß nicht, dass du da in England mit unserer Isa machen kannst, was du willst«, ruft Jule hinter ihnen her.

Als Lilly und der Major unten vor der Haustür stehen, kommt er, genau wie damals im Lübecker Offizierskasino, schnell zur Sache. »Ihre Mutter hat mich gebeten, etwas für die Bamberger zu tun.«

»Ach ja? Und wieso das?«

»Die Bamberger hat anscheinend das dringende Bedürfnis, nach Palästina auszuwandern. Das deckt sich mit den Wünschen Ihrer Mutter, die die Frau als eine Art zersetzendes Element in Ihrer Familie empfindet. Und da ich Ihre Familie, die ja in gewisser Weise auch meine ist, sehr schätze, könnte ich mich bemühen, etwas im Sinne Ihrer Mutter zu unternehmen.«

»Heißt das, dass Sie für Miriam ein Visum beschaffen wollen?«

»Es käme auf einen Versuch an. Seitdem wir uns wegen der Aufgabe des Mandats an die UNO gewandt haben, sind wir in jeder Beziehung etwas lascher geworden.«

»Ein Visum für Miriam und das Kind?«

»Das wäre dann Ihre Entscheidung. Deshalb wollte ich Sie sprechen.«

»Aha«, sagt Lilly, »da sind wir also wieder. Same story, new twist. Sie können es eben nicht ertragen, dass ich beim ersten Mal Ihren schwarzen Peter nicht aufgenommen habe.«

Der Major lächelt. »Schön, dass Sie das Ganze so sportlich sehen. Also teilen Sie mir möglichst bald Ihre Entscheidung mit. Sie können mich über die Kommandantur erreichen, über Ihren alten Freund Sergeant Fairbrick, der übrigens sehr bedauert, dass Sie ihm nicht mehr zur Verfügung stehen. Und falls Sie vielleicht jetzt schon wissen, was Sie wollen – umso besser. Dann sagen Sie's mir. In drei Tagen fahre ich nach England, wo Isabella endlich die Schule beendet hat und meine Mutter mit den Hochzeitsvorbereitungen beschäftigt ist.«

Lilly überlegt einen Moment, dann tut sie plötzlich etwas, das sogar den sonst so unerschütterlichen Major momentan verblüfft. Sie reckt sich zu ihm hoch und gibt ihm einen kurzen, trockenen Kuss auf die Wange. »Sie ahnen gar nicht, wie dankbar ich bin, Major, dass Sie so liebevoll um meine Familie besorgt sind. Und Isabella wird Ihnen sicherlich eine sehr gehorsame Ehefrau sein, she will cherish and obey, wie es meines Wissens in der Hochzeitsformel heißt, sie wird Ihnen liebevoll dienen und vor allem gehorchen. Das entspricht so ganz und gar Isas Wesen. Schließlich ist sie ja nur deshalb mit Ihnen nach England gegangen.«

Er räuspert sich und schlägt kurz mit dem Stöckchen, das er wie so oft in der Hand hält, gegen sein Hosenbein. »Also was ist? Haben Sie sich entschlossen?«

»Ich denke schon. Aber ich möchte Sie doch bitten, mir noch zwei Tage Zeit zu geben. Ich würde noch gern einen langen Brief an Isa schreiben, damit Sie ihr außer sich selbst auch etwas Schönes heimbringen können.«

»All right«, sagt er, tippt kurz an seine Mütze und geht.

Endlich hab ich ihn doch mal verunsichert, denkt Lilly. Aber sie hat zu viel anderes zu bedenken, als dass sie sich länger an ihrem winzig kleinen Triumph erfreuen kann.

Tatsächlich gelingt es ihr noch am gleichen Nachmittag, von der Hauptpost aus Jeremy in Oldenburg anzurufen.

Stockend und etwas verworren versucht sie ihm zu erklären, worum es ihr geht. »Ich kann das Kind nicht aufgeben, das ist mir vollkommen unmöglich«, sagt sie immer wieder. »Das musst du doch verstehen, nicht wahr, Jeremy, du verstehst das doch?«

Er hört ruhig zu. Im Laufe des langen, mehrfach unterbrochenen Gesprächs wird Lilly nach und nach entschiedener, und am Ende hat sie sich selbst und er sie einigermaßen begriffen.

Von diesem Tage an geht sie auch wieder nach unten, spielt mit dem Kind und redet stundenlang mit Miriam.

»Ich hab inzwischen akzeptiert, dass du fortmusst«, sagt sie. »Und ich will versuchen, dir zu helfen. Aber du musst auch Verständnis für mich haben. In Palästina herrschen doch momentan wilde Zustände. Die Juden sind von Feinden umgeben und vermutlich sogar durchsetzt. Kein Araber wird freiwillig einen jüdischen Staat akzeptieren. Schon gar nicht, wenn sich die Engländer tatsächlich zurückziehen.«

»Wir werden eben kämpfen.«

»Wir? Also bitte, du kannst das ja machen, deine Sache. Du kannst dir eine Uniform anziehen und schießen lernen und Häuser in die Luft sprengen. Aber nicht mit meinem Engelchen.«

So reden sie, Tag für Tag, und langsam erlahmt Miriams Widerstand.

Im April dann kommt Jeremy. Lilly sieht ihn zum ersten Mal in Zivilkleidung, er wirkt auf sie älter und auch etwas fremd. »Jetzt siehst du endlich aus wie ein richtiger Pastor«, sagt sie, »so respektabel und vertrauenswürdig. In deinem Beichtstuhl würde ich ohne Hemmungen meine ganze Seele bloßlegen.«

»Erstens hast du das sowieso längst getan und zweitens hast du immer noch nicht begriffen, dass es bei den Anglikanern keinen Beichtstuhl gibt.«

»Ach so, ja, Verzeihung. Und ... und vielen Dank, Jeremy, für alles. Ohne dich wär's ganz und gar unmöglich gewesen.«

»Immerhin hat der Major auch seinen Teil dazu beigetragen. Das muss um der Gerechtigkeit willen doch mal gesagt werden.«

»Ach der! Immer wenn er irgendetwas für einen tut, kommt es mir wie Bestechung vor. Ich könnte weiß Gott auf ihn verzichten. Und so ausschlaggebend ist seine Hilfe nun auch wieder nicht gewesen. Ohne dich allerdings hätt ich's nicht geschafft. Ich rede hier nicht vom Formellen, vom Äußeren, ich meine das andere.«

»Nun hör schon auf. Erstens schaffst du immer alles, und zweitens nutzen wir uns mal wieder gegenseitig – wie schon zuvor in Krisenzeiten.«

Lilly nickt. »Ich weiß, du hängst auch an Engelchen. Und weil du ja momentan auf deine Frau und Little George verzichten musst ... aber sag mir noch mal, da in Jerusalem, in deiner neuen Gemeinde, da wirst du dich wirklich sicher fühlen?«

»So sicher, wie man sich in der Heiligen Stadt momentan fühlen kann. Man billigt diesen Alteingesessenen ja eine gewisse Neutralität zu, von beiden Seiten, von der jüdischen und der arabischen. Gelegentlich wird ihnen sogar etwas Vermittlertätigkeit abverlangt. Dabei dürfte Miriam mir nützlich sein.«

»Und du wirst mir andauernd schreiben, wie es euch geht? Mindestens einmal pro Woche?«

»Schreiben bestimmt, fragt sich nur, ob's durchkommt.«

»Und du wirst Engelchen von mir erzählen, täglich, und wenn sie zu viel ›Hatikwa‹ singt, dann wirst du mit ›Hänschen klein‹ dagegenhalten?«

»Und ›Alle meine Entchen‹ und ›Kuckuck‹ und ›Guter Mond, du gehst so stille‹. So weit mein Deutsch eben reicht.«

»Und du wirst Miriam nicht erlauben, dich und das Kind bloß mit Matzebrei zu ernähren? Das kann sie nämlich am besten zubereiten.«

»Als die akkreditierte Haushälterin eines allein stehenden Pastors wird sie sich doch wohl noch zu ein paar normalen Gerichten bereit finden können.«

»Da bin ich mir nicht so sicher. Aber du wirst bestimmt allein stehend bleiben, auch bei schlechter Küche?«

»Allein stehend gewiss. Obgleich ich nach wie vor verheiratet bin.«

»Ich hätt's nämlich nicht gern, wenn du ... na, du weißt schon, also bleib dabei.«

»Ich weiß es. Und du weißt auch, warum ich dabei bleiben muss.«

»Lieber Jeremy!«

Er sieht sie an und sagt leise: »Liebe, liebe Lilly!«

Als Markus von Lillys Entschluss hörte, war er anfänglich sehr dagegen. Aber nach und nach hat er sich dann ihrer Logik gebeugt.

»Miriam wird auf jeden Fall gehen, sie muss es einfach tun, inzwischen hab ich begriffen, dass es für sie lebenswichtig geworden ist. Und ich schaffe es nicht, diesen Berg von Leiden, der auf ihr lastet, noch weiter zu beschweren. Man sagt doch immer, dass erst der allerletzte Stein einen wackligen Turm zum Umstürzen bringt. Und diese Rolle kann ich nicht spielen. Außerdem hab ich *noch* etwas begriffen, nämlich dass ich es überhaupt nicht für Miriam tu, sondern vor allem für mich ... irgendwie.«

»Nur gut, dass sich beides deckt«, hat Markus gesagt. »Und du glaubst wirklich, dass der Padre für ihre Sicherheit garantieren kann?«

»So weit wie überhaupt möglich. Anfangs wollte Miriam nichts hören von einer Haushälterinnenstellung bei einem englischen Pastor. Sie hatte das dringende Bedürfnis, sich aktiv dem Kampf anzuschließen. Aber noch größer war für sie die Notwendigkeit, das Kind bei sich zu behalten – und sie weiß, dass ich es mit allen Mitteln hintertrieben hätte, wenn sie nicht auf meinen Vorschlag eingegangen wäre. Auf diese Weise kann sie nun das Kind mitnehmen, und ich werde es dennoch nicht verlieren. Hoffe ich jedenfalls. Jeremy wird auf jeden Fall den Kontakt aufrechterhalten. Das war das Äußerste, das ich mir zumuten konnte, und Miriam weiß, dass sie mir auch etwas entgegenkommen musste.«

»Klingt ja alles furchtbar logisch und durchdacht«, hat Markus daraufhin gesagt. »Aber so richtig froh kann ich mit dieser Lösung nicht werden.«

»Ich auch nicht, aber was hilft's.«

Am dritten April dann bringen Markus und Lilly Jeremy, Miriam und das Engelchen zum Bahnhof. Die drei werden nach Marseille fahren und von dort aus per Schiff nach Tel Aviv.

Jeremy trägt das Engelchen auf dem Arm. Miriam geht neben ihnen her und schiebt den alten Steinhöfer'schen Kinderwagen mit dem Gepäck.

»Sieht aus wie eine richtige Familie«, sagt Markus.

Lilly antwortet nicht. Wenigstens weiß sie, dass die drei nie eine richtige Familie sein werden. Vor lauter Beherrschung wirkt sie spröde, fast abweisend. Sie lässt keine ausgiebigen Umarmungen zu, sagt nur: »Also dann bis bald« und »Passt auf euch auf« und »Vergesst nicht zu schreiben«.

Als die drei auf ihr Abteil zugehen und Engelchen bemerkt, dass Markus und Lilly zurückbleiben, fragt sie etwas enttäuscht: »Mama und Papa nicht mit?«

»Not this time, darling«, sagt Jeremy. Er wirft Lilly einen aufmunternden Blick zu. »Aber bald, ganz bald!«

Die Kleine überlegt einen Moment und patscht dann Jeremy fröhlich ins Gesicht. »Nur Mama und Papa.«

Der Zug fährt an, Jeremy und Engelchen lehnen im Fenster.

Markus steht dicht hinter Lilly. Er hat sie eng an sich gezogen und beide Arme fest um ihre Taille gelegt, als müsse er sie vor dem Umkippen bewahren. Mit weit aufgerissenen trockenen Augen sieht sie hinter dem Zug her. »Ich weiß überhaupt nicht mehr, warum ...«, flüstert sie.

Er dreht sie zu sich. »Mach die Augen zu, Lilly, dann weißt du's wieder.«

Da endlich kommen die Tränen. Sie versteckt ihr Gesicht an seiner Schulter und weint ihm den halben Pullover nass. Und als sie dann endlich aufhören kann, da fühlt sie sich schon etwas besser. Und sie weiß auch wieder, dass sie keine andere Wahl hatte.